U0115260

文學研究叢書・現代詩學叢刊

踏破荊棘，締造桂冠
——王白淵文學研究論集

謝瑞隆、羅文玲、蕭蕭　主編

編序

踏索荊棘之道，追尋前人足跡

　　王白淵（1902-1965），一個一生遊走跨域的生命鬥士，從出生、成長地——彰化縣二水鄉惠民村飄遊日本東京而追求自己的夢想，從藝術家、文學家到政治理想家，他的生命歷程不斷地跨域遞嬗，有美好的期待、困頓遲疑的徬徨，一九三一年他的日文詩文集《蕀の道》在日本出版，吐露著他的生命情意與思想信仰，甚至一如讖語般地暗寓著自己的生命之路。《台灣美術評論全集：王白淵卷》的作者羅秀芝：「『王白淵』已然成為歷史文獻中一個重要的符號，可以不斷地重複被解讀。」，二〇一六年，《踏破荊棘，締造桂冠——王白淵文學研究論集》的刊行，再度全方位地解讀王白淵的種種。

　　彰化縣堪稱是台灣文學發展的搖籃，眾多享譽各地的台灣文學作家多為彰化籍，座落在彰南平原的明道大學在人文學院蕭水順院長（詩人蕭蕭）的帶領之下，基於對於在地文化的推廣，中國文學系暨國學研究所每年募集各種人文關懷的心意，持續辦理台灣文學作家的學術研討會，如：二〇〇九年辦理「翁鬧的世界——翁鬧百歲冥誕紀念學術研討會」、「周夢蝶九十壽慶國際學術研討」；二〇一〇年辦理「王鼎鈞學術研討會」、「蕭蕭與二十世紀華文文學國際學術研討會」、「張默八十壽慶學術研討會」；二〇一一年辦理「隱地與華文文學學術研討會」；二〇一三年辦理「鄭愁予八十壽慶國際學術演講會」、二〇一四年辦理「生命意象霍霍湧動——八十四歲的張墨‧六十歲的創世紀座談」、「本土本色‧現實實現——笠詩社創立五十週年

慶祝活動主題演講」、「賴和，台灣魂的迴盪～2014彰化研究學術研討會」，這些活動為台灣文學留下一頁頁瑰麗動人的台灣人文精神。

本研究專書策劃者、編者蕭蕭與王白淵有著共仰八卦山、同行山腳路的情義，他們共同居於八卦山下，祖居地皆在八卦山下的山腳路兩側，兩地相距約莫十公里，這種人地情緣的呼喚促成了蕭水順院長為之辦理紀念研討會的心願，這樣的心意構思了若干年一直未能成行，終於二〇一五年——王白淵逝世後的五十周年，天時地利人和的因緣具足下，巧妙地在這個極具紀念的時間點，明道大學國學研究中心協同中國文學系暨國學研究所於二〇一五年十一月十三日假王白淵的故鄉二水鄉為他舉辦「王白淵逝世五十週年紀念學術研討會」，透過文學、文化、藝術多面向的探討，一窺王白淵如何穿越荊棘之道，締造詩人的桂冠。這次研討會，在本校人文學院蕭水順院長、國學研究所羅文玲所長的戮力策劃下，獲得彰化縣政府機要秘書蔡榮捷先生的鼎力支持，復以國立台灣文學館、彰化市公所、二水鄉公所等單位在經費、物力的襄助，圓滿地喚起許多人再次關注這位二水鄉的傳奇聞人。

王白淵在其〈詩人〉一詩：「詩人生而沒沒無聞，啃噬自己的美而死」，寫下許多藝文家的生命之歌，二〇一五年明道大學國學研究中心辦理「王白淵逝世五十週年紀念學術研討會」，連結了周益忠、林良雅、唐顯芸、劉怡臻、林水福、蕭水順、余境熹、李盈賢、蔡佩臻、謝瑞隆、王文仁、李桂媚等諸位學者專家從其生命情意、文藝淵源、思想與信仰、詩藝美學等面向詮釋其文學成就；會後，蕭蕭院長囑我聯繫此等學人修訂研討會論文，匯整、收錄關於王白淵的研究論文選，名為《踏破荊棘，締造桂冠——王白淵文學研究論集》，並交由萬卷樓圖書股份有限公司編輯發行，藉以闡釋王白淵在台灣文壇的歷史光影與時代意義，促成學界對於王白淵持續地進行探索。

　　「詩人生而沒沒無聞」的感慨頗令人悵然，願《踏破荊棘，締造桂冠——王白淵文學研究論集》的刊行照映詩人的孤吟，讓一份份動人而值得細細品嚼的生命樂章傳唱不已，詩人肉體雖朽而作品不朽。

明道大學中文系助理教授　謝瑞隆

序於明道大學開悟大樓

二〇一六年六月三日

目次

生命情意

王白淵詩中的自我書寫
——荊棘的道路試探

周益忠

摘要

　　王白淵《荊棘的道路》是臺灣新詩草創時期的重要詩集，在文字技巧的運用上相當成熟，勝過同時代的詩人。但與其他作家相較，他的左翼政治思想並不明顯，何以如此？實有必要從他的作品進行考察。且從內容細分，總有些不夠周延的遺憾，因而就其作品的自我書寫及表現手法上加以分類，進行爬梳：

　　一、直敘其書寫旨趣——賦的手法，又可分為三：（一）直敘寫詩與藝術創作；（二）述說追求文學美善的生命道路上的荊棘與挑戰；（三）對於基督、盧梭等聖賢的歌頌。

　　二、以新即物主義的技巧也就是比喻的手法表達其創作理念，又可分為三：（一）動物類如地鼠、蝴蝶等；（二）植物類如薔薇、野草等；（三）純真的孩童及少女等。

　　三、象徵的境界，以其受到西洋美術史、泰戈爾詩歌、印度優婆泥沙土與中國道家思想的影響，及故鄉的田園生活經驗，在詩歌中追求梵的表現。又可分為四：（一）流水與自然現象；（二）四季；（三）零及空虛；（四）生命的歸路等。

要之，將這生命的歸路放在《荊棘的道路》最後也頗具代表性，可看

到作者選擇詩歌創作的堅持及其理念。進而體會詩人追求詩歌美善一心要突破當時政治社會矛盾的孤詣，雖帶來牢獄之災，然而卻超越時空限制而使詩作具有永恆的意義。且這六十幾篇作品的排列，也可讓後人一窺文化密碼的意涵。

關鍵詞　《荊棘的道路》、自我書寫、直敘、新即物主義、象徵、生命的歸路、未濟

一　前言

　　王白淵（1902-1965）彰化二水人，日本時代國語學校師範部（臺北師範）畢業，曾任教於溪湖和二水公學校。後赴日留學畢業於東京美術學校，一九二六年十二月起執教於岩手縣盛岡女子師範學校。這時也是他寫詩大爆發的年代，結集於一九三一年的詩作《荊棘的道路》就作於此時。而何以他不以其專長進行繪畫創作，卻從事新詩的書寫，其成就如何？委實值得深究。根據陳芳明的說法：

> 在評估臺灣新詩草創期的作品時，王白淵的詩是不能輕易放過的。他在處理詩的主題時並沒有像楊華或同時代的詩人那樣透明。他對文字的運用，也沒有像賴和那樣粗枝大葉。在短短的時間內，臺灣就能塑造出如此傑出的詩人，足證在日本統治下的臺灣社會所蘊藏的文學創造力是非常旺盛的。[1]

可見研究者肯定他詩作的藝術成就，相較於當時的其他新文學開創者如楊華、賴和等等是比較突出的。詩人蕭蕭更推崇他的作品：

> 其創作時代約與賴和同時，而稍早於翁鬧，但其技巧純熟則又超乎二人之上。[2]

以此我們可以了解到他的詩作善於運用運用各種技巧。但是其寫作的題材內容呢？根據謝春木的序言或王白淵〈我的回憶錄〉中的自白，

1　陳芳明：《左翼臺灣：殖民地文學運動史論》（臺北市：麥田出版社，2011年1月，二版），頁156。
2　蕭蕭：《土地哲學與彰化詩學》（臺中市：晨星出版公司，2007年7月），頁114。

王氏當時的志趣正要由「藝術取向」走向「政治取向」。但何以在詩集中的內涵，仍被評論者以為左翼的傾向不夠明確。比如陳芳明雖然從王氏所參與的社團等史實上肯定他「對臺灣新文學的貢獻不只在於作品的介入，同時也在於行動的介入。」也推他為「臺灣左翼文學重要創始者之一」[3]然而卻又感到困惑的說：

> 企圖從現有譯成漢文的王白淵新詩，來窺探他的左翼思想，確實是相當困難的。[4]

饒是如此，他的作品依然備受肯定，這也是《荊棘的道路》的迷人處。是以就現已譯成中文的詩集中的自我書寫技巧乃至題材內容加以探索確有其必要。[5]

二　詩作的分類

探討王白淵的詩作免不了要牽涉到分類，今人陳才崑氏即區分為四：

> 藝術理念類、心思剖懷類、田園抒情類、政治意識類。[6]

後來的莫渝也另譯此詩集為《王白淵・荊棘之道》將之分為四類：

3　陳芳明：《左翼臺灣：殖民地文學運動史論》，頁40-45。

4　陳芳明：《左翼臺灣：殖民地文學運動史論》，頁157。

5　陳才崑編譯：《王白淵・荊棘的道路》（彰化縣：彰化縣立文化中心，1995年6月）；
　　莫渝編：《王白淵・荊棘之道》（臺中市：晨星出版公司，2008年11月）。

6　陳才崑編譯：《王白淵・荊棘的道路》，導讀。

　　一、吐納心懷，二、歌詠田野風光，三、人物禮讚，四、政治
　　傾向。[7]

在分類上有些差異，主要應在莫氏將陳氏譯本所作的分類：藝術理念
與心思剖懷合而為吐納心懷，然後又分出一人物禮讚類。分類確實因
顧此失彼而有其歧異。尤其在內容上進行分類，各類別中作者不免或
多或少有些心思的吐露或意涵。

　　或許可以考慮作者的表現手法不同，來進行分類。如前引諸家之
說，作為詩人的王白淵其書寫技巧相較於時人，要純熟得多，或許這
也是當時高壓統治環境下的不得已選擇。[8]但這畢竟成就了他詩歌藝
術的突出，是時代的偶然外，也有他個人努力不懈的必然吧！在詩藝
上運用了當時引進的新即物主義的手法外，他也充分運用暗喻的技
巧。頗能如今人蕭蕭所設計的創作的五大意圖：「一方面符合希臘哲
人亞理斯多德所強調的創作三大原則：意象、對比與生動，一方面也
貼進傳統『賦、比、興』的基本訴求。」[9]因而以下即以陳才崑編譯
《王白淵・荊棘的道路》為主要依據，輔以莫渝編的《王白淵・荊棘
之道》中的各種譯文，[10]就其自我書寫的三種技巧：一、直敘——
賦，二、新即物主義——比，三、象徵——興等進行探討。

7　莫渝編：《王白淵・荊棘之道》，頁11。

8　陳才崑編譯：《王白淵・荊棘的道路》曾引顏永賢的話說：「在大日本帝國當局的高
　　壓統治下，王白淵之流的臺灣前輩作家使用隱晦的比賦（附？）手法寫作，映在當
　　時他們臺灣知識青年的眼簾，其真義何在，係不言而喻云。」。

9　蕭水順：〈現代詩寫作〉，《實用中文講義》（臺北市：東大圖書公司，2010年9月），
　　頁360。

10　陳才崑編譯：《王白淵・荊棘的道路》、莫渝編：《王白淵・荊棘之道》。

（一）直敘其書寫的旨趣──賦的手法

何以本是美術專長的王白淵，竟然熱心於詩作？他投入作詩的選擇，可由他詩作中的自我表白看出端倪。這些詩作都直抒無隱，又可區分如下：

一、直敘寫詩與藝術創作的過程和目的，並且強調創作本身的意義。

二、述說在滿是荊棘的道路上，個人的選擇和追尋。過程雖坎坷，但一心只擁抱生命之神，禮讚自然，可說是作者對追求文學藝術與宗教生命的自我表白。

三、再以對盧梭、高更及基督等聖哲的歌詠，述說他對於藝術與宗教的嚮往。

（二）比喻──運用新即物主義──比的技巧

新即物主義的寫作手法，也是傳統詠物詩的比興技巧，以詠物來關況自我。這種新即物主義在西方原本即是美術用語，傳入日本後，當時正沉潛於盛岡的王白淵，或許有機會開風氣之先，在接觸後進而加以運用於詩作中。

新即物主義（Neue Sachlichkeit「德」）原來係美術用語，用於機能性、合目的性美為目標的建築。在文學上排除人為的歷史性、社會性、缺乏洞察的表現主義的觀念，和純主觀的傾向；而以即物性、客觀性極冷靜地描寫事物的本質，產生報導性要素頗強的作品。思想上立於海德格或哈爾特曼的新存在論同一基盤上，佔於 1925 年到 1933 年納粹政權為止的德國文壇為主流。此一派的作家多係由表現主義轉變的。如「西部戰線無戰爭」的雷馬克或凱斯特那、赫耳曼、開史典，劇作家的布烈伊

特、齊克邁雅、波爾夫等都是此主義的代表作家。詩人有林克
那慈「機上的追憶」和前述凱斯特那「腰上的心臟」等。這一
派的詩人們都抱持著懷疑和譏誚性，排除一切幻影而寫實用
詩。社會上的報導能被列入文學作品，便是這一派的功績。但
這一主義的色彩，終因納粹主義的出現而被壓住了。在日本即
有村野四郎於昭和初期，創辦「新即物性文學」並寫過「體操
詩集」的實驗性作品。[11]

新即物主義傳入日本時，也正是王白淵開始寫作的時間，一九二七年
他進入寫詩的主要時期。[12] 以外物來當作比喻，這借物喻之的手法，
在集中經常出現。

　　一、動物類如地鼠，作為詩集的第二首，有其特殊的意涵，還有
　　　　梟、蝴蝶、雷鳥等。

　　二、植物類的薔薇、蓮花、向日葵、野草等也都各有比喻的意涵。

　　三、少女與小孩可襯托詩人純真的也都加以運用。

（三）象徵——篇終接混茫的境界

　　除了新即物主義的手法，以動植物或純情的孩子及少女等為喻，
相對應的關係較為明確外，作者另有書寫海洋、流水等自然現象，或
藉著四季、零、空虛、寂寞等表現真理的意涵，以及象徵生命的歸宿
等等詩篇。乍看之下不能明確的道出其旨趣，但藝術手法更高，在這
些詩篇中，他竟表現出藝術與宗教合一的境界，真令人讚嘆。於此陳
才崑氏曾分析道：

11　見於《笠》詩社：《笠》23期（1968年2月），頁20。

12　莫渝編：《王白淵‧荊棘之道》，頁10。莫渝以為：「盛岡時期是詩人王白淵的活動時
　　期。盛岡地區重要詩人石川啄木（1886-1912）的作品，王白淵在赴任前後應該有所
　　接觸、閱讀，甚至感染到啄木描寫的自然風光，以及流浪落魄文人的哀傷心緒。」

> 當其（王白淵）留學日本後，學會掌握彼時日本著名詩人石川
> 啄木等的現代詩表現技巧，再經由對朵思多耶夫斯基、雪萊、
> 科修尼卡、泰戈爾等作家詩人，以及西洋美術史的研究，吸納
> 西方的辯證哲學、印度「優婆泥沙土」的形上學之後，以往在
> 其故鄉的田園生活經驗，遂一一躍而其演繹思想觀念的對象
> （現象）。[13]

的確，在〈泰戈爾的藝術與哲學〉一節中，王白淵即曾藉著泰戈爾的
詩歌比較印度中國與日本詩歌的不同說道：

> 泰戈爾歌頌說，樹木都在歌唱，可見他也是一位神秘的詩人。
> 印度一向被認為神祕，支那（中國）則富有邏輯性，日本擅長
> 象徵性。神秘乃是帶有宗教性，邏輯乃是蘊含哲理，象徵則是
> 屬於藝術性。

就這樣我們可以看到王氏企圖運用此象徵的藝術性及神秘性的詩歌於
一爐的努力。因此他又援引《優婆泥沙土》指出：

> 萬有中有神，人心中也有神。花開、鳥飛，這亦屬梵的表現。
> 乃因「於其精髓處，萬物的光與世界意識的命，皆屬梵也。」[14]

或許如此，他將傳統的比興觀作了更寬宏且深邃的拓展，甚至也在此
打破來自於印度的梵，與耶穌基督的藩籬。一切都是梵的一種表現，

---

13 陳才崑編譯：《王白淵・荊棘的道路》，導讀。
14 陳才崑編譯：《王白淵・荊棘的道路》，頁152-154。

也可說都是上帝的旨意。這種看似漫無邊際、篇終接混茫的象徵手法，作品中又可略區分為四者；

1 流水與自然現象

有時作者更以水以風為喻，要如水把過去與未來同化於現在，又如風如無行的旅人昂然闊步於宇宙，不可思議的水和風讓他加以歌詠。

2 四季的象徵

自然現象之外，四季的交替與流逝，尤其是春與秋的景緻變化更在詩人的筆下，具有奧妙的象徵意涵。

3 零、空虛與沉默

老子言：「天下萬物生於有，有生於無。」[15]惟王白淵則又另有來自印度的因緣，陳氏曾道：「予人印象最深刻的，恐怕莫過於彰顯『無』的無上法則了──彷彿王氏自己即是一位無上法則的化身──昇華至神──『梵』的境界，來加以審視、探索、讚頌、消遣、反省這些形而下的種種。」[16]這也是他於生命別有體會的見證，因而對當時同胞困境的思索及解決之道自不同於他人。

4 生命的歸路

這也如《優婆泥沙土》所揭示的：「追求無常者，進入黑暗的世界。然而追求永恆者，進入更為偉大的黑暗世界。明瞭無常與永恆合

---

15 〔晉〕王弼：《老子王弼注》（臺北市：河洛圖書出版社，1974年10月初版），頁57。
老子四十章：「反者道之動，弱者道之用」。應給這弱勢的代言人一些啟發。
16 陳才崑編譯：《王白淵‧荊棘的道路》，導讀。

一的人，藉諸無常，跨越死亡，因永恆的扶持而達永恆。」[17]所謂無怨無悔的生命歸宿也由此去尋覓。因而雖充滿著各種刺痛身心的荊棘，然而詩人終究在這無盡的旅程中找到「生命的歸路」。他堅信，縱使將啃噬自己的美而死，終究會跨越死亡而得到永恆。

三　直敘其書寫的旨趣

《荊棘的道路》一集中有不少直敘其書寫旨趣的作品，其中又可略分為：（一）直敘詩與藝術，（二）述說生命的道路，（三）歌詠前賢與基督，茲分別述說如下；

（一）直敘詩與藝術

首先〈我的詩沒有意思〉（我的詩興味不好）：[18]

> 我的詩沒有意思／終日馳騁生命的原野／越過愛的山岳
> 擠出脈動的心血／塗寫在生命的白紙／祇不過是我心靈的標誌

作為詩集的一首，也可當作詩集序文看待[19]，具有開宗明義的作用。詩句裏可一窺作者想把他那心靈的標誌——即內心的感動所在化為創作的動機，可說是他以文字書寫的自我告白。此詩接著又說：

---

17 陳才崑編譯：《王白淵·荊棘的道路》，導讀。
18 陳才崑編譯：《王白淵·荊棘的道路》，頁2；另莫渝編：《王白淵·荊棘之道》，頁26；則逕引前輩巫永福的譯文作：「我的詩興味不好」。
19 陳才崑編譯：《王白淵·荊棘的道路》，目錄前。作者另有〈序詩〉一首「太陽東昇之前　精靈的蝴蝶飛向彼方的地平線——」寫於一九三○年二月五日。

> 我的詩沒有意思／──祇不過是我心靈的摘記──
> 我的詩沒有意思／一直啃噬智慧樹的果實
> 於人民受苦深淵的偶然／回歸凡事皆感好奇的嬰兒的剎那──
> 祇不過是我心靈的渣滓（頁2）[20]

　　相對於一般的詩作，講究興味，作者謙虛的認為他並不具備。他只是在那感動的當下，想藉詩句表達人民的苦痛，在一直啃噬智慧樹的果實之後，書寫人民的苦痛。用嬰兒最純粹的好奇之心去感受，去領會，但也感受到語言的限制，不能表達其萬一。書不盡言，言不盡意，也就因此，只好藉著一首又一首的詩句，來表達他對寫詩的體會。

　　於此，同樣是詩人的蕭蕭不禁好奇：處在那個時代，「同樣是面對人生的無常、時代社會的苦悶，臺灣遭遇驅使的命運，王白淵何以能有這樣的眼界與胸襟，淋漓其情，宣暢其思？」他引用了陳氏導讀所言：「王氏在心靈方面，朵思多耶夫斯基、柏格遜的著作，乃至於《優婆泥沙土》（印度《奧義書》）的哲理和泰戈爾的藝術中，獲得了救贖、解脫、超越，從而瞥見了生命昇華的希望、人生的意義，於是發酵成這六十幾首既藝術又宗教、哲學的詩篇來。」這源自於西方與印度哲士的思想，也是他的自白：「一直啃噬智慧樹的果實」所以詩篇中滿是悲憫之情與生命的超越與救贖。身為詩人的他不禁稱許道：

> 八卦山坳的王白淵，因而更像二水隆起的龍山頭，一躍而為八卦山詩人群的龍頭詩人。[21]

---

20 陳才崑編譯：《王白淵‧荊棘的道路》，頁2。
21 蕭蕭：《土地哲學與彰化詩學》，頁115-116。

於此可見王氏詩作的思想性與藝術性，然而這可是歷經一嘔心瀝血的煎熬過程，在這詩集中也可看出一些端倪，又如〈不同存在的獨立〉：

> 從思索的岩石滑向岩石／從思維的波濤移向波濤
> 生命的巨門不斷叩敲／渾然忘我於穿越門縫的光芒
> 生命的白紙滴落鮮血的剎那我的詩興湧現了

志士的鮮血不一定灑在沙場上，在白紙上滴落以鮮血，竟是他詩興湧現的源頭，這就是書名《荊棘的道路》的來由。[22]詩中句句血淚，都是他在挑戰理念的過程被荊棘刺傷折騰所編織而成，此詩接著說道：

> 徘徊在滿布荊棘的道上／穿過愛的森林
> 越過生的砂漠／游過生命的大川
> 到達驚異的村莊／我的詩不可思議地呈現一片黑暗

為了追求真善的理想不計一切，超越人間的悲喜、失望、勝敗、生死……作為被殖民者，諸多限制與不自由，但書寫可以獨立於人世間，只是卻也得在充滿著荊棘的道路努力突破。後來賴和在〈論詩〉中說道：「迫仄乾坤中，閑情堪託寄。鞭策牛馬身，此即自由地。」[23]也可說在作詩的國度即是另一種自由，雖然滿是刺痛身心的荊棘，呼應了這不同存在的獨立的觀點。王氏在此詩的末段又說：

---

22 莫渝編：《王白淵·荊棘之道》，頁143。日人橋本恭子有一深刻的描述：「他雖然和難兄難弟的謝春木一起生活，屢次徹夜談論臺灣人的命運，卻不被人左右，獨自站在苦悶的生活裡，徹底尋找自己要走的路。」並認為「最後結成《荊棘之道》果實的原因」。

23 賴和：《賴和全集·漢詩卷下》（臺北市：前衛出版社，2000年6月初版），頁429。

> 棹舟不可逆流的水流／悲喜同化於沉默的溶爐
> 失望與勝利讓給啾啾的小鳥／生死托賦予大地的花草
> 不期然我莞爾微笑　／詩卻化作泡沫無影無蹤消失了（頁12）

縱使成功或失敗都不去考慮，融入大自然，此時詩作縱無人知也不再去計較。詩中可以看出他決心書寫，從事文學之路的決心，和其他急著喚醒人民的左翼人士有異。他穿越荊棘之路，縱使有鮮血滴落，縱使不可思議的呈現一片黑暗，詩作目的竟是追求在美善的自然。真能達到，則作品化作泡沫也不管，若真能回到大自然的懷抱中，則何必有詩？功成不居的心胸，於焉可見。另外〈藝術〉亦然：

> 如果我有何藝術／那是在生命的畫布上
> 用沾滿五彩繪具的生命標記／揮動反省的重筆
> 每日在上面塗抹幾筆——／於是陶醉在我的白日夢裏（頁22）

陶醉在自己編織的白日夢裡，以生命書寫，而「反省的重筆」更可見不斷的省思自我，而表現在筆墨上，也可說是他的白日夢，這就是他的藝術，而他的朋友就以自己的眼光在此畫作中進行尋找，也等於以此詮釋他所反省的生命標記。

至於〈我的歌〉則又自我表白：

> 私的歌是生命的讚歌／是欲罷不能的必然要求
> 是回歸嬰兒的瞬間記憶／和自然握手當日感情的鱗爪
> 噢！歌啊！／你不是現象而是大實在
> 活生生血肉的朗響／心靈深處的悸動（頁38）

私的歌，也就是他的歌詠、他的詩篇。是作者他欲罷不能回歸到嬰兒
的瞬間記憶；或是他接觸到大自然留下的隻字片語，或隨心所欲，回
到最純粹的生之初如嬰兒的瞬間記憶和嬉戲。是對永恆的憧憬，是在歌
詠那純粹的心靈。此外，〈未完成的畫像〉一詩書寫他的追求及失落：

> 我欲暢懷高歌／語言是不聽令於我的語言
>
> 拗不過創作的衝動／我欲提筆抒發
>
> 畫具是使我失望的畫具／文字是概念的繭
>
> 畫具祇是一種形式／祇能表達不完整的意念
>
> 高高地／我奔上美的高峰
>
> 又復回到沉默的幽谷／於是繪入心靈深處
>
> 一尊永未完成的畫像／我摒息側視著它（頁58）

頓悟到奔上美的高峰卻又失落，只能不斷修行、不斷努力。這也是古
人說的書不盡言，言不盡意，在書寫中每每失望，不斷的努力，卻都
只能表達不完整的意念，成為未完成的畫像。雖說未完成，然而畢竟
繪入心靈深處，也有生命深刻的記憶，因而也值得一再凝視。

既然未能完成，有如《周易》的〈未濟〉，[24]因而不斷的書寫，包
括關心外在的社會及大自然，並以為題材，且以之召喚世人，〈詩
人〉一詩兼及美善：

> 薔薇花開默默／無語凋零
>
> 詩人生而沒沒無聞／啃噬自己的美而死
>
> 秋蟬空中歌詠／無顧後果飛逝

---

24 傅隸樸：《周易理解》（臺北市：中華書局，1975年10月，二版），頁539-542，「未
濟」為《周易》六十四卦之末卦。

　　詩人心中寫詩／寫了又復消除

　　明月獨行／照耀夜的漆黑

　　詩人孤吟／訴說萬人的塊壘（頁80）

先則敘說詩人如薔薇之美，卻也寂寞無人知。每一字每一句如薔薇般
美麗的花瓣，都是詩人的心血，也是自己的美的化身。如王維〈辛夷
塢〉之紛紛開且落，詩中還追求善，點亮夜空，詩人如明月照亮夜
空，說出眾人不敢說、不能說的心事，書寫詩人應有的理想與犧牲。
不少研究者都肯定他這首詩，如陳芳明即說：

　　從他新詩創作的思維來看，可以獲知他並沒有與群眾脫節。他
　　知道，他自己的詩便是現實的產物。他在〈詩人〉一詩中最能
　　表達他所扮演詩人腳色的分量。[25]

在〈花與詩人〉一詩中則附上花來相襯；

　　被稱為花生為詩人者／同屬自然的一個現象

　　花因詩人益顯其美／詩人自花解讀自然之心（頁116）

原來詩人與花同屬於自然的現象，尤其「花因詩人益顯其美，詩人自
花解讀自然之心」[26]二者實在奇妙，如此而呼喚詩人歌唱，也可見此
詩的敏銳筆觸。

25　陳芳明：《左翼臺灣：殖民地文學運動史論》，頁157。

26　陳才崑編譯：《王白淵・荊棘的道路》，頁152，王白淵曾由印度人的信仰說道：「詩
　　歌本係屬於不厭煩下界，具有天界性的東西，至於詩人則是介於天人之間，是在對
　　人傳遞上天的訊息。」

（二）述說生命的道路

　　自敘詩藝時，詩人內心充滿著喜悅之情，雖偶有些困擾和無奈，但總有勇氣加以克服；惟到了述說人生道路時，困阨更加嚴峻，但這滿是荊棘的苦境卻也更激發詩人接受挑戰面對坎坷的意志。首先是〈生命之谷〉：

> 生命之谷黑深，深不可測／兩岸荊棘張刺嚴陣以待
> 摒息窺伺底部，微微可見的底部／驚異瓊漿般的靈泉在竊竊
> 私語
> 沒有冒險體會不出生命的意義／朋友啊！
> 大膽地踏入生命之谷吧／我已掉落生命之谷迷了路
> 仰望上端的荊棘在注視仍在低寫的我身
> 俯視靈泉流露出永恆的微笑／噢！奇異的生命之谷
> 你的荊棘固然可懼／但流貫黑暗的你的靈泉令人無限著迷（頁6）

極力述說生命之谷的黑深，深不可測還充滿荊棘，然而通過考驗在底部卻有瓊漿般的靈泉，荊棘之道的吸引力即在此靈泉的終將湧現。於此他的摯友謝春木在詩集的序中有言：

> 《荊棘的道路》是你二十九歲以前的倒影，同時也是你將往何處去的暗示。不，與其說是你，不如說是你所屬的社會來的恰當吧！尤其是在殖民地成長的我們更是腳踏著雙重的荊棘道路。[27]

---

27 陳才崑編譯：《王白淵・荊棘的道路》，謝春木序，原文見於《臺灣新民報》，1931年1月17日。

或許是這樣的隱喻召喚著他的朋友謝君在內的有志之士。類此,另有一詩,自我書寫何以他選擇此與眾不同的路,在〈生命之道〉中作者如是說:

> 右邊聳立如劍般的愛之森林／左邊一片廣袤的荒漠
> 中間一條無盡的小路／雲端如劍般的冰山
> 射出永劫的銀色光芒／你想像過這場面嗎?

永恆的追尋超越世俗的價值,不走世俗功名、不追求利害關係;也不走政治革命,不投入激進左翼,他只追求詩歌中的真理,那永恆之鄉的所在:

> 我正處在生命的十字路／向右通往快樂的山谷
> 向左通往悲哀的原野／放眼前方漫漫可達永恆之鄉
> 我正靜靜地在凝視／人生巡禮的自我容姿(頁14)

堅心走這一條以文學之美善喚醒世人的艱辛道路,他也不諱言的以此進行自我表白。在〈我的回憶錄〉中,他曾自言滿懷藝術夢想進入東京美術學校後:

> 誰知道想做密列(米勒)的我,不但做不成了,竟不能滿足美術,從美術到文學,從文學到政治、社會科學去了。[28]

這也是他要說「我正處在生命的十字路」的原因,向右通往快樂的山

---

28 陳才崑編譯:《王白淵・荊棘的道路》,頁260,唯走入政治的道路是後來詩集出版後的事。

谷，應該是指原來的美術生活，雖然看似幸福然而卻狹隘；向左或者
是指走向政治社會，介入被殖民者的苦難吧？那是一悲哀的原野，無
邊無盡，唯有當下向前直走的詩藝，是可直接到達永恆之鄉，或許受
到泰戈爾等的影響吧？唯有文學能喚起被壓迫的人們，也將能喚醒壓
迫者的良知。不像政治的鬥爭的零和遊戲。王白淵竟比其他同時代的
人更深層的思索到文學的本質、詩藝的境界，那才是永恆之鄉。與其
他搖旗吶喊奔波於社會改革或意識型態者不同的是，此時的他寧可醉
心於純粹的詩藝。雖有些浪漫的憧憬，但當下卻更堅信這可以把握到
生命的真實意義。

　　也因此，他有那高不可攀的孤獨感或者在高處無人知的寂寞。亦
且在追求美善中，成就了〈無盡的旅程〉：

> 蟬鳴架想／於半空林梢
>
> 我的靈魂出竅／──為了會見鳴蟬
>
> 蝴蝶翩飛／我的靈出走
>
> 從心的空隙／──為了追蝴蝶
>
> 時光流逝／留下無限的過去
>
> 我的靈再度滑行／──為了繼續無盡的旅程（頁 14）

「為了繼續無盡的旅程」──追求蟬鳴與蝶飛的自然美善的旅程。有
時詩人恐怕世人不知，如謝春木所認為的克服的方法只有一個，卻又
不願明講，更且認為：「我們的同胞會苦惱你的苦惱。並且會和王君
一樣追求惟一的拯救之道。」但想從泰戈爾的詩集中得到救贖的王
氏，在詩集中所表現的境界，或許是謝君所不能體會的。然而這艱難
的詩藝之路，他也只能一再的書寫，期待他人的漸漸領悟，藝術模仿
自然，因而繼續描寫此自然中的美景，如〈看吧！〉：

夜幕敞開之際／小鳥啼囀時分

看吧！／朝日昇入中天

雨停止之際／風靜止時分

看吧！／東天掛著五色橋

夕陽西下之際／田野蟲鳴時分

看吧！／西天出現一隻黑鳥（頁76）

從鳥啼日出、或雨停風靜中看大自然的各種現象。黑鳥指的應是代表太陽的金烏，所謂烏兔雙馳，意指歲月如梭，有時光不斷流逝應該善加把握的意涵。

　　以美善作為詩人的職責，從另一角度來說，或是從世俗的眼光來看，不過是虛耗時間而已，他竟只是〈時光的浪人〉：

我是時光的浪人／胸中懷有一首歌

隨波逐流的生命形骸／睹見僵死的先驅似的平和

埋首在黃金銹裡的幸福／這些我都不看他一眼

遠遠地以風雨為友——

我是時光的浪人／是一個為自然感到驚異

邊哭邊笑祈禱的兒童——／深深地和自然握手（頁92）

寧可作為時光的浪人，只因看見世人追求的幸福如黃金銹般，實已被鎖死，[29]雖看似平和卻只是僵死的身軀，因而他不屑一顧，只與以風

---

29 莫渝編：《王白淵・荊棘之道》，頁10，此句詩巫永福譯作：「如死的先驅底平和／黃金的鎖埋沒幸福」。

雨與自然及外死生無終始者為友者，[30]以此如莊子乘天地之正，詩人徹底擺脫塵世的擾嚷：

> 我是時光的浪人／是一位深閨為生命喜樂的純潔少女
>
> 拒絕生命的教誨／逃避人生的廉價妥協
>
> 這些我都不看他一眼／高高地擁抱生命之神（頁 92）

追求那少女的純潔之美，不想被世俗的教化所汙染，也不願妥協於廉價的短視的人生，只擁抱永恆的生命之神。這可以看出他寧可在詩藝裡徜徉追尋，既不想單純當個美術教員，也還不願去從事激進的左翼革命。或許他認為從大自然的旅程中，更能尋找生命的奧秘吧！因而在〈無題〉中一樣繼續歌頌大自然：

> 飄零落葉／我聽——／陌生人的聲音
>
> 樹蔭啼囀小鳥／我聽——／奇妙的自然音樂
>
> 路旁綻放無名花／我看——／一顆生命的珍貴
>
> 風依稀吹拂著大地／我上路——／禮讚自然的旅程（頁 96）

承繼前一首，歌詠自然之美，禮讚自然的旅程。又如〈無表現的歸路〉：

> 雨絲靜靜地下——夜漆黑／冷風悄然入窗來
>
> 無燈光下兀坐闔眼遐思／思入往昔數千年
>
> 抑或徘徊漫步至永劫未來之鄉

---

30 郭慶藩：《莊子集釋·天下》（臺北市：河洛圖書出版社，1974年3月，初版），頁1099。莊子自述「上與造物者遊，而下與外死生无終始者為友。」似有其逍遙之精神。

變作花草田野繚亂／化作小鳥枝上啼囀

今宵回歸魂的故鄉／無喜無悲無生無死

到達無表現的歸路

啊！——／我是甦醒還是將要入眠？

抑或——因為外面漆黑／雨依稀靜靜地下（頁106）

之所以無表現乃因外面的漆黑吧？眼前當然不為人知，如或將來有一天，後人明白，不再被殖民，擁有自由的樂園，我如今的努力堅持，以詩藝來喚醒世人，包括殖民者與被殖民者，都能一同邁向未來之鄉。縱然看似無表現，那又何妨？最妙的他先是說「思入往昔數千載」可說幾千年來的帝王及封建制度，然而大自然終究有它的法則，功成不居，因而詩最末「雨依稀靜靜地下」，竟有如杜甫〈春夜喜雨〉：「隨風潛入夜，潤物細無聲」融入自然而不見。因為追求美的感動與力量，在此黑夜縱有表現也不為人知，然又何必為人知？藝術美的無目的性於焉可見，而這無喜無悲超越生死的究竟涅槃，竟在這位青年詩人的詩中呈現。

（三）歌詠前賢與基督

歌詠那純粹的心靈，如嬰兒般拒絕成長，盧梭即是此中的翹楚，成為他仰慕的對象：因而〈盧梭〉詩云：

莫非極樂世界的樹木／拒絕大人的嬰兒國度

若夢而真／如幻而實

理想花開現世／天堂移到地面

此處的主宰不是偶像／是迫近必然的偶然的勝利

是綻開在幼童胸中的美神的紀念品

於看不見的氣氛中／我的耳邊傳來音樂

啊！盧梭喲！／偉大的孩童喲！

你的藝術讓人年輕／是世間永遠璀璨的寶玉（頁52）

拒絕大人的虛假——如兒童如嬰兒的純真。盧梭的作品如璀璨的寶
玉，這也是他嚮往的，但這終究難以企及，只能作為追尋的目標。另
外生前不為人知的畫家，不受文明拘束追求與大自然共處的高更，也
成了他的偶像，〈高更〉詩云：

抗拒傳統與虛偽／丟給爛熟的巴黎文明人

血肉淋漓的摘記／竟日陶醉在夢裡的海地男女

鰻魚般扭扭粘黏宛若爬行的草木／啊！你的作品

是人和動植物和平共處的大自然的祝福

島上的姑娘是花草和蜥蜴的混血／是你懷念的情侶

啊！高更喲！／你受不了文明寂寞

你是進步的原始人／大膽的偶像否定者

人多的是枯木／教育多的是無意義

你的藝術多少世紀／讓我們回到過去

想念至極的素樸故里（頁62）

肯定高更，更省思當代的美術教育，也因這樣的追求美善，進而想起
了神愛世人，基督的精神，如是而書寫〈仰慕基督〉：

晴空萬里無雲的某日／仰慕基督

漫步春的原野／口中低吟山上垂訓

微聞——／野外雜草似私語：

「雖然索羅門王的榮華極盡，但其服飾不及一枝花——」

一望無盡的蒼翠林木／樹蔭啼鳥彷彿歌曰：

「一切皆逝——唯藝術留存／藝術亦逝——唯愛留存

愛亦逝——唯生命留存／萬物皆逝——唯時光靜默無語啊！」

這時好像有一聲音高喊：／「安靜——

汝等喧囂的池中之蛙」（頁114）

一切皆逝，藝術、愛、生命等皆然，最後只有時光靜默無語。如杜詩：「傳語風光共流轉，暫時相賞莫相違。」[31]或許就因為一切皆逝，唯藝術留存這信念，讓他對於從事詩藝的努力得以堅持下去。也對盧梭及高更的崇拜與書寫作一注腳。

四　比喻詠物——新即物主義的手法

　　新即物主物的寫作手法，也是傳統詠物詩的比喻技巧，以詠物來關況自我。這種新即物主義源本即是美術用語，王白淵應有機會得風氣之先，且這時間也是王白淵開始寫作時。一九二七年他開始寫詩大迸發，以外物來當作比喻，這借物喻之的手法，在集中經常出現。首先被他拿來當作關喻的竟然是地鼠，作為詩集的第二首詩，除此之外尚有多種以動物為喻的詩篇，今依此為次略加分類：

（一）動物類

　　《荊棘的道路》詩集中除序詩〈我的詩沒有意思〉外，第一首就是〈地鼠〉在那反封建反奴役的思潮中，常在地底下鑽動的地鼠，有

31　〔唐〕杜甫：《唐宋詩舉要》（臺北市：里仁書局，2004年9月，初版），頁555。

時鑽出地面時往往也象徵著春天的來臨，所謂土撥鼠，也每被用來比喻那些被壓迫的人民。〈地鼠〉：

> 專心一意撥土的地鼠／你的路暗無天日彎彎曲曲
> 但是／你地底的天堂令人眷懷
> 地鼠啊！你是福氣中人／既無地上的虛偽
> 亦無生活的倦怠／細巧的眼睛為了看向無上的光明
> 漫漫的暗路為了到達希望的花園
> 手雖不搭調卻足夠勞動／烏黑的衣裳也夠取暖
> 你有情侶也有小孩／黑暗的一隅愛的花依樣地開
> 地上的兩足動物討厭你迫害你
> 地鼠啊！笑煞他吧不要理睬！／在這廣大的世間裡
> 不能說沒有人會讚美你啊！／堅信神的國度
> 旦夕徘徊在邁向光明的暗路／你是可憎得令人可愛
> 地鼠啊！／你的小孩已哇哇地哭了起來
> 快快給他一點奶吃吧！──（頁4）

但由詩中一開始「專心一意撥土」就讓人想到尋找春天的象徵，而「細巧的眼睛為了看向無上的光明／漫漫的暗路為了到達希望的花園」這希望的花園自此屢屢在他的集中出現，因而可說地鼠即是他努力卻不為人知的比喻。[32]

「旦夕徘徊在邁向光明的暗路，你是可憎得令人可愛」等等從兩足動物的霸凌說起，進而詩末突然以「你的小孩已哇哇地哭了起來／

---

32 陳才崑編譯：《王白淵・荊棘的道路》，導讀，陳氏曾引王白淵的話說：「生命之道漆黑而狹小，能夠抵達光明燦爛之高峰的畢竟少之又少，以致於偉大崇高的先人思想往往因而被埋沒地下。」並認為：「這段話，尤其令人想到王氏的名詩『地鼠』。」

快快給他一點奶吃吧！」作結，更可見他的廣大無邊的愛心，為了被壓迫的同類而努力的信念，唯強調的是給點奶吃，作者努力創作許是想給同胞一些精神糧食，這來自於地鼠的感動。

除了以在地下奔波的地鼠為喻，晝伏夜出的梟鳥也被他歌詠，對於夜間出沒不歌不語的沉默之鳥——〈梟〉更許之為鳥界的英雄：

> 山間幽谷信守沉默的灰色存在／夜陰出巢的白晝叛逆
>
> 你是無語無歌的沉默之鳥——
>
> 無友無家當然也無社會／於沉默的深淵
>
> 永遠找尋孤獨／我不是讚美你的生活
>
> 只因你的存在的確是世界的一奇／溶化一切的命運於沉默的溶爐
>
> 昂然闊步宇宙的大氣／你非鳥界的英雄會是什麼？（頁28）

只因他能「於沉默的深淵永遠找尋孤獨」所以他的存在實為世界的一奇。梟鳥在傳統未必被認同，作者應是從藝術家於孤獨中尋找永恆，而肯定梟鳥昂然闊步宇宙的大氣。[33]

未必只用地鼠和梟鳥在地底和黑夜出沒者來形容詩人的孤獨，詩人也用自在飛翔的蝴蝶及鷹鳥為喻。〈蝴蝶〉一詩即如此，許之為可愛的大地天使：

> 你從大氣飄向大氣／可愛的大地天使
>
> 肉眼雖不見／確實胸懷神的旨意
>
> 傳遞我們自由與歡喜／乘微風踏上漂泊之旅

---

33 陳才崑編譯：《王白淵‧荊棘的道路》，導讀。對於梟的歌頌或許與盛岡當地詩人石川啄木攸關，有關他的詩作影響到王氏可參考〈王白淵與石川啄木的詩〉。

疲倦了／佇足原野的花草叢裡

啊！蝴蝶呀！／大地的天使喲！

我願効你翩飛／配上真理的雙翼

帶著愛的觸鬚／飛旋在被虐待者的周圍

讓他們分享——／向花神索取的甜蜜（頁 46）

前半歌頌，後半則想要加以効法，其目的為「飛旋在被虐待者的周圍」然而作為詩人畫家，他只能學習蝴蝶讓他們分享向花神索取的甜蜜。減輕他們的痛苦，讓他們有所慰藉。這首帶有人道主義色彩的詩。也受到泰戈爾的影響。[34]另又有一詩〈蝴蝶啊！〉也可看出他這種浪漫的情懷：

春也在悠閒的曠野／從花到花追逐美

蝴蝶啊！／你飛往何處

是東是西還是南？／越過山野渡過河川

——直到消失於地平線的彼方（頁 98）

對於遨遊飛翔的蝴蝶，或許作者也聽聞臺灣的紫斑蝶可以遷徙於日本九州與臺灣之間，因而在思念故鄉時，情有獨鍾於蝴蝶。[35]另有〈遐想什麼〉亦然：

---

34 陳才崑編譯：《王白淵・荊棘的道路》，導讀。陳氏又指出：「屬於形上學層次的王氏藝術觀，源頭應該和泰戈爾一樣，同屬印度的《優婆泥沙土》一書，集宗教、哲學、藝術（包括音樂）、生活於一體。」

35 莫渝編：《王白淵・荊棘之道》，頁15。莫渝注意到：「在全部六十六首詩中，蝴蝶意像出現的比例相當高，以蝴蝶為題者有——三首，另外，有十三首詩裏出現蝴蝶，與之搭配的時節，大都在春季。」惟他逕以為「是否意謂盛岡時期的王白淵，在生活的安定與情感的寄託，都有『春風得意人』的暗喻。」則有待商榷。

飼養在籠中的小鳥／仍有思慕蒼穹的遐想

遐想什麼／噢！小鳥呀！

我明瞭——你的願望／雖不欲歌唱

尚有歌唱的力量／遐想什麼？

噢！生命呀！／我知道——你崇高的志向（頁72）

思慕蒼穹即想要飛翔於天空，相較於眼前困於籠中，遐想什麼，真能貼切的表達出當時詩人身為臺灣人的處境與熱切的期盼。[36]更由此而寫出〈峰頂的雷鳥〉：

太陽未出前精靈的小鳥在哭啼／噢！峰頂的雷鳥喲！

於黑暗中耳聞你在展翅？／抑或你向東直飛的雄姿？

眾鳥皆睡你先醒／今朝清晨一直啼不停

噢！這是黎明春的預告？／還是詛咒黑夜的聲音？

從夜深到黎明起／可是雷鳥又復在哭啼

噢！峰頂的雷鳥／你打算哭哭啼啼到幾時？（頁88）

以鳥為喻，他曾引用泰戈爾「真理的傾訴」說道：「鳥兒報曉精神抖擻時候，他的覺醒並非單單只是為了覓食，他的雙翼是在回應上天的呼喚願我們的精神以其原有的語言回應我們……」但王白淵又說：「印度這隻小鳥自己尋獲的食物已經中途遭人搶奪，想歌唱也唱不出

---

36 陳才崑編譯：《王白淵・荊棘的道路》，導讀。陳氏也以為：「他不僅賦予了蝴蝶以自由、歡喜、愛、真理等意涵，並且藉諸籠中的小鳥來比喻自己乃至臺灣人，說小鳥即使被人關在籠子裡、雖不欲歌唱，卻仍有思慕蒼穹的遐想、歌唱的力量，以及遐想崇高的志向。」

任何聲音。現在的印度其實是一隻垂死的鳥。」[37]由此可見還能哭啼的鳥仍是有希望的，還能詠詩的民族也才有救。

（二）植物類

新即物主義的手法除了運用動物外，花草也經常被用來作比喻。自然裡的一切何嘗不可歌詠，〈田野的雜草〉也一樣：

> 微風中交頭接耳的田野雜草／春也來造訪你們吧！
> 你青色的血液浪擊我的胸懷／追趕春風的悸動訴說我的心坎
> 向紛飛蝴蝶道以沉默的微笑／獻給太陽你的熱情
> 噢！無言的田野雜草／熱血沸騰的溫柔堇花少女
> 羞答答的薔薇處女／你們擁有何等青春的光耀（頁 20）

超越美惡、是非，所以雜草也有其青春的光耀。且他更以春草形容青年。「青年如春草，如朝日，如猛火。人生最可保重的時期，恰似新鮮活潑的細胞在人身一樣。」[38]而在典籍中被詩人及聖哲等一再推崇的蓮花，更讓詩人用來譬喻那美善高潔之德。〈蓮花〉：

> 於黃昏造訪不忍池／佇足微風橋俯瞰蓮花海
> 無數獨木舟在微溫的空氣中飄蕩／白皙仙女於船上笑容滿面
> 印度的聖人要求借住你家／暝想永恆之鄉——
> 我聆聽微風指揮你們的三部合唱／多麼甜美哀怨的旋律
> 高潔之德滴泥不染／堅毅經年處身刺骨的寒水

---

37 陳才崑編譯：《王白淵・荊棘的道路》，頁198。
38 陳才崑編譯：《王白淵・荊棘的道路》，頁235。

我恥尊前故作態[39]（頁 26）

在植物中熱情面對太陽的向日葵，作者也是加以歌頌，〈向日葵〉云：

> 你是熱情的化身／啊！是的沒錯
> 你曾經是梵谷的愛人哩！──／噢！向日葵啊！
> 以你的熱情燃燒我的肉體／化作真理的火焰啊！
> 剎那間我從灰色的實在中得到解放／如鷹般飛往光明的世界
> （頁 36）

或許從梵谷的名畫中看出向日葵的不一樣，兩者相得益彰，甚至說道：「梵谷死了／死在你慈愛的雙手守護下／可是他的靈魂溶入了太陽／將會永遠繼續和你共同呼吸情感吧？」[40]將梵谷畫出向日葵的熱情，向日葵燃燒梵谷的生命一併寫出，也期盼向日葵能燃燒其肉體化作真理的火焰。如鷹般飛往光明的世界，人花雙寫，實是他的詠物詩中的奇作。

最能和詩人之心貼近的莫過於創造之神的獨生女，不吟的詩人〈薔薇〉：

> 佇立靜寂世界的嬌軀啊！／地上閃耀的星星的使徒喲！
> 充滿青春的氣息／一身幸福的面容

---

39 陳才崑編譯：《王白淵‧荊棘的道路》，頁151。王氏引用「基坦基耶里」云：「嗚呼！蓮花盛開時，我心迷茫未察覺。──追逐那南風帶來的奇香底芳蹤。這個不知名的美樂，勾起了我心無限的憧憬。」也曾歌頌蓮花的高潔。
40 陳才崑編譯：《王白淵‧荊棘的道路》，頁36-37。

> 呼吸微風的無限滿足／你是創造之神的獨生女
>
> 沐浴天上的愛和地上的恩／自然的寵兒
>
> 噢！不吟的詩人／不畫的未知畫家
>
> 堅守無言價值的仙女喲！──
>
> 孕育自神的復歸於神／祝福你沉默的薔薇（頁66）

從地上閃耀的星星的使徒起，包括創造之神的獨生女、不吟的詩人，不畫的未知畫家、堅守無言價值的仙女，一連串的譬喻，且又於一開始即以佇立靜寂世界的嬌軀來書寫，末了又強調她孕育自神復歸於神等，又加上〈詩人〉一詩中也以薔薇花開默默／無語凋零為發端，以薔薇為喻最為作者所愛用，也可見他對於這薔薇的特殊感覺。[41]此外，〈茶花〉也為他所喜愛，不只是她的美麗：

> 山茶花啊！／現在我和你在一起
>
> 不，是和你溶合一體／四月微風春薰的花園
>
> 去年此際這樣和你共處──
>
> 你未忘春春又復萌芽／鳥來歌唱人們同聲說美麗
>
> 然而激盪自然的汝心我能理解／熱血澎湃你的胸懷我明白
>
> 啊！小心──／可是這不是已經足夠了嗎？
>
> 親愛庭前一枝山茶花／和你交談人所不解的言語
>
> 今宵與你合唱為星月／來吧！唱──再唱
>
> 親愛庭前一枝山茶花（頁84）

人所不解的言語，原來在茶花的熱血澎湃。紅色的花朵即是激盪自然

---

41 陳才崑編譯：《王白淵‧荊棘的道路》，頁66-67、80。

的汝心，如此解讀茶花的花語也可見當時詩人的熱血。有時也以〈落葉〉書寫他的徬徨：

> 微風吹自何處有誰知／飛來樹葉
>
> 其中也有凋零／噢！樹葉啊！
>
> 好嗎？／和你一同靜靜飄下命運的流水
>
> 狂風吹枯木無目的／捲走樹葉
>
> 其中也有徬徨／噢！樹葉啊！
>
> 好嗎？／和你一同滑向無路標的人生道路？（頁 120）

「微風吹自何處有誰知」、「和你一同靜靜飄下命運的流水」、「和你一同滑向無路標的人生道路」 等等幽美的文字卻透露對於徬徨與凋零的哀嘆。或許「狂風吹木無目的」詩人在追求美時，也該領會美的無目的性，讓他深有感觸。

（三）如保赤子——孩子與少女

以人來作譬喻，則選擇具有童心的孩子與純真的少女，如〈孩子啊！〉：

> 孩子啊！／孩子啊！／我心之華／有哭有笑
>
> 忽覺厭惡卻又立即示愛／克服悲與憎／你們盡情浸潤歡欣
>
> 即使男的勉強接受／彆扭思索時候
>
> 你們還是無拘無束／擁抱我的靈魂
>
> ——創造大歡喜的世界／啊！地上的嬉戲之花
>
> 天堂的金童／保持你們現今的童心長大（頁 16）

孩子啊！在不斷呼喚的口氣下，希望這地上的嬉戲之花，天堂的金
童，永遠保持那童心，也可讓我們了解他要追尋的理想的國度：是天
真、是美、是善。有時他也藉著歌頌美麗的少女來代表那純真永恆，
如〈少女喲〉：

> 笑吧！笑吧！少女喲！／你的笑是生的吟詠
>
> 生命每刻的凱歌／屬於你的歌
>
> 唱吧！唱吧！少女喲！──
>
> 生命每刻的歡喜／屬於你的藝術──
>
> 你的藝術／你的使命
>
> 是建造愛的殿堂──
>
> 引吭高歌呀／在你走向希望的花園道上（頁30）

除了〈少女喲〉，又有〈島上的少女〉也能表現對於美的喜愛，讓他
對於這「像黑暗中耀眼的鑽石／萌芽自遠古的世界」深邃永恆的美加
以歌頌：

> 霧裏躊躇的島上少女／宛若微風中搖曳的柳枝
>
> 輕盈的腳步／空氣鐘擺動的垂袂
>
> 裏藏著青春的香氣／看不見悲傷的木屐聲
>
> 彷彿情感的悸動／消失在神祕的彼方
>
> 柳條也似纖弱的倩影／如同槿花般的溫柔
>
> 點綴海島櫻花的蓓蕾／苞含年少的矜持
>
> 像黑暗中耀眼的鑽石／萌芽自遠古的世界（頁54）

從動物、植物到可愛的孩童少女，都可看到不只是受到新即物主義的

影響，作者心中其實也透過這源自大自然的純真表達他對於美與善的
追求。

五　象徵——生命的歸路——篇終接混茫

　　除了新即物主義的手法，如前所引動物、植物或純情的孩子及少
女為喻，這種相對應的關係較為明確。作者另有書寫海洋、流水等自
然現象，或藉著四季、零、空虛、寂寞等表現真理的意涵，以及象徵
生命的歸路的詩篇。

（一）流水與自然現象

　　有時作者更以水以風為喻，要如水把過去與未來同化於現在，又
如風般如無行的旅人昂然闊步於宇宙，不可思議的水和風讓他加以歌
詠。唯這些都隱含有奧妙的象徵，很難作特定明確的比喻，如〈水
邊〉：

> 青翠欲滴相思樹下蔭／清水湧現清泉之旁
> 菖蒲般的舒爽／擁抱所有的遐想
> 綻開一朵神的靈巧／儘管受盡風吹雨打
> 也要忍在小小的胸膛／把過去與未來同化於現在
> 任翻騰的心繼續流淌／讓微風飄盪秋的波浪
> 春神的體香送予逝去的時光（頁8）

水邊的吟詠，用相思樹的樹蔭、菖蒲的舒爽發端，來表現水邊擁抱所
有的遐想，強調她小小的胸膛，儘管受盡風吹雨打，也要埋藏著將過
去與未來同化於現在的大願。藉著水邊所見的秋波中，詩人的思緒翻

騰。以水為喻，運用比興的手法來表達詩人的襟懷[42]。又如〈天性汪洋〉：

啊！永遠神秘的天性汪洋／一壓即破的薄皮

你包藏何等無樹的神祕／不論光明造訪或是黑暗來臨

你那悠然自得彬彬有禮／呈現深不見底的碧綠

熱情的波濤送予風來襲／任昆蟲招引靜靜的漣漪

賦給生命力量和安謐／不可思議啊！天性的汪洋

噢！永遠神秘的天性汪洋／神最後的妙品（頁18）

還有〈雨後〉：

九天黑沼垂下無數的銀絲／迎風搖曳編織美妙的綾布

或細粗或窄寬／多麼不可思議的珍珠寶衣

草木復甦──／微風交語森林的微笑

田野含笑花草的喜悅／自然踏出再生的舞步（頁32）

以及〈天空的一顆星〉：

太陽西沉時候／你從蒼茫的裏窗探出頭來

非悲非喜的眨眼／酷似蒼茫的黑夜永遠搖曳的柳枝

讓人想起尼羅河畔的埃及豔后／中秋夜我瞥見你於嫦娥殿

起舞的自負與喜悅──／縱使日出無視你的存在

---

42 陳才崑編譯：《王白淵・荊棘的道路》，頁144。以水為說，除了老子有：「上善若水」
的論點外，王氏也曾引述泰戈爾的話說：「水不單只是用來清潔四肢，而是淨化心
靈。」

你仍在某處等待時機來臨吧！／閃耀天空可愛的一顆星
一日不見你／如隔千秋呵！──（頁 40）

這些都有一種難以言喻的美感經驗。尤其星星，作者曾讚美甘地為
「他像天上一顆永恆的理想之星」就在〈甘地與印度的獨立運動〉中
他指出爭取自主自由乃現代的世界潮流，沒有主權的民族，猶如被切
除大腦的青蛙。而且「亞細亞勇敢地斬斷歐羅巴支配的枷鎖，正在向
前奮勇邁進」[43] 然而此詩應不必扣緊某某人，以其也提到尼羅河畔的
埃及豔后，還有東方中秋的嫦娥，因而可作較為寬廣的照亮人間夜空
的星星。還有更具代表性的〈太陽〉：

白晝，光的腳步徘徊在靈魂的個個角落／夜間的空虛於黑暗中
徬徨
黑暗光明，光明黑暗，永續的旅程／你高高的君臨時間與空間
之上
從東到西走著不變的一條道路／不知倦怠的你
不是萬物之王會是甚麼／你是一名不知痛苦的生活者──
你就是永遠的光明（頁 42）

以及可象徵世界與人生的復活的〈夜〉：

當白晝疏濬完宇宙的波濤／你從深淵中緩緩爬昇──
人醉在無言夢裏／夜實在神秘無比
深化到迎接曙光新郎的來臨／雄雞聲裏東方白──

---

43 陳才崑編譯：《王白淵‧荊棘的道路》，頁173-200。

噢！黑夜的復活啊！／世界與人生的復活啊！

應該迎接赫赫的朝陽底黑夜在沉默中哀思（頁44）

都可見太陽固然值得稱頌，黑夜的復活力量也很可觀，這種來自奧義
書的體會之圓融，真令人讚嘆。此外，還有〈風〉的想像，也讓思鄉
者不禁再三咀嚼：

出於無逝於無的某物／宇宙昂然闊步無形的旅人

有時珊珊而行若少女／有時狂暴如醉漢

去後無痕來臨躡腳步／多麼不可思議的你啊！──

自由之子勇敢的男兒／風呀！我願效你飛翔

點燃五尺之軀化作精靈的微風／踢落痛苦與命運

從此星到彼星／飛越嫦娥殿

和家父火紅的太陽一同歸來（頁48）

以「自由之子──勇敢的男兒」加以形容且願効他飛翔，踢落痛苦與
命運在星星月亮與太陽中穿梭飛翔，更「說出那個時代臺灣人民的意
願。他並沒有明言他的時代是黑暗的，但是他說要『返回我們祖先之
家太陽』很清楚就暗示他所處的時代是怎樣的時代了。」[44]玩味〈薄
暮〉也能感受作者對於理想歸路的嚮往：

日已低垂蟲也唱起了歌／西天還有一絲光明

一顆心被樹梢躊躇的月所吸引／獨自一個人漫步微暗的林蔭

也許途中迷了路／對岸陌生人正吹著笛子

44 陳芳明：《左翼臺灣：殖民地文學運動史論》，頁159-160。

> 花開的春天惹人心裡煩悶╱我心歸去浪打微風的蝴蝶
>
> 正是忘暑靜謐的黃昏╱東邊涼風吹來
>
> 何時我可以到達歸路╱母親在家惦念著孩子（頁 82）

此詩原為詩集的第四十二篇，放在〈詩人〉之後，可見詩人作詩所追尋的「何時我可以到達歸路╱母親在家惦念著孩子」。荊棘的道路的歸路本在此。更以二灣流水的匯合，類比於靈魂與肉體同樣奉仕於神。〈二灣流水〉譯為流水，更能貼切作者尋尋覓覓行到水窮處，欲一探源頭的心靈：[45]

> 吾影消失於自然的胸脯╱當一切合而為一
>
> 啊！這就是生命的歡喜╱陌生人在叫喊
>
> 二水匯流為一╱二顆心燃燒在一起
>
> 啊！這就是生命的進軍╱房間突然大放光明
>
> 二元歸於一元╱靈魂與肉體奉仕同一個神
>
> 啊！生命是永恆地╱不捨晝夜（頁 110）

二水匯流於一，二顆心燃燒在一起。如此生命的進軍而大放光明，然而當一切合而為一，都只在形容第一句的「吾影消失於自然的胸脯」生命雖會消失，卻回歸自然與全體合一而大放光芒。[46]以此二水匯合為喻，除了看出來自於泰戈爾的以水淨化心靈以及基督信仰外，也有

---

45 莫渝編：《王白淵・荊棘之道》，頁91，編譯本引用巫永福的〈兩股潮流〉，此引用陳才崑譯本。

46 莫渝編：《王白淵・荊棘之道》，頁91。譯本將陳氏所譯「當一切合而為一」改為巫永福原譯之「與全體合一時」，唯陳氏巧妙的運用王白淵故鄉二水之名，「二水匯流為一，二顆心燃燒在一起」更有其象徵意涵。

薪盡火傳《莊子》〈養生主〉中道家的精神。而二水來自於故鄉的地名，以及當年林先生授人以引水之法，遂通濁水，終有八堡圳，然又辭千金而不受的風範，應也給詩人有所啟發[47]。

（二）四季的象徵

自然現象中，四季的交替與流逝，尤其是春與秋的景緻變化更在詩人的筆下，具有奧妙的象徵意涵。如〈給春天〉：

> 禁不住陽光的誘惑／埋沒在草叢裏
> 花開在我的胸膛舒暢無比／佇足在幽閒的林蔭
> 忘我於妙音中／小鳥卻消逝在自然的胸脯——
> 花落在微風中／無我——無汝
> 只有亙古自然起伏的聲音高亢（頁68）

春天的來臨，「自然的胸脯」一再的出現，或許如《道德經》所言：「人法地，地法天，天法道，道法自然」[48]，當春天來臨時，一切都如此自然，花落在微風中，那種如王維：「澗戶寂無人，紛紛開且落。」的意境，又如後來同鄉陳虛谷的：「春來人歡樂　春去人寂寞　來去無人知　但見花開落」[49]感慨，彷彿詩人先作了預告。而這自然起伏，無我無汝的無我之境，正是他要分享的。又如〈春野〉：

> 禁不住新綠的誘惑／彳亍春的田野

---

47 周璽：《彰化縣志》（南投縣：臺灣省文獻委員會，1999年，一版二刷），頁264-265。
48 〔晉〕王弼：《老子王弼注》，頁57。
49 陳虛谷：《陳虛谷作品集》（彰化縣：彰化縣立文化中心，1997年12月），頁326，此詩一九四○年作於東京，虛谷歿後，家人且將這首詩鐫刻於虛谷墓碑背面。

　　　　無盡蒼穹看不到頂／大地渾厚不知多深──
　　　　啊！多麼協調哩！這般景色／神啊！──告訴我呀！
　　　　花如何笑／小鳥如何囀啼（頁70）

花如何笑，小鳥如何囀啼，就是大地的渾厚，追尋理想的道路雖然坎坷且處處充滿著荊棘，但只要春天一來，大地又充滿著生機，作者正想以在春野中體會到的自然無盡的美景，給與那些為著路線爭執不休的人去深思。〈春晨〉：

　　　　輕盈的陽光靜悄悄地走進窗邊／外面麻雀吱吱喳喳
　　　　遠方的山巒抬起惺忪的臉／五月涼風恣意吹來
　　　　光輝普照──靜謐的清晨──／春霞迤邐田園彼方
　　　　純樸農夫的蹤影如真似幻／莫非歡欣神的賜福？
　　　　悠閒的牧歌隨風而至／太陽高照──和平的春晨（頁78）

又是對於春天的歌頌，聚焦於光輝普照──靜謐的清晨，純樸農夫的蹤影以「如真似幻」來形容也很耐人尋味，而莫非歡欣神的賜福？似乎頗有弦外之音，因之以牧歌、和平的春晨的結尾，也不能輕易放過，這一切真的那麼和平嗎？鋪陳至此，下一首竟以〈詩人〉的「薔薇花開默默」接續，手法之妙盡在不言中。有如錢鍾書質疑的：牧歌美好的外表下其中沒有狼嗎？[50] 另又如〈四季〉：

---

50 錢鍾書：《宋詩選註》（臺北市：木鐸出版社，1982年5月，二版），頁217，錢鍾書云：「西洋文學牧歌的傳統老是形容草多麼又綠又軟，羊多麼既肥且馴，天真快樂的牧童牧女怎麼在塵世的乾淨土裏談情說愛，有人讀得膩了，就說這種詩裏漏掉了一件東西──狼。」

　　昇起的炊煙／不——是飄逸的光芒

　　爭妍的田野雜草／噢！是春天的早晨

　　飄落的水銀／不！是小樹蔭的滴水

　　茂盛的龍眼林／噢！是夏日的白天

　　飛逝的蝴蝶／不——是仰慕大地的樹葉

　　掠空無言的歸鳥／噢！是秋天的黃昏

　　照耀地面不可思議的月亮／不——是霧中農村的燈火

　　隨風搖曳堤岸的枯木／噢！是冬天的深夜（頁 86）

當然作為一時光的浪人，雖說超乎時光或季節的局限，但看到四季的
輪轉，不免有其象徵意涵。且從早晨寫春，以白天寫夏，以黃昏寫
秋，以深夜寫冬，如此時光的流逝，也有當加珍惜的用意。四季，尤
其面對秋天來時，更不免有生命的省思。詩集中另有〈給秋天〉：

　　看那紅柿結實纍纍／風也停止了吹拂

　　樹葉竟匆匆飄零／訪那泛黃的山野

　　小鳥之歌不知何時已經停止／唯有掠空的風侵襲孤人——

　　屋簷霜降秋來到／我心常離人

　　任沉思引領行（頁 94）

我心常離人，不只是離群索居，追尋自然之美，遇到此豐收與蕭瑟並
陳的秋，詩人別有感觸。與他人的悲秋不同，詩人靜靜的思索此自然
的奧秘。尤其飄零的落葉，更給他諸多的啟示，而〈秋夜〉中這種感
受更深：

　　日落西山默默／霧籠秋的晚霞

月亮若隱若現──

啊！／好藝術的片斷

彼方天空的雲端／鳥無語飛逝

草木微風中入眠／流水耳語岸邊的花草

秋高月孤涼／夜靜靜地入深去（頁 104）

秋夜的呢喃，以「好藝術的片段」加以歌詠，藝術模仿自然，自然美景更令人歌詠，而這種四季流轉，尤其秋夜「秋高月孤涼」秋月的孤高，更是一種難以為外人道的蒼茫孤寂。又如〈時光流逝〉：

花開風飄散／誇耀盛開亦僅剎那

飄零落花／昨日仍屬幼苗雙葉

春逝夏至／涼秋亦僅剎那

寒風一陣去／快樂春天又來到

蜉蝣朝生夕死／天地悠悠生僅剎那

未知鄉來好匆忙／奔入夢鄉逝卻

亙古流轉的世界啊！／看得見的現在亦僅剎那

時光伴隨過去與未來／編織了無數的現在（頁 108）

藉著飄零落花與蜉蝣朝生夕死，作者要表現天地悠悠生僅剎那，如此的短暫，當有更值得追求的是永恆。有如老子：「凡物芸芸，各復歸其根，歸根曰靜，是謂復命。」[51]時光流逝，應從此去體會即可。另有〈春〉：

---

51 〔晉〕王弼：《老子王弼注》，頁18-19，老子十六章，此章先云：「致虛極守靜篤。萬物並作，吾以觀復。」此種無往不復的思想，在四季的流轉，尤其在看到春天又降臨中，應給詩人無限的啟發。

當草木吹芽花露笑靨／小鳥啊！——引吭高歌吧！
於春已臨的小山岡上／於綠滿遍野的雜草叢裡
當萬里晴空小鳥啼囀／花啊！——笑吧！
為了送走遠去的冬天／為了迎向快樂的春天
當炎日高掛花開時候／蝴蝶啊！——來吧！
春若作夢的佳人／於美麗中老去（頁112）

由小鳥語花朵的高歌歡笑，看似歌詠春天，其實春天也短暫如作夢的
佳人，「於美麗中老去」更給人以無限惆悵，春天不可恃，春夢，春
如夢而已，轉眼即逝，當好好把握。由春天的感慨，更想到身在異
地，因而反思自身的追尋：永恆的真理以及無限的自我，更憶及大海
之外，南國的家鄉的春天，〈南國之春〉：

微風吹拂錦繡田野／早稻匆匆似乎已長一二寸
醉春蝴蝶兩三隻／飛往自由的樹蔭
何處傳來其妙的旋律／但聞小河潺潺低語
一望無際山碧綠／盛開之花花艷紅
草木吹芽魂甦醒／知神之心當此時
且問小鳥永恆的真理／花草叢中找尋無限之自我（頁118）

再藉著此南國之春，可見作者的弦外之音，原來在此，「且問小鳥永
恆的真理／花草叢中找尋無限之自我」，出生於南國臺灣的他，永恆
的真理，無限之自我，當如醉春蝴蝶追尋自由的樹蔭，而非一般世人
的碌碌於名利。因而在追尋自由與自我中，也想起了遙遠的高砂島福
爾摩沙家鄉的〈晚春〉：

時光逐流春逝／節句過後五月中（三月節過後五月將半）[52]

盛開之花亦漸凋零／高砂之島正濃綠

看那夕陽照耀下的山岡彼方／樹蔭下陌生客正吹著笛子

時光靜靜走在無窮的空間／晚春一日又入暮

牧童於牛後閒談／村女含笑上歸途

農家炊煙冉冉上昇／落日啼蟬聲吱吱

似晨又似黃昏之際／是故鄉村郊的夕景

中央山脈比夢還淡／濁水溪流貫永遠（頁122）

藉著詩歌的書寫，表現他對於故鄉的想念與期待：晚春時農村的夕陽下牧童、村女天真純樸的笑容，而中央山脈的夢依稀，但濁水溪流貫永遠，則引人遐思。或者如中央山脈之高聳挺立的夢已淡，唯此生所追尋的則猶如濁水溪之流水不斷，永遠潤澤大地。當然，他故鄉濁水溪因有八堡圳的開鑿，引水灌溉，所以才有這農家村煙冉冉上升的美景，這種思念故鄉的晚春，也看出詩人創作的旨趣。在直敘之外，因為喜愛大自然，進而以自然界的景物為象徵，寄託一己對於永恆真理嚮往及落實於人間——故鄉二水的襟抱。

（三）零、空虛與沉默

另有攸關真理的象徵者，首先要注意的是〈零〉：

曲線玲瓏無穴可擊／一身圓滿的你

原子之小不及你／萬乘以萬不成你

雖然如此你孕育無限的數字／是神還是魔法？

---

52 莫渝編：《王白淵・荊棘之道》，頁91。括號內為巫永福譯本。

> 量而無量／數而非數——你的實體
> 無大之大／無深之深的深淵啊！
> 老子放踵追逐你／釋尊入山想見你
> 愛人同志苦追你／啊！不可知的驚異
> ——永遠的謎／繼續笑煞人類的無知
> 永遠地（頁 10）

這源自古代哲人的智慧，老子已有「天下萬物生於有，有生於無。」之說，惟留學日本的王氏在當時思潮的影響下又另有其他機緣。不只是〈零〉，另有〈佇立空虛的絕頂〉以及〈時光永遠沉默〉等，都可見他表現此等智慧，陳才崑說他：

> 予人印象最深刻的，恐怕莫過於彰顯「無」的無上法則了，——彷彿王氏自己即是一位無上法則的化身，自由自在的優游本質與現象之間，忽爾鑽近現實現象裡去體會世間的喜怒哀樂，忽爾又跳脫出來，昇華至神——「梵」的境界，來加以審視、探索、讚頌、消遣、反省這些形而下的種種。[53]

這首〈零〉的作品比後來同鄉晚輩曹開（1929-1997）的《小數點之歌》應該早了五十多年，[54] 但他們的孤獨感都由此可見。〈佇立空虛的絕頂〉又云：

> 佇立空虛的絕頂我吶喊／「給我心靈的糧食」

---

53 陳才崑編譯：《王白淵‧荊棘的道路》，導讀。
54 呂興昌：《小數點之歌》（臺北市：書林出版公司，2005年6月，一版），頁312。

　　絲毫沒有回應／我睜大眼睛環顧四方

　　樹木沉默花在笑／蟬鳴架響

　　我耐不住飢餓再次吶喊／「給我一丁點心靈的糧食」（頁 24）

追求美善，高處不勝寒且飢渴，心靈飢渴盼望──盼望得到回饋，然而：

　　並且蟬鳴停止／花在落淚／我闔眼陷入沉思

只有花在落淚作為回應，這或許從感時花濺淚而來，詩人的敏銳的觸覺讓他的孤獨感更深，卻也在此集中要更多的花草物象為比興。當然類此書寫其心事的作品還可看到他那將追求生命價值重於一切的呼喚。〈打破沉默〉：

　　蝴蝶飛回／淋濕五月雨

　　折疊羽翼休憩／於黑暗的樹蔭

　　打破沉默／鐘聲響起

　　我的靈魂甦醒／──從象牙之塔

　　回歸現實之際／我心熱鬧無比

　　再度回首／──永無盡頭的彼方（頁 60）

又如〈時光永遠沉默〉：

　　小鳥歸舊巢／生巡死的歸路

　　啊！彼處時光不流逝／時光永遠沉默

　　沒有悲哀沒有憂慮／洗去凡塵一切的死

多麼叫人懷念／確實如此
神用黑白兩線／永遠編織生與死
聲音啊！／莫再發出來！
空車已經極盡喧嘩（頁90）

這些都以打破沉默／靈魂甦醒為喻，或借助淋濕五月雨的蝴蝶，也談
及時光永遠沉默，沒有悲哀沒有憂慮；或借著小鳥歸舊巢作為發端，
去省思生與死的嚴肅議題。與零、空虛等歸零後的尋思相同，沉默未
必無聲，歸零反而是突破世俗對立追求更大的圓滿。這應有莊子的深
層浩嘆：

> 是故內聖外王之道，闇而不明，鬱而不發，天下之人各為其所
> 欲焉以自為方。悲夫，百家往而不反，必不合矣！後世之學
> 者，不幸不見天地之純，古人之大體，道術將為天下裂。

只可惜道術將為天下裂，他的用心畢竟如莊子一樣，只能如「時光永
遠沉默」終究不為人知，雖然「空車已經極盡喧嘩」。[55]

（四）生命的歸路

象徵他生命的歸路的詩篇也不少，首先為〈情感的小船〉：

我和情感搭乘小船／出航生之島
「怎麼搖得這麼厲害」／「可是只要風不停止」
情感低頭啜泣——／情感再度悲傷地抬頭望我

---

55 郭慶藩：《莊子集釋・天下》（臺北市：河洛圖書出版社，1974年3月，初版），頁
1069。

　　啊！終究她是不懂得安靜／才來到這個世上的啊（頁34）

以搭船為追尋真理的隱喻，加上情感的因素，隱含有在愛情與追求理
想中的兩難。另有〈失題〉：

　　時光如流／流向永劫的世界
　　群星飛舞／於窮蒼的彼方
　　雲間出笑月／花笑
　　在小溪旁／蝴蝶嬉戲
　　於野外的草叢／婉轉雲雀衝上雲霄
　　悲情襲來／不期然
　　歡喜湧現／青春的胸懷
　　生命之花開滿生命的曠野（頁50）

青春的胸懷開滿生命之花，雖失題，仍可看出對於超越時光之流，追
尋理想的熱情。另外又有〈蝴蝶對我私語〉：

　　蝴蝶對我私語／「歸去──
　　搭著五月的微風投入自然溫馨的懷抱
　　日照月輝蟲鳴／春臨愛的蓓蕾已綻開
　　這裏只承認活下去的價值／你──不是已經夠多了嗎？」
　　──噢！這是生命的歡喜！／一陣冷風掠過心靈的空隙（頁
　　56）

也是強調投入自然的懷抱中的生命的歡喜，此外，〈死亡樂園〉也有
生命與死亡辯證的省思：

　　驟然星沉／落入胸中的小池

　　月默默偷瞧／——從森林的樹蔭——

　　有限紛紛溶解／落入無線的潮水

　　生命悠然上路／——從死亡樂園（頁 64）

生命要從新開始上路，就得從死亡樂園。另有〈魂的故鄉〉：

　　看那蒼穹浮雲／吾心常嚮往魂的故鄉

　　啊！彼處是清水潺潺的麗村／還是寸草不漲的無人荒漠

　　悲暮夕蟬催我至昏暗的樹蔭／生命的曠野醉霞

　　無名花草盛開／一夜啼叫地山峰靈鳥暗中直飛

　　噢！那是惜春落花的啜泣嗎？／抑或但聞報曉的雷鳥在展翅？

　　（頁 73）

鍾情於靈魂的故鄉，又如〈真理的家鄉〉也依稀看到荊棘道路的水
上版：

　　船一入真理的家鄉／船夫叫——

　　天空看不見星星／狂風夜四面烏黑

　　船夫啊！／這木葉扁舟於風浪中

　　會沉默吧？／客人啊！——不要怕！

　　神會守護我麼呵！／在此風暴中

　　不要在乎逆捲怒濤／客人啊！

　　才能達到真理的家鄉（頁 100）

也以此進入真理的家鄉，但通往真理的家鄉的路上則充滿著種種的考

驗。[56]以上二詩堅持理想、對種種惡劣環境的考驗，不在乎也不畏懼才能真正到達。但所謂真理的家鄉呢？那是一無悲無喜也可說是無表現，也就是超越世俗的表現的境界。作者另有一篇論述〈靈魂的故鄉〉文長約兩千字，茲引二段與此詩參看：

> 宇宙的意義是因為醉心於白日夢。
>
> 剔除創造，人生剩餘甚麼？無詩無創造的生活亦如荒漠。

所謂宇宙的意義，及真理者原來在此詩的創造中。[57]〈吾家似遠又近〉感嘆道：

> 何處來／何處去／澗水涓涓
> 匆匆越過山岩／悄悄鑽過落葉／不為人知默默前行
> 不顧岸邊花爭妍／不聞樹蔭之妙樂／急急奔向深淵的歸路
> 日暮——尚有明日／吾家似遠又近（頁 102）

對於真理所在的家園，只能默默前行，且不為外在的美好安逸所耽擱，日暮了尚有明日的路程，然而看似遙遠的家園，其實又可說很近。這種對真理追求的努力不懈，就是詩的書寫，每一個當下都可以說已經到達。

　　〈生命的歸路〉（另譯：〈生命的家鄉〉）：[58]

---

56 王氏在〈詩聖泰戈爾〉曾引用泰戈爾的描述：「船夫喲！渡我到彼岸！」又說到這首歌印度人都會唱，馬車伕也是一邊趕著馬車，一邊唱這首歌。——然後泰戈爾直說道：「到底這首歌的真意何在呢？它是在表達千萬人心中對永恆的期望。」

57 莫渝編：《王白淵・荊棘之道》，頁8-9。

58 莫渝編：《王白淵・荊棘之道》，頁98。引巫永福譯本。

百花繚亂的花園／飛掠蝴蝶二三隻

悲哀今日又匆忙／將去何處

啊！魂嚮往者／——希望的花園

鳴蟬聲朗朗／林蔭亦清涼

悲哀快樂一日／沒入晚鐘

啊！魂憧憬者／——自由的樹蔭

忘卻時光　歌詠雜草／秋蟲歌聲亦多樣

悲哀過往雁聲／破空靜

啊！魂歸去者／——自然的胸膛

吹來岡上枯木（山岡吹來的冬風）／小鳥不出巢

悲哀飄零細砂／鼠匿穴

啊！魂歸去者／——生命的歸路（頁 124）

此詩在詩集〈晚春〉懷念故鄉二水：「中央山脈比夢還淡，濁水溪流貫永遠」後，以魂魄所嚮往、所憧憬的「希望的花園」、「自由的樹蔭」為喻，已可見作者對於故鄉家園能否得到自由的期盼，這也是他期待能歸去的「自然的胸膛」回歸到自然的懷抱裡，雖未曾明言，也很難扣合其他現實環境，但這道路——生命的歸路的隱喻，許是荊棘之道所追求的終點。[59] 凡此第三類象徵的詩篇，與其他不同，倘定要有所指涉，雖可導向當時的不義的政權，甚至受到甘地影響，對於歐洲強權有所指責，但這應在前兩類所引的詩篇中較為明顯，尤其受到新即物主義影響的第二類，更為可觀。在此隱喻的第三類中如〈生命

---

59 此為詩集的第六十三首，以下兩首為第六十四首〈給印度人〉對於甘為英人看門狗的印度人的指責，與第六十五首〈佇立揚子江〉對於革命後青年中國的期待，寫作的旨趣已有所不同。

的歸路〉中的「希望的花園」、「魂的故鄉」等等，也許更應從他臻於
藝術與宗教的理想境界去參透吧。[60]

六　結語

正如〈詩聖泰戈爾〉中所言：「詩人是介於天人之間的存在，他是
在對人們傳遞上天的訊息。」我們試由《荊棘的道路》的分類細讀，
可以發現處在那動盪的時代，王氏固然在人生的道路上有所選擇，但也
經過了一番掙扎。這荊棘不只是外在的環境，更是他內在心裡的煎
熬，因而觸痛他鮮血直流。只因他既然不屑於平庸的以日本師院的美
術教員終其一生，在政治立場上一時也還不能全然認同旅日其他同
鄉，他堅持走自己在文學與宗教合一之路。於此陳才崑氏有剖析道：

> 要言之，面對人生的無常、時代社會的苦悶，以及臺灣遭人驅
> 使的悲運，王氏在精神心靈方面，似乎從朵思多耶夫斯基、柏
> 格遜的著作，乃至於優婆泥沙土的哲理和泰戈爾的藝術中，獲
> 得了救贖、解脫、超越，從而瞥見了生命昇華的希望、人生的
> 意義，於是發酵成這六十幾首既藝術又宗教、哲學的詩篇來。[61]

確實很能深入道出他詩歌方面的成就。我們細讀其詩作，詩歌的表現
上，除了新即物主義的技巧下的〈地鼠〉等一些詩篇有較強烈的被壓

---

60 莫渝編：《王白淵・荊棘之道》，頁147，於此日本橋本恭子在肯定「王白淵透過優
　婆泥沙土和泰戈爾的思想，學到人『超越個性的侷限，與宇宙的大靈（梵）同化
　一』是最理想的狀態。」且又說：「而且這棄我歸梵的想法並不是形而上學的抽象
　概念，相反地，把自己一切獻給比自己崇高偉大的思想、藝術——具體地表現於生
　活中，才有意義。」
61 陳才崑編譯：《王白淵・荊棘的道路》，導讀。

迫者的比喻外，其他多半書寫自己對詩歌美與宗教理想的堅持，堅持
傳遞上天所要透露的訊息，縱使不為人知也無憾。如〈詩人〉一詩中
的自道：

　　詩人生而沒沒無聞，啃噬自己的美而死。

因而他才會在生命之谷上遇到種種難關，所幸他有盧梭、高更等藝術
界的前賢可以追慕，也有宗教信仰──基督的支持。當然印度泰戈爾
詩人與中國早期老子道德經的道法自然的思想與鄉賢林先生功成不居
的影響，也都讓他縱使掙扎得遍體鱗傷，他也不計毀譽的要堅持走此
曲高和寡的道路。他要追求的生命的歸路已經屢屢在集中希望的花
園，或回到自然的胸脯展現出來。他的圓滿不偏的智慧，在詩歌的大
地中，處處可見。他也期待這自由的樹蔭、生命的家園能圓滿和諧的
達到，也能獲得讀者，包括統治者被統治者、臺灣人甚至日本人的體
會與認同。這真是偉大的宏願，不細讀其詩，又如何能領略他在理想
與現實間的堅持？[62]

　　尤其在〈零〉與〈二灣流水〉等等詩篇中，更可體會詩人的苦心
孤詣，他希望在文學美與宗教善的薰陶下讓一切人為的對立可以化
解，讓帝國統治者體會這種世界文明的思潮，也讓受委屈的被統治者
包括臺日的人民都得到拯救。可惜，這太過一廂情願了，「我本有心
向明月，奈何明月照溝渠？」在當時的政治環境下，軍國主義的思

---

62 莫渝編：《王白淵‧荊棘之道》，頁143，於此橋本恭子曾討論王氏當時的心境，引
　用羅秀芝的話說他：「就像是蒙上一層黑雲的詩人天空」，也認同王白淵的自白：
　「理想與現實──這難兩立的名詞，常常使一個人或一個民族，陷於無間地獄。」
　並認為：「王白淵這種誠實的態度，必定是他逐漸鍛鍊出獨特的想法，最後結成
　《荊棘之道》果實的原因吧！」

潮，自然容不下這種詩與宗教美的召喚，所以詩集一出就橫遭禁燬及入牢的命運。也逼得以文學改革或文化使命自許的詩人[63]，從此積極參加政治社團，走向政治的不歸路。

　　如此執著於詩歌美善的追求，雖然是荊棘遍地，讓他當日橫遭苦難，一時也解決不了難題，但如今事過境遷後，重新細讀省思他那時的悲願與堅持：

　　　明月獨行／照耀夜的漆黑／詩人孤吟／訴說萬人的塊壘

他詩中的深邃奧妙，直到如今還繼續訴說著不同世代人的胸中的鬱悶。

---

63 陳才崑編譯：《王白淵・荊棘的道路》，導讀。尊稱他為「文化先覺王白淵」。

附記

　　另外或許可稍加留意的是《荊棘的道路》的篇數數字，實在隱含作者的特殊密碼。因詩集中除了序詩外，計有六十五篇，最末兩篇〈給印度人〉和〈佇立揚子江〉是後來的作品，扣除這，實得六十三篇。也可以試推這隱藏的意義：作者寫詩時，遭遇到來自各方的種種質疑和挑戰，他依然留戀在文學的塔內，徘徊在詩國的天地中，不忍離去，豈非有如當年困於羑里的先知。雖然道路充滿著荊棘，但詩人相信詩的理想國終能實現，終於以書寫〈晚春〉和〈生命的歸路〉後告別。六十三篇未必有相對應的數字。若加其一，成為六十四，則與《易經》六十四卦的數字吻合。就像易經，易有三義：簡易、不易、變易。不易的道理是想要變易就從簡易開始吧！

　　試看這六十三篇中幾個關鍵詩篇的排序。首篇〈我的詩沒有意思〉強調其詩來自於：「我的詩沒有意思／終日馳騁生命的原野──／一直啃噬智慧樹的果實……」，再對照他引自泰戈爾「詩歌本係屬於不厭煩下界，具有天界性的東西」，再對照孔子「述而不作」以及《易經》〈乾卦〉象曰：「天行健，君子以自強不息。」等，則首篇自可以比如「乾卦」。其次，第二篇〈地鼠〉也饒有趣味，關鍵在地，地為坤，按照《易經》〈坤卦〉象曰：地勢坤，君子以厚德載物。所以「旦夕徘徊在邁向光明的暗路……」坤，地鼠，很能表達這被壓迫的人民的心聲。

　　第三篇〈生命之谷〉跟屯卦的震下坎上的組合也很相近，尤其此卦，象曰：「雲雷屯，君子以經綸。」說的正是君子可以有為之時。[64]對照此詩：「驚異瓊漿般的靈泉在竊竊私語／沒有冒險體會不出生命

64　傅隸樸：《周易理解》，頁44。

的奧義／朋友們！／大膽踏入生命之谷吧！」更是如桴鼓之應。第四篇以下也各有可以解讀會通者。如第十一篇為〈藝術〉：「朋友們──於是陶醉在我的白日夢裏。」在《易經》則為第十一的「泰卦」，有天地交泰意。十二篇為〈佇立空虛的絕頂〉也頗有意味：絕頂上孤絕無人知，象徵不就如第十二「否卦」的天地不交。至於第二十四篇〈風〉最後：「和家父火紅的太陽一同歸來」終能復歸，了卻漂泊在外者的心願，與第二十四的「復卦」又可相應。比較得深思的是第三十二篇為〈死亡樂園〉相應於《易經》為「恆卦」看似矛盾，然〈死亡樂園〉詩云：「有限紛紛溶解／落入無限的潮水／生命悠然上路／──從死亡樂園」而恆卦也一樣，「卦辭是恆亨，而六爻卻都是反恆的，教人於恆久固定中求其當變與可變之理。」要恆久就要變化，要生命上路就從死亡樂園。這不只是《奧義書》，古《易經》也有此奧妙，也給時人無限的啟示。更妙的還有第三十六篇的〈遐想什麼〉：「飼養在籠中的小鳥／仍有思慕蒼穹的遐想──你崇高的志向」對照此明夷卦的「明夷利艱貞」果真，明夷待訪，讓處境艱難的詩人有一絕處逢生的想望。

　　還有詩集中最重要的〈詩人〉一詩，何以放在第四十一篇？對照《易經》第四十一「損卦」，或可明白。〈詩人〉的警句：「詩人生而沒沒無聞，啃噬自己的美而死。」不就此「損卦」的「懲忿窒欲」，且也如老子：「為道日損，損之又損，以至於無。」嗚呼！時代的困阨，詩人只能化個人的憤怒為大美大愛，為行此美愛之道，所以孤吟的詩人真要啃噬自己的美而死。另外第四十七篇的〈時光的浪人〉居然對應四十七的困卦，照易經序卦說：「升而不已，必困，故受之以困。」以及象曰：「君子以致命遂志」這種不計其困的堅持，正如此篇第一章：「這些我都不看它一眼／遠遠地以風雨為友」，還有第五十

一篇〈真理的家鄉〉「不要在乎逆捲怒濤／客人啊！／才能達到真理的家鄉」，也對應第五十一震卦「初九，震來虩虩，後笑啞啞，吉」其後第五十八篇的〈仰慕基督〉更對應第五十八的「兌卦」，兌如悅，何以不加心字旁？「完全本乎天性，非出有心，故不用心」[65]真能表現仰慕基督的心意。

當然還有能相扣合的，在此無法一一提及，但不得不說最後第六十三篇的〈生命的歸路〉，此詩從「希望的花園」到「自由的樹蔭」到「自然的胸膛」以至於「生命的歸路」，這與《易經》第六十三「既濟」的離下坎上，也頗能相應。何者?水火相濟只是初步完成，「既濟，亨小，利貞，初吉，終亂」，作者當時應還未有完成詩稿即成就一切的喜悅，對照後來的禁燬及入獄之災，似乎竟成了預言。若此照應最末「未濟」六十四卦，可說又分為兩篇:〈給印度人〉、〈佇立揚子江〉，頗有積極入世的政治批判。前者如:「悲哀堂堂釋尊後裔／亞細亞無限的侮蔑／印度人啊！印度人！」的譴責;後者如:「老子冥想孔子教訓／貴妃夢已成過去／葬送吧！葬送一切的過去──」[66]的省思。相應於「未濟」:「火在水上，未濟，君子以慎辨物居方」對未來前途有更加戒慎恐懼的選擇與期待[67]。

要之，詩集的編次數字，對應於六十四卦，頗可以看出作者妙手得之的安排。昔者西伯幽於羑里而演周易，今者困於盛岡的理想與現實間的王白淵，藉著詩作想要扭轉時代思潮，雖知其困難，因而命名為《荊棘的道路》。終信目標未來將可達成，因而小結於〈生命的歸路〉為既濟。衷心期盼因為這詩，一切可以救贖，可以圓滿，那奴役人的與被奴役的都將能獲救。只可惜這內聖的理想密碼，在那軍國主

---

65 傅隸樸:《周易理解》，頁485。

66 陳才崑編譯:《王白淵・荊棘的道路》，頁127、129。

67 傅隸樸:《周易理解》，頁531及542，「既濟」、「未濟」所引《易經》文字。

義與左翼思潮對峙且籠罩一切的時代，畢竟只是有些浪漫而已，隻手難以回天。最後，作者只能將此文化密碼，藏之名山，留與後人研讀與慨嘆了。

參考文獻

陳才崑編譯：《王白淵・荊棘的道路》，彰化縣：彰化縣立文化中心，
　　　1995年6月。

莫渝編：《王白淵・荊棘之道》，臺中縣：晨星出版公司，2008年11月。

賴和著，林瑞和編：《賴和全集・漢詩卷下》，臺北市：前衛出版社，
　　　2000年6月初版。

陳虛谷：《陳虛谷作品集》，彰化縣：彰化縣立文化中心，1997年12月。

蕭　蕭：《土地哲學與彰化詩學》，臺中市：晨星出版公司，2007年7
　　　月。

陳芳明：《左翼臺灣：殖民地文學運動史論》，臺北市：麥田出版社，
　　　2011年1月二版。

周　璽：《彰化縣志》，南投縣：臺灣省文獻委員會，1999年一版二
　　　刷。

傅隸樸：《周易理解》，臺北市：中華書局，1975年10月二版。

〔晉〕王弼：《老子王弼注》，臺北市：河洛圖書出版社，1974年10月
　　　初版。

郭慶藩：《莊子集釋・天下》，臺北市：河洛圖書出版社，1974年3月
　　　初版。

漫遊者巡弋的空間詩意
──取王白淵《荊棘之道》抽樣為例

林良雅

摘要

　　王白淵立志當「臺灣的米勒」，卻變身為詩人，留下《荊棘之道》文學著作。詩名高於畫家、美術評論。盛岡是書寫《荊棘之道》時期的現實空間。本文試著以漫遊者的心情，詮釋王白淵在盛岡的心境與視境。漫遊者等同閒逛者、休閒晃遊者等清閒輕鬆之意。本文作者發覺盛岡時期的王白淵有三個心境與視境，衍生三個空間書寫：心靈的空間（兼畫家的轉移）、現實的空間（及戀情的角色）、記憶家園的空間。最後，粗略推論，王白淵未當成「台灣的米勒」，當他變身「台灣的啄木」同時，《荊棘之道》裡詩篇的農鄉文字氛圍，似乎回應了米勒的巴比松畫境。

關鍵詞　王白淵、米勒（密列）、啄木、漫遊者、靈魂的故鄉

一　前言

　　台灣新文學開始的第一個十年代（1924-1933），有三本詩集出版：
張我軍（1902-1955）中文詩集《亂都之戀》（1925 年 12 月）、陳奇雲
（1905-1939）日文詩集《熱流》（1930 年 11 月）、王白淵（1902-1965）
日文詩文集《棘の道》（1931 年 6 月）[1]。他們三人互有一些同質性：
一、是日本殖民地的台灣子民；二、離開自己的出生地，跨越海島到
外地留下詩名，陳奇雲從澎湖到高雄轉台北，張我軍西進中國廈門上
海北平（京），王白淵北徙日本東京盛岡；三、生前出版唯一詩集，
詩集出版後，甚少或不再寫詩。張我軍和王白淵尚有幾個相似點：
一、同年出生，一九〇二年，張我軍十月七日，王白淵十一月三日；
二、詩集寫作與出版的背景摻有戀情，一位同學戀一位師生戀；三、
戀愛對象：一中國姑娘、一日本女子；四、在婚姻中出版詩集。張我
軍和王白淵的寫詩歷程，隱隱相似，他們的詩活動都置身他鄉，欲尋
某種「靈」的寄託；寫詩，正是他們的「心靈」的窗口。原本寫傳統
古典詩的張我軍在北平寫出第一首白話新詩，進而完成台灣新文學第
一本中文白話新詩集《亂都之戀》；原本學美術的王白淵在日本岩手
縣盛岡萌生詩興印製日文詩文集《棘の道》。他們兩位都是離鄉背井
遠赴異地的漫遊者[2]。

1　文獻顯示，水蔭萍（楊熾昌，1908-1994）有詩集《熱帶魚》（1930）與《樹蘭》
　　（1932）；唯二戰末期美軍轟炸台灣時，戰火中燒燬，未留文本，僅存記錄。

2　漫遊者（Flâneur）。Flâneur，出現過不少譯筆，如：休閒逛街者、閒逛者、閒晃
　　者、閒蕩者、晃遊者、漫遊者、漫步者、晃蕩者、閒晃者、流浪漢、遊蕩者、遊走
　　者、遊走好閒者、遊手好閒者、不務正業者……等。現在較通行採用漫遊者。波德
　　萊爾除詩集《惡之華》外，他的散文詩集《巴黎的憂鬱》是過世後的遺著。生前，
　　曾使用過多次不同標題與建議的書名。一八六一年的信簡中曾提到其散文詩集可用
　　《孤獨的散步者》或《巴黎的漫遊者》。

　　德國籍猶太學者班雅明（Walter Benjamin, 1892-1940）研究法國詩人波德萊爾（Charles Baudelaire, 1821-1967）撰述《發達資本主義的抒情詩人》乙書，先在第一章〈波德萊爾筆下的第二帝國的巴黎〉提出「漫遊者」概念，續在第三章〈巴黎，十九世紀的都城〉說：「與其說這位寓言詩人的目光凝視著巴黎，不如說那是異化的人的目光。這是漫遊者的凝視，……漫遊者仍站在大城市的邊緣，猶如站在資產階級隊伍的邊緣一樣，……。他在人群中尋找自己的避難所。」[3]異化的人處在當下的目光，既疏離又介入，或言「他者」[4]。而「漫遊者的凝視」絕非走馬看花的觀光客心態，他要將景象定格、文字化，成文學，成詩。漫遊者、異化的人或他者，都是某一時空的過客。

　　原本只想安分於台灣鄉間教師的王白淵，為求擔任美術教師不果，感受到「在殖民地長大的人不能不嘗的東西」（謝春木〈荊棘之道・序〉），即台籍與日籍的待遇差異。轉而嚮往較高階層的畫家的夢想。在閱讀日人工藤好美的論著《人間文化的出發》[5]，其中〈密列禮讚〉乙篇使他的人生起了「重大底轉向」。密列，即米勒（Jean-François Millet, 1815-1875），是法國十九世紀後期畫家，以〈拾穗〉、〈晚禱〉、〈播種者〉、〈荷鋤者〉、〈採收馬鈴薯〉等農村畫聞名。王白淵心儀密列畫風和「清高的一生」，加上「我母親遺傳給我的美術素質所使然」（王白淵〈我的回憶錄〉），這一年一九二二年，他立志

3　趙釧玲：〈從班雅明的城市漫遊者現象談起～初探網路漫遊者現象〉，《網路社會學通訊期刊：http://www.nhu.edu.tw/~society/e-j.htm》第57期（2006年10月15日發刊）。文字略有調整。

4　他者，英文the other，從前譯為：異己。近來流行譯作：他者。

5　王白淵一直認為《人間文化的出發》是工藤好美的論著；這是他的誤記。《人間文化的出發》原作者：工藤直太郎，日本：大同館書店出版，1922年。工藤好美，一九二二年時二十五歲青年，後為台北帝大（台灣大學）文政學部教授，戰後回日。其妹工藤壽美嫁給畫家立石鐵臣（1941）。

「想做一個台灣的密列，站在象牙塔裡，過著我的一生」（同上）。一年後，研究美術的心志更強烈，終於，王白淵以台灣總督府的留學生，於一九二三年四月如願進入東京美術學校。

美術仍然是王白淵這時期的本業，他尚涉獵更多的書刊，除日本文藝思潮與作品外，也包括俄國杜斯妥也夫斯基的小說、英國濟慈的詩、中國老子、孔子與胡適的哲學、印度與古希臘相關書籍等，以及印度泰戈爾（1861-1941）的詩文思想，特別是泰戈爾，一九一三年獲得諾貝爾文學獎後，泰戈爾在一九二四年五月二十九日至七月第三度到日本訪問，掀起的旋風，王白淵既感受印度的獨立運動，更敬慕這個東方主義的「詩哲」。另一方面，他還和同年級生共同創辦蠟版油印刊物 GON。

王白淵的思想慢慢形塑了。一九二六年三月，東京美術學校圖畫師範科畢業；同年八月二十九日完稿的論述〈靈魂的故鄉〉，是這時期思考的結晶，文長約兩千字。開頭，用感性的抒情文筆，陶醉於時節變化的田野：由蝴蝶翩翩的妍麗春景，引入對藝術的憧憬；由月下輕吟的秋蟲、蛙鳴的夏夜，發出對大自然妙曲的驚嘆。接著，從各民族歷史的演進，找出何種藝術是靈魂的故鄉。在此，王白淵提及：尼羅河的古埃及、恆河的印度、黃河的支那（中國）、文藝復興的義大利、供牧神潘恩奔馳的希臘原野……等，引錄前人的話有：泰戈爾強調的詩與友情是生命之甘泉，英國詩人濟慈的「美即是真，真即是美」，耶穌基督勸誡世人「瞧瞧野地裡的百合」的話。最後結論，綜合以上求得「真理之籽」，展現「澄明的情感與自由的理性」，才是「靈魂之鄉」的勇者。

這篇〈靈魂的故鄉〉雖然有拼湊再組合的情形，王白淵仍肯定：宇宙的意義是因為醉心於白日夢。剔除創造，人生剩餘什麼？無詩無創造的生活亦如荒漠。

　　因緣際會，一九二六年十二月，王白淵獲聘擔任東京北邊岩手縣盛岡市「岩手女子師範學校」的教諭，這是一份正式教員的職務，該校為培訓小學女教員的學校。對從殖民地長大，原本不平衡於殖民宗主國的台灣青年而言，至少有心理調適的壓服作用。

　　本文嘗試以漫遊者角色，探索王白淵在盛岡空間的詩興與詩作。

二　漫遊者王白淵的心境與視境

　　王白淵在日本約十年歲月，依居留地點與身分，大約可以分三階段：東京美術學生時期三年六個月：一九二三年四月到一九二六年十二月。盛岡教師時期六年：一九二六年十二月到一九三二年十一月。東京文化人時期六個月：一九三二年十一月到一九三三年七月。之後，他到上海任職通訊社及教書，一九三七年發生囹圄之災。

　　盛岡，位於東京北邊，王白淵究竟懷抱怎樣的心情初履陌生地？興奮喜悅？忐忑不安？跳脫了殖民地子民卑屈？

　　在盛岡，王白淵是師範學校的美術教師。岩手縣具代表性的藝術家萬鐵五郎（1885-1927），是將前衛繪畫帶入日本洋畫界的天才畫家。似乎沒有對王白淵有過影響或認知。倒是盛岡短歌作家石川啄木（1886-1912）的作品《一握之砂》，王白淵在赴任前後或許有所接觸、閱讀，甚至感染到啄木描寫的自然風光。唯並無留下任何書寫的印痕。石川啄木生前潦倒，死後詩名永存，是盛岡地區重要詩人文學家。不過，王白淵在一九三一年六月出版《棘の道》，多少享譽東京的台灣留學生圈與文化界，乃至詩人離開東京，人已在上海，他的同伴們依舊懷念。他們的日文機關刊物《福爾摩沙》雜誌第二號（1933年 12 月 30 日），「點將錄」乙文有一段介紹：「黑暗之夜，哭過夜晚，譏笑夜晚──是情熱血多情的詩人，台灣的啄木。因長年居住在

北方，他的神經變成懦弱，故到了上海，發現自己是一個日本人，而驚訝失色。可是，如今他的詩魂舒展而自由開放了。如同人類將他的屍骨從揚子江的岸邊拾回來。詩人喲！高聲歌喊吧！」呼喚離開盛岡的「台灣的啄木」王白淵，向詩靠攏，回歸詩隊伍。儘管不像稍晚的台籍詩人吳瀛濤、詹冰都有詩作題贈啄木。由此推之，王白淵會閱讀欣賞石川啄木的著作，或許難免。

縱觀王白淵身處盛岡，面對當地自然地理與人文景觀，應該十分貼近及投入。未到盛岡前，東京美術學生的王白淵，藉由閱讀泰戈爾著作，已形塑其靈魂故鄉的意念，這種仿若烏托邦的心靈地理空間，一直留存著。文化地理學者從地景書寫的思維，提出「家園記憶」，想家還鄉的情愁，都會出現在遠行的漫遊者身上[6]。

依此類推，漫遊者王白淵漫遊盛岡六年，迴盪著三個心境與視境，對應身處的空間，即縈繫著三個空間：安頓心靈的空間即「靈魂的故鄉」、盛岡現實環境的空間、記憶台灣家園的空間，換言之，前瞻的期待、眼前的當下、過往的回憶。

《荊棘之道》裡〈歲月的流浪人〉乙詩，王白淵自許是「歲月的流浪人」，三段詩，不理外界任何事物，他「與風雨作朋友」、「與自然握手」、「與生命之神擁抱」。風雨，回應家鄉空間；自然，對照現實空間；生命之神，呼喚心靈空間。「流浪人」等同漫遊者。〈歲月的流浪人〉乙作儼然詮釋了王白淵在盛岡六年的三個心境與視境。

6　Mike Crang著，王志宏、余佳玲、方淑惠譯：《文化地理學》（臺北市：巨流圖書公司，2006年9月，初版四刷），頁58。該書指出「文學在塑造人群的地理想像方面，扮演著核心要角。」

三 《荊棘之道》的抽樣詩作與空間

　　王白淵在日本的十年歲月，在盛岡的時間最長，或許也是他一生
最安定與美好的時光。除教學尚順利，還包括一段美好的異族戀情與
婚姻。戰後，王白淵回覆曾經同事川合祐六的信，這麼說：「離開盛
岡之後我也吃足了苦頭。過去的歲月想來只如一場夢，唯獨盛岡時的
那一段日子是好夢。杜陵秀麗的自然景色、川合兄等友朋溫暖的情
誼，至今思想起猶覺幸福。」[7]

　　在盛岡，王白淵先是美術教師兼畫家，同時是旅人般的漫遊者，
隨著日本女子久保田良一九二八年三月進入盛岡市女子師範校就讀，
一年後，一九二九年三月畢業。她和王白淵的師生戀，應該（或許）
萌生此時。王白淵增添一個角色：戀人。旅人兼戀人是詩文學寫作重
要觸媒。也在盛岡，王白淵迸發詩興，寫詩，在學校《女子師範校友
會誌》發表詩文，繼而自印詩文集，成為有著作的詩人。

　　旅居異地的漫遊者，是介入陌生地的他者，是新鮮景點的觀光
客，是美術教師，是畫家，是旅人，是戀人。這樣多重角色，透過三
種書寫空間的詩篇傳輸作者內心的翻騰。於此，王白淵追索藝術的心
境詩篇歸入安頓心靈的空間，戀情詩與盛岡現實的空間密合，鄉愁台
灣的詩則歸納入記憶家園的空間。

　　初步，將之列表如下：

7　毛燦英、板谷榮城作，黃毓婷譯：〈盛岡時代的王白淵〉下，《文學台灣》第35期
　　（2000年7月），頁261。盛岡即杜陵。「杜陵」音：MORIOKA，即「盛岡」MORIOKA
　　的雅稱。見頁252。

分　　類	詩　　　　例	備　　註
安頓心靈的空間	〈靈魂的故鄉〉、〈序詩〉、〈生命的家鄉〉、〈地鼠〉、〈藝術〉、〈向日葵〉、〈高更〉、〈未完成的畫像〉。	
盛岡現實的空間	〈田野雜草〉、〈愛戀的小舟〉、〈花與詩人〉、〈山茶花〉。	
記憶家園的空間	〈島上的淑女〉、〈南國之春〉、〈晚春〉。	

　　在東京，美術學生的王白淵因為閱讀與仰慕泰戈爾，形塑了他的思想。他到職後一年，該校《女子師範校友會誌》第五號（1927 年 12 月 5 日）出版，刊載王白淵論說〈詩聖泰戈爾〉和〈靈魂的故鄉〉、〈生命的家鄉〉等八首詩；第六號（1928 年 12 月 5 日）出版，刊載王白淵論說〈靈魂的故鄉〉和〈花與詩人〉等六首詩。

　　王白淵的論文〈靈魂的故鄉〉一九二六年八月二十九日完稿，剛畢業的美術學生，尚未得知赴任盛岡教職。同一思維（同標題）卻以詩的形式先行發表，是否暗示著心靈追索的迷惑待解？心隨四散浮雲，「憧憬靈魂的故鄉」；浮雲可抵的地方，即是靈魂的故鄉？靈魂的故鄉是美麗鄉？是淨土？是無人沙漠？是何處？詩人無言，似乎絕非眼前現世的現實地理。與詩〈靈魂的故鄉〉同時發表的〈生命的家鄉〉乙詩，雖有感歎哀傷，仍抱以憧憬和期盼，渴求靈魂（心靈、精神）前往希望的花園、自由樹的陰鄉、自由的胸膛，這樣的「生命的家鄉」。在論文〈靈魂的故鄉〉，王白淵則抱著泰戈爾式的東方主義，為自己解惑。東方主義的理念延伸到詩集的〈序詩〉。詩〈靈魂的故鄉〉以「浮雲」為引子，〈序詩〉則以「蝴蝶」為引子。困惑的浮雲無解，他在蒼空；飛往地平線的蝴蝶，明確指示詩人擁抱東方擁抱亞細亞：東天輝煌的黎明標誌、神聖的亞細亞。還得分清楚，這首詩寫於一九三〇年二月五日，跟日本政府在一九三〇年代（1938、1940）

才確定的大東亞共榮圈應無關聯。跟詩〈靈魂的故鄉〉的理念西相較，王白淵〈序詩〉的「擁抱亞細亞」更貼近論文〈靈魂的故鄉〉。〈地鼠〉乙詩，作者幾乎崇拜的讚美可親的小精靈，進而將地鼠生活「抱著地上的光明／在黑暗中摸索著」暗喻藝術的創造精神。

王白淵是美術教師及畫家，學校刊物《女子師範校友會誌》第五、六期封面就是他設計[8]。詩文集內有四首〈藝術〉、〈向日葵〉、〈盧梭〉、〈高更〉，獨缺米勒，比較令人納悶。

普遍對梵谷的認知，大都會聯想到向日葵；向日葵等於梵谷。〈向日葵〉乙作先是歌詠梵谷同題的名畫，向日葵散發的熱情是梵谷以熱情繪出的；梵谷融入向日葵，向日葵展露梵谷的生命與靈魂；兩者合而為一。進而，詩人期待畫中的向日葵「以你的熱情燃燒我的肉體／變成真理的火焰吧／那瞬間我將從灰色的實體解放／如鷹飛翔於光明的世界」。詩人畫家王白淵藉觀此畫，能找到「真理」的火焰與「光明」的世界。

對梵谷禮讚取其名畫，對高更，王白淵則讚許畫家擺脫巴黎文明，「人間大都是枯木／教育多半無意義」，轉入原始大溪地的作為。王白淵欣賞高更接受大溪地原住民毛利族的信仰神話純樸的洗禮，畫風脫胎換骨，為後世立下典範。詩末尾「你的藝術把我們帶回／幾世紀的古昔／令人緬懷的素樸故鄉」，素樸故鄉，與〈向日葵〉乙詩的「真理」與「光明」，當然都是王白淵的靈魂故鄉。

至於〈藝術〉乙詩，與〈我的詩興味不好〉宜同時並列閱看。〈藝術〉詩言「若我有何藝術／只是如此而已」，「我的詩興味不好」，兩者意義相同，都是作者的謙虛。如此，自然認同〈我的詩興味不好〉詩言：是我心靈的標誌而已、是我心靈的記錄而已、我心靈的殘滓而已。

8　毛燦英、板谷榮城作，黃毓婷譯：〈盛岡時代的王白淵〉下，頁245-246。

　　盧梭，應是後期印象派畫家盧梭（Henri Julien Félix Rousseau, 1844-1910），而非啟蒙時代的法國思想家小說家盧梭（Jean-Jacques Rousseau, 1712-1778）。王白淵對盧梭的畫或許有深度閱讀與了解，曉得盧梭的畫中發掘大自然的神韻，以及追求本質的與精神的生命印象。在這首詩，王白淵詠歎「啊！盧梭喲／偉大的幼兒／你的藝術使人還童／真是地上美麗的寶玉」。

　　王白淵說：「杜陵秀麗的自然景色」[9]。杜陵即盛岡，可惜沒有明顯地景的描繪與敘談。詩集裡〈田野雜草〉一詩看似捕捉了地理寫生，他很親切的跟田野雜草交談，越談越投緣，連蝴蝶、菫花、薔薇，大自然裡原野間的生物都跟草一樣歡樂，要求田野雜草說說「你們醉於何等幸福的靈酒」。何等幸福的靈酒，儼然盛岡是一處人間樂土。

　　在盛岡，王白淵還扮演戀人的角色。約一九二八、一九二九年，王白淵和學生久保田良師生戀。一九三二年久保田改冠夫姓為王良。一九三四年三月十五日女兒芳枝出生，王白淵人已在上海。

　　是戀人，就得寫情詩。詩集裡留有三首情詩：〈愛戀的小舟〉、〈花與詩人〉、〈山茶花〉。〈愛戀的小舟〉乙作似乎是序曲，「我與愛戀搭著小舟／出航人生的海洋」，初得戀者，原應喜氣洋洋，春風得意，或許因為身分不同，難免患得患失，或許另有他因，「愛戀垂首啜泣」。

　　在戀情穩定，有了〈花與詩人〉、〈山茶花〉兩首詩的喜悅心情。「你是舞在生命上的春蝴蝶／我是唱愛戀的歌者」（詩〈花與詩人〉）。「親愛的庭中一叢山茶花／與你交談人不知的言語／為星與月今宵我希望與合唱／啊！唱吧再唱吧！／親愛的紅色一叢山茶花」（詩〈山茶花〉）。

9　毛燦英、板谷榮城作，黃毓婷譯：〈盛岡時代的王白淵〉下。

　　文化地理學者認為「家園感覺的創造，是文本中深刻的地理建構」[10]，其建構的模式幾乎都是史詩式的「英雄離開家園，歷經折磨，完成功績，然後雪冤回鄉」[11]。這是英雄事蹟的敘述，凡人在歸鄉不得，返園不遂，大概只能輕描淡寫地紓緩心緒，追憶家鄉親人美景，聊表鄉愁。張我軍第一首白話新詩〈沉寂〉，既懷鄉兼追求情愛的渴望。王白淵幾首懷鄉詩，純粹是記憶家園的空間。

　　〈島上的淑女〉臆想家鄉青春女子戀愛中的神韻：優美地輕步、婀娜多姿、溫柔之心、淑女的芳香、輕巧的走路（看不見的木屐響起）、愛戀的戰慄、年輕的害羞等，這些臆想，或許就是王白淵師生戀之際，久保田良的身影反射，一種心理想必然的轉嫁，再輔以島嶼植物：柳枝、槿花、櫻樹蓓蕾等。戀人眼中的對方都是「暗中發亮的鑽石」，既誇讚島上青春淑女；亦美麗身邊佳人，詩，的確妙用！

　　僅僅內文，大自然景色的敘寫，田園風光的描繪，看不出詩裡的明確地理位置，加上「南國」，才突顯空間的意義。〈南國之春〉一幅安靜恬適的台灣農鄉畫，可以歸入米勒（密列）巴比松畫風[12]的文字導覽。王白淵心儀密列，卻無相關互動詩篇，若因而有此聯結，不失彌補作用。

　　相較下，〈晚春〉詩裡有：高砂島、中央山脈、濁水溪，地理空間非常明確，加上牧童、水牛、村女、炊煙的農村景觀，還有「三月

---

10 Mike Crang著，王志宏、余佳玲、方淑惠譯：《文化地理學》，頁63。

11 Mike Crang著，王志宏、余佳玲、方淑惠譯：《文化地理學》，頁63。

12 巴比松畫風，巴比松畫派（Barbizon School）。巴比松位於法國巴黎南郊約五十公里的一個小城。鄰近有風景優美的楓丹白露森林。十九世紀三〇至四〇年代的，一批不滿七月王朝統治和學院派繪畫的畫家半隱居於巴比松，以描繪自然風光和田園鄉村生活為主。主張直觀自然與觀景寫生。藉由人、自然與光影三者的交織變化，將畫家本身意欲表達的情感，寄託畫作裡。柯洛（Jean Corot, 1796-1875）被稱為巴比松派之父、米勒為代表畫家。

節過後五月將半」，三月媽祖祭的遶境喧鬧，五月端午粽子的節慶，鄉愁鄉情濃烈許多。

以上，論談王白淵詩集裡部分詩篇所呈現的空間意義。身為漫遊者的王白淵，停留異地，佇足觀望，取自然景觀田園風光，藉三類詩篇傳輸了內心期待、移情與排遣。

四　結語

為了當「台灣的密列」，王白淵跨越海島北上到東京學藝，再往更北邊的盛岡，盛岡六年，王白淵化身「台灣的啄木」。由美術到文學，由畫家變詩人，一場戲劇性的轉折，奠基於東京時期定型的思想「靈魂的故鄉」。

追尋靈魂的故鄉，擁抱亞洲感情東方意識，可以讓王白淵跳脫殖民地子民的卑屈，躍升與殖民主相同位階，這種掙扎與掙脫的心路歷程，就是一條荊棘之道。

閱讀《荊棘之道》六十六首詩，幾乎都在傳達出王白淵三種書寫的空間：安頓心靈的空間、盛岡現實的空間、記憶家園的空間。三種空間出現蝴蝶、小鳥、雲雀、蛙、浮雲、水邊、小川、山崗、柳、櫻、大自然等農鄉風景，提到個人的心緒，必有未來、過去……的糾結與夢幻。這些連結其實就是立足盛岡、心懷靈魂之鄉、追憶家園，將盛岡的現實景觀揉合故園農鄉，描繪出期待的靈魂鄉。

儘管王白淵在藝術界未實現「台灣的密列」的夢想，但藉《荊棘之道》詩作的農鄉景緻、大自然風光的描繪，似乎複製與疊交了米勒巴比松的貌樣，隱隱兌現曾經的夢想。

參考文獻

一 專書

王白淵著，莫渝編：《荊棘之道》（臺中市：晨星出版公司，2008年11月初版）。

王白淵著，陳才崑譯：《王白淵・荊棘的道路》（上下冊）（彰化市：彰化縣立文化中心，1995年6月）。

本雅明著，張旭東、魏文生譯：《發達資本主義的抒情詩人》（北京市：三聯書店，1989年3月第一版）。

本雅明著，王才勇譯：《發達資本主義的抒情詩人》（南京市：江蘇人民出版社，2005年2月第一版）。

吳錫德著：《法國製造・法國文化關鍵詞100》（臺北市：麥田出版社，2006年3月初版一刷）。

Mike Crang著，王志宏、余佳玲、方淑惠譯：《文化地理學》（臺北市：巨流圖書公司，2006年9月初版四刷）。

李有成著：《他者》（臺北市：允晨文化實業公司，2013年2月初版三刷）。

丁沛詩撰稿：《田園美景・米勒與巴比松學派特展導覽手冊》（臺北市：環球策展公司，2011年3月）。

二 期刊

趙釧玲：〈從班雅明的城市漫遊者現象談起～初探網路漫遊者現象〉，《網路社會學通訊期刊：http//www.nhu.edu.tw/~society/e-j.htm》第57期，2006年10月15日發刊。

毛燦英、板谷榮城作，黃毓婷譯：〈盛岡時代的王白淵〉上下，《文學台灣》第34、35期，2000年4月、7月。

文藝淵源

論王白淵《荊棘之道》的詩作及其接受

——以和《人間文化的出發》的比較為中心[1]

唐顥芸

摘要

　　王白淵的詩文集《荊棘之道》有許多先行研究，可是關於其思想及內容還有許多不明之處，特別是對他曾說過受到影響的《人間文化的出發》一書，還沒有詳細的研究。

　　當初王白淵在〈我的回憶錄〉提到這本書時說是工藤好美的著作，可是經過筆者的調查，王白淵所讀的應該是工藤直太郎的《人間文化の出発》。

　　本論文以此調查為基礎，進一步深入比較《荊棘之道》和《人間

1　本論文以二〇一五年十一月十三日於明道大學舉辦的「踏破荊棘・締造桂冠：王白淵逝世五十週年紀念研討會」上發表的論文加以改寫而成。在此感謝評論人的意見。論文有部分內容參考筆者於中央研究院舉辦的「跨文化與現代性：歐亞文化語境中的華文文學與文化學術研討會」（2010年12月21日），以及於第十四回日本台灣學會大會（2012年5月26日）上發表的論文。此外，考量到關於《人間文化的出發》一書的調查過程，雖曾以〈王白淵の東京留学について〉（關於王白淵的東京留學）為題發表於《日本臺灣學會報》第10號（2008年5月），但相關內容未曾以中文發表，調查內容似不大為台灣學界所知，故將部分內容加以摘譯改寫於本論文中，特此說明。

文化的出發》，探討王白淵詩作的思想和在創作層面所受到的影響。具體上以王白淵自己曾提到的「原始人的夢」和「二元的相剋」這兩點為主，看《人間文化的出發》中關於這兩點的論述，然後分析王白淵的詩作對這兩點的體現。希望以本論文為出發點，將來能對王白淵的詩作的精神與技巧再作更深入的分析。

關鍵詞　王白淵、《荊棘之道》、《人間文化的出發》

一 前言

　　一九三一年六月，王白淵（1902-1965）在盛岡出版了被認為是臺灣新文學史上第一本日語詩文集《蕀の道》（荊棘之道。以下使用中譯名）。《荊棘之道》是王白淵唯一的詩文集，收錄了他去日本之後創作的詩六十六首，論文二篇以及劇本的翻譯（中文翻成日文）和短篇小說各一篇。

　　關於王白淵以及《荊棘之道》已經有許多研究，特別是在思想的考察上有豐富的成果。例如，橋本恭子在〈尋找魂的故鄉：王白淵日本時期的思想形成‧以《荊棘之道》為主〉對王白淵受到泰戈爾影響的部分有詳盡的論述[2]。楊雅惠〈詩畫互動的異境──從王白淵、水蔭萍詩看日治時期臺灣新詩美學與文化象徵的拓展〉，從王白淵的美學觀、世界觀出發，探討其詩作如何「以『東方詩學』與『基督精神』象徵系統隱喻形上境界，拉開空間距離」[3]。郭誌光〈「真誠的純真」與「原魔」──王白淵的反殖意識探微〉從蘭迪的「真誠的純真」的概念，探討王白淵的詩作如何受到哲學家尼采、柏格森、泰戈爾，以及畫家米勒、盧梭、梵谷、高更的影響[4]。簡素琤〈從二元對立到梵我合一──論泰戈爾、甘地與印度哲學對王白淵思想的影響〉則從泰戈爾、甘地與印度哲學思想對王白淵的影響，分析《荊棘之

2　橋本恭子：〈尋找魂的故鄉：王白淵日本時期思想的形成──以《荊棘之道》為主〉，初出於臺灣文學研究工作室網站：http://ws.twl.ncku.edu.tw/hak-chia/k/kio-pun/ong-pek-ian.htm 2000年10月（最後一次確認連結為2007年9月），後以〈尋找靈魂的故鄉：王白淵日本時期思想的形成‧以《荊棘之道》為主〉為題收入莫渝編：《王白淵‧荊棘之道》（臺北市：晨星出版公司，2008年）。

3　楊雅惠：〈詩畫互動的異境──從王白淵、水蔭萍詩看日治時期臺灣新詩美學與文化象徵的拓展〉，《臺灣詩學》學刊1號（2003年5月），頁27。

4　郭誌光：〈「真誠的純真」與「原魔」──王白淵的反殖意識探微〉，《中外文學》第33卷第5期（2004年10月）。

道》的詩篇如何轉化這些概念，「在現實世界的黑暗中，找尋現實生命、美神與形上哲學的和諧奧義」[5]。至於柳書琴以二○○一年的博士論文為底本的《荊棘之道：臺灣旅日青年的文學活動與文化抗爭》，在第三章討論王白淵的《荊棘之道》詩篇的特色與其思想體系。特別是他如何受到泰戈爾以及甘地的啟發[6]。除此之外，柳書琴也提到「《荊棘之道》正反映了其人駁雜多元的思想。詩文集中可見，王氏思想至少受到下列幾個方面影響：一、台灣漢人移民社會傳統與日本殖民台灣的歷史變遷。二、中國、印度、土耳其、波蘭等地的國民革命或獨立運動。三、《奧義書》（Upanisad）、泰戈爾、甘地等印度文明及印度現代政治、哲學思想。四、老子、孔子思想。五、米勒、盧梭、拜倫、雪萊、葉慈、羅曼羅蘭、杜斯妥也夫斯基、石川啄木、柏格森等文藝家、思想家之思想。六、社會主義思潮。七、辯證法、創化論（Creative Evolution）等西方辨證哲學與生命哲學」[7]，幾乎將王白淵《荊棘之道》裡可見的影響都列舉出來了。而蔡建鑫〈道無行人──論王白淵《棘之道》的抒情象徵〉則從王白淵的生命歷程中的各種角色和作品的聯繫出發，分析王白淵詩中「道」的含義以及其抒情寓意和政治認同之間的超越，側重於詩的美學層面上的分析[8]。

　　雖然有這些豐碩的研究成果，但是關於一本可以說改變了王白淵的人生，對王白淵的思想也有重大影響的書：《人間文化的出發》，至

5　簡素琤：〈從二元對立到梵我合一──論泰戈爾、甘地與印度哲學對王白淵思想的影響〉，《臺灣史料研究》第33號（2009年6月），頁88。

6　柳書琴：《荊棘之道：臺灣旅日青年的文學活動與文化抗爭》（臺北市：聯經出版事業公司，2009年）。

7　柳書琴：《荊棘之道：臺灣旅日青年的文學活動與文化抗爭》，頁82。

8　蔡建鑫：〈道無行人──論王白淵《棘之道》的抒情象徵〉，《彰化文學大論述》（臺北：五南圖書出版公司，2007年）。

今還沒有詳盡的研究，而對《荊棘之道》的詩作本身，不管在其含意的解讀還是技巧的分析上，都仍有許多需要探討的部分。

筆者在調查《人間文化的出發》這本書的過程中，發現書中的思想和遣詞用句，與《荊棘之道》的詩作有許多相合的地方。本論文將先陳述對《人間文化的出發》這本書的調查及其內容的分析，然後和王白淵的詩作相互參照，具體分析《人間文化的出發》對《荊棘之道》的影響，試圖為詩作的解讀提供另一個方向。

二　王白淵和《人間文化的出發》

王白淵去東京留學這件事，開啟了他後半生的苦難與燦爛。可以說，如果沒有去東京，就不會有我們現在所知的詩人、政治運動者王白淵。而提及他的東京留學，一定會提到的就是《人間文化的出發》這本書。

關於去日本留學是受到《人間文化的出發》影響一事，來自王白淵自己的說法。一九四五年十一月到一九四六年一月，王白淵在《政經報》上陸續刊載了〈我的回憶錄〉，共分四回。在〈我的回憶錄（三）──被分裂的民族〉[9]裡，王白淵提到自己畢業後在工作上感受到日人和台人之間的不公平待遇，回到家鄉的學校任教後也過著苦悶的生活，然後他說：

> 那時候我偶然買到一部工藤好美氏的著作，名謂「人間文化的出發」一書。這個富有藝術天才的日本自由主義者，使我的人

9　王白淵：〈我的回憶錄（三）──被分裂的民族〉，《政經報》第1卷第4號（1945年12月10日。

生決定了一個的方向。該書中的幾篇文章非常使我感激。原始
人的夢──這理性以前的世界，混沌底生命感，未分歧的人
生，使我了解藝術的祕密，更叫醒我未發的藝術意欲。杜斯杜
要扶斯基[10]的人間苦一篇，使我了解人生二元世界的存在，精
神和物質，永生和死滅，基督教思想和希臘思想的對立。因此
我的內心亦顯然地，感觸到這樣人生二元的相剋。

密列[11]禮讚一篇，竟使我人生重大底轉向，這當然是我母親遺
傳給我的美術素質使其然，但是密列──這一位偉大底法國近
世畫家清高的一生，非常使我感激之故。（中略）殖民地──
在被征服民族與帝國主義者的殘暴，不斷對立的社會，一切事
業盡是操在日人之手。臺灣同胞根本沒有出路，智識階級都是
一個一個變成高等遊民，只有學過醫學的人比較有一點出路而
已。在這樣底歷史的環境裡，我煩悶著抱恨著，結果想做一個
臺灣的密列，站在象牙塔裡，過著我的一生。由此我開始研究
油繪。

一年後我亦感覺到有一點進步，社會人士亦認識我有相當的美
術天資。因此我想到東京專問研究美術，（中略）結果竟做總
督府的留學生到東京，進東京美術學校。誰知想做臺灣的密列
的我，不但做不成，竟不能滿足美術，從美術到文學，從文學
到政治，社會科學去了。由此我的半生充滿著苦悶，鬥爭和受
難的生活（以下略。黑點為引用者所畫）

---

10 俄國作家Фёдор Михáйлович Достоéвский (Fyodor Mikhaylovich Dostoyevsky)，現多
　　譯為「杜斯妥也夫斯基」。本論文除了王白淵的引文以外，皆使用現在通用譯名。
11 法國畫家 Jean-François Millet，現多譯為「米勒」。本論文除了王白淵的引文以外，
　　皆使用現在通用譯名。

在這篇文章最後的段落，王白淵還提到一個小故事：

> 前年我在臺北碰到二十年前，使我人生一大轉向的工藤好美先
> 生，那時候他在臺北帝國大學擔任英文學助教授。聽說已來過
> 十六年之久。有一次在宴席裡，我曾向他說：「工藤先生，我
> 在二十年前讀過先生的大作「人間文化的出發」因此到東京研
> 究藝術，就此以來曾受過很多的人生波折，我應該感謝你的，
> 還是要怨恨你的？」
> 他搖搖頭，笑一笑，只默默地並無發出一語。

從以上的描述可以看到，王白淵自承因為讀到工藤好美的《人間文化
的出發》一書，受到其中內容的感發，特別是關於「原始人的夢」、
「杜斯杜要扶斯基」，以及「密列禮讚」的篇章，於是後來進了東京
美術學校，卻也開始了其後人生的許多波折。從王白淵對工藤好美說
的話中，也可以看出他認為工藤好美的《人間文化的出發》對他的人
生產生了重大影響。

工藤好美於一九二八年來台就任台北帝國大學助教授。〈我的回
憶錄〉發表於一九四五年，文中王白淵說前年也就是一九四三年遇到
工藤好美，其時工藤確實已來台約有十六年。而因為〈我的回憶錄〉
裡的這段描寫，長期以來王白淵的東京留學一直被認為是受到工藤好
美《人間文化的出發》的啟發。

為了想要深入了解帶給王白淵如此大影響的書其內容為何，筆者
於是開始從事調查。可是，在調查工藤好美的著作後，卻發現並未有
任何一本書的書名可能在翻譯成中文後叫做《人間文化的出發》，更
別說工藤好美最早出版的著作是一九二四年的《ペイタア研究》（佩
特研究），王白淵去日本留學是一九二三年，所以他應該不可能在留

學之前就看到工藤好美的著作。此外，就筆者所見，不管是《ペイタ
ア研究》還是工藤好美其他著作的內容，都和王白淵所提到的《人間
文化的出發》的內容全無相符之處。由這幾點來看，王白淵所讀的應
該不是工藤好美的著作。

　　那麼《人間文化的出發》究竟是誰的著作？在調查過程中浮現出
來的，是一九二二年由大同館書店出版的工藤直太郎的《人間文化の
出発》（人間文化的出發）這本書。首先，此書名可說和中文譯名完
全一致，而從出版時間來看，王白淵在去東京之前讀到的可能性也很
大。至於內容方面，從後述的詳細比較可以發現，王白淵所提到的幾
點在書中大概都有提及。

　　《人間文化的出發》是一九二二年春天，工藤直太郎去英國愛丁
堡大學留學之前所出版的。全書有二十二章，工藤發揮其對英美文
學、俄羅斯文學、哲學、宗教等等的知識，縱橫無盡地展開論述。書
的第一到四章可說是總論，工藤直太郎首先談論他認為何謂人間文
化，其原理、發展階段，以及人類的愛與思想和生活的關係。第五章
到第七章討論經濟，特別是社會主義的發展、和資本主義的關係、私
有財產的意義等等。第八章到第十章討論宗教和思想、宗教在近代生
活中的意義、宗教和社會動蕩不安的關係，以及近代自由主義的發展
和界限。第十一章開始討論文藝，從第十一章討論希臘神話和希臘思
想，第十二章到第十四章討論文藝和民族的關係，第十五章討論文藝
和物質生活，第十六章討論文藝和傳統的關係，第十七章討論兩種不
同形式的文人，第十八章討論幽默和人類的愛、人道思想的關係，第
十九章到第二十一章各討論思想家盧梭、小說家杜斯妥也夫斯基，詩
人葉慈，至於最後一章的第二十二章可以算是一個小結，討論工藤對
於藝術應出自人類原始情感的想法。

　　工藤直太郎這本書，主要是闡發他對於應該如何以愛塑造人類社

會的想法。而他認為在十九世紀的「物的法則」的支配之下，造成社會的混亂不安，所以應該以「人的法則」來取代，創造一個活在人類大愛的社會，「貫徹每個人的生活，以人類之愛奉仕於共同的目的，這是人間文化的出發點」[12]。所以不管是他對經濟、宗教、文藝的看法，都是從這樣的觀點出發，認為應該以人類之間的友愛建立更好的社會，以人對生命、社會的熱情，創造出美好的文藝。

以王白淵在〈我的回憶錄〉所言受影響的部分跟本書對照，「原始人的夢」指的應是第二十二章「活在原始愛的藝術」裡面所提的內容。而王白淵所說的「杜斯杜要扶斯基的人間苦」，除了主要在第十五章「知識階級的貧民和人道主義」和第二十章「憶杜斯妥也夫斯基」中有所討論之外，在各章也都不斷提及。關於永久與死滅、基督教思想與希臘思想的對立等二元世界的部分，是以第十一章「人類生活的兩種表現」為中心。綜上所述，王白淵在〈我的回憶錄〉裡所提到的《人間文化的出發》應該是此書無誤[13]。

如果是這樣，可以說王白淵在回憶錄所言，應是他的記憶有誤。那為什麼會產生這樣的錯誤？筆者認為是工藤好美和工藤直太郎兩人的經歷有許多相似之處所致。首先，工藤好美（1898-1992）是一九二一年進入早稻田大學文學部英文科，一九二四年畢業後，一九二八年以助教授身分來到台北帝國大學任教，擔任西洋文學講座的課程。另一方面，工藤直太郎（1894-2000）是一九一六年從早稻田大學文學部英文科畢業，一九二二年去英國留學，一九三〇年回到日本之後，就任早稻田高等學院教員，後成為早稻田大學的教授。兩人不只

---

12 工藤直太郎：《人間文化の出發》（東京：大同館書店，1922年），〈自序〉，頁5。原文日文。本論文中所有關於本書的引用皆由筆者翻譯。

13 關於「密列禮讚」的部分應是王白淵記憶有誤。詳細論述請參照唐顥芸：〈王白淵の東京留學について〉，《日本臺灣學會報》第10號（2008年5月），頁141-158。

姓氏相同、年齡接近，還同樣是早稻田出身的英國文學研究者。王白淵在讀了《人間文化的出發》之後，事隔二十年偶然在台北遇到了出身於早稻田的英國文學研究者工藤好美，於是在重溯記憶之時產生了這樣的誤解吧。另一方面，從記錯作者這件事來看，王白淵在寫〈我的回憶錄〉時，顯然並未拿《人間文化的出發》來參考確認，也就是說他所提到的自己受到感發的書中內容，應該是憑著記憶信手寫出的。考慮到距離他閱讀那本書很可能已經超過二十年以上，更可以想見書中內容給他留下多麼深刻的印象了。

《人間文化的出發》除了啟發了王白淵，影響了他的留學之外，細看其內容，和王白淵日後創作的《荊棘之道》詩文集中的詩句、精神，也有相合之處。以下將針對王白淵所提到的「原始人的夢」及「二元的相剋」兩點來討論。

三　原始人的夢

前面說過〈我的回憶錄〉裡王白淵所提到的「原始人的夢」，主要是在《人間文化的出發》第二十二章。這章分成三節，在第一節「對人的思索」裡，工藤直太郎以惠特曼為中心，說「他生來就是具有靈性的。所謂具有靈性指的是對人、對自然，能夠懷有最強烈情感的人」（頁 404-405），又說「表達這種強烈感動的一切都是詩。羅丹是在大理石上雕刻了詩。米勒以暗色在畫布上描繪了詩」（頁 405），讚美了對人表現出強烈肯定和愛的藝術家們。在第二節「神與人」裡，工藤說惠特曼是「依憑熱愛生命本源之純樸的原始之愛，勇敢活在人世間的正直的男性。擁抱原始狀態的靈與肉，沈醉於感極而泣的歡喜之中」（頁 412）。在這一節中還有關於孩童作為原始與純真的象徵的描寫。在引用了托爾斯泰的話：「小孩終究比大人更偉大」之

後，工藤說「小孩的純情與純愛本身已經是神的。也只有從這裡才能真正了解神。可是小孩生而為獸。小孩將基督教兩個相異的觀念擴大，同時又結合。我們可以從小孩身上看出靈與肉的交響曲。小孩是神和獸的象徵。原始時代之美在此。這裡存有原始愛的無限性。小孩不知偽裝自己。從社會的惡意、和詐術和利害和鬥爭的強烈漩渦中被拯救出來。不受知識的惡用所虐而能活出真正的自己」（頁 412-413），「我們在小孩身上再生至純的原始愛的世界。回歸人類原本的強韌」（頁 413-414），從小孩身上看出人類的原始之愛，認為那是人的靈魂之所歸。在第三節「嬰兒之心」裡，又針對這個論點加以論述，以畢卡索、米勒、梵谷、惠特曼等為例，說「至真若愚的天才畫家亨利・盧梭生來飛躍於原始之愛，以『嬰兒的狀態』過了一生」（頁 414），「幼時成長於草原，得到和太陽與風的自由的『草葉』詩人華特惠特曼也是以嬰兒之眼凝視現象的詩人。是以嬰兒之心對現象感到驚異的詩人」（頁 415），「在近代文化高度發展的大都會裡，脫去科學的喧囂和文明的外衣，在無限的黑暗中追求原始的愛，這必得是朝向人性的重生。憧憬泥土之愛的米勒，朝向太陽飛躍的梵谷，畫出南國太古之愛的高更，描繪小孩眼眸的加利哀，歌詠人和羊的擁抱的布萊克，歌頌草原的自由的惠特曼，美好的天才都是嬰兒之心的擁有者。對原始愛的回歸是所有至醇藝術應走的道路」（頁 417），然後以「生命燃燒於對最高理想的感動之時，從那其中產生天才。天才是愛的力量。愛又是創造。藝術的天才活動之處，生命的原理將無處不現」（頁 419）作為結論。

《荊棘之道》的詩作有一個很大的特色，是對人類原始狀態的憧憬。在王白淵的詩中，原始狀態被認為是純真、無邪的，而能夠表現這個狀態的是嬰兒以及小孩，所以他歌頌、讚美孩童，並且嚮往回到嬰兒的狀態。而從以上引述《人間文化的出發》的內容可以看到，《荊

棘之道》中對孩童作為一種純真存在的讚美以及對回歸原始的憧憬，
和《人間文化的出發》裡的論述可以說是相合的，特別值得注意的是
在遣詞用字上也有相似的地方。以下具體來看看《荊棘之道》的詩。

首先，〈孩子啊〉（子供よ）[14]這首詩是這樣寫的：

> 孩子啊！
>
> 孩子啊！
>
> 我心上的花啊！
>
> 一邊哭一邊笑
>
> 以為恨了又立刻愛了
>
> 穿越悲傷也穿越憎惡
>
> 你們只管沉浸在生的歡喜中
>
> 就算男人曲意承受
>
> 女人思慮彆扭之時
>
> 你們也不受任何拘束
>
> 和我的靈魂擁抱創造了大大的
>
> 喜悅的世界——
>
> 喔優美的人間之花呀
>
> 天國的侍童啊
>
> 你們就以現在這樣的心情長大吧

這首詩歌詠孩童。孩子情感的流露是自然的、不經思考的，所以會邊
哭邊笑，一下子恨一下子愛，而大人則是有許多考量，以致扭曲自己

---

14 王白淵：《蕀の道》（盛岡：久保庄書店，1931年6月）。使用收錄在河原功編：《台灣
　　詩集》（東京：綠蔭書房，2003年）的版本。原文日文，中文皆由筆者自譯，以下皆
　　同。

或是無法直率表現情感。王白淵喜愛孩童，和孩童在靈魂上的相擁給予他喜悅，所以他期待著孩童即使長大後也能夠永遠抱持這樣純真的狀態不變。對孩童的這種想法與工藤所說的「小孩不知偽裝自己」的論述是可說是類似的。

　　而〈我的詩不有趣〉（私の詩は面白くありません）的第三段寫到：

　　　　我的詩不有趣
　　　　只不過是處於至今嚐了智慧樹之果的
　　　　人類的悲哀之中偶然
　　　　回到對一切皆感驚異的嬰兒那瞬間的
　　　　我的心的殘渣而已

這裡面嚐了智慧樹之果的人類，被認為是悲哀的，相對於此則是對一切皆感驚異的嬰兒。嬰兒沒有受到後天習得的知識的束縛，所以可以用單純的態度面對世間，因此會對一切皆感到驚異，正如工藤所說的孩童「不受知識的惡用所虐而能活出真正的自己」。而王白淵自己的詩，正寫下了回歸嬰兒那瞬間留在心中的東西。王白淵在這首詩中說自己的詩不有趣是反語，內容說的正是自己的詩如何記錄生命，回歸原始的感動。

　　又例如〈我的歌〉（私の歌）的開頭是這樣寫的：

　　　　我的歌是對生的讚歌
　　　　不得不的必然的要求
　　　　回到嬰兒那瞬間的記憶
　　　　和自然握手之日的情愛的遺物

王白淵的歌自然是他所寫的詩歌，而他開宗明義就說自己的詩歌是「對生的讚歌」，是一種不得不的必然。第三句和第四句則表現出他對回歸嬰兒時期，也就是回歸到自然狀態的憧憬。

〈我的詩不有趣〉和〈我的歌〉都歌詠了對回歸嬰兒時期的憧憬，認為嬰兒具有純真之心，是對世間一切皆感到驚異的存在。這樣的描寫和上述工藤直太郎的想法是一致的。

此外，《荊棘之道》裡有三首詩，歌頌了上述《人間文化的出發》裡所提到的畫家。首先，〈向日葵〉這首詩透過向日葵，描寫了對生命燃燒熱情的梵谷。

> 你就是熱情
> 啊是的
> 你是梵谷的情人呢
> 就像朝向太陽飛躍的梵谷[15]
> 你每片花瓣的呼吸
> 都如此燃燒著生的充實啊
> 日蔭沒有任何吸引你的魅力
> 你向著太陽
> 始終保持著沉默的熱情
> 梵谷死了
> 在你慈愛雙手的守護中死了
> 可是他的靈魂熔入太陽
> 永遠和你繼續著愛戀的白色呼吸吧

---

15 這一句原文是「太陽目かけて飛び上るゴッホのやうに」，而上引工藤直太郎描寫梵谷的句子是「太陽を目がけて飛び上るゴッホ」，兩句用詞相同，故亦翻譯成同樣語句。

喔，向日葵啊

以你的熱情燃燒我的肉體

放出真理的火燄吧

在那瞬間我將從灰色實體解放

像鷹一般飛往光輝的世界——

〈亨利‧盧梭〉（アンリー‧ルソー）這首詩說盧梭所畫的世界是嬰兒之國，稱讚盧梭自己就是偉大的嬰兒。

似在極樂世界的樹木

拒絕大人的嬰兒之國

是夢亦是真實

是幻亦是實體

理想開花於現實

天國被移於人間

支配此處的神並非偶像

是趨近於必然之偶然的勝利

綻放於幼兒胸膛的美神的遺物

此處也許是

被法則所驅逐的世界

但從無視於科學的樹葉上

生命之露滴滴落下

從眼不可見的氛圍中

樂聲響起

啊，盧梭啊

偉大的幼兒啊

　　你的藝術是使人重返青春
　　如此美麗的人間寶玉

　　至於〈高更〉（ゴオギャン）這首詩則說高更的畫描繪了人類的
自然狀態，讚美高更是進步的原始人。

　　反抗傳統和虛偽
　　向爛熟的巴黎文明人
　　投擲的有血有肉活生生的記錄
　　愛做夢的大溪地男女
　　像鰻魚般滑溜溜攀爬的草木
　　啊，你的畫是植物和動物和人類
　　彼此互不推拒的大自然的祝福
　　花草和蜥蝪的混血兒似的島上少女是如此可親的你的戀人
　　啊，高更啊
　　你是無法承受文明的寂寞
　　進步的原始人
　　大膽的偶像否定者
　　人類大多是枯木
　　教育大多無意義
　　你的藝術使我們回到
　　好幾世紀的從前
　　如此可懷念的樸素的故鄉

這三首詩歌詠的，都是工藤直太郎談到回歸原始愛和藝術的關聯性時
所提到的，具有嬰兒之心和眼瞳以及原始愛的藝術家。而從筆者標註

黑點的部分可以看到，王白淵對這三個畫家的注目，讚美的內容以及描寫的方式，和工藤直太郎的想法與描寫也有許多部分都是相合的。

從以上的例子，可以看到《荊棘之道》的詩和《人間文化的出發》的論述是有關聯性的。嬰兒和孩童並不必然是絕對純真的存在；原始狀態也不一定被認為是人類最好的姿態，但是在《荊棘之道》中，對純真的原始狀態和回歸嬰兒的憧憬卻是重要的主題，而這個主題和《人間文化的出發》中工藤直太郎極力陳述的論點是一致的。將這樣的思想表現在詩裡的王白淵，可以說是受到《人間文化的出發》的強烈影響。

對原始狀態的憧憬，也連結到對大自然的愛。在《人間文化的出發》的第四章第二節「人和自然的擁抱」中，工藤直太郎說「讚美流水的聲音、跪拜西沈的陽光的，不只是曠古三千年前的原始之民而已。驚異於天地的靈悟、讚嘆大自然的神秘的年輕浪漫主義者皆如此。他們的感情是至醇、靈愛的嬰兒」（頁 65-66）。而在《荊棘之道》中，也有許多熱愛自然、歌頌自然風物的詩，例如〈時間的流浪者〉（時の放浪者）的第二段說，

> 我是時間的流浪者
> 對大自然感到驚異
> 一邊哭一邊笑著祈禱的兒童
> 用物質評價的地位
> 可確立偶像的權力
> 對那樣的東西不屑一顧
> 深深地和自然握手

這裡所描寫的感嘆自然力量、擁抱大自然的王白淵，和工藤直太郎所
描寫的浪漫主義者的形象，可以說是重合的。

　　至於〈春天的原野〉（春の野）則是這樣寫的，

　　　　被萌發的青綠所誘

　　　　且徘徊於春天原野

　　　　沒有天頂的無窮的蒼天

　　　　深不可測的大地的重量

　　　　白雲飛散

　　　　蝴蝶嬉戲

　　　　無法回溯的小河流水

　　　　垂枝的岸邊柳條

　　　　孩子們玩耍的林蔭也清涼

　　　　輕拂的微風帶著音樂

　　　　啊如此的調和──這一切的一切

　　　　神啊──告訴我吧

　　　　花兒如何微笑

　　　　小鳥如何歌唱

這首詩描寫詩人徘徊在春天的原野，其眼中所見的大自然的一切，全
都極度調和且充滿了生命力，可以從中感受到詩人對大自然的喜愛。

　　從以上的例子可以看到，《荊棘之道》中所描寫的，是自然的風
景如何帶給王白淵如孩童一般純真的心靈。王白淵在這樣的自然之美
中感到平和與喜悅而歌詠大自然，和《人間文化的出發》對大自然的
崇敬和讚美可說是一致的。

四　二元的相剋

　　王白淵在〈我的回憶錄〉提到的另一個部分是關於二元的存在和相剋，特別是關於杜斯妥也夫斯基的文章、精神與物質、永久與死滅、基督教思想和希臘思想的對立等等。

　　關於杜斯妥也夫斯基的部分，主要是在第十五章。在這章裡工藤說杜斯妥也夫斯基能創作出偉大文學而日本作家做不到，是因為日本作家不只在經濟上貧困，在精神上也貧困所致，討論了精神和物質的關係。此外在第二十章中，比較了杜斯妥也夫斯基和托爾斯泰，討論杜斯妥也夫斯基苦難的生活和其文學的價值。在這章的第四節「人間苦的藝術」中，工藤陳述了托爾斯泰的人生因為沒有受到物質生活的壓迫，所以有鑑賞的餘裕，而杜斯妥也夫斯基所書寫的世界不只沒有鑑賞的餘裕，裡面所描繪的貧民生活是比現實還要悲慘的。在第五節「忍耐順從的生活」中，工藤說「托爾斯泰創造了鑑賞的貧民，向外部解放了生命，杜斯妥也夫斯基則是活在貧窮的漩渦中凝視貧窮，往內部解放了生命。（中略）前者如此創造了民眾藝術，後者則如此創造了人間苦的藝術」（頁 386），將杜斯妥也夫斯基的藝術定義為「人間苦的藝術」，這個部分也和王白淵所述相符。

　　關於永久和死滅以及基督教思想和希臘思想的對立，主要在第十一章。如同這章的副題「古代希臘的文化和尼采的解釋」所示，這章以尼采《悲劇的誕生》裡的論述為主，討論基督教與希臘文化的差異。在第二節「雄壯的悲劇情感」裡，工藤說「讚美生的力量的進擊、感動於悲劇的壯美的希臘人那貴族式的、巨人的生活，正是他們所信奉的神的特質、思想以及行動的展現，也就是對帝奧尼索斯精神的發現。可是希臘國民一方面又具有情韻高幽的女性的、藝術的性情。這是阿波羅的性情」（頁 224），而在第六節「本能的陶醉與人間

苦」中，工藤說「依尼采所言，大凡人類生活的全貌可以分成兩種形式。也就是站在不變的阿波羅生活形式一方的人們以及站在變化的帝奧尼索斯生活形式一方的人們這兩種典型」（頁 237），陳述人類生活具有希臘文化中阿波羅所代表的靜態美和帝奧尼索斯所代表的動態美這兩種形式。關於基督教和希臘文化的差異，工藤說「對希臘人而言，性的象徵是所有象徵中最受到崇敬的。（中略）然而尼采基於此看法，攻擊基督教對性關係的解決，認為基督教對人類本能的神聖衝動生活的解放和擴張，做了徹底的反抗、憎惡，視創造永恆生命的性的活動為不潔之物、敗德的、應該遮蔽的黑暗面」（頁 235-236），然後說「永恆的生命，永劫的生的回歸，是為高韻幽玄的帝奧尼索斯式生命的音樂譜曲。（中略）對生命勝利的肯定，是憎惡死滅與衰頹與束縛，通過生產和性的神秘，現實生活成為生命的喜悅集中力量的持續，永遠和宇宙意志相聯繫」（頁 236），討論了永生和死滅。從以上的探討也可以確認王白淵所說《人間文化的出發》，的確是工藤直太郎的這本著述。

　　正如工藤直太郎在《人間文化的出發》的序文中提到，第一次世界大戰是十九世紀發展過頭的科學文明以「物的法則」支配世界，才導致了那樣的破綻，所以針對「物的法則」，必須要解放「人的法則」以創造活在人類大愛的社會，可以說《人間文化的出發》的內容本就包含了像這樣的「物」與「人」的二元對立的思考。其他像是第五章「近代文化與唯物史觀」和第六章「私有財產的文化考察」中，討論了資本主義與社會主義、資本家和勞工的對立，第九章第四節「自我解放的出發」則說「人類在生活中總是將客觀理想化的精神性的這一面，和將自己的觀念實際化的實行性的這一面，經常成為生活中的兩個潮流」（頁 182），舉出生活中精神和現實的對立，在第二十二章則討論了靈魂與肉體的對立，可以說關於二元相剋的陳述是《人間文化的出發》的基調。

　　可是工藤直太郎並非只是單純地將「物」與「人」對立起來去否定物質的科學文明，而是追求在人性的解放之下所帶來的充滿人類大愛的世界。他承認對物的法則和對人的法則的相異，但認為重要的是去了解這兩個法則為何無法調和只能分立的理由。關於世間的各種對立，像是工藤引用希臘的赫拉克利特所說的「神是晝亦是夜、是夏亦是冬、是戰亦是和、是飢餓亦是飽滿、最大的光明和黑暗同放光明這一點是共通的」（頁 175）一樣，他認為，因為相異而看起來是對立的「相」（ㄒㄧㄤˋ），「不過是同一的存在所分出來的衍生作用而已。實存的相常常是相反的統一矛盾力量之間的張力」（頁 175）。可以說，工藤認為二元對立本非對立，而是同一根源的分流。

　　而像這樣關於二元的對立與融合的想法，在王白淵的詩中也可以看到。比如，〈兩道流〉（二つの流れ）這首詩，

　　　　當吾影消失於自然之胸
　　　　與一切成為一體時
　　　　啊這是生的歡喜
　　　　有陌生人之聲

　　　　當兩道流合而為一
　　　　兩顆心燃成一顆
　　　　啊這是生的行軍
　　　　房間忽放光明

　　　　當二元回歸一元
　　　　靈魂與肉體侍奉同一尊神
　　　　啊生成為永恆
　　　　無晝也無夜

在這首詩中，王白淵歌詠著當自然與自我、兩道流、兩顆心、靈魂和肉體合而為一之時，這樣的融合將成為生命的歡喜與永恆，寫的正是二元的對立與融合。

再看看〈死的樂園〉（死の樂園）這首詩，

> 星星咚地落下
> 在胸口的小池
> 月兒悄悄探望
> 從森林的樹蔭──
>
> 雨唰唰地下
> 在大地胸膛
> 風颯颯地鬧
> 從竹林縫隙──
>
> 有限紛紛溶化
> 在無限的潮裡
> 生緩緩走出
> 從死的樂園──

這首詩先描寫了幾種自然風景：星星的墜落、月亮的上升、下雨、吹風等等，其生動的描寫讓人彷彿可以見到影像、聽到聲音、聞到氣味，跟標題的「死」的意象完全不符。直到最後的段落，才彷彿解謎一般地揭示了，這些生命正是由死而生的。也就是說生和死、有限和無限並非存在於相對的兩極，而是同一的存在，互相創造生發的。

而在〈時光流逝而去〉（時は過ぎ行く）這首詩中則是如下描寫，

　　花開了又謝於風中
　　盛開也只是一瞬
　　散落的花直到昨日
　　還是稚嫩的葉

　　春天逝去夏天來
　　涼爽的秋天也只是一瞬
　　去了一陣寒風後
　　快樂的春天又回來了

　　蜉蝣朝生夕死
　　天地悠悠生也只是一瞬
　　從未知的國度出發匆忙地
　　去向夢的國度

　　這流轉的世界啊
　　所見的現在也只是一瞬
　　時間以過去和未來
　　交織出無數的現在

前面三段將花開和花落、四季的變換，以及像蜉蝣這樣微小生物的生與死，描寫成不過是一瞬的變換，但在最後一段卻闡明，眼前所見的一瞬正是透過事物在時光中一再的重複而成為永恆。

　　以上可以看到在《荊棘之道》中，王白淵認為生和死、瞬間和永

恆、有限和無限等等，這些二元存在看起來似乎是對立的，但其實是從同一個源流出來而且會再合流的。和上述《人間文化的出發》的內容相參照，可以說是受到其思想上的影響。

而生和死雖是對立也是同一這樣的想法，也衍生出對生的熱情和執著。工藤直太郎說，「這殘忍荒敗流轉的現實，畢竟是難以逃離、難以否定的鐵鎖，是對人類生活永恆的可悲的誘惑。而正是在此不滿與苦痛與不協調之中，仍燃燒著可悲的人們想望生的充實和享樂的要求。雖然知道生的朽壞是無法避免的，但仍然憧憬著永遠的樂園和統一的世界，努力著想要為動亂和荒廢的周遭事物創造出嶄新的永恆生命」（頁 389-390）。所謂生活就是不斷重複著崩壞與再生，和生死一樣，人生的苦痛和享樂也是相隨的、是互相生發的。即使如此，或者說正因如此，人們苦惱、奮鬥，努力生活著。在《荊棘之道》中，王白淵也描寫了對生命的愛。雖然他所寫的是充滿苦痛和困難的生命，但即使走在這樣艱難的生命道路上，王白淵對生命仍抱持著強烈的愛。比如〈生之谷〉（生の谷）這首詩，

> 生之谷既黑暗又深不可測
> 其兩岸有荊棘豎著刺等著
> 屏息窺探之時將驚訝於從底下微微傳來
> 乳般靈泉的低語吧
> 沒有冒險就無法品味生命
> 朋友啊！
> 以大膽的心踏入生之谷吧
> 我現正跌落迷途於生之谷
> 仰望荊棘回顧滴血的我身
> 向錯失的靈泉展露永遠的微笑

喔——奇妙的生之谷啊

你的荊棘雖可怕但對你那流淌於黑暗中的靈泉我有無限執著

在這首詩中，「生」被描寫成既黑又深且周圍長滿荊棘的山谷。雖然這樣可怕，但其中卻流淌著乳一般的靈泉。王白淵跌落生之谷，全身是傷，但他認為為了那個靈泉，人應該抱著冒險的心情踏入生之谷。這首詩正反映了王白淵認為生命雖然充滿苦難，卻有未知的歡愉等在其中，應該執著去追求的想法，和《人間文化的出發》的精神可說是非常相近的。

又如〈生之道〉（生の道）這首詩，

右邊是宛如並排著刀劍的愛戀之林

左邊是荒茫的生之沙漠

在那之間無限延伸的一條小路

從雲的彼方那劍一般的冰山之處

連結永劫的白光直射而來

你曾想像這樣的場面嗎

我此刻在生的十字路正中

向右通往喜悅之谷

向左通往悲傷之野

望前則走向永遠之鄉

行著人生巡禮的自己的身影

我專注地凝望著

這首詩中以十字路來比喻生命。王白淵站在十字路的正中間，不管往哪個方向都是困難的道路在等著，可是王白淵在那之間找到無限延伸

的小路，在那盡頭可以看到永恆的光芒，而他只是凝視著走在生命道路上的自己。從不管遇到什麼困難都只是望前走的王白淵的姿態，可以看到他對生的執著。

五　結語

《荊棘之道》裡的詩作，雖然用字遣詞極為單純，但裡面所蘊含的精神，整個詩文集的體系卻是非常複雜的，以至於看似簡單的詩句，卻非常難解。透過本論文的探討，除了對長久以來不為人知的王白淵和《人間文化的出發》這本書的關聯有了明確的了解，經過對《人間文化的出發》的內容和《荊棘之道》的詩作的分析、比較，也提供了一個解讀王白淵詩的方向。

《荊棘之道》的詩是王白淵的生命之詩。詩集中描寫了他視為理想的人的形象：熱愛自然，被一切的美所感動，以原始的、嬰兒一般純真的心來觀看世界，熱情地生活。另一方面，也描寫了即使在生命中二元對立的痛苦及融合的歡愉中掙扎，仍要熱愛生命努力生活的王白淵自己的形象。這些詩中所反映出來的王白淵的想法，通過和《人間文化的出發》的比較，可以具體看出其影響。

不過，本論文只是一個初步的嘗試，今後除了針對以上的主題繼續深入比較《人間文化的出發》和《荊棘之道》之外，還有幾個重要的課題。

首先，除了本論文所提到的詩之外，《荊棘之道》還有許多不同主題和內容的詩，如何去解讀、分析這些詩的含意，還需要更深入的研究。而《荊棘之道》不只是詩集，而是一本詩文集，所以針對其中收錄的論文、翻譯等文章和詩之間的關係，整個詩文集的架構和總體的思想也是需要進一步討論的問題。

　　此外，王白淵在〈我的回憶錄〉中沒有提到的《人間文化的出發》的其他內容，也不能說和王白淵的思想及詩作全無關聯。特別是先行研究中論及王白淵思想上所受到的影響，例如拜倫、葉慈、杜斯妥也夫斯基等的文學，以及盧梭、柏格森等的思想，或者是社會主義思潮，西方辨證哲學與生命哲學等等，都可以在《人間文化的出發》裡面看到相關的論述。這個部分，除了可能由《人間文化的出發》受到直接影響，也可能是由此得到啟發之後，王白淵更深入地去接觸這些文學、思想所致。當然，還有更重要的原因是，王白淵和工藤直太郎是同時代的人物，《人間文化的出發》和《荊棘之道》的出版相隔不過八年，而且《荊棘之道》是王白淵去日本留學之後所創作的。就算王白淵和工藤直太郎，一個是殖民地出身，一個是殖民母國出身，兩個人對世界的感知、對人生的體悟必定有很大的差異，但是不可否認的是，他們都同樣在當時的日本，透過日文的翻譯（當然也許還有原文）與詮釋，接收到這些由西方傳來的文藝和思想。也因此，為了更深入了解王白淵的思想以及他的詩，有必要對當時這些文藝、思想的流傳和接受狀況，做綜合性的分析比較，才能夠得到更立體的概念，也對王白淵的思想和詩有更完整的掌握。關於這個部分的研究，也將是今後的課題。

參考文獻

一　專書

工藤直太郎：《人間文化の出發》，東京：大同館書店，1922年。

河原功編：《台灣詩集》，東京：綠蔭書房，2003年。

柳書琴：《荊棘之道：臺灣旅日青年的文學活動與文化抗爭》，臺北市：聯經出版事業公司，2009年。

莫渝編：《王白淵荊棘之道》，臺北市：晨星出版公司，2008年。

二　單篇論文

王白淵：〈我的回憶錄（三）——被分裂的民族〉，《政經報》第1卷第4號，1945年12月10日。

唐顯芸：〈王白淵の東京留學について〉，《日本台灣學會報》第10號，2008年5月。

郭誌光：〈「真誠的純真」與「原魔」——王白淵的反殖意識探微〉，《中外文學》第33卷第5期，2004年10月。

楊雅惠：〈詩畫互動的異境——從王白淵、水蔭萍詩看日治時期臺灣新詩美學與文化象徵的拓展〉，《臺灣詩學》學刊1號，2003年5月。

蔡建鑫：〈道無行人——論王白淵《棘之道》的抒情象徵〉，《彰化文學大論述》（臺北市：五南圖書出版公司，2007年）。

橋本恭子：〈尋找靈魂的故鄉：王白淵日本時期思想的形成·以《荊棘之道》為主〉，收入簡素琤：〈從二元對立到梵我合一——論泰戈爾、甘地與印度哲學對王白淵思想的影響〉，《臺灣史料研究》第33號，2009年6月。

王白淵和日本作家石川啄木

劉怡臻

摘要

　　過去許多研究曾模糊指出王白淵的作品受日本作家石川啄木影響，但至今仍無研究提供具體的分析論證。本論文試圖藉由爬梳吳坤煌評價王白淵是無產階級詩人的三行詩作品為優美的「啄木調」、以及其評論刊登在日本文學雜誌《詩精神》、《詩人》上，背後與雜誌同人的啄木認同之間的關聯。進一步分析王白淵之三行詩作品與石川啄木短歌之間的類同與差異，並檢證王白淵接觸啄木文學的時空與脈絡。經由論證，可知王白淵應係在東京留學時期或者盛岡執教時期接觸啄木文學；而其於同人誌《福爾摩沙》第三期所發表的三行詩作品、及同誌刊登的其他三行詩作品，極有可能受同時代殖民母國日本文壇普羅文學中引述啄木和模仿啄木三行短歌的影響；可以了解王白淵的啄木認知，與當時的啄木文學流行風潮、和日本普羅文學啄木形象的形塑之間，具有不可分割的影響關係。

關鍵詞　日本普羅文學、三行書寫、《詩精神》、啄木調、社會現實、吳坤煌

一　前言

　　王白淵（1902-1965）彰化二水出生，畢業於國語學校師範（台
北師範學校）以後，任教於溪湖和二水工學校。於一九二三年四月獲
總督府推薦赴日本東京就讀東京美術學校圖畫科。當時王白淵立志成
為台灣的米勒，到東京以後，感受到豐富的文化刺激，在藝術文學上
吸取大量的養分，同時也在好友謝春木的影響以及當時中國革命和印
度獨立活動的熱潮下，開始關心政治。從東京美術專門學校畢業以
後，獲得田邊至老師的推薦，王白淵到位於岩手縣盛岡市的岩手縣女
子師範學校教書，根據龍瑛宗回憶，這在當時的東京留學生裡幾乎是
沒有的待遇。而一九二六年十二月十五日王白淵到盛岡以後，半年後
在《台灣民報》上以中文發表〈吾年青年的覺悟〉。而且，積極參與
同校校友誌《岩手縣女子師範學校校友誌》的創作與發表，將作品結
集於詩文集《荊棘之道》，一九三一年六月在盛岡出版。這是台灣第
一本日語詩文集。

　　王白淵在日本盛岡出版詩文集《荊棘之道》之後，流傳到東京留
學生間，也因此於一九三二年八月在東京和台灣的知識份子、留學生
組織左翼色彩的團體「東京台灣人文化 CIRCLE」，但因九月份會員
葉秋木參加遊行被逮捕、團體的存在也被日本特高警察發現，全員遭
到逮捕；王白淵也因為疑有共產黨嫌疑遭逮捕，釋放後也遭到岩手女
子師範學校解職。同年十一月離開盛岡，抵達東京。原本「東京台灣
人文化 CIRCLE」團體成員的張文環、吳坤煌、巫永福、曾石火和吳
希聖等一起組成「台灣藝術研究會」，王白淵也加入，共同發行同人
誌《福爾摩沙》。此文學雜誌發行三回，王白淵除了用本名外，據說
也以化名「托微」的方式，發表三行詩與新詩、劇本等作品。

　　值得注目的是，第一期到第三期都有王白淵的日文書寫的三行

詩，這個三行詩的形式是和他一九三一年三行詩作品，有第一期的〈行路難〉為題十首；第二期的〈詠上海〉二十六首（原有二十七首，但一首因資料不明，能判斷的只有二十六首）、〈可愛的 K 子〉十首，共計四十六首。

他的好友也是《福爾摩沙》同人巫永福在《福爾摩沙》第二號點將錄裡說他是「台灣的啄木」，另一位好友吳坤煌也在日本普羅文學雜誌《詩人》介紹台灣詩壇時點名王白淵，而且說他的作品擅長諷刺性的三行調短歌，帶有啄木式的風格，也和日本文壇上的流行不謀而合。

王白淵如果如先行研究所述，他受到石川啄木的影響的話，那如何呈現或反映在他的作品之中，必須和啄木的作品進行比較檢討。與一九三一年六月在盛岡出版的詩文集《荊棘之道》中的詩作相較之下，截然不同風格的四十六首三行詩形式作品，之於王白淵的意義是什麼？

被吳坤煌評論為無產階級風格詩人的王白淵選擇採取當時標榜著啄木風格的三行書寫形式，和當時他所認識的日本文壇中的普羅文學有什麼樣的關聯，他本身又是如何看待日本作家石川啄木？本論中透過這些問題的分析與探討，主要考察王白淵的三行詩作品與當時他接觸日本文壇與啄木文學的時空背景，藉此了解王白淵與日本作家石川啄木是否存在影響關係。

接下來的章節裡，我們首先整理先行研究中所介紹的王白淵與石川啄木的關聯、王白淵友人評價中的王白淵與石川啄木，介紹石川啄木的生平文學活動以及他的作品風格，探討啄木歿後帶有啄木風格的三行短歌、三行詩的流行以及啄木熱潮，王白淵對啄木的評價，藉由與啄木的短歌作品比較，分析王白淵三行詩作品，了解啄木文學帶給王白淵的影響具體為何，進一步追究王白淵在何種時空背景和場域下接受啄木文學。

二　王白淵與石川啄木之間的關聯

　　先行研究中關於王白淵與日本作家石川啄木之間關聯之討論，先後有台灣的莫渝、柳書琴、日本的小川英子、板谷榮城，中國的蔡建鑫等文章或論文。莫渝指出：

> 王白淵的詩興何時迸發。東京美術學生的油印刊物 GON，是否有王白淵的詩篇發表，已經很難明確得知。可以知道的是：盛岡時期是詩人王白淵的活動時期。盛岡地區重要短歌作者詩人石川啄木（1886-1912）的作品，王白淵在赴任前後應有所接觸、閱讀、甚至感染到啄木所描寫的自然風光，以及流浪落魄文人的哀傷心緒。（較王白淵稍晚的台籍詩人吳瀛濤、詹冰都有詩作，題贈啄木，可見啄木生前潦倒，死後詩名永存）。[1]

柳書琴在整理王白淵文學風格形成時受到中外文學、哲學等作家哲人影響時，也提到：

> 《福爾摩沙》同人在創作上留下的斑斑光影，強有力地為我們說明了《荊棘之道》在這些文學青年創作初開之際散發的魅力與影響。只不過由於反殖符號的闡述有各式變異，反殖理念的薪傳往往也使符號表徵的範疇具有流動性而產生意義的轉移或變化，以致在認同取向上，《福爾摩沙》同人不似王白淵有寬闊樂觀的社會主義理想與中國認同；在文學風格上，王白淵揉合泰戈爾、石川啄木及社會主義文學理念的風格也獨樹一幟。

1　莫瑜：《台灣詩人群像》（臺北市：秀威資訊公司，2007年）。

> 但是無疑地，楊基振、施學習等人的創作熱情；巫永福、蘇維
> 熊詩作的手法與風格；張文環、吳坤煌以文學作為文化抗爭資
> 本的抗爭策略，都受到王白淵影響。[2]

以上莫渝與柳書琴的論述裡點出王白淵與日本作家石川啄木之間的影響關聯，然而並無具體地透過作品分析或比較來論證。

　　日本的小川英子、板谷榮城共同研究[3]裡，雖無明確提點王白淵受到石川啄木影響，但提到「王白淵上海時代的詩〈給親愛的 K 子〉令人聯想到岩手盛岡出身的詩人石川啄木的作品」。然而，相對於前述研究者明確指出或聯想王白淵與日本作家石川啄木之間的影響關係，中國的蔡建鑫對先行研究中提到這樣的關聯實際進行分析比較[4]，透過王白淵詩集《荊棘之道》和石川啄木的短歌與詩集《憧憬》作品的比較分析之後，認為兩者創作的風格迥異。蔡建鑫論道：

2　柳書琴：《荊棘之道：臺灣旅日青年的文學活動與文化抗爭》（臺北市：聯經出版事業公司，2009年5月），頁218。

3　小川英子、板谷榮城：〈盛岡時代の王白淵について〉，《台湾文学の諸相》（日本：咿啞之会，綠蔭書房，1998年9月），頁7-48。「王白淵有『給親愛的K子』的上海時代的詩篇，裡面也出現川合祐六早夭女兒的名字，也看到『秘藏著我的青春／那個杜陵的秋野／我想再站上一次』的詩句。杜陵也念做MORIOKA，是盛岡的雅稱；而且「我想再站上一次」這句詩句，令人聯想起明治時代誕生於盛岡的歌人石川啄木的短歌。）（筆者譯）。原文為：「王白淵には『愛しきK子へ』という上海時代の詩があるが、その中にサユ（佐由）という川合祐六の幼折した娘の名が出て来るし、『わが青春を秘めたる　かの杜陵の秋の野　もう一度吾を立たしめよ」という言葉も見える。杜陵はMORIOKAとも読み盛岡の雅称であり、『もう一度吾を立たしめよ』は盛岡の生んだ明治時代の歌人石川啄木の短歌を想起させる」。

4　蔡建鑫：〈道無行人：論王白淵《荊棘之道》的抒情象徵〉，收於《彰化文學大論述》（臺北市：五南圖書出版公司，2007年11月），頁177-121。

王白淵《蕀之道》譯者陳才崑認同王白淵文友巫永福的說法指
出,王白淵詩作表現形式與美感氛圍皆深受石川啄木(1886-
1912)的影響。與王白淵同時期的吳坤煌(1909-1989)也曾
寫道「出版詩集《荊棘的路》的王氏,多用諷刺性的三行律
(一即啄木調)的短歌,那是很優美的,這種啄木調也是日本
新詩壇所稱讚的。」吳坤煌、巫永福或受一種的地緣政治的影
響,認為曾經任教盛岡女子師範學校的王白淵與石川必有某種
程度上的聯繫。這些說法值得商榷,吳坤煌的評語尤其令人不
解。懂得日語的人都可以看出王白淵日語現代詩的形式不拘音
節行數,在形式和行數上與石川的現代短歌創作完全不同。

　　蔡建鑫對於王白淵受到啄木影響的評價提出質疑,認為兩者的詩
歌作品於形式與行數上明顯不同,同時兩者的創作手法和衍生出來的
風格也有所分別。「王白淵自然也是一個抒情詩人,但他與石川風格有
所不同。作為一個『都市漂泊者』(蔡引用自太田登論文[5]說法),石川
從浪漫抒情轉向質樸寫實,王白淵則一貫背反現實苦悶的象徵,專心
致志在情景藝術的營造。從『陌生化』(defamiarization)的層面著手,
更可細分兩人異同之處,發現兩人相同之處、竟也是不同之處。」[6]

　　蔡建鑫的結論是「認為王白淵的詩作沒有受肺病嚳的石川啄木來
得顧影自憐。著重在抒情空間的王白淵反倒比起直面現實的石川來得
更加積極而非逃避」[7]。然而,蔡建鑫的論證中所對照分析的作品
裡,未將王白淵於東京台灣留學生所組成的台灣藝術研究會所發行之

5　太田登:〈1910年における夏目漱石と石川啄木〉,《臺大日本語文研究》15期,頁1-
　　17。
6　蔡建鑫:〈道無行人:論王白淵《荊棘之道》的抒情象徵〉,頁3。
7　蔡建鑫:〈道無行人:論王白淵《荊棘之道》的抒情象徵〉,頁3。

同人誌《福爾摩沙》中的三行詩作品一起納入考量。因此蔡建鑫評判
吳坤煌等應是因為地緣關係認為王白淵受到啄木的影響，忽略王白淵
等殖民地台灣文學者作品中出現三行書寫，和日本中央文壇中的三行
詩作品之間的關聯。再者，這樣三行短歌或三行詩所採用的三行書寫
所伴隨而來的詩歌口語化運動和石川啄木文學的關聯，以及當時普羅
文學和社會主義討論中的啄木熱潮間的關係都需要納入考量。

　　相較於前述先行研究未提到王白淵心中的啄木評價，蘇雅楨討論
王白淵由戰時至戰後初期的文化活動與政治參與時，舉證王白淵曾在
文章中提到啄木[8]。雖然蘇雅楨的論文無進一步指出王白淵的啄木評
價為何，但要了解為何各種過去的研究都指出王白淵深受石川啄木影
響，在進入他頗具啄木風格的三行詩作品分析以前，我們必須先了解
王白淵的啄木評價和啄木文學之間的關聯。

三　石川啄木和他的文學

　　石川啄木（1886-1912），誕生於岩手縣曹洞宗常光寺，於岩手縣
盛岡尋常中學就讀。十五歲捲入校內革新運動相關的罷課事件，發行
傳閱雜誌《爾伎多麻》，也在《岩手日報》上發表詩作。十六歲時在
《明星》雜誌上發表短歌。後來以家庭因素中退，抱著以文學立身之
志從涉民村上東京。懷抱著天才詩人的夢，十九歲時以新體詩人的身
分出版處女詩集《憧憬》，獲得森鷗外很高的評價。二十歲時擔任涉
民尋常高等小學校代用教員，參與新詩社，閱讀夏目漱石、島崎藤村

8　蘇雅楨：《王白淵的文化活動與精神歷程》（臺北市：政治大學臺灣文學研究所碩士
　　論文，2009年），頁121，「王白淵發表〈批評與作家〉，文章中提到中外詩人：『石
　　川啄木』（1886年2月20日至1912年4月13日）、賴山陽（1780年1月21日至1832年10
　　月16日）、拜倫等不為權勢、名譽低頭、為理念而活的英雄們」。

等作品，立志當小說家。首次獲得刊登的小說是發表於雜誌《明星》
上的〈出殯行列〉。二十一歲時因為父親一禎返回故鄉寶德寺的機會
無望，為尋求新生活發展，到北海道去。先後在札幌、小樽、釧路等
地流浪，擔任報社工作。二十三歲時他抱著對創作生活的憧憬，回到
東京發展，在《朝日新聞社》擔任校對工作。同年，也以羅馬字撰寫
日記。二十四歲時《東京每日新聞》發表展現生活情感的短歌，同時
也因為興德秋水[9]的大逆事件[10]發生，開始大量閱讀社會主義文獻。第
一部短歌集《一握之砂》也在同年出版。二十六歲啄木因患肺結核過
世。第二部短歌集《悲傷的玩具》由好友土歧哀果[11]編輯出版。

9　幸德秋水（1871-1911）：明治時代的新聞記者、思想家、社會主義者。發表《廿世
紀之怪物帝國主義》，批判帝國主義。於日露戰爭時主張「非戰論」。又與堺利彥翻
譯發表《共產黨宣言》，立刻遭日本政府查禁。與堺利彥開創「平民社」，辦報紙「平
民新聞」。也因為涉嫌違反當時「新聞條例法」而入獄，知道克魯泡特金事蹟與閱
讀相關讀物後，傾向無政府主義。一九一〇年因為被捲入大逆事件，遭判刑處死。

10　大逆事件：一九一一年（明治四十四年）五月發生。日本長野的社會主義者宮下太
吉製作爆彈，涉嫌與幸德秋水等多名社會主義者與無政府主義者計畫暗殺明治天
皇，遭判「大逆罪」，全國數百名嫌疑犯被檢舉，最後一共判刑絞首十二名，無期
徒刑十二名。大逆事件在後來的真相調查裡，顯示發現是國家權力藉「大逆罪」來
鎮壓社會主義者、無政府主義者的迫害事件。一九一〇年日本報紙開始發表大逆事
件後，當時在報社工作的石川啄木對此事非常關心。開始蒐集相關資料，同時閱讀
相關社會主義文獻。同年八月寫下〈時代閉塞的現狀（對強權、純粹自然主義的最
後及明日的考察）〉，該文中也指出日本自然主義文學的限制。翌年（1911）一月向
大逆事件辯護律師平出修借閱幸德秋水的答辯書後，啄木憤慨幸德秋水等被告遭判
死刑。整理該事件相關紀錄為《日本無政府主義陰謀事件經過及附帶條件》。

11　土歧哀果（1885-1980）：本名土歧善麿，為日本短歌歌人，國語學者。一九一〇年
在讀賣新聞擔任記者，出版羅馬字短歌集《NAKIWARAI》，這本短歌集有兩大特
徵，一為以羅馬字書寫，二為以三行書寫。當時在東京朝日新聞工作的啄木，對此
發表評價，認為哀果的作品裡呈現作者的真實與勇氣。同時也影響啄木自身的創
作，反映在第一短歌集《一握之砂》重新編排後的三行書寫上。啄木和哀果都以新
秀姿態，受到歌壇注目。兩人也因此結識，約好一起創刊雜誌《樹木與果實》，展
開對青年的啟蒙運動，但因為啄木生病而失敗。啄木歿後，哀果編輯《啄木遺

　　短短二十六歲的生命裡，啄木留下上述的兩部短歌集，詩、散文、小說和評論等豐富的作品。而風格也隨不同時期有所改變。在日本教科書裡可以讀到啄木的短歌，比如「東海的小島海灘／我淚濕了白砂／和螃蟹遊玩」（林水福譯）等有名的歌為日本國民所知，也被稱為是國民詩人。

　　儘管當時所處的文壇認為短歌已經步入滅亡，但啄木認為這短小的形式代表著生命中的一秒，利用短歌，能夠表達出生命的瞬間。而且充分地在短歌作品中展現平凡的日常生活，開啟了日本短歌的《生活派》風格，也克服了短歌滅亡的危機。如像「我祈禱／讓我有喜歡做的工作／完成之後我想死」、「厭倦常看的煤油燈／大約三天／親近蠟燭火」，到了第二部短歌集《悲傷的玩具》裡，出現的「只想著這社會很難實現的事／我的頭腦呀／今年也這樣嗎？」、「想笑也笑不出來——／找了好久的小刀／竟然握在手中」、「洗髒了的手時的／小小滿足／至少是今天的滿足」、「想要有新的身體，／撫摸手術後／的傷痕」等短歌，時在小小的短歌裡表達瞬間心情，自己對自己投下的疑問或感嘆，由於加入了許多原來傳統短歌不會出現的驚嘆號、問號和破折號、還有字餘等，風格顯得更加平易近人。[12]

　　不只是在短歌中表達生活，啄木也力求生活與文學的接近，希冀文學人士、知識份子等具有發言權的人應接近民眾，了解民眾的生活。晚年時創作的詩集《哨子與口笛》（1911）中的〈永無止盡的議論之後（二）〉，一九二〇年即被周作人翻譯為中文，與同詩集其他作

稿》、《啄木全集》，而且幫啄木出版第二本短歌集《悲傷的玩具》。大正二年，繼承啄木遺志，發行《生活與藝術》雜誌。與《近代思想》雜誌同人西村陽吉、安成二郎、矢代東村、伊庭孝、堺利彥、大杉榮、荒畑寒村等人共同參與生活藝術派的活動。在日本短歌史上，和啄木皆為「生活派」歌人的代表。

12 此段文章裡引用的石川啄木的短歌皆採林水福譯本。

品先後被介紹到中國文壇。隨後也被翻譯為韓文介紹到殖民地韓國。

石川啄木〈永無止盡的議論之後（二）〉一九一一年六月十五日 TOKYO（筆者譯）

我們一會兒閱讀、一會兒議論交戰
然而我們眼裡閃爍的光芒
不輸給五十年前的露西亞青年[13]
我們討論著究竟應該做什麼。
但是沒有任何人將握緊的拳頭敲向桌上
喊出「到人民之中」[14]吧！
我們知道我們到底所求為何
也知道民眾所求為何
然而，我們知道應該如何做
事實上也比五十年前的露西亞青年知道地更多
但是，還是沒有一個人將握緊的拳頭敲向桌子
叫喊出「到人民之中」吧！
聚集於此處的人都是青年
一直以來在世界上創造出新事物的皆是青年
我們知道老人遲早會死去，然而最終我們會勝利
可是，沒有一個人將握緊的拳頭敲向桌子
叫喊出「到人民之中」吧！

唉！已經換過三次蠟燭

---

13 「露西亞青年」為「俄國青年」。
14 「到人民之中」於原詩中採直接援引俄文「V NAROD」的表現方式。

> 飲料的茶碗裡漂浮著小蟲的死骸
> 年輕婦人的熱心腸依舊沒變
> 那眼神裡，有著無止盡議論後的疲憊
> 只是，仍然沒有一個人將握緊的拳頭敲向桌面
> 叫喊出：「到人民之中」吧！

此篇作品裡描寫出對於僅能紙上談兵，無法實際貼近人民生活，了解人民所需與自己所求的現象，啄木感到苦悶。「到人民之中」這口號與普羅文學的理念不謀而合。本篇詩作在一九一二年啄木歿後為日本的普羅文學作家所重視、再三提述或引用，隨後也相繼被譯介至中國和韓國。不難想像身於殖民地台灣出身，感受到殖民地人民被統治國政府壓迫的王白淵，在這波普羅文學與啄木文學連結的熱潮中接觸到啄木，而進一步引起興趣。

四　啄木與生活派詩歌的三行書寫、口語化詩歌運動

　　探討王白淵的三行書寫詩作與啄木文學的關聯以前，須了解啄木的三行書寫特徵，和當時生活派詩歌的三行書寫背景，以及當代日本文壇的口語化詩歌運動，如何牽連到後來大正、昭和時期普羅文學（無產階級文學）的社會主義意識。藉此能夠了解為何王白淵選擇三行書寫的形式來表達的動機與時代背景間的關聯。

　　根據池田功統計：「啄木第一短歌集《一握之砂》的字餘（字余り）[15]比例有百分之三十九，第二短歌集《悲傷的玩具》有百分之七十五，明顯增加。而且當字餘增加時，比較容易順暢地讀過，又稱為

15　一般短歌為三十一音，字數超過時，稱為「字餘」。

「口語調」，但實質上是文語短歌。」[16]啄木從發表一行書寫的短歌，受到土歧哀果的羅馬字短歌集《NAKIWARAI》三行書寫形式的短歌作品影響，將自己原先預備出版的短歌集《一握之砂》作品，全部以三行書寫的方式重新排列，第二歌集《悲傷的玩具》也是延續三行書寫的形式。

　　針對啄木的將短歌分成三行書寫，眾論紛紛。藉由統計啄木第一歌集《一握之砂》裡出現的「字餘」現象，分析以後，大室精一發現啄木採取非五七五七七的韻律，將短歌的節奏，脫離短歌的「句」，而是企圖轉移成以「行」為基本的三行詩的行為。也可以將之理解為啄木脫離固有短歌定型的企圖。[17]而這樣的傾向在啄木第二歌集《悲傷的玩具》裡以「字餘」「字不足」「句讀點」「空格」等方式繼續深化，短歌固有之「句」的作歌意識解體的現象明顯增多。按高淑玲研究統計，啄木短歌字餘有多達六個字的，大多集中在《悲傷的玩具》[18]。也因為啄木歌集《一握之砂》《悲傷的玩具》裡出現比較許多的「字餘」，容易給人是口語短歌的錯覺。

　　然而當時日本詩歌裡的口語化運動和生活派的詩歌追求有密切關聯。如果參考篠弘所整理的日本口語歌運動推動史[19]，可以知道明治二十一年（1888）首先由林甕臣提倡「言文一致歌」；明治三〇年代（1897）有青山霞村、西出朝風、鳴海要吉們扮演先驅的角色，而其中霞村的《池塘集》是口語歌最初的歌集。而接著第二階段即是回應明治四十三年（1910）（十月尾上柴舟發表的「短歌滅亡私論」，出現

16 池田功：〈短歌の世界〉，《石川啄木入門》（東京桜出版，2014年），頁55-56。

17 大室精一〈啄木短歌の形成（1）『一握の砂』の音数律について〉（日本：佐野国際情報短期大学「研究紀要」第八号，1997年〔平成九年〕3月），頁334。

18 高淑玲：《石川啄木の歌風の変遷》（臺北市：致良出版社，2002年）。

19 篠弘：〈近代短歌の展開と動揺〉，《自然主義と近代短歌》（日本：東京明治書院，1985年〔昭和六十年〕11月20日）。

了所謂「三行歌」。當時啄木的歌集《悲傷的玩具》（1912 年 6 月）
和哀果的歌集《於黃昏》（1912 年 2 月）之中皆活用三行書寫與口語
歌式發想。這也被視為是一種自然主義文學運動的呼應，而後大正二
年（1913）九月《生活與藝術》創刊。

　　土岐哀果在啄木過世以後，繼承啄木的遺志，創刊《生活與藝
術》，認為應該藝術的追求應立基於對於生活和社會的省察，培育了
許多「生活派」的歌人。篠弘也指出：「近代短歌之中的社會主義生
成是由於土岐哀果和堺利彥、大杉榮和荒畑寒村們交流，以及石川啄
木對於幸德秋水的大逆事件保持熱切關心，使得日本近代短歌和社會
主義有了深刻連結。」[20]而且，渡邊順三在《定本近代短歌史》上提
到：「這新的出發是因為石川啄木才初次清楚顯現那樣的方向，土岐
哀果和西村陽吉等生活派令之得到進展，終於形成昭和初期的普羅文
學。」[21]日本近代短歌生活派的歌人有前述的土岐哀果、西村陽吉以
外，還有大熊信行、高山辰三；矢代東村、高桑義生等。渡邊順三也
是其中一人。

　　西村陽吉在大正五年（1916）出版的第一歌集《都市居住者》，
歌集的主題以都會生活者的日常為中心題材，而作歌方式也皆以「三
行形式」表現。隨後，在大正十四年（1925）創刊口語歌誌《藝術和
自由》，隔年召集全國口語歌人，結成「新短歌協會」，並且以此歌誌
來推動口語歌。也就是如何從「生活派」推往普羅短歌運動的前置
準備。

　　三行形式的短歌為什麼會被視為「啄木調」？必須先回顧三行歌
與啄木的關係。啄木在編輯《一握之砂》時，曾經將原本以一行形式
書寫的短歌改寫成三行書寫形式，據本人說是受到土岐哀果的歌集

---

20 篠弘：〈近代短歌の展開と動搖〉，《自然主義と近代短歌》。
21 篠弘：〈近代短歌の展開と動搖〉，《自然主義と近代短歌》。

《NAKIWARAI》（又哭又笑）的三行書寫的影響。而且，啄木同時在明治四十三年（1910）發表〈一利己主義者與友人之間的對話〉中，主張短歌形式的可能性。除了主張希望盡可能使用接近現代語詞的用語以外，不要拘束於原本短歌規定的五音和七音，因應需要可以拆開或是採取字餘，他還提到應該跟隨靈感發想的必然性來進行分行書寫短歌，原來短歌的形式一直是一行書寫。然而啄木這樣的主張和當代日本的口語歌展開以及顯著的破調運用有很深的關聯。如果要了解王白淵的一行短歌到三行詩的作歌形式變化，有必要進一步了解大正時代到昭和初期的日本短歌口語化和破調等變化的歷史。

五 王白淵的短歌、三行詩與啄木短歌的比較

經由筆者調查盛岡教職時期，王白淵熱心投稿的《岩手縣女子師範學校校友會雜誌》中，昭和三年（1928）十二月發行的第六號曾經出現王白淵作品短歌作品。此系列十二首短歌，以「逝く春」（逝去之春）為題，而且這十二首短歌皆以一行書寫發表，符合日本短歌形式和音律。日本短歌按定義應是三十一個音，原來皆以一行書寫。按此定義去檢視王白淵盛岡教職時期和上海時期的短歌，很明顯看見形式上的改變。而且，王白淵到東京組成《福爾摩沙》同人會，後赴上海之後的三行詩作品的話，以形式和採取這形式的時間來看，剛好與啄木的三行短歌、啄木熱潮下的普羅詩創作中流行的三行短歌、三行詩不謀而合。而承接啄木三行短歌的文壇創作也漸漸演變出現三行詩、四行詩等破調的形式。

這樣三行短歌或三行詩的形式，同時出現在啄木歿後的文壇，打著繼承啄木遺志旗號的雜誌《生活與藝術》、《哨子與口笛》之中，而且《福爾摩沙》雜誌中除了王白淵作品外，也見到了三行書寫的詩

歌。王白淵在《福爾摩沙》同人誌上所刊載的三行詩作品，一部分重出在雜誌《詩精神》，而此雜誌上也出現許多三行書寫的詩歌作品。

由於啄木歿後，當時後的短歌文壇仍將三行短歌稱為短歌，儘管以王白淵的作品，已經大幅超過短歌字數限制，在當時文壇的定義裡還是將他的作品稱之為「短歌」。但如果以嚴格的短歌定義來區，啄木的作品是短歌，王白淵的三行書寫作品，屬於「三行詩」的範疇。相較於啄木的文語，王白淵是口語；啄木還在短歌的框架內，王白淵則因字數規限等，明顯不能算是「短歌」，故稱之為「三行詩」。

但這樣的作品在當時的詩或短歌雜誌裡，仍然有些被歸納為「短歌」作品。但日本昭和初期的短歌形式的動搖、特別是普羅文學目標中希望能夠掙脫被視為封建遺產的「短歌」形式的限制，自由地往「詩」的方向發展的大方向之中，王白淵的三行詩作品的出現，可以說是一種啄木風格的繼承。

值得注意的是，除了標榜啄木風格的三行書寫形式外，王白淵的現存資料中，能找到的這四十六首三行詩作品之中，出現許多啄木短歌中好用的「歌語」與「歌語之間組合的方式」。而且王白淵在三行詩作品裡所著眼的題材，和盛岡教職時期的十二首〈逝去之春〉截然不同，內容上以社會現實的批判、生活的歌詠為主。特別是《福爾摩沙》第二期的〈歌詠上海〉二十六首。

可以看到王白淵和啄木的作品上很明顯的差異是，王白淵幾乎脫離短歌的字數規範，而啄木儘管倡導自由短歌創作、自身的短歌作品還是以文語為主。但因為歌集《一握之砂》《悲傷的玩具》裡出現比較許多的「字餘」（字余り）（一般短歌為三十一音，字數超過時，稱為「字餘」），容易給人是口語短歌的錯覺。

再者，如將王白淵這四十六首的三行詩作品中與啄木的短歌作品比較的話，會發現許多王白淵模仿啄木的詩歌構句，以及啄木好用的

歌語。筆者整理如下：（詳見附錄「王白淵三行詩作品與啄木短歌比較」）

表一　王白淵詩作中的啄木模仿

相似詩語／詞組	日文原文	中文翻譯
相似詩語 1	〈名・名を呼ぶ・呼びてせし〉	（名字／呼喊名字／呼喚）
相似詩語 2	〈何の心ぞ〉	（什麼樣的心呢）
相似詩語 3	〈今日も・今も〉	（今天也／現在仍然）
相似詩語 4	〈秋の風・秋の風吹く〉	（秋風／秋風吹）
相似詩語 5	〈空しい・空しく・空し・空しさ〉	（空虛／惶然）
相似詩語 6	〈故郷〉	（故鄉）
相似詩語組合 7	〈追われる＋〜を出て＋帰る〉	（被追趕而出＋歸來）
相似詩語組合 8	〈〜を背負う＋歩む＋泣く〉	（背著〜＋行走＋哭泣）
相似詩語組合 9	〈もう一度〜（我）を〜め〉	（讓我再〜吧）
相似詩語組合 10	〈〜名詞＋かな〉	（名詞＋詠歎詞）
相似詩語組合 11	〈泣きし・泣きしかな〉	（哭泣）

　　從中可發現不少兩人相當類似的歌，例如：王白淵的行路難系列的其中一首〈追はるゝ如く出でし盛岡を／幼心に歸りて／故郷と呼びて見し〉（有如被追趕而逃離的盛岡／帶著童心般地回去／我把它稱為故鄉），這和啄木在《一握之砂》中的〈石をもて追はるるごとく／ふるさとを出でしかなしみ／消ゆる時なし〉（有如被拿著石頭追趕／逃離故鄉的悲傷／無消失之時）（林水福譯），十分類似。同時

出現了「彷彿被追趕而出」和離開「故鄉」的用法，啄木因為家人欠下債務的關係被迫離開故鄉盛岡；王白淵則因為涉嫌參加左翼活動，於岩手女子師範學校教室中被特高逮捕，遭免職，被迫離開盛岡和當時的日本妻子。王白淵和啄木離開盛岡之後，都再也沒有回到盛岡。只是，對於啄木而言，盛岡是他的出生地，將之稱為「故鄉」是人之常情。啄木也在自己的短歌裡時常提到故鄉盛岡，做了許多聞名的「望鄉歌」。

　　然而，王白淵出身於殖民地台灣，在當時的留學生裡畢業之後，能夠留在日本的是極其少數。他受到美術學校老師田邊至的推薦，到岩手縣盛岡市教書。曾經在晚年寫信給盛岡好友川合祐六的明信片裡提到「在盛岡的歲月是一生之中最美好的」。所以在這作品裡，看到王白淵將「盛岡」稱之為「故鄉」，似乎也不難明白他的心切。再同時對照他在〈給親愛的 K 子〉系列中的作品「我が青春を秘めたる／かの杜陵の秋の野に／もう一度吾を立たしめ」（秘藏著我的青春／的那個杜陵的天原／我想再站上一次）（註：「杜陵」為日本岩手縣盛岡的舊稱）。已經在小川英子、板谷榮城的共同研究中指出這作品讓人聯想到石川啄木的短歌。類似歌的啄木短歌出現在他的歌集《一握之砂》裡「盛岡の中学校の／露台の／欄干に最一度我を倚らしめ」（盛岡中學的／露台的／欄杆再一次讓我斜倚吧）（林水福譯）。王白淵的「我想再一次到那個盛岡的秋天野原上」可以說幾乎是和啄木的「我想再一次憑靠在露臺欄杆上」是一樣的發想。令啄木懷念的可能是代表著青春洋溢的中學時光；而令王白淵感到懷念的是他從東京畢業到盛岡教書而且結識了他的日本太太的這段安穩美好的歲月。

　　王白淵的殖民地出身身分在他的中華民族意識、被日本殖民的台灣人感受、受日本教育與留學後的日本文化浸潤三者交雜之中，揉合產生而出複雜的心情，是啄木短歌所沒有的。從他在《詩精神》雜誌

裡重出刊載的〈上海雜詠〉中的短歌〈我が着しゆかたを見て／「打倒日本人」と叫び出でし／憐の女の児愛しも〉（看到穿著浴衣的我／就叫喊著：「打倒日本人！」／惹人憐愛的小女孩也令我悲傷）。重出的〈上海雜詠〉原來有二十七首，因為資料保存的緣由，能夠判斷的只有二十六首。但重刊於《詩精神》上的有七首。刊載之後也受到讀者回響（如前節所述）。這首三行詩作充分表達出王白淵複雜的身分認同，在當時日中緊張關係的情況之下，他到上海去擔任情報翻譯工作，在祖國同胞前，自己視為日本人的一員；但在日本又被視為殖民地出身的人民、參與文化活動被特高監督、逮捕、被迫離開盛岡。由於複雜的身分認同牽扯而出多舛命運。

他在〈行路難〉系列三行詩中的作品之一〈複雜なる運命を／背負ひて歩み行く／泣くに涙なきこの日頃〉（背負著複雜的命運／行走／欲哭無淚的這天）中也呈現出他乖舛的命運和感嘆的心情。這首三行詩裡使用的「背／背負」「行走」與「哭泣」詞語組合與啄木的短歌「たはむねに母を背負ひて／そのあまり軽きに泣きて／三歩あゆまず」（開玩笑地背起母親／我哭泣因她過輕的體重／走不到三步）（林水福譯）十分類似。

王白淵的作品，形式上一目瞭然的三行書寫是繼承啄木風格以外，所使用詞語或詞語組合也可以看到與啄木作品有許多共通之處；另外，特別是〈上海雜詠〉系列，皆以社會現實的題材為歌詠對象，這和啄木晚年所主張的短歌題材應與生活接近，是共通的。而且就王白淵個人作品的風格來說，這些三行詩，很明顯與詩文集《荊棘之道》裡的詩作有所區別。同樣以即使「上海」為題的詩作，在《荊棘之道》裡也有出現〈站在揚子江〉，但實際到上海之後的王白淵，觸目所及的難民、妓女和乞丐正為生存掙扎，寫下〈野鶏、乞食、貧民の群／誰が上海を歓楽の都と云ひし？／大砲と軍隊のもとにうごめ

く」（妓女、乞丐和貧民／誰說上海是歡樂之都的？／在大砲和軍隊之下掙扎著）。看到被法國殖民的越南人和被英國人殖民的印度人如何被殖民國家所利用或被壓迫，寫下〈フランスの巡警に両腕とられ／侮辱されつゝ引かれて行く／苦力の後姿いたましき〉（被法國巡警抓住雙腕／一邊被侮辱一邊被拖去的／苦力背影令人沉痛）；〈フランス官憲の下に使はれるる／影薄き安南の人々を見る度に／故鄉の友を思ひ出づるかな〉（每每看到／為法國官憲之下所雇用的薄弱的安南人／就想起故鄉的朋友）。如此真實地從亞洲殖民地受到帝國主義的壓迫中，王白淵彷彿也看到自己的故鄉台灣的同胞。

　而且，在〈上海雜詠〉系列能夠觀察到強烈的諷刺意味，這是詩文集《荊棘之道》所沒有的。比如說：〈現世に幸福と解決なきもの／生命の彼岸にこれを求む／宗教の発生悲しも〉（向生命的彼岸祈求／現世中幸福和無法解決的事物／宗教的發生真可悲）中，感慨宗教發生的可悲。而繼續在下一首〈搾取と抑壓と無智のある所／宗教の根源なほ續く／神いづれの日にか死なん？〉（搾取和壓迫和無智的地方／宗教的根源還持續著／神究竟何時會死去？）中認為這種現世生活無法安穩轉而向宗教尋求慰藉的現象發生，是因為壓榨、壓迫和民智尚未開發的緣故。在〈よちよち歩く子等に近づけば／につと口元ゆがめて走り走りぬ／子供まで笑ひ得ざる此の国〉（靠近搖搖擺擺走路的小孩／他突然歪曲嘴角一下就跑走／連小孩都無法笑的這個國家）作品中，更是直接說明小孩也無法快樂這個國家的命運，令人感到可悲。

　這也是王白淵為什麼會在〈上海雜詠〉的三行詩系列中，也詠下〈アジヤは永遠の過去なり」と／ヘーゲルは云ひ放ちぬ／孔子これをもつて如何となす〉（黑格爾斬釘截鐵地說／「亞細亞成為永遠的過去！」／孔子聽到會怎麼想？）和另一首〈宗教は民衆の阿片な

り」と／マルクスに賢くも云ひぬ／儒教もそれに變りはなけれど〉
（馬克思聰明地說／「宗教是民眾的鴉片。」／但儒教也沒什麼兩
樣。）雖然王白淵在《荊棘之道》裡的論文〈甘地與印度的獨立運
動〉裡，曾經對於黑格爾說出「亞細亞是永遠的過去」不以為然，認
為黑格爾是近視眼御用學者。但在這裡卻引用黑格爾的話語，來反問
儒教的孔子。面對這樣上海租界所見到的慘象，讓王白淵對於自己的
命運、台灣的命運、祖國中國的命運、亞洲全體的命運有更深的反省
和思索。在上海租界的真實體驗，讓王白淵選擇與盛岡時期不同的詩
歌表達方式來歌詠自己的心情。

　　《荊棘之道》詩文集中的序詩和結尾兩首〈給印度人〉〈站在揚
子江〉中，其實已經透露些微這樣諷刺意味與現實批判的痕跡。特別
是〈給印度人〉〈站在揚子江〉兩首中對於中國革命抱持的希望，向
普羅大眾與青年吶喊，勇敢拋棄過去封建殘渣和掙脫殖民壓迫。帶著
對於革命的希望，實際到上海生活也一邊從事情報協力祖國的工作以
後，所詠下的三行詩，可以看到現實批判的精神得到深化。而且選擇
日本普羅文學中標榜啄木特色的三行書寫行式來描繪在上海的心情，
無非是再一次表達貼近底層人民生活，對於普羅大眾的苦難感同身受
的情懷。

六　友人評價中的王白淵與啄木、啄木文學

　　在王白淵發表具有啄木風格的三行書寫詩作以後，首先值得注目
的是巫永福於雜誌《福爾摩沙》第二號[22]的點將錄中這麼寫道：

22　巫永福：〈王白淵を描く〉，《フォルモサ》第二號（日本：1933年12月），收入於
　　《臺灣新文學雜誌叢刊》（臺北市：東方文化書局復刻本，第二卷）。

素描王白淵

暗黑的夜
他在夜裡哭
他在夜裡笑

熱血多情的詩人啊！是臺灣的啄木。長年在此成長的他神經變
得纖細，在上海發現自己是個日本人，非常驚訝。然而如今他
的詩魂自由綻放！同志們在揚子江岸邊撿拾他的骨吧！詩人
啊！高聲歌唱吧！

這裡可以看到巫永福形容王白淵為「臺灣的啄木」，讚許他是熱血多
情的詩人。而且後來，王白淵歿後，討論「王白淵詩集《荊棘之
道》」時，他說：「王白淵的詩深受一九二○年代盛行於日本的象徵主
義及傑出詩人石川啄木的影響。」[23]

　　不過，巫永福沒有特別具體提及王白淵作品的哪些部分是源自於
啄木的影響，另外，也是與王白淵共同組織台灣藝術研究會的夥伴張
文環曾經也在回憶王白淵時，這麼說道：

暗い夜
夜を泣く
夜を笑ふ
熱血多情な詩人、臺灣の啄木だ。長年此方で育てられた彼は神経が纖弱になつて
了ひ、上海で己の日本人たる事を発見して驚いでゐる。だが、今や彼の詩魂は自
由に放たれた。同人は其の骨を揚子江の岸邊で拾ひたひ。詩人よ聲高らかに歌
へ！」

23 巫永福：〈王白淵詩集《荊棘之道》〉，收入莫渝編：《王白淵・荊棘之道》（臺中市：
　　晨星出版公司，2008年11月），頁122。

後來白淵兄因事，師範教員被解職，要離開日本到大陸去，不
得不與日本太太離開，夫妻話別實在很慘痛，並不是因為愛情
有問題才仳離。因為日本政府對於民族的歧視，才為了民族意
識及尊嚴離別的。他到了祖國後，雖然知道他日本太太生了一
個女孩子，而非常高興，但卻寫了一首石川啄木調的詩——
「被日本帝國主義者放逐的人，不能讓他的親生孩子叫一聲
『爸爸』，哀哉兮。」藉此諷刺他自己的心情。[24]

與之同為王白淵好友的吳坤煌在日本文學雜誌《詩人》上敘述台灣詩
壇現狀時，曾明白地提到王白淵擅長創作具諷刺意味的三行調短歌。
那樣的啄木調，也在日本詩壇上登場。[25]

以上主要是對無色透明的詩人的概論。在這裡我們還是必須姑
且先將目光轉向藝術的素地臺灣的一般大眾進行深刻的觀察。
儘管他們的認識受限，還有他們對於現實盲目，但推動歷史齒
輪的還是大眾，因為從這些大眾生活孕育而出的藝術才具有未
來性，所以他們的歌聲常常充滿虛偽。台灣的現實，事實上是
（xxx）的，逐漸貧窮的農民和中間層（xxx）也是很清楚的，
而且，所謂左翼派詩人事他們的代辯者，我相信這才是映照出
不虛偽的台灣真實面貌的句子。從很久以前就懷抱著普羅階級
思想的詩人有王白淵和吳坤煌氏，出版《荊棘之道》的王氏擅
長創作具諷刺意味的三行調短歌。那樣的啄木調在日本詩壇上

---

24 張文環：〈緬懷王白淵〉，收入莫渝編：《王白淵·荊棘之道》（臺中市：晨星出版公
　　司，2008年11月），頁127。
25 吳坤煌：〈臺灣詩壇的現狀〉，《詩人》第3卷第4號（1936年〔昭和十一年〕），頁84-
　　85。

也登場。「行路難」「上海詠」兩篇是他的代表作，他大陸式的
廣漠（闊）和具流露性的詩情吸引了許多青年。不過他最近投
奔上海，忙碌於生活似乎無暇創作，我們還是期待他之後的活
動。[26]

　　吳坤煌在第二號《福爾摩沙》之後退出了《福爾摩沙》，但他同
時也在東京參與築地劇場工作與《詩精神》日本雜誌團體同人的活
動。因為理念上的分歧離開《福爾摩沙》，但依舊認同王白淵的文學
創作及其理念，推測吳在王白淵離開日本赴上海以後，仍然擔任著王
白淵與日本普羅文學團體之間的架橋。故將台灣藝術研究會《福爾摩
沙》上刊載的王白淵作品轉介自《詩精神》，並且在介紹台灣詩壇時
介紹王白淵。王白淵赴上海前是否與《詩精神》團體的日本作家有所
接觸；抑或赴上海之後與其文學團體保持聯繫的狀態，尚無具體的資
料顯示。

---

26 張文環：〈緬懷王白淵〉，《王白淵荊棘之道》。原文：「台灣詩壇の現情」「以上主に
　無色透明の詩人を概說した。ここに吾々は一應眼を藝術の素地臺灣の一般大衆に
　轉じて深い觀察をせねばならぬ。彼等の認識如何に拘らず又彼らが如何に現實に
　盲目であつても歷史の齒車を推進するのは大衆であり、これらの大衆生活から生
　み出された藝術こそ未來性あるものだから彼等の歌聲は凡そ虛僞に滿ちてゐる。
　臺灣の現實は事實上、、、、、ものであり、貧困化して行く農民と中間層が、、、して
　行つてゐるそのは明らかだ。そして所謂左翼派詩人は彼等らの代辯者であり、こ
　れこそが僞らざる臺灣の真如の鏡であると信ずる。早くからプロレタリア思想を
　持ってゐる詩人に王白淵氏と吳坤煌氏がゐる。詩集「蕀の道」を出した王氏は多
　分に諷刺性ある三行調の短歌を物するに優れてゐるが、その啄木調は日本の新詩
　壇でも取り上げられた。「行路難」、「上海を詠する」の二つは彼の代表作、その
　大陸的な廣漠さと流露性ある詩情は多くの青年を引きつけた。しかし最近は上海
　へ出奔したまゝ殆ど生活に追はれて余り詩作せぬ樣だが、これらの活動が期待さ
　れる。」（「、、、」為檢閱痕跡，此引用按原文。且採日本舊假名與舊漢字。）據
　柳書琴先行研究（柳書琴：《荊棘之道：臺灣旅日青年的文學活動與文化抗爭》，頁
　2）調查同稿也發表在「中国左翼作家東京支部連盟」雜誌「詩歌」之中。

七 王白淵與日本普羅文學雜誌《詩人》與《詩精神》

關於王白淵的作品刊登在日本文壇上的普羅文學雜誌《詩精神》，相關的紀錄，目前只有在柳書琴研究[27]裡被提及，同研究中也記錄著王白淵名字出現在該雜誌的後身《詩人》所載的全國詩人名簿一事，作品刊載以後，同雜誌作家或讀者的反應為何，令人好奇。

經由筆者查證雜誌《詩精神》與隨後繼承《詩精神》改名《詩人》的雜誌中找到的文章與紀錄之後發現：《詩人》雜誌創刊號中的全國詩人名簿[28]裡，身為當時日本殖民地出身、後來移住上海的王白淵被視為全國詩人的一員，而且其作品刊登於雜誌《詩精神》裡，並且獲得評價。而日後此雜誌復刊重刻時所製作的解題錄裡，日本普羅文學作家赤石茂的回想記[29]中還提到「王白淵曾經刊登於此雜誌中的作品〈上海雜詠〉中的兩首作品。分別是『看到穿著浴衣的我／就叫喊著：「打倒日本人！」／惹人憐愛的小女孩也令我悲傷』；與『看見面前飢餓的民眾／我心惆悵／像卓別林的笑容似地悲傷』」。

赤石茂於文中同時舉了王白淵與渡邊順三、德田英夫、山田清三郎、淺野純一和田中律子等人的作品後，這麼評論道：「對於上述所覽的這些前輩、好友的作品，我笨拙的解說也派不上用場。但那明快、樸實的歌風具有幽默、諷刺，尖銳地刻劃出時代的明暗。」可以見到王白淵的作品也被認同，與該雜誌中的明快、樸實的短歌短詩風

---

27 柳書琴：《荊棘之道：臺灣旅日青年的文學活動與文化抗爭》，頁3。

28 日本文學雜誌《詩人》一月號（1936年〔昭和十一年〕1月），特別附錄大正·昭和·詩壇概史·全國詩人住所錄（1935年12月調）「中国満州国，王白淵，上海中華民国郵政総局信箱」。

29 赤石茂：〈プロレタリア短歌の一側面──その回顧と展望〉，收入伊藤信吉、秋山清編《プロレラリア詩雜誌集成中「詩精神」解題·回想記》（東京：戰旗復刻版刊行会，1978年〔昭和五十三年〕）。

格，被歸納為同一系列，同時帶有幽默與諷刺的色彩。

而且，王白淵在雜誌《詩精神》第一卷第三號（1934 年 4 月）發表〈上海雜詠〉以後，隨即在第一卷第四號（1934 年 5 月）的「讀者回響欄」裡看到來自茨城的讀者半谷三郎提到「他讀詩精神第三號以後，在短歌作品中讀到王白淵氏『上海雜詠』覺得很有意思。」[30]

繼〈上海雜詠〉七首（1934 年 4 月）重出發表後，同年，在《詩精神》雜誌第一卷第五號（1934 年 6 月）上重出發表「行路難」（行路難），一共十首的三行詩，以原來發表在《福爾摩沙》第一號（昭和八年〔1933〕7 月）的形式和順序重出發表。在隔月大藏宏之的「短詩型寸評」裡也見到回響。大藏宏之以當時歌壇詩壇上的雜誌短歌、短詩作品為評論對象，提到《詩精神》時這麼說道：

> 詩精神歌欄的順三、王白淵的作品如果出現在「アララギ」[31]的三段組合（排版）裡，應該會很感激。看到《明日的短歌》之星一個一個接著出現感到很高興。[32]

上述兩則讀者回響以及評論，都能見到王白淵的作品受到日人作家注目。如果仔細追究王白淵作品登場的這份日本文學雜誌《詩精神》及

---

30 半谷三郎（讀者回響專欄）《詩精神》第 1 卷第 4 號，頁 54（日本：前奏社出版，1934 年〔昭和九年〕5 月）「短歌では王白淵氏の『上海雜詠』を面白く読みました」。

31 「アララギ」是日本的短歌團體同人誌名稱。在明治四十一年（1908）時以伊藤左千夫為中心，創同人誌「阿羅羅木」。隔年改為以日本片假名書寫的「アララギ」（ARARAGI）。變身為正岡子規門下歌人們所集聚的根岸短歌會的機關誌。有古泉千樫、齊藤茂吉、島木赤彥、土屋文明等人參加。歌風重視「萬葉調」式的寫生，對於日本近代短歌的發展頗有貢獻。

32 大藏宏之：〈短詩型寸評〉，《詩精神》第 1 卷第 6 號（日本：前奏社出版，1934 年〔昭和九年〕7 月），頁 60。

其後身《詩人》究竟於日本文壇中的特色為何的話，更能了解為何王白淵文學能夠在這個文學場域中得到登場及評價的意義。

　　《詩精神》雜誌於一九三四年（昭和九年）二月創刊，一九三五年十二月時終刊。為期約莫兩年，後身改為雜誌《詩人》。伊藤信吉在這套雜誌刊登復刻本時的附錄回想裡曾經提及「這份《詩精神》雜誌是在普羅文學運動最困難的時期誕生，也因此被發行禁止兩次；兩次休刊（以合併號發行），共有二十一冊」[33]。一九三四年二月時，作為普羅文學運動主體的「日本普羅文學作家同盟」宣布解散宣言，同盟所發行的「普羅文學」在前一年的十月廢刊，可說普羅文學面臨重大的危機，也是一個退潮或變動的時期。然而《詩精神》雜誌，在這個困難重重的時期裡創刊。而且，不僅如此，這雜誌脫離當時因「以革命為主題的積極理論帶有易產生的排他性、自我封閉傾向」[34]，展開一種「詩的回歸」慢慢地向外展開。」[35]

　　《詩精神》雜誌團體不限於普羅文學派的文人、「過去曾經參加過民眾詩派運動，所詠的詩作懷有人道主義；也製作農村、農民為主題的詩，歌詠理想主義精神。在那樣的人生抒情裡附帶著各自不同程度的社會感覺。」也因為「詩精神」同人團體包含了相較於其他普羅文學雜誌團體較廣傾向的文學者，容納有「人生式傾向、社會式傾向的詩人」，主張「應擁護能夠對應時代危機狀況的文學與藝術」。伊藤認為廣義上來說這雜誌表明「反抗權力的意志」，「定位於普羅文學一

---

33 伊藤信吉：〈一つの詩史　解題として〉，收入伊藤信吉・秋山清編：《プロレラリア詩雜誌集成中「詩精神」解題・回想記》（東京：戰旗復刻版刊行会，1978年〔昭和五十三年〕）。

34 伊藤信吉：〈一つの詩史　解題として〉，收入伊藤信吉・秋山清編：《プロレラリア詩雜誌集成中「詩精神」解題・回想記》。

35 伊藤信吉：〈一つの詩史　解題として〉，收入伊藤信吉・秋山清編：《プロレラリア詩雜誌集成中「詩精神」解題・回想記》。

支流的同時，如何與法西斯主義的危機對峙也是雜誌『詩精神』當時所被賦予的一大課題。」

而且，伊藤在文章裡說：「回顧這雜誌創刊號，可以看到雖無明確的創刊辭，但在創刊號介紹了北村透谷[36]和美國詩人惠特曼[37]，有編輯想要傳達的意義。」同時他也進一步指出：「如果『詩精神』全二十一冊的過程是為一種普羅詩的〈新運動〉的話，那新運動可以歸納為一部份由勞動者和農民詩人的誘發開始形成，一部份是由與無政府主義者詩人合作所形成，還有一部份是由『日本普羅文學作家同盟』時代登場的數名詩人為核心人物進行旺盛的作品發表所形成」。[38]在這樣的日本普羅詩的新運動之中，殖民地台灣出身的王白淵也是其中一份子，極具歷史意義。

然而，究竟王白淵的三行詩作品，與當時被視為啄木遺產的三行詩和他的啄木觀，以及此雜誌的組成同仁的啄木觀是否有所關聯呢？

八　日本普羅文學雜誌《詩人》、《詩精神》與啄木、啄木文學

《詩精神》雜誌的參與同人於一九三四年、一九三五年時，除了小熊秀雄也發行長篇敘事詩集《飛橇》；中國詩人雷石榆發行詩集《沙漠之歌》外，還有雜誌同人以社會性與人生色彩綜合的命題發表了《一九三四年詩集》與《一九三五年詩集》。編輯委員名單上可以看到田木繁、大江滿雄、小熊秀雄、中野重治、森山啟、遠地輝武、

36　伊藤信吉：〈一つの詩史　解題として〉，引用伊藤信吉話語「基於人類自覺積極倡導精神自由的北村透谷」。

37　伊藤信吉：〈一つの詩史　解題として〉，引用伊藤信吉話語「惠特曼是美國資本主義發展期倡導民主的詩人」。

38　伊藤信吉：〈一つの詩史　解題として〉，頁15。

北川冬彥、後藤郁子、窪川鶴次郎、新井徹等名字。這十名皆是之前
《戰旗》和《日本普羅文學作家同盟》的詩人，可以看得出這些成員
中有普羅文學詩的動向意識。

　　根據伊藤信吉在《詩精神》解題‧回想記裡的統計：「以全二十
一冊《詩精神》裡的詩人作品或評論發表次數作計算的話，雜誌主宰
者新井徹有二十五篇；新井徹其妻也是雜誌主宰者之一的後藤郁子有
十七篇，僅次於第一數量的新井徹的人即是遠地輝武，有二十三篇，
小熊秀雄也有近二十二篇。」[39]可見遠地輝武佔此雜誌的重要性。

　　遠地輝武（1901-1967）[40]是詩人，也是評論家。畢業於日本美術
學校，受到大正十二年高橋新吉的達達詩集和村山知義的意識構成主
義展的刺激。在生活苦難之中開始寫詩和小說。大正十四年（1925）
出版第一本詩集《夢與白骨的接吻》以後，立刻被查禁。陸續在《新
興文學》、《紅與黑》、《文藝戰線》等發表詩、小說和評論，與渡邊順
三、松本淳三和秋山清等結識。後來也創《世界詩人》、《農民詩人》
等刊物。昭和五年不僅參加組盟普羅詩人會，童年也加入普羅美術家
同盟。經歷過普羅文學被鎮壓和退潮的危機，一同與新井徹等創刊
《詩精神》和《詩人》。另一方面同時在昭和九年出版《石川啄木的
研究》和《近代日本詩的歷史展望》。戰爭時期主要以《美術世界》
的刊行等美術活動為中心。出版自己的詩集以外，也同時著述有《日
本近代美術史》、《現代繪畫的四季》等美術評論。

　　值得注目的是在柳書琴的先行研究[41]裡已提示王白淵好友吳坤煌
和中國作家雷石榆參加遠地輝武出版「石川啄木研究」、「近代日本詩

---

39 伊藤信吉：〈一つの詩史　解題として〉，頁15。

40 遠地輝武的生平介紹參考摘譯自：《日本近代文學大事典》（日本：日本近代文學
　　館，1977年〔昭和五十二年〕12月），第一卷。

41 柳書琴：《荊棘之道：臺灣旅日青年的文學活動與文化抗爭》，頁3。

的歷史展望」新書記念會。不單是遠地輝武與石川啄木研究有所關聯，雷石榆隨後離開日本到上海，又經過台灣後來回到中國以後，寫下關於啄木的著作〈試評石川啄木的創作思想及其藝術成就〉（《河北師院學報》，1987）。與雷石榆關係友好的吳坤煌，也如前所述，肯定王白淵作品是具有優美啄木調的書寫。由此得知吳坤煌和雷石榆的啄木認識與理解與遠地輝武可以說具有連帶關聯，而參與此雜誌的王白淵，極有可能在這樣的關聯之中形成其啄木認識與啄木評價。

而且，吳坤煌轉介王白淵三行詩作品的《詩精神》第一卷第三號，剛好也是「啄木生誕五十年記念の為に」（啄木生誕五十年紀念）特輯。裡面收錄了遠地輝武的「その背後を衝擊するもの」（那衝擊背後的事物）、岡邦雄的「啄木についての回想」（關於啄木的回想）、坪野哲久的「啄木の思郷の歌」（啄木思郷之歌）。在王白淵的「詠上海」作品系列的隔壁刊登的廣告，也與啄木生誕五十年記念活動有所關聯。廣告字樣為「啄木の夕と展覽会へ皆で押しかけよう！」（大家一同參加啄木之夜和展覽會吧！）

再者，《詩人》、《詩精神》雜誌的參與者裡有許多受到啄木影響，和撰寫過啄木研究相關作品的文學者。如：渡邊順三的歌集《歌詠生活》、著述《石川啄木：他的生涯與藝術》、《評傳石川啄木》；窪川鶴次郎的《日本近代文藝思潮論》；岡邦雄《石川啄木》；遠地輝武、渡邊順三、赤木健介、壺井繁治共著的《青春悲歌——啄木詩歌鑑賞》等。而且，同刊之中的「新短歌」專欄是由渡邊順三所選歌。渡邊順三在當時的詩壇歌壇裡時常發表評論及文章，在評論裡時常提及啄木以及啄木的作品。認為啄木為普羅文學之始祖、未完成的啄木文學應由現在的年輕作家來繼承[42]。

---

42 渡邊順三：《評論集：短歌の諸問題》（日本：東京ナウカ社，1986年〔昭和五年〕）。

　　《詩精神》、《詩人》雜誌刊載的文章之中，出現許多引用啄木作品或是對啄木的討論。在此舉王白淵三行詩作品的「詩精神」第一卷第三號，剛好也是「啄木生誕五十年記念の為に」（啄木生誕五十年紀念）特輯。裡面收錄了遠地輝武的「その背後を衝擊するもの」（那衝擊背後的事物），文章裡遠地對於啄木熱潮這麼描述：「我覺得人們為何想讚揚他（啄木），終究是因為啄木至今仍然還活在我們心中，真實地感覺到與他在時代上的接近以外，比起社會主義思想，我認為他的歌（短歌）所擁有的真實性，也正是他說的『悲傷的玩具』之中令人悲傷的真實」[43]。同時，遠地舉出啄木短歌作品後繼續指出「從這些歌找出啄木的觀照主義，並不難記錄性地描寫出啄木的觀照主義，對於他的歌感覺到的親近感，甚至是帶有點不積極的感覺躍於紙背間。」讀者能從這些作品看到「困於飢餓的東北農民掙扎喘息的陰慘姿態，對於令人嫌惡的世間種種感到疲憊、默默地群行的生活者姿態」，這些都是啄木作品中深藏的魅力。遠地更進一步地指出啄木作品中帶有的「能動意志」，面對現實中的矛盾時，藝術家和文學家的工作即是縫合這些矛盾中的距離與縫隙，鬥志和現實碰撞時帶來的火花才是現實主義精神的存在。

　　參與《詩精神》、《詩人》雜誌中的文學家對於啄木文學的愛戴以及不斷地重述「啄木文學」，詮釋「啄木」與他的文學本質，王白淵在這樣的啄木熱潮與普羅文學融和的時間與空間裡接觸啄木，對於啄木的評價又是如何呢？

---

43 遠地輝武：〈その背後から衝擊するもの——啄木の生誕五十年寄せて——〉，《詩精神》第1卷第3號（1934年（〔昭和九年〕）4月），頁4-7。

九　王白淵對啄木的評價

　　一九四四年九月三十日，王白淵在《台灣新報》上發表的日文文章〈批評與作家〉中如此論到：

> 「雖然短歌對於啄木來說是悲傷的玩具，但那短歌比什麼都還能打動我們，因為超乎文字的強大意志，化為濃烈的生氣向我們襲來。」[44]（筆者譯）

從這可得知王白淵應該讀過石川啄木的作品，且認同啄木的短歌作品動人，而其作品之所以能夠打動人心是因為背後隱藏著強大的意志。

　　王白淵在一九四四年於自己的文章中提及啄木之前，王白淵接觸啄木文學的可能時間點與機會，其實不少。王白淵接觸啄木文學的時間點與機會，可能要從以下幾個可能的時間點進一步考察。除了在台灣時所受的日本教育、一九二三年四月赴東京美術專門學校攻讀美術的學生時期、一九二六年畢業後赴啄木出生地盛岡時所體會到的昭和（1926-）初期啄木文學熱潮、還有一九三一年出版《荊棘之道》而後至東京與台灣留學生朋友創立「東京文化 Circle」，遭逮捕離開盛岡後到東京，接著赴上海期間，以及抵達上海後接觸日本普羅文學刊物雜誌《詩精神》及雜誌同人活動的場域之中，都有接觸到啄木文學的機會。

　　尤其是他在盛岡的六年教職期間，空間上是啄木出身地的岩手盛岡，而且是幾乎不輸給文化中心東京的啄木熱潮登場的重地，時間上

44　王白淵：〈批評與作家〉，《台灣新報》，1944年9月30日。「歌は啄木にとつて悲しき玩具であつたが、それが何物にもまして我々の胸を打つのは、文字以上の高き意欲が強い息吹となつて我々に迫つて来るからである。」

又恰巧與啄木受容文學熱潮的昭和一年至六年期間重疊。

　　筆者曾經在拙論中考察推測如下[45]：「王白淵接觸啄木或啄木文學的時期，可以推測約是東京留學時期以及盛岡教職時期。特別是在盛岡擔任教職期間剛好遇到日本啄木文學熱潮時期。大正十五年到昭和六年期間，吉田孤羊、森莊己池在地方報紙『岩手日報』等報章媒體上，連載關於啄木的文章，社會主義運動之中啄木文學為其所用，改造社刊行啄木全集等的刊載發行加速啄木文學熱潮，啄木和啄木文學被拱為大眾的代言者、社會主義文學的先驅者。」

　　特別是關於一九三〇年（昭和五年）的啄木熱潮，根據上田哲的考察所述「這段時間是全國性的啄木熱潮最盛期，（略）在盛岡的建碑（啄木歌碑）的運動如火如荼地展開，在岩手，也運用啄木來當修身或公民教材」。他更進一步地指出：「一九二〇年代開始對於啄木和啄木文學的關心，在社會上逐漸高漲。法西斯思想雖然抬頭，但在昭

45　劉怡臻：《王白淵における啄木文学の受容》（臺北市：臺灣大學日本語文學研究所碩士論文，2013年）。「王白淵が啄木や啄木文学に触れた時期とは、東京留学時期、盛岡教職時期、とも推測することができるだろう。特に盛岡で教職を担った時期と啄木ブームに重なっている。大正15年から昭和6年にかけて、吉田孤羊、森莊己池が、地元の新聞『岩手日報』などに、啄木に関する文章を連載していること、社会主義運動に啄木文学が利用されていること、改造社による啄木全集が刊行されたことが、さらに拍車をかけて、啄木と啄木文学は大衆の代弁者、社会主義文学の先駆者として扱われるようになっていた。特に1930年（昭和5年）の啄木ブームについて、上田哲氏の考察によると、「この頃は全国的に啄木ブームの最盛期であり、（略）盛岡でも建碑運動が盛んに行われ、岩手では、啄木が修身や公民の教材につかわれていた」という。さらに氏は「1920年代から啄木と啄木文学への感心は、社会的にも次第に高まっていた。ファシズムの台頭がはじまったとは言え、所謂昭和一ケタ代から二ケタに入ったばかりの約10年間は、改造社の全集の刊行、全国各地での啄木展や講演会などの主催、また映画の作成、演劇の上演などが行われ、最盛時は全国各地にやく三十の啄木会が結成され、戦前、戦後を通じて啄木会の設立数が最も多かった」と指摘した。王白淵はそのような背景に啄木文学にふれたのではないかと考えられている。」

和一位數年間到十位數年約莫十年間，改造社的全集刊行、全國各地的啄木展還有演講的舉辦，以及電影製作、戲劇演出等的活動盛行，最盛時期時全國各地大概結成了三十個啄木同好會，戰爭前後來統計的話當時是啄木會設立數最高的時期。」[46]

另外，王白淵透過盛岡時期的友人接觸啄木的可能性，也非常高。根據小川英子、板谷榮城的研究所述「川合祐六是王白淵盛岡時期的好友，喝醉了會創作短歌愛吟李白或杜甫等的川合家中，文人墨客往來不絕，常常加入王白淵還有他的好友松木，談論熱絡，形成小小的文藝圈。」[47]

然而，除了確認王白淵接觸啄木文學或啄木受容熱潮可能的時間與空間之外，還必須進一步了解這一篇提及啄木的王白淵評論題目是〈批評與作家〉，這題目與啄木文學之間，其實有所關聯。啄木曾經寫過一篇生前未能發表，死後著名的評論〈時代閉塞的現狀（對強權、純粹自然主義的最後及明日的考察）〉（一九一九年執筆完成），這篇文章文末提到：

> 文學——經過那樣的自然主義運動的前半段，他們對於「真實」的發現與承認，作為一種「批評」具有刺激的時代，終究變成了傾斜於單單只是記述，單單只是說話的文學，那樣沉睡而去的精神差不多也該清醒過來了吧？為什麼呢？正因為當我們全體青年的心佔領著「明日」的時候，那時「今日」的一切

---

46 上田哲：《啄木文学：受容と継承の軌跡編年資料》（日本：岩手出版，1999年）。

47 小川英子、板谷榮城：〈盛岡時代の王白淵について〉，頁2，原文「酔えば短歌を創作し李白や杜甫を愛吟する川合の家には文人墨客の往来が絶えず、それに王白淵や親友松木が加わって談論風発に開け暮れ、小さな梁山伯を形成していたらしい。」

才開始享有到最適切的批評。如果熱中於時代，就無法批評時代。我在文學裡所求的就是批評。[48]

啄木在文章裡闡明他在文學裡所追求的目標是「批評」，以及他對於短歌形式、字數和題材「應該貼近生活、因應生活情感而調整，不應拘泥於傳統形式」的主張，這和啄木歿後的日本歌壇中的生活派、口語歌運動、普羅文學運動等社會主義與短歌之連結、以及伴隨蘇維埃革命對文壇影響而併發的社會主義式之現實主義文學主張有很深的關聯。

為何啄木歿後仍持續被日本文壇，特別是具有左派色彩的社會主義文學、普羅文學作家不斷提起，且與當時的革命觀和社會、國家與現實的批判結合在一起呢？這和啄木文學特質本身有很大的關聯，啄木生前試圖在工作、生活、家庭等各種壓力夾縫之間，將自己的生活和文學結合在一起，在他還沒受到幸德秋水的大逆事件刺激，寫下評論前述的〈時代閉塞的現狀（對強權、純粹自然主義的最後及明日的考察）〉之前，他曾經發表過一篇〈歌的種種〉，文章末尾提到為眾所皆知的「短歌是我悲傷的玩具」（啄木歿後，土歧哀果為其編纂第二本短歌集的命名由來。）

啄木在這篇文章〈歌的種種〉之中這麼說：

---

48 石川啄木：《啄木全集》（全八卷）（日本：筑摩書房，1978年）原文「文学——かの自然主義運動の前半、彼らの「真実」の発見と承認とが、「批評」として刺戟をもっていた時代が過ぎて以来、ようやくただの記述、ただの説話に傾いてきている文学も、かくてまたその眠れる精神が目を覚してくるのではあるまいか。なぜなれば、我々全青年の心が『明日』を占領した時、その時『今日』のいっさいが初めて最も適切なる批評を享くるからである。時代に没頭していては時代を批評することができない。私の文学に求むるところは批評である。」

比如像短歌也是。我們已經對於一首短歌寫成一行感覺到某種
不便或不自然。既然這樣的話，就依照短歌各自的調子，有些
短歌把他寫成兩行或三行都可以。即使有人說這樣是破壞短歌
的調子，如果固有的調子本身無法貼服著我們的感情的話，不
需要客氣。如果拘泥於三十一字的文字的限制不方便的話，行
使『字餘』也沒有關係。還有，關於應該歌詠的內容，掙脫
『這不像短歌』，或是『這不成短歌題材』等的拘束吧！不限
於任何事物，只要是想要歌詠的事物就自由地歌詠就好。只要
能夠做到這樣，只要有存心珍惜忙碌生活的片刻之中浮現於心
頭又消逝而去的剎那之間感覺的人在，短歌這種東西就永遠不
會消滅。[49]

這是啄木邊意識到日本文學家尾上柴舟[50]在明治四十三年十月

---

49 石川啄木：〈歌のいろいろ〉，《啄木全集》（全八卷）（日本：筑摩書房，1978年），
原文「たとへば歌にしてもさうである。我々は既に一首の歌を一行に書き下すこ
とに或不便、或不自然を感じて来た。其處でこれは歌それぞれの調子に依って、
或歌は二行に或歌は三行書くことにすれば可い。よしそれが歌の調子そのものを
破ると言はれるにしてからが、その在来の調子それ自身が我々の感情にしつくり
そぐはなくなつて来たのであれば、何も遠慮をする必要がないのだ。三十一文字
といふ制限が不便な場合にはどし、字あまりもやるべきである。又歌ふべき内容
にしても、これは歌らしくないとか歌にならないといふ勝手な拘束を罷めてしま
って、何に限らず歌ひたいと思つた事は自由に歌へば可い。かうしてさへ行けば、
忙しい生活の間に心に浮かんでは消えてゆく剎那剎那の感じを愛惜する心が人間
にある限り、歌といふものは滅びない。」
50 尾上柴舟：(1876-1957) 日本的短歌歌人、詩人、書法家、國文學者。明治三十五
年（1902）與金子薰園共同發表《叙景詩》。明治三十八年（1905）與前田夕暮、
若山牧水等結成「車前草社」。大正三年（1914）興辦「水甕社」，創短歌誌「水
甕」，終身參與主宰此雜誌，也培養許多新人。曾經翻譯過《海涅詩集》，後來也發
表詩歌集《銀鈴》與詩集《金帆》。

（1909）發表的〈短歌滅亡私論〉邊寫下的短歌論。雖然啄木自身無法完全擺脫蔑視短歌的態度，但在這裡很清楚地可以看到他的主張。對於固有傳統的日本「短歌」形式，如果無法體現生活於現代的人的情感的話，創作短歌的人儘管勇敢地突破限制，無須拘泥於原來傳統的形式，或是規範的題材和內容。懷有珍惜生命而想要歌詠自身瞬間情感的心，才是讓短歌永不消滅的存在理由。這也與他在這篇文章前段部分提到的「我們短歌的行式從萬葉以前就存在著。但我們今日的短歌無論如何都必須是我們今日的短歌，我們明日的短歌無論如何也都必須是明日的短歌。」[51]相互共鳴。可以看得出來，啄木主張短歌或是文學作品應隨著時代演變、貼近生活，反映生命。這同時也呼應他自身力求生活和文學的統一。正因為啄木懷有這樣的心情，「短歌是我悲傷的玩具」，才會在這篇文章末尾出現。

　　想到這樣的事情，剛好是秒針轉一圈左右的時間，我突然怔住了。就這樣我的心漸漸地、漸漸地變得陰沉。令我感覺到不便的不只是短歌需用一行書寫這樣的事而已。而且，我自己現在能夠依照自己意願改變得了、看似改變得了的事物，僅僅只是這桌子上的時鐘或硯台或是墨水壺的位置，還有短歌之類的東西罷了。也就是盡是些可有可無的事物。對於其他著實令我感到不便、感到痛苦的各種事物來說，我一點辦法也沒有。不，除了忍受順從它、屈服於它、繼續過著這種淒慘的二重生活以外，難道沒有其他活在這世界上的方法了嗎？雖然自己也想試著對著自己辯解，但我的生活終究還是現在的家族制度、階級

---

51 石川啄木：〈歌のいろいろ〉，《啄木全集》（全八卷）。原文「我々の歌の形式は萬葉以前から在つたものである。然し我々の今日の歌は何處までも我々の今日の歌である。我々の明日の歌も矢張り何處までも我々の明日の歌でなくてはならぬ。」

　　制度、資本制度、知識買賣制度的犧牲品。

　　將視線移轉他處，看著像死掉的東西一般被丟到榻榻米
上的玩偶。短歌阿，是我悲傷的玩具。

啄木希冀改變的不只是桌上擺放的時鐘、硯臺等位置，還有短歌，以
及痛恨自己犧牲在各種社會制度和現狀下。困於這些犧牲而無法達成
他真正希望達到的生活與文學的統一，也因為願望無法達成，更加深
化他對生活與文學統一的切望。啄木的短歌，特別是短歌集《一握之
砂》、《悲傷的玩具》裡的短歌，就是在這樣的背景下所誕生。因此王
白淵才能由對於啄木而言是悲傷玩具的短歌裡，感受到「但那短歌比
什麼都還能打動我們的超乎文字的強大意志」。

　　與王白淵一起參與文化活動的吳瀛濤，也曾經寫過一首「憶啄
木」，裡頭提到「啄木！此刻我也抱著和你同樣的期望，也像你那樣
嗚咽／嗚咽中呼出你的名字，唱誦你的歌／啊，你的歌／由弱而強，
由暗而光／而悲歡交加，多熱烈多虔誠動人／你懷念故鄉，徬徨於外
鄉／你為生活奔忙，為人生苦悶，而常常與死堅決對峙／啊，你，詩
人啄木！／我懷憶你，懷念你那久遠的生命」。

　　與王白淵相同，吳瀛濤也從啄木的短歌裡感受到熱切動人的力
量。對啄木來說，如果短歌或文學只停留在原來日本傳統裡的花鳥風
月等描寫的話，他無須如此掙扎。正因為啄木所企望的理想文學的面
貌，是能夠貼近生活，貼近近代人或現代人的生活情感，能夠深刻反
省過去，進一步地批評現狀，建立「明天所必要的文學」[52]。所以對

---

52 石川啄木：〈歌的種種〉石川啄木〈歌のいろいろ〉，《啄木全集》（全八卷）（日
　本：筑摩書房，1978年）「こんな事を考へて、恰度秒針が一回転する程の間、私
　は凝然としてゐた。さうして自分の心が次第々々に暗くなつて行くことを感じた。
　──私の不便を感じてゐるのは歌を一行に書き下す事ばかりではないのである。し

於自己只能以日本傳統形式的短歌來表達自己的現狀，或是只能對眼
前的短歌形式進行改革，無法改變現狀社會制度、脫離被迫成為犧
牲，感到加倍無奈。王白淵體察到打動人心的啄木抒情本質裡蘊含的
強大意志。同時代的吳瀛濤也和王白淵一樣感受到啄木對於文學、對
於人生所懷抱的理想。

十　結語

　　綜上所述，可以見到王白淵之所以挑選具有啄木色彩的三行書寫
形式，和他的啄木理解、和當時在日本所接受的文壇風氣、啄木受容
風潮以及普羅文學具有不可分割的關係。具體的時代背景能夠追溯到
（一）《詩人》、《詩精神》的雜誌特徵、參與人士與昭和時期啄木文
學受容的關聯，還有（二）王白淵在大正十五年十二月十五日赴盛岡
的岩手女子師範學校教職到一九三一年六月出版詩文集《荊棘之道》
期間，他身處文學家啄木出身地盛岡所感受到的啄木熱潮。

　　王白淵一九三一年六月出版《荊棘之道》之後，出現的這四十六
首啄木風格的三行詩作品，到他在上海租界被日軍逮捕回台入監，出
獄以後，沒有再留下類似形式的三行詩作品。而他出獄以後熱情投入

かも私自身が現在に於いて意のまゝ改め得るもの、改め得べきものは、僅にこの
机の上の置き計や硯箱やインキ壺の位置と、それから歌ぐらゐなものである。謂
はゞ何うでも可いやうな事ばかりである。さうして其他の真に私に不便を感じさ
せ苦痛を感じさせるいろいろの事に對しては、一指をも加へることが出来ないで
はないか。否、それに忍従し、それに屈服して、惨ましき二重の生活を續けて行
く外に此の世に生きる方法を有たないではないか。自分でも色々自分に辯解して
は見るものの、私の生活は矢張り現在の家族制度、階級制度、資本制度、智識売
買制度の犠牲である。目を移して、死んだものゝやうに畳の上に投げ出されてゐ
る人形を見た。歌は私の悲しき玩具である」。

評論、以台灣文化建設為目標創辦雜誌等文化工作時所發表的作品，
是否和他出獄以後發表的這篇提及啄木為例的〈批評與作家〉有所關
聯，值得進一步探索。

參考文獻

一　專書

《日本近代文學大事典》第一卷（日本：日本近代文學館，1977年
　　　〔昭和五十二年〕12月。

上田哲：《啄木文学　受容と継承の軌跡編年資料》（日本：岩手出
　　　版，1999年）。

王白淵：〈上海を詠める〉《フォルモサ》第2號，1933年（昭和八
　　　年）12月）。

王白淵：〈上海雜詠〉《詩精神》第1卷第3號，1934年（昭和九年）4
　　　月。

王白淵：〈行路難〉《フォルモサ》第1號，1933年（昭和八年）7月。

王白淵：〈行路難〉《詩精神》第1卷第5號，1934年（昭和九年）6月1
　　　日。

王白淵：〈愛しきK子〉《フォルモサ》第3號，1934年（昭和九年）7
　　　月。

石川啄木：《啄木全集》（全八卷）（日本：筑摩書房，1978年）。

石川啄木著，林水福譯：《一握之砂：石川啄木短歌全集》（臺北市：
　　　有鹿文化事業公司，2014年10月）。

伊藤信吉：〈一つの詩史　解題として〉赤石茂〈プロレタリア短歌
　　　の一側面——その回顧と展望〉收於編者伊藤信吉、秋山
　　　清，《プロレタリア詩雑誌集成中「詩精神」解題・回想記》
　　　（日本：戦旗復刻版刊行会，1978年〔昭和五十三年〕11
　　　月）。

池田功：〈短歌の世界〉《石川啄木入門》（東京桜出版，2014年）。

吳坤煌：〈臺灣詩壇的現狀〉《詩人》第3卷第4號，1936年（昭和十一年）4月。

柳書琴：《荊棘之道：臺灣旅日青年的文學活動與文化抗争》（臺北市：聯經出版事業公司，2009年5月）。

高淑玲：《石川啄木の歌風の変遷》（臺北市：致良出版社，2002年）。

莫渝編：《王白淵荊棘之道》（臺中市：晨星出版公司，2008年11月）。

莫瑜編：《台灣詩人群像》（臺北市：秀威資訊公司　2007年）。

篠　弘：〈近代短歌の展開と動揺〉《自然主義と近代短歌》（日本：東京明治書院，1985年（昭和六十年）11月20日。

二　單篇論文

小川英子、板谷榮城：〈盛岡時代の王白淵について〉，《台湾文学の諸相》（日本，啞啞之会，綠蔭書房，1998年9月30日）。大室精一：〈啄木短歌の形成（1）「一握の砂」の音数律について〉（日本：佐野国際情報短期大学「研究紀要」第八号1997年〔平成九年〕3月）。

蔡建鑫：〈道無行人：論王白淵《荊棘之道》的抒情象徵〉，《彰化文學大論述》（臺北市：五南圖書出版公司，2007年11月）。

大室精一：〈啄木短歌の形成（1）『一握の砂』の音数律について〉（日本　佐野国際情報短期大学「研究紀要」第八號、1997年〔平成九年〕三月）頁334。

三　學位論文

李怡儒：《王白淵生平及其藝術活動》（嘉義縣：中正大學台灣文學研究所碩士論文，2009年6月）。

劉怡臻：〈王白淵における啄木文学の受容〉（臺北市：臺灣大學日本語文學研究所碩士論文，2013年）。

蘇雅楨：《王白淵的文化活動與精神歷程》（臺北市：政治大學臺灣文
　　學研究所學位論文，2009年）。

四　報章

王白淵：〈批評與作家〉，《台灣新報》（臺北市：台灣經濟新報文化事
　　業公司，1944年9月30日）。

附錄

王白淵三行詩和啄木短歌相似點

　　王白淵的現存資料中能夠尋獲的短歌共計十二首，三行詩共四十七首。中正大學臺文所李怡儒的碩論《王白淵生平及其藝術活動》（2009 年 6 月）中收錄王白淵的三行詩作品《上海詠》翻譯二十六首，經筆者對照日本文學雜誌的《上海詠》所收錄重出的作品後發現，應為二十七首。中譯部分，啄木詩歌的一部分引用自石川啄木著，林水福譯：《一握之砂　石川啄木短歌全集》。（臺北市：有鹿文化出版，2014 年 10 月），其餘為自譯草稿。另外，張文環於緬懷王白淵的紀念會上提到的接近石川啄木調的王白淵作品，因無法確定原文日文，故暫不計入。

短歌作品

《岩手縣女子師範校友会雜誌第六号》昭和三年（1928 年）12 月 5 日發行　短歌シリーズ　「逝く春」（短歌系列〈逝去之春〉）

①赤みどり色さまざまの花園にひとり静かに百合の花咲く
　　紅紅綠綠繽紛的花園裡百合花一個人靜靜地綻放
②血に燃ゆる思ひを秘めて人知れずみどりの蔭に咲く佛桑花
　　秘藏著熱血沸燃的思緒在不為人知的綠蔭下綻放的佛桑花
③さらさらと流るゝ河の岸辺にてちりんちりんと野邊の虫鳴く
　　窸窸窣窣地水流的河岸邊原野裡的蟲鳴唧唧
④朧夜の虫鳴く野邊に露ふみていとしき君と語りしゆふべ
　　月色朦朧裡蟲鳴一邊踩著野露和親愛的你聊著天的昨晚

⑤ 蝉の聲聞えずなりぬ初秋の静かに暮るゝ森の夕ぐれ

　　漸漸聽不到蟬鳴的初秋森林裡靜靜隱沒而下的夕陽

⑥ 落日に千草の根より虫なけばそぞろ身に沁む秋の風吹く

　　落日之中千草根底蟲窸窣沁身涼爽的秋風吹拂

⑦ 木の葉だに動かぬ秋の静けさも過ぎ行く雁にあはれ破らる

　　劃破一片樹葉也不動的秋天的靜謐雁子飛過

⑧ 虫のこゑ闇より聞こゆ晩秋の露も動かぬ夜半の静けさ

　　黑暗之中能聽到蟲鳴的晚秋之露也不動的半夜很安靜

⑨ みそら飛ぶかりがね聞けば胸塞ぐ遠く故郷を思ひ出ずる日

　　那天聽著飛翔在天空之中的候鳥雁金的叫聲心情激動遙想故郷

⑩ うらなひに吾が行末を案ぜらる父母の心ぞ思ひやらるゝ

　　遙想著問占卜師我未來如何的父母之心呀！

⑪ 自由なく砂漠の如き高砂の故郷の土地を踏むが悲しき

　　踏上像沒有自由的沙漠一般的故郷之地心傷悲

⑫ 木枯しの吹く荒野にも時来ればこころ浮き立つ春の風吹く

　　樹枝被吹枯的荒野如果時間到了也會吹拂著令人雀躍的春風

三行詩作品 1

「行路難」（行路難）（共十首）

《福爾摩沙》第一號昭和八年（1933年）七月（《詩精神》第一卷第五號昭和九年六月一日重出）

　　（1）

　　　故郷を捨て去りしこゝろを

　　　母君は知り給はず

　　　山陽が若き日の如きわが悲み

離開故鄉而去的心切
母親不知道
山陽仍如像年輕時地我心傷悲

（2）
はたと突き當る荒岩に
唇かみしめて
今日も空しく暮れ行く

突然碰上的荒岩
緊咬著唇
今天又將空虛地度過

類似歌──啄木《一握之砂》
見てをれば時計とまれり
吸はれるごと
心はまたもさびしさにゆく
仔細一看時鐘停了／好像被吸走一般／心又感覺到寂寞

類似歌──啄木《悲傷的玩具》57
いろいろの人の思はく
はかりかねて
今日もおとなしく暮らしたるかな。
各種人的想法／很難推敲／今天也安安分分地過日子吧

（3）

西の方くれなひに染めて

歴史は移り行く

時の荒波に悶ゆる吾が身かな

西邊染上紅彩

歷史不斷變遷

在時間巨浪裡迷惑受難的我身呀

（4）

燕京に行きかねし

十年のむかしを

惜しかりしと今日も思ひぬ

十年前

不能去燕京

現在還是覺得很可惜

（5）

追はるゝ如く出でし盛岡を

幼心に歸りて

故郷と呼びて見し

有如被追趕而逃離的盛岡

帶著童心般地回去

我把它稱為故郷

類似歌──啄木《一握之砂》214
石をもて追はるるごとく
ふるさとを出でしかなしみ
消ゆる時なし
有如被拿著石頭追趕／逃離故鄉的悲傷／無消失之時（林水福譯）

（6）
もつれる糸を解きかねて
われ岩手の曠野に
青年の情熱を埋めしかな

無法解開纏亂著的線
我們岩手的曠野裡
充滿著青年的熱情

（7）
複雑なる運命を
背負ひて歩み行く
泣くに涙なきこの日頃

背負著複雜的命運
行走
欲哭無淚的這天

類似歌──啄木《一握之砂》14
たはむねに母を背負ひて

そのあまり軽きに泣きて
三歩あゆまず
開玩笑地背起母親／我哭泣因她過輕的體重／走不到三步（林水
福譯）

（8）
敵を愛すてふ言葉に
われ幾度か欺かれぬ
鐵の如き冷やかなるこゝろ

要愛敵人這句話
我被欺騙了好幾次
如今心已冰冷如鐵

（9）
大なる溝を埋めんと
空しく努めたる
愚かなる吾が身かな

想要彌補巨大的隔閡
只是白費努力
愚蠢的我呀

（10）
永き闇路を越えて
地平に曉のひかり見ゆ
荊棘茂れる里の彼方に！

穿越過長長的暗路

地平線那端能見到黎明之光

就在荊棘叢生鄉里的彼端

三行詩作品 2

「上海を詠める」（上海詠）（共二十七首，現存資料有缺漏，故能判別出的只有二十六首）（《福爾摩沙》第二號昭和八年（1933 年）十二月）（《詩精神》第一卷第三號、昭和九年四月一日、七首重出）

※（　　　）是現存資料中無法判別之處。

（1）

統制なき国家を見るにつけ

腹立しくなりぬ

亂（月永）なる社会に倦みし日

每當看到這個沒有秩序的國家

就忍不住生氣

對凌亂的社會厭倦的日子

（2）

雜誌《福爾摩沙》資料的顯示無法判斷，但由於被轉介發表日本文學雜誌《詩精神》第一卷第三號，從《詩精神》資料中可以判斷。

道ばたに雑魚寝する

人々のかなしみを

吾が身の如く今日も思ひぬ

在路邊雜居共眠的

人們的悲哀
我今天又感同身受

（3）
（　　　　）
友は語りぬ
我もしかと思ひし

（4）※《詩精神》第一卷第三號〈上海雜詠〉重出
三十路の坂を越えしに
吾が胸なほ嵐にみつ
大陸の空紅ひに燃えて

過了三十歲
我心還是充滿激動
大陸的天空燃燒地火紅

（5）
《詩精神》第一卷第三號〈上海雜詠〉重出
我が着しゆかたを見て
「打倒日本人」と叫び出でし
憐の女の児愛しも

看到穿著浴衣的我
就叫喊著：「打倒日本人！」
惹人憐愛的小女孩也令我悲傷

（6）

《詩精神》第一卷第三號〈上海雜詠〉重出

安徽に鼠の大群暴れ出し

猫を悉く嚙み殺しぬ

面白き世になりしかな

安徽發生大量老鼠跑出來

把貓啃殺光的事

世間真有趣哪！

（7）

道にて出會ふ人々

（　　　　）に憂ひあり

今宵何事の起りしならむ

街上遇到的人

（　　　）看起來很憂愁

今夜是否要發生什麼？

（8）

双十節を祝はずに

フランスの共和祭に和する

奴隷民族は悲しも

無法慶祝雙十節

只能歡祝法國革命紀念日

奴隷民族真悲哀

（9）
奴隷民族なりと罵りつゝ
共和祭の賑ひより
抜け出でし淋しき心

一邊被咒罵奴隸民族
從共和祭的喧囂中
脫身離開的寂寞心情

類似歌──啄木《一握之砂》22
浅草の夜のにぎはひに
まぎれ入り
まぎれ出で来しさびしき心
淺草夜裡的喧囂中／我擠進去又擠出來的／寂寞的心（林水福譯）

（10）
奴隷民族なりと
罵りしチェヌフスキーの悲しみを
いたく感ずる今宵の吾かな

咒罵著：真是奴隸民族呀！
的チェヌフスキー的悲哀
我今晚深深感覺到
註：查無「チェヌフスキー」此一人名。

（11）

《詩精神》第一卷第三號〈上海雜詠〉重出

路傍に打ち倒るるとも

憐みを乞はぬこの心

なんの心ぞや？

被打倒在路旁的

也不肯乞求憐憫的這顆心

是什麼樣的心哪？

類似歌──啄木《悲傷的玩具》158

かなしきは

（われもしかりき）

叱れども、打てども泣かぬ児の心なる

悲傷／我也是這樣／被罵被打都不哭的小孩的心

（12）

「士可殺、不可辱」と

孟子は云ひぬ

かれを生みし民なるに──

孟子說：

「士可殺、不可辱」

誕生出這樣的他的民族呢？

（13）
「母性の光」なる映畫を見て
吾が心しばし打ち沈む
母の身の上遠く偲ばれて——

看了電影「母性之光」
心裡消沉一陣
遙想母親的命運——

（14）
宏壯なる南市の文廟に行き
友と儒教の害を語りぬ
大聖孔子の面影偲びつゝ

去到宏偉的南市文廟
一邊遙想著孔子大聖的面容
和朋友談論儒教之害

（15）
「アジヤは永遠の過去なり」と
ヘーゲルは云ひ放ちぬ
孔子これをもつて如何となす

黑格爾斬釘截鐵地說
「亞細亞成為永遠的過去！」
孔子聽到會怎麼想？

（16）
「宗教は民衆の阿片なり」と
マルクスに賢くも云ひぬ
儒教もそれに變りはなけれど

馬克思聰明地說
「宗教是民眾的鴉片。」
但儒教也沒什麼兩樣。

（17）
城隍廟の香煙に包まれて
善男善女の拝み居りぬ
不幸と災厄に戰く顔して

為城隍廟的香所包圍著
善男信女跪拜著
展現要對抗不幸和災難的面容

（18）
現世に幸福と解決なきもの
生命の彼岸にこれを求む
宗教の發生悲しも

向生命的彼岸祈求
現世中幸福和無法解決的事物
宗教的發生真可悲

（19）
搾取と抑壓と無智のある所
宗教の根源なほ續く
神いづれの日にか死なん？

搾取和壓迫和無智的地方
宗教的根源還持續著
神究竟何時會死去？

（20）
《詩精神》第一卷第三號〈上海雜詠〉重出
よちよち步く子等に近づけば
につと口元ゆがめて走り走りぬ
子供まで笑ひ得ざる此の国

靠近搖搖擺擺走路的小孩
他突然歪曲嘴角一下就跑走
連小孩都無法笑的這個國家

（21）
物乞ふ哀れなる老婆の姿
吾がこゝろより去らず
常にして常ならずる此の世

乞討的可憐老婆婆的身影
常常無法從我心抹去
不該以之為常的這世間呀

（22）
軒下に寝る人々の群をかき分けて
憂鬱になりてかへりきぬ
地獄の扉開けたる心地して

撥開在屋簷下睡覺的人群
覺得憂鬱而回家
一種推開地獄之門的心境

（23）
《詩精神》第一卷第三號〈上海雜詠〉重出
飢えたる民衆を前にして
吾が心のうつろなる
チャップリンの笑ひに似たる悲しみ

看見面前飢餓的民眾
我心惆悵
像卓別林的笑容似地悲傷

（24）
奇跡起りて木葉微塵に
吾が心砕けよと祈る
雲低く青空なきこの日頃

祈禱著奇蹟發生
我心徹底粉碎
雲低沒有青空的這一天

（25）
フランスの巡警に両腕とられ
侮辱されつゝ引かれて行く
苦力の後姿いたましき

被法國巡警抓住雙腕
一邊被侮辱一邊被拖去的
苦力背影令人沉痛

（26）
野鶏、乞食、貧民の群
誰が上海を歓楽の都と云ひし？
大砲と軍隊のもとにうごめく

妓女、乞丐和貧民
誰說上海是歡樂之都的？
在大砲和軍隊之下掙扎著

（27）
フランス官憲の下に使はれるる
影薄き安南の人々を見る度に
故郷の友を思ひ出づるかな

每每看到
為法國官憲之下所雇用的薄弱的安南人
就想起故郷的朋友

三行詩作品 3

「愛しき K 子に」（給親愛的 K 子）
《福爾摩沙》第三號昭和九年（1934 年）七月

　（1）
　　あつき君がなさけに
　　泣きぬれしは
　　青葉深き初夏の頃

　　因為你的深情
　　我忍不住哭泣
　　初夏綠葉深深之際

　（2）
　　生まれ變りしなばと
　　のたまひし君を
　　妻と呼び得ぬ悲しさ

　　妳說如果有來生的就好了
　　不能稱親愛的你
　　為妻子的悲哀阿

　（3）
　　君がうつしゐに
　　心こめて口吻きぬ
　　戀失ひし者のなす業

在你的畫像上
充滿深情一吻
失去戀情的人的作為

（4）
悲しきは浮世のならひ
君が名を呼びて
今日も空しく暮れ行く

浮沉世間的常態令人傷悲
呼喊著你的名字
今天也恍惚度過

（5）
吾が子をサユと名づけし
友のかなしみを
我が身に引き較べて泣きしかな

把我兒之名也取為 SAYU
朋友的悲傷
我也能親身體會而泣吧

（6）
妻故に半生を臺なしにされぬ
君も吾も
不幸なる星のもとに生れき

讓妻子的半生失去依靠

你和我

都是誕生於不幸的星宿之下

（7）

我が青春を秘めたる

かの杜陵の秋の野に

もう一度吾を立たしめ

秘藏著我的青春

的那個杜陵的天原

我想再站上一次

註：「杜陵」為日本岩手縣盛岡的舊稱。

類似歌──啄木《一握之砂》172

盛岡の中学校の

露台の

欄干に最一度我を倚らしめ

盛岡中學的／露台的／欄杆再一次讓我斜倚吧（林水福譯）

（8）

妻と呼ばるべき女性

男となりて吾が夢に現はれぬ

泣くに泣かれず

應該稱為妻子的女性

突然變成男人出現在我夢裡
欲哭無淚

（9）
死せる吾が子の名を
呼びて涙せし
江南に秋の風吹く

流著眼淚
呼喊著死去我兒的名字
江南秋風吹

（10）
東海の煙波に花咲けろ
大和の島根は
汝が精神の故郷なりし

東海浪波如花開
大和的島根呀
你是精神的故鄉！

類似歌──啄木《一握之砂》
東海の小島の磯の白砂に
われ泣きぬれて
蟹とたはむる
東海的小島海灘／我淚濕了白砂／和螃蟹嬉玩（林水福譯）

淺論《荊棘之道》的翻譯

林水福

摘要

《棘の道》發行於昭和六年（1931）六月一日，是王白淵唯一的詩集。本文以《棘の道》所收〈序詩〉、〈私の詩は面白くありません〉、〈もぐら〉、〈違った存在の獨立〉為對象，就幾種中文翻譯，試論其差異。巫永福的翻譯不時加入台語式中文，饒富趣味；但中文運用上偶爾難免有力不從心之處，導致語意不明。中文運用有時不夠純熟的現象，同樣亦存在於王白淵、陳千武身上。設身處地，這已是相當不容易。陳才崑中文表達能力較佳，但加譯處相對較多，喜用四字詞。對日文的了解雖偶有偏差，但大抵是相當不錯的翻譯。

關鍵詞　王白淵、《棘の道》、現代詩

一　前言

《荊棘之道》，發行於昭和六年（1931）六月一日，是王白淵唯一的詩集。詩集版權頁上，王白淵著作兼發行者，這意味著是「自費出版」？

王白淵「本意」是以這本詩集呈現自己「一切」的「成果」？這本詩集除了六十四首詩（其中，〈標介柱〉有目無文，已有人談過可能是挪為〈序詩〉）之外，還有短篇小說〈偶像の家〉、論文〈詩聖タゴール〉、〈ガンジーと印度の獨立運動〉，以及目次沒有的〈到明天獨幕劇〉（左明作，王白淵譯）。又目次上，最後一篇論文及翻譯的獨幕劇皆未標示頁碼。

再者，卷末的〈印度人に與ふ〉、〈楊子江に立ちて〉兩首詩，內容與前邊六十三首詩詩風大異其趣，亦未見於目次。凡此種種，皆意味著似乎未經專業編輯之手；且當時傳播情況有待進一步探討。本文題目《荊棘之道》限縮在詩的部分，非指整本書。

《荊棘之道》的中文翻譯，全文翻譯的有：

一、巫永福：《文學界》第二十七期，後收於沈萌華主編《巫永福全集 5》（臺北市：傳神福音中心，1996 年）。

二、陳才崑：《王白淵・荊棘的道路》上、下冊（彰化縣：彰化縣立文化中心，1995 年 6 月）。

部分翻譯有：

一、月中泉：〈蓮花〉、〈水邊吟〉、〈零〉、〈風〉、〈給春天〉、〈詩人〉、〈島上小姐〉共七首，收錄於羊子喬、陳千武主編《亂都之戀》（「光復前台灣文學全集 9」，臺北縣：遠景出版公司，1982 年 5 月）

二、陳千武：〈鼯鼠〉、〈未完的畫像〉收錄於：

莫渝編：《王白淵・荊棘之道》（臺中市：晨星出版公司，2008
年 11 月）。

陳千武：《台灣新詩論集》（高雄市：春暉出版公司，1997 年 4
月）。

陳千武：《陳千武全集 10・陳千武譯詩選集》（臺中市：臺中市
文化局，2003 年 8 月）。

彭瑞金編：《王白淵——走過荊棘的詩人》（「台灣文學 50
家」，臺北市：玉山社出版事業公司，2005 年 7 月）。

  三、葉笛：〈序詩〉、〈向日葵〉、〈詩人〉收錄於葉笛《台灣早期現
代詩人論》（高雄市：春暉出版公司，2003 年 10 月）。

就翻譯時間而言，陳千武與月中泉於一九八二年，最早。其次是巫永
福的一九八八年，第三是陳才崑於一九九五年，第四是葉笛，於二○
○三年。

二　幾種中文翻譯的差異

本文以《棘の道》所收〈序詩〉、〈私の詩は面白くありませ
ん〉、〈もぐら〉、〈違った存在の獨立〉為對象，就幾種中文翻譯，試
論其差異。

（一）〈序詩〉

太陽の出ない前に魂の胡蝶は
地平の彼方へと飛んで行く
君も知る――この胡蝶の行方
友よ！

共同の作業のために
標介柱を撤癈しよう
尊き戰地の彼方へ──

君も知る──君も知る
地平の彼方の光
東天に輝く黎明のしるし
友よ！
お互いに兄弟たるべく
国境の墓標を撤癈しよう
聖なる吾等が亜細亜のために──

巫永福譯：

日出之前蝴蝶的魂魄
飛往地平線那邊
你知道蝴蝶飛往何處
朋友啊
為了共同作業
撤廢標界柱吧
那邊是可貴的戰地

你知，我也知
地平線那邊的光
是東天輝煌的黎明標誌
朋友啊
我們互為兄弟

撤廢國境的界標吧

為我們神聖的亞細亞

「序詩」，就一本詩集而言，有其意義與重要性，自不待言。如一般看法這首「序詩」可能是上述有「有目無文」的那首「標介柱」。如果這是事實，那麼這首「序詩」的意義更大，希望這領域的研究者能進一步探究。

巫永福譯：

一、「太陽の出ない前に魂の胡蝶は」，這裡指的是「靈魂的蝴蝶」，靈魂的主人，應該是詩裡的「話者」也可以解讀為詩的「寫手」或「作者」。巫譯「蝴蝶的魂魄」，將「魂魄」的「主人」解讀為「蝴蝶」，是錯誤的。

二、「共同の作業のために」，這裡的「作業」譯為中文時，雖也可能譯為「作業」；這裡不如譯為「工作」較妥。

三、「標介柱」，應是王白淵自創新詞。遍查手編字典，無此詞，請教日籍教授亦說，無此詞。譯為「標界柱」就文脈而言是通的。譯為「標界」亦可。

四、「尊き戰地の彼方へ――」就日文而言省略了「彼方へ」後邊的動詞。翻成漢語時必須加上動詞，如「往」或「飛向」「飛往」。又日文的助詞「へ」用法之一是指動作的方向，如「高雄へ」（到高雄，往高雄）。巫譯「那邊是可貴的戰地」顯然與原文不符。

五、「お互いに兄弟たるべく」，這裡的「たる」是格助詞「と」接ラ變動詞「あり」即為「とあり」，再音變化形成「たり」，接在体言之下，表斷定之意。

……である。「べく」之意為「當然」「應該」。所以這句的意思是「我們彼此應是兄弟」

（二）〈私の詩は面白くありません〉

　　私の詩は面白くありません
　　終日生の野を駆け廻り愛の山を越え
　　どきどきする心臓の血を絞つて
　　生命の白紙に塗りつけた
　　私の心の標に過ぎません

　　私の詩は面白くありません
　　絶えず人生の砂漠から砂漠へと
　　重い足を引き摺りながら
　　闇にさく名もない草花に驚いた
　　私の心の記録に過ぎません

　　私の詩は面白くありません
　　今迄智慧の木の実を食った
　　人間の悲しみの只中で偶々
　　凡てに驚異する嬰児に帰った瞬間の
　　私の心の残滓に過ぎません

巫永福譯：
　　我的詩興味不好
　　終日奔馳生之野越過愛之山
　　絞盡碰碰跳的心血

以塗抹生命底白紙
是我心靈的標誌而已

我的詩興味不好
不斷地在人生的沙漠裡迴轉
拖著沉重的腳
驚訝於不知名的野草在黑暗中開花
是我心靈的記錄而已

我的詩興味不好
迄今吃著智慧的樹果
在人間的悲傷裡偶然
變成凡事嬰兒會驚異的瞬間底
我心靈的殘滓而已

王白淵譯：
（一）

我的詩並不有趣，
不過是在生之途上馳迴，
——越過愛之山，
絞盡咚咚跳著底心臟的血，
——而塗在生命的白紙上的痕跡！

（二）

我的詩並不有趣，
不過是拖著沉重的腳，

不斷地由沙漠向沙漠漫行時，

被在冷僻處底無名草花所驚的，

——心的記錄而已——，

（三）

我的詩並不有趣，

不過是飽嚐智慧之果

——而沉入人世的悲哀時，

偶然回到對一切，感覺驚異底童真時的，一瞬間底心之殘滓！

陳才崑譯：

我的詩沒有意思

終日馳騁生命的原野

越過愛的山岳

擠出脈動的心血

塗寫在生命的白紙

祇不過是我心靈的標誌

我的詩沒意思

從砂漠到砂漠不斷地

拖著沉重的步履

為黑暗中綻放的花草驚異

祇不過是我心靈的摘記

我的詩沒意思

一直啃噬智慧的果實

　　於人們受苦的深淵的偶然

　　回歸凡事皆感好奇的嬰兒的剎那

　　只不過是我心靈的渣滓

王白淵譯：

一、王白淵這首〈我的詩〉發表於《臺灣文化》第一卷第一期
　　（1946 年 9 月 15 日），並未標明是翻譯的，且題目與日文詩
　　「私の詩は面白くありません」不同，照理說應視為另一首
　　詩；可是，就內容而言，很難不認定是同一首詩的「翻譯」。
　　原詩結構是：
　　「私の詩は面白くありません／……／……／……／……に過
　　ぎません」（「我的詩沒意思／只不過是……」）
　　每一小節五行，規則的。每一節最後的「……に過ぎません」
　　（只不過……）總括第二句開始的全部內容。

二、這首詩有巫永福、王白淵、陳才崑三人的翻譯，只有原作者
　　「忠實呈現原詩的結構」。但譯詩中，尤其是把原詩「凡てに
　　驚異する嬰児に帰った瞬間の／私の心の残滓に過ぎません」
　　的兩行書寫改為「偶然回到對一切，感覺驚異底童真時的，一
　　瞬間底心之殘滓！」一行書寫，應是失敗之舉。

三、「闇にさく名もない草花に驚いた」譯為「被在冷僻處底無名
　　草花所驚的」顯然與原文出入頗大。首先「闇」之意為「黑
　　暗」非「冷僻」，其次「闇にさく」意為「綻放」，未譯。

巫永福譯：

一、「面白くありません」的意思是「沒意思」「無趣」。巫譯為
　　「興味」不妥。或許巫的意思是以臺語唸「興味」為「厝

味」；但後邊跟著「不好」，就漢語而言不妥。如譯為「我的詩沒興味」或許較妥。

二、「重い足を引き摺りながら」巫及王皆譯為「腳」，不如譯為「腳步」或「步履」

三、「闇にさく名もない草花に驚いた」重點是「驚訝於……不知名的草花」，譯為「驚訝於不知名的野草在黑暗中開花」重點變成「驚訝於……開花」。

四、「今迄智慧の木の実を食った」巫譯為「樹果」應為台語式說法。

五、「人間の悲しみの只中で偶々／凡てに驚異する嬰児に帰った瞬間の」譯成「在人間的悲傷裡偶然／變成凡事嬰兒會驚異的瞬間底」，這句的動詞「帰った」未譯，導致整句語意不清。

陳才崑譯：

一、原詩三小節，每一小節五行。陳譯的第一小節為六行，第二、三小節則為五行。就內容而言五行或六行似乎無關緊要。但如就原詩節奏而言，以維持五行為宜。

二、陳譯最大的不同是將原詩的「……に過ぎません」解讀為修飾最後一行而非每一小節第一句之外的所有內容。

三、「私の心の記録に過ぎません」陳譯為「摘記」。「摘記」意為「紀要」顯與原文旨意不符。然讀者如不對照原文閱讀，或不覺有何異樣。

(三)〈もぐら〉

　　もぐもぐと土地掘るもぐら
　　お前の道は暗くて曲がつている

併し地下に築くお前の天国は懐かしい
もぐらよ！お前は恵まれものだ

王白淵譯：

地鼠
癡癡地撥土的地鼠
你的路黑暗而彎曲
但是築成在地下的
你的天堂使人懷念，
地鼠呀！你多麼福氣啊！

巫永福譯：

地鼠
默默地挖掘地道的地鼠
你的路暗暗又彎曲
你的天國卻讓我懷念
地鼠啊！你是幸運者

陳千武譯：

鼠
蠢動著挖土的鼠
你的路很暗又彎曲
但你在地下構築的天國令人懷念
鼠啊你是幸運者

陳才崑譯：

地鼠

專心一意撥土的地鼠

你的路暗無天日彎彎曲曲

但是

你地底的天堂令人眷懷

地鼠啊！你是福氣中人

一、「もぐら」種類相當多，翻成「地鼠」「鼴鼠」「土撥鼠」，都對。除陳千武譯為「鼠」，其餘三人皆譯為「地鼠」。

二、「もぐもぐ」擬態詞。意思是「不張嘴說話，或不張嘴口中含食物之狀」。中文似無相對應之詞。因此，譯者就其樣子找尋適當詞句。譯為「癡癡地」「默默地」「專心一意」皆說得通。「蠢動著」似乎相去較遠。

三、「併し地下に築くお前の天国は懐かしい」這句，王白淵一分為二；巫永福省略了「地下に築く」，不妥。既與原詩不符，且一般觀念中，無論基督宗教所稱的「天國」或死後靈魂所居的極樂世界「天堂」並非存在於「地下」，因此，不宜省略。

　　地上の虚偽もなければ生の倦怠もない

　　無上の光を見んが為に目は細く

　　希望の花園へ達せんが為にお前の道は暗い

　　不恰好な手は働くに十分であらう

　　真暗な衣は暖をとるに十分であらう

　　子供も居れば愛人も居り

　　暗い隅こで思ふ存分愛の花も咲くではありませんか

　　地上の二足動物はお前を厭ひ迫害する

　　もぐらよ！笑って退けろ

王白淵譯：

　　沒有地上的虛偽

　　亦沒有生的疲倦，

　　為看著無上的光明

　　你的眼睛才這樣細巧

　　為想到希望的花園

　　你的路才這樣地暗，

　　你，那怪樣的手夠足勞動

　　墨黑的衣裳夠足取暖

　　亦有小孩，亦有愛人

　　在黑暗的地角裡

　　愛的花依樣地開著，

　　地上的兩足動物

　　都討厭你！迫害你！

　　地鼠呀！笑煞他罷！

巫永福譯：

　　沒地上的虛偽與生的倦怠

　　為無上的光你的目睭細細

　　為到達希望的花園路途黑暗

　　不好看的手十分能勞動

　　黑黑的衣裳可十分保暖

　　有小孩也有愛人

在黑暗的一偶能使充分的愛開花
地上的兩腳動物雖厭惡迫害你
地鼠吧！你可笑笑避開之

陳千武譯：

沒有地上的虛偽也沒有生的倦怠
為了看看無限的光亮而瞇著眼睛
為了達到希望的花圃你的路很暗
笨拙的手也很能勞動
漆黑的衣服也十分暖和
有孩子也有情人
在黑暗的角落盡情讓愛的花盛開
地上的雙腳動物討厭你又虐待你
鼠啊笑著推開吧

陳才崑譯：

既無地上的虛偽
亦無生活的倦怠
細巧的眼睛為了看向無上的光明
漫漫的暗路為了到達希望的花園
手不搭調卻足夠勞動
烏黑的衣裳也夠取暖
你有情侶也有小孩
黑暗的一隅愛的花依樣地開
地上的兩足動物討厭你迫害你
地鼠啊！笑煞他吧不要理睬！

一、王譯把原詩一行書寫改為二行，作者本人所為，無可置喙；不過，個人覺得維持原詩一行書寫，雖質樸但另有感人力量。二行書寫，閱讀上或許較為「琅琅上口」，總覺缺少一種緊接而來的「急迫力量」。巫永福及陳千武維持原詩型態。陳才崑則把原詩的的第一行拆成二行，其餘仍依原詩一行書寫。

二、「生の倦怠」裡的「生」這個詞，包含生活、生命及靈魂等之意。因此，如陳才崑翻成「生活」固然非錯誤，但未完全表達日文「生」之意義。或許是翻譯的無奈吧！巫永福及陳千武皆譯為「生的倦怠」，或王白淵譯為「生的疲倦」又是另一種無奈！前者採「同化」譯法，後者採「異化」譯法，各有短長。熟識日文者可能認為「生的倦怠」「生的疲倦」較妥；反之，或許覺得譯為「生活的倦怠」較易懂、順口。

三、「無上の光を見んが為に目は細く」這句的「無上の光」陳千武譯為「無限光亮」，陳才崑及王白淵譯為「無上的光明」；巫永福譯為「無上的光」。我認為這裡的「無上」及「光」皆含哲學或宗教意涵，如巫永福所譯「無上的光」較妥。

四、「暗い隅こで思ふ存分愛の花も咲くではありませんか」巫永福譯為「在黑暗的一偶」「偶」字應是筆誤或誤植。

五、「もぐらよ！笑って退けろ」日文「退ける」有兩個解釋，一是擊退，二是離開避開。巫永福譯「你可笑笑避開之」，王白淵譯「笑煞他罷！」、陳才崑譯「笑煞他吧不要理睬！」三人的解釋應是「離開、避開」之意。陳才崑所譯以個人經驗而言應是受王白淵之譯的影響，但又覺得不夠明白，於是加上「不要理睬！」至於陳千武所譯「笑著推開吧」顯然採「擊退」之意。就文脈而言，這裡當採「避開」為妥。王白淵譯「笑煞他罷！」雖未直接用「離開、避開」字樣，意思傾向這邊。

「煞」字可解釋為「甚、極」之意。如柳永〈永春樂〉「近來
憔悴人驚怪。為別後，相思煞！」或「秋風秋雨愁煞人」。

こんな寛い世界にお前を讚美する者が一人も居ないとは言へ
まいから——
神の御國をも疑はず朝から晩迄
光への暗き道を辿るお前は
憎らしいまで愛らしい
もぐらよ！お前の子供がキイキイ泣いている
早く乳をお吞ませよ——

土白淵譯：
　　在這廣大的世界裡
　　不能說沒有一個人
　　來讚美你的罷
　　沒有懷疑著，你的國土
　　從早到晚癡癡地
　　抱著地上的光明
　　在黑暗裡摸索著，
　　你是多可愛，多麼可敬
　　地鼠呀！
　　你的小孩吱吱哭起來了
　　趕快給他一點奶吃罷！

巫永福譯：
　　在這廣闊的世界裡不一定無人會讚美你

你始終不懷疑神國的存在
向光明你通過黑暗的路
你真是可憎又可愛
地鼠啊！你的小孩正在吱吱哮
快快給牠們吃乳吧

陳千武譯：

在這麼廣闊的世界不能說
沒有讚美你的人
絲毫不疑惑神之國而從早到晚
向著光亮而走的黑暗通路的你
可恨又可愛的
鼠呀你的孩子吱吱地哭叫著
快餵奶吧

陳才崑譯：

在這廣大的世間裡
不能說沒有人會讚美你啊！
堅信神的國度
旦夕徘徊在邁向光明的暗路
你是可憎得令人可愛
地鼠啊！
你的小孩已哇哇地哭了起來
快快給他一點奶吃吧！——

一、「神の御國をも疑はず朝から晚迄／光への暗き道を辿る」這

句的「神の御国」譯為「神的國度」或「神的國土」皆適當。
不知為何王白淵竟譯為「你的國土」。又，「從早到晚癡癡地／
抱著地上的光明」，後半句也讓人摸不著頭緒，無法理解為何
這麼譯。

二、「朝から晩迄」意思是「從早到晚」或「始終」之意。又，
「辿る」意思是「探索」、「走向」、「沿路前進」之意。巫永福
譯為「向光明你通過黑暗的路」如加一「朝」字在前，語意較
清楚。至於陳才崑譯為「旦夕徘徊在邁向光明的暗路」，「旦夕
徘徊」似有商榷餘地。如「旦夕禍福」「危在旦夕」「命在旦夕
之間」等用法，「旦夕」並不等同「從早到晚」；且「徘徊」與
本詩所要呈現的精神不符。

三、「憎らしいまで愛らしい」這句四人的翻譯如下：「你是多可
愛，多麼可敬」（王白淵）、「你真是可憎又可愛」（巫永福）、
「可恨又可愛的」（陳千武）、「你是可憎得令人可愛」（陳才
崑）。嚴格來說，皆不對。除陳才崑，其餘三人皆以並列方式
翻譯，即「可愛，可敬」「可憎，可愛」「可恨，可愛」並列。
關鍵在於「……まで……」，非並列，意思是「（後者）到（前
者）」，以本句而言，即「可愛到憎らしい」；而「憎らしい」
雖有「可恨」「可敬」、「可憎」等意思，這裡說的是「反語」
（はんご、相反意思），即可愛到可恨（憎），簡單說就是「可
愛到不行！」陳才崑的翻譯「可憎得令人可愛」恰好倒過來，
如譯為「可愛得令人可憎」則庶幾近矣。

（四）〈違った存在の獨立〉

　　思索の岩より岩へと滑り行き
　　思いの波より波へと移り

次から次へと生の門を叩き

隙漏る光に吾を忘れ果てて

生の白紙に赤い血潮の一滴を落としたる時私の詩は始まり
ます

巫永福譯：

從思索的岩石滑向別的岩石

從一波移往另一波的思維

次第叩出生之門

從縫隙漏出的光忘卻一切

在人生的白紙上滴一滴紅血潮時

我的詩產生

陳才崑譯：

從思索的岩石滑向岩石

從思維的波濤移向波濤

生命的巨門不斷叩敲

渾然忘我於穿越門縫的光芒

生命的白紙滴落鮮血的剎那我的詩興湧現了

一、「思索の岩より岩へと滑り行き／思いの波より波へと移り」
這兩句，巫永福及陳才崑的日文解讀皆有商榷餘地。「思索の
岩より岩へと滑り行き／思いの波より波へと移り」底下畫線
部分的「の」與「が」同，當主語解釋。巫譯的第二句是對
的，但第一句則錯誤。而陳才崑的兩句及第三句「次から次へ
と生の門を叩き」的解讀是錯誤的。第三句應是「不斷叩敲生

命的巨門」如果上述的「の」不視為「が」將「思索」「思維」當主語，拿什麼叩敲生命的巨門呢？即「思索」與「思維」、「不斷叩敲生命的巨門」，而非「生命的巨門不斷叩敲」。陳才崑可能忽略了助詞「を」的用法。

二、「隙漏る光に吾を忘れ果てて／生の白紙に赤い血潮の一滴を落としたる時私の詩は始まります」這裡的「血潮」是「鮮血」之意。巫譯「血潮」不通。

　　棘に満てる道を辿りつつ
　　愛の森を通り
　　生の砂漠を過ぎ
　　生命の河を泳いで
　　驚異の里に着いた時
　　私の詩は不思議にも黒色を呈してきます

巫永福譯：
　　行走充滿荊棘的路
　　通過愛的森林
　　越過生的沙漠
　　游於生命之河
　　而至驚異之鄉時
　　我的詩不可思議地呈現黑色

陳才崑譯：
　　徘徊在滿布荊棘的道上
　　穿過愛的森林

越過生的砂漠
游過生命的大川
到達驚異的村莊
我的詩不可思議地呈現一片黑暗

一、「棘に満てる道を辿りつつ」這句的「辿り」是「探索（前進）」之意。陳譯「徘徊」是「流連往復」、「不前進」之意，無論語意與詩意皆不符。

二、「私の詩は不思議にも黒色を呈してきます」陳譯「呈現一片黑暗」有過分解讀之嫌。

逆らへざる水の流に棹しつつ
悲しみも喜びをも沈黙の坩堝に溶かし
失望も勝利をも小鳥に譲り
生も死をも草花に托して
思わず微笑を漏らしたる瞬間に
私の詩はシャボン玉のやうにばつと消えてしまひます

巫永福譯：
搖槳過不可逆的水流
將悲與喜融入沉默的坩堝
失望與勝利都讓與小鳥
生與死也託付草花時
不意露出微笑的瞬間
我的詩如泡沫瞬間消失

陳才崑譯：

　　棹舟不可逆流的水流

　　悲喜同化於沉默的熔爐

　　生死託賦予大地的花草

　　不期然我菀爾微笑

　　詩卻化作泡沫無影無踪消失了

一、「悲しみも喜びをも沈黙の坩堝に溶かし」這句的「坩堝」意
　　為「熔爐」。直接使用「坩堝」雖非錯誤，畢竟非常見詞，不
　　如「熔爐」易懂。

二、「生も死をも草花に托して」陳譯「託賦」應以「託付」較
　　妥。

三、「生死託賦予大地的花草」、「詩卻化作泡沫無影無踪消失了」
　　這二句裡的「大地的」、「無影無踪」係陳才崑加譯處。

三　結語

　　以上所論僅四首詩，實無法以偏概全；不過，各有各的特色。巫
永福的翻譯不時加入臺語式中文，饒富趣味；但中文運用上偶而難免
有力不從心之處，導致語意不明。

　　中文運用有時不夠純熟的現象，同樣亦存在於王白淵、陳千武身
上。設身處地，這已是相當不容易。陳才崑中文表達能力較佳，但加
譯處相對較多，喜用四字詞。對日文的了解雖偶有偏差，但大抵是相
當不錯的翻譯。

參考文獻

莫　渝：《王白淵‧荊棘之道》，臺中市：晨星出版公司，2008年。

王白淵著，陳才崑譯：《王白淵‧荊棘的道路》，彰化縣：彰化縣立文
　　　化中心，1995年。

王白淵：《蕀の道》，日本：久保庄書店，1931年。

柳書琴：《荊棘之道：臺灣旅日青年的文學活動與文化抗爭》，臺北
　　　市：聯經出版事業公司，2009年。

高梅蘭：《王白淵作品及其譯本研究——以《蕀の道》為研究中心》，
　　　臺北市：臺北教育大學語文教育學系碩士論文，2006年。

附錄

譯詩二首。西元二〇一六年一月十日刊登於「自由副刊」。

〈我的詩沒有意思〉　　　　　　　　　　　　　林水福譯

我的詩沒有意思
只不過是
整天馳騁在生命的原野　越過愛的山岳
絞盡撲通撲通跳的心臟之血
塗抹在生命白紙的
我心靈的標誌

我的詩沒有意思
只不過是
拖曳沉重的腳步
迂迴在無止境的在人生沙漠裡
驚訝黑暗中綻放之無名草花的
我心靈的紀錄

我的詩沒有意思
只不過是
噬食智慧樹的果實
當人們正悲痛時偶然
回歸如嬰兒
對一切感到驚奇之瞬間的
我心靈的殘渣

〈不同存在之獨立〉　　　　　　　　　　　　　林水福譯

思索從岩石滑向另一岩石

思緒從波浪移往另一波浪

它們接連敲扣生之門

光線從隙縫洩出時我完全忘卻自己

當赤紅的一滴鮮血往生之白紙滴下時我的詩誕生了

在滿是荊棘的道路摸索前進

經過愛之森林

走過生之沙漠

於生命的河流游泳到達驚異的鄉村時

我的詩不可思議地呈現黑色

在不可逆流的水流裡筏槳

把悲傷和勝利熔入沉默的鍋爐

把失望和勝利讓給小鳥

把生和死托之於草花

不由得露出微笑的瞬間

我的詩像泡沫一樣啪地消失了

思想與信仰

王白淵神祕詩學的建構
——以《奧義書》‧泰戈爾‧基督徒‧二八水
為論述範疇

蕭　蕭

摘要

　　人類文化史的發展，詩一開始便以神祇、儀式等神祕主義作為基本內容和基本形式，臺灣日治時代詩人王白淵即以蝴蝶從毛毛蟲蛻化、新生的意象，呼應基督教的復活觀，以印度《奧義書》的梵我合一、詩哲泰戈爾以詩服膺愛與神的真諦，結合自己出生地的神祕山水記憶，再加上基督徒不辭荊棘的實踐步履，建構他的神祕詩學，為臺灣神祕詩學推開一方瞭望的窗。本文藉《奧義書》、泰戈爾、基督徒、二八水，聚焦於王白淵的成長環境、宗教信仰，如何造就臺灣新詩壇極為罕見的神祕詩學。

關鍵詞　王白淵、《荊棘之道》、《奧義書》、二八水、神祕詩學

一 雷鳥與蝴蝶的神祕隱喻

　　關於日治時期詩人王白淵（1902-1965）的研究，依其寫於一九
四五年的〈我的回憶錄〉所言：「想做臺灣的密列[1]的我，不但做不
成，竟不能滿足於美術，而從美術到文學，從文學到政治、社會科學
去了。」[2]大抵可以分為三大區塊，其一是美術才藝的傳習與批判，
以羅秀芝專書：《王白淵卷——臺灣美術評論全集》（臺北市：藝術家
出版社，1999 年）為其代表，論述王白淵最初的心願、藝術行旅與
藝術評論，[3]最基本的依據是王白淵的〈臺灣美術運動史〉。[4]其二是以
一九三二年王白淵等人組成的「東京臺灣人文化サークル」（東京臺
灣人文化圈）為基礎，次年一九三三年改組的「臺灣藝術研究會」及
其機關刊物《フォルモサ》（福爾摩沙）為研究對象，兼及同時代作
家、社團、意向、風格的探討，要以柳書琴（1969-）專著《荊棘之
道：臺灣旅日青年的文學活動與文化抗爭》（臺北市：聯經出版事業
公司，2009 年 5 月）為權威，可以擴及到王白淵與謝春木（又名謝南
光，筆名追風，1902-1969）的中國之旅；[5]其三是以王白淵唯一著作
《蕀の道》（《荊棘之道》）為基底，[6]討論他的詩學成就，或以嗜美、

1　密列（Jean-François Millet, 1814-1875），一般翻譯為「米勒」，法國寫實主義田園畫
　　家，以鄉村民俗入畫，畫作中流露出感人的人性，聞名於法國畫壇。

2　王白淵：〈我的回憶錄〉，《王白淵‧荊棘的道路（下冊）》（彰化縣：彰化縣立文化
　　中心，1995年），頁260。

3　羅秀芝：《王白淵卷——臺灣美術評論全集》（臺北市：藝術家出版社，1999年）。

4　王白淵：〈臺灣美術運動史〉，《臺北文物》第3卷第4期（1955年3月）。該文後收入
　　陳才崑編譯：《王白淵‧荊棘的道路（下冊）》，頁298-383。

5　柳書琴：《荊棘之道：臺灣旅日青年的文學活動與文化抗爭》（臺北市：聯經出版事
　　業公司，2009年）。

6　王白淵：《蕀の道》（日本岩手縣：久保庄書店，1931年6月）。目前全書收錄於河原
　　功編：《台灣詩集》（日本：綠蔭書房，2003年）。中文翻譯本有二，陳才崑編譯：

耽美的抒情傾向作為論述主軸，或從左翼文學觀點研究其人、其詩、其時的繫連，或從美術色彩學的角度研究光影變化所形成的光明與黑暗感，[7]此類篇章繁多，甚至於有兩篇碩士論文出現，[8]顯然還有極多的探索曲徑可以通幽，還有極大的思索空間可以迴旋。

　　以現代詩人最為講究的意象為例，王白淵《荊棘之道》最常用的兩組意象是雷鳥與蝴蝶，雷鳥這一組還包括小鳥、梟、山峰靈鳥等意象，有時還擴及應用風、太陽等天體，有人認為是為了讚美偉大的先行者與革命家，諸如甘地、泰戈爾等自由的心靈。[9]另一組是詩集中無所不在的「蝴蝶」，以「蝴蝶」為題的就有〈蝴蝶〉、〈蝴蝶對我私

《王白淵‧荊棘的道路》；莫渝編：《王白淵‧荊棘之道》（臺中市：晨星出版公司，2008年）。本文譯本以陳才崑編譯：《王白淵‧荊棘的道路》為主，但中譯書名沿用《荊棘之道》。

7　趙天儀：〈台灣新詩的出發──試論張我軍與王白淵的詩及其風格〉，《台灣現代詩史論》（臺北市：文訊雜誌社，1996年）。陳芳明：〈日據時期台灣新詩遺產的重估〉，《左翼台灣：殖民地文學運動史論》（臺北市：麥田出版社，1998年）。楊雅惠：〈詩畫互動的異境──從王白淵、水蔭萍詩看日治時期臺灣新詩美學與文化象徵的拓展〉，《臺灣詩學學刊》第1號（2003年）。莫渝：〈嗜美的詩人──王白淵論〉，《螢光與花束》（臺北縣：臺北縣文化局，2004年）。郭誌光：〈「真誠的純真」與「原魔」：王白淵反殖意識探微〉，《中外文學》第389期（2004年）。卓美華：〈現實的破繭與蝶舞的耽溺：王白淵其詩其人的矛盾與調和之美〉，《文學前瞻》第6期（2005年）。蕭蕭：〈八卦山：蘊藏多元的新詩能量──以賴和、翁鬧、曹開、王白淵透視新詩地理學〉，《土地哲學與彰化詩學》（臺中市：晨星出版公司，2007年）。蘇雅楨：〈論王白淵《蘇の道》的美學探索〉，《臺灣文學評論》第10卷第6期（2010年）。王文仁：〈詩畫互動下的個人生命與文化徵象：王白淵及其《荊棘之道》的跨藝術再現〉，《東華漢學》第12期（2010年）。李桂媚：〈黑暗有光──論王白淵新詩的黑白美學〉，《王白淵逝世五十周年紀念學術研討會論文集》（2015年）。

8　高梅蘭：《王白淵作品及其譯本研究──以《蘇之道》為研究中心》（臺北市：臺北教育大學語文教育學系碩士論文，2006年）。李怡儒：《王白淵生平及其藝術活動》（嘉義縣：中正大學臺灣文學所碩士論文，2009年）。

9　柳書琴：《荊棘之道：臺灣旅日青年的文學活動與文化抗爭》（臺北市：聯經出版事業公司，2009年），頁62。

語〉、〈蝴蝶啊〉，全集六十六首詩中有二十處出現蝴蝶，他慣以蝴蝶比喻自己或真我，蝴蝶就是詩人，詩人的靈、詩人的心、詩人的魂。柳書琴認為：蝴蝶，是覺醒的臺灣青年，象徵殖民地的良心。[10]我則以為蝴蝶應該是生命蛻變、重生，靈魂翔飛、自在的具體象徵。

　　雷鳥與蝴蝶這兩組意象，對立來看，可以感受到一種神祕的氛圍。

　　先說蝴蝶。臺灣現代詩人中周夢蝶（周起述，1921-2014）也是善用蝴蝶以成詩的詩人，蕭蕭（蕭水順 1947-）曾以〈後現代視境下的「蝶道」與「詩路」〉論述周夢蝶：如何從古典的哲學氛圍中，穿過現代主義的情致與精緻，來到後現代的溫熱，如何從驚醒的、有形的「蓬蓬然周也」，翔飛出「栩栩然胡蝶也」開闊而自在的詩境。因而發現孤獨國境的蝴蝶，有著新詩革命中的古典堅持，在孤獨國內，蝴蝶與古典意象齊飛、蝴蝶與太陽爭光、蝴蝶與花比美、蝴蝶與濕冷空間相映襯；孤峰頂上的蝴蝶，則顯現現代主義下的自我清醒：蝴蝶是生與死對立又和諧的雙翅，蝴蝶是入夢大覺死而重生的象徵，蝴蝶是流變蟬蛻進入永恆的介面；近期的蝴蝶，世間翩飛，有著重生的喜悅，映現後現代的物我圓融，因此，眾生是另一種蝴蝶，凝神是另一種蝴蝶，開悟是另一種蝴蝶，蝶與周齊，蝶與萬物合的哲思，盎然漾起無限生意。[11]總歸為一句話，從「莊周夢蝶」以後，文學中的蝴蝶就是神祕的象徵，她由生物界毛毛蟲的醜陋轉化為空中翔飛的蝶類，那是破繭蛹而出的「重生」、「新生」的生命觀；蝴蝶也可以是蝶翼華麗、能飛而輕盈，生命卻短暫的「及時」哲學觀的領悟觸發點；更可以有梁山伯、祝英台等傳奇故事所衍生的「永恆」愛情觀。蝴蝶，因此具足了難於言說的神祕色彩。

---

10 柳書琴：《荊棘之道：臺灣旅日青年的文學活動與文化抗爭》，頁66-67。

11 蕭蕭：〈後現代視境下的「蝶道」與「詩路」〉，《我夢周公周公夢蝶》（臺北市：萬卷樓圖書公司，2013年），頁69-70。

再說雷鳥系列。在美洲原住民社會裡，雷鳥（Thunderbird）是傳說中一種巨大的神鳥，形似鷹隼，翅膀有如船槳，振翅高飛時，會有風雷伴生，亮麗的眼一張一翕，彷彿閃電，原住民的信仰裡雷鳥被當作是以巨鳥形象出現的雷雨、閃電的精靈，充滿神祕的色彩。至於梟、鵂、鴟鵂、貓頭鷹，是鴟形目（Strigiformes）的鳥，其下有一百三十多種，體型龐大，外觀強悍，肉食性動物，習慣夜行，因而增加了牠的神祕性。王白淵詩中喜歡用雷鳥、梟、靈鳥，都不是他的故鄉彰化地區習見的鳥，他所期望醞釀的或許不止於所謂先行者、革命家，也不是所謂覺醒的臺灣青年、殖民地良心。以雷鳥與蝴蝶的象徵屬性來看，以王白淵寫詩的時代（1925-1930）衡量，那是充滿想像的年紀，任心馳騁在奧秘天地裡的年歲，我們可以說，受到先前美術、美感的薰染，受到當時印度邁向獨立的衝擊，王白淵這短暫七年的詩的寫作，開啟了臺灣神祕詩學的小小窗口。

本文將以王白淵《荊棘之道》六十六首詩作作為探索的藤條，譯文以陳才崑（1949-）編譯《王白淵‧荊棘的道路》（彰化縣立文化中心，1995 年 6 月）為主，但中譯書名沿用《荊棘之道》。全論藉《奧義書》作為神祕萌生之點，思考泰戈爾如何點化王白淵的哲思，以基督徒不辭荊棘的實踐步履，推敲詩人的堅持如何激生，以王白淵故鄉二八水的奔向所激發的童年空間、記憶，尋覓王白淵詩中所有神祕的可能，企圖建構王白淵神祕詩學。

二 《奧義書》：神祕文化的萌點

印度《奧義書》（Upanisad）應該是東方神祕文明的原發點。

《奧義書》的梵文原意是「坐近」，是師徒對坐時祕傳的教義，其數量不知凡幾，不同的作者、不同的教派都可能出現新的一部《奧

義書》，祂們出現在西元前六世紀到五世紀之間，那是佛教尚未出現
的時代，所以沒有教義上的束縛、儀式上的限制，可以用純思維的方
式探討宇宙創世、人與神、人與自然的關係等哲學問題，因而形成了
成熟的哲學理論。如果將《奧義書》與原始佛教相比，除了時代早，
語言典雅之外，原始佛教的價值觀是建立在煩惱的解決，要幫助人們
解決生活上貪（愛欲無禁）、嗔（怨恚無忍）、痴（愚頑無明）的三
毒，根據《雜阿含經》（卷三十四）記載，佛陀有十四個問題是不回
答的，那就是「十四難」或「十四不可記」：（一）世間常，（二）世
間無常，（三）世間常亦無常，（四）世間非常非無常，（五）世間有
邊，（六）世間無邊，（七）世間亦有邊亦無邊，（八）世間非有邊非
無邊，（九）如來死後有，（十）如來死後無，（十一）如來死後亦有
亦非有，（十二）如來死後非有非非有，（十三）命身一，（十四）命
身異。相對的，這種形而上的哲學問題，卻是《奧義書》所要辯證
的。[12]《奧義書》就是在探尋這種生命哲學的神祕與奧義。

> 誠然，大梵之態有二：一有相者，一無相者；一有生滅者，一
> 無生滅者；一靜者，一動者；一真實者，一彼面者。
> 此皆有相者：凡異於風及異於空者皆是也。此為有生滅者，此
> 為靜者，此為真實者。而此有相者，有生滅者，靜者，真實
> 者，其元精即彼輝赫者也；蓋彼為真實者之元精。
> 至若無相者，即風與空。此為無生滅者，動者，彼面者也。而
> 此無相者，無生滅者，動者，彼面者，其元精即彼（太陽）元
> 輪中之神人；蓋彼為彼面者之元精。[13]

---

12 孫晶：〈第二章　正統派哲學的思想始源：奧義書〉，《印度吠檀多哲學史（上卷）》
（北京市：中國社會科學出版社，2013年），頁64-96。

13 徐梵澄譯：《五十奧義書·廣森林奧義》（北京市：中國社會科學出版社，1984年），
頁557。

這是類近於中國《易經》的兩極論，有相者、有生滅者、靜者、真實者，屬陽；無相者、無生滅者、動者、彼面者，如風與空，屬陰。《奧義書》不避開這兩極共生的論述，萬物萬象中皆有「梵」的存在。

《奧義書》還喜歡應用相對的否定法去確認祂所要傳達的真諦，是以這種不斷否定、削去的方法體認本體，如「此即婆羅門所稱為不變滅者也！非粗，非細；非短，非長；非赤，非潤；無影，無暗；無風，無空；無著；無味，無臭；無眼，無耳；無語，無意；無熱力，無氣息；無口，無量；無內，無外；彼了無所食，亦無食彼者。」[14] 若是，可以襯出「梵」的絕對、惟一、至高無上、萬物根源的地位。

《奧義書》（Upanisad），王白淵所撰寫的〈詩聖泰戈爾〉將祂音譯為《優婆尼沙土》，就在第三節「泰戈爾的藝術與哲學」中演繹極詳。

王白淵對《優婆尼沙土》的悟解有幾個要點：

其一，所謂理希（哲人），因其各方面皆已達最高的神界，故能常住和平，與一切合一，和宇宙生命同體。

其二，世上確實存在著能夠貫穿宇宙，貫穿時間的永劫意志。此一意志即是「梵」（Plama），當你承認萬物的背後存在著「梵」並且能夠感受到自己乃是這個意志的外化表現時，你才能得到真正的解脫。

其三，宇宙乃是一根本的統一體，個人和宇宙之間可以達成和諧。而一切皆靠「梵」來統攝，我們人必須回歸於「梵」，必須參透生命的奧底，以期實現個人和宇宙之間的和諧。此即人生最高的目的、永恆的喜樂。

其四，理解會使人聰明，愛可以撤除彼此的城牆。理解是部分，

---

14 徐梵澄譯：《五十奧義書‧廣森林奧義》，頁589-590。

愛是整體。我們擁抱「梵」是依靠愛，僅僅理解「梵」，仍源無法與「梵」合一，唯有愛「梵」，我們才能夠實現自己。

其五，於「梵」的光輝中滅卻自我！如是，你將會發現更大的自我。自我即物資，迷惑於物資之際，我們無法與「梵」合一。自我好比是油燈裡的油，油本身黑暗，不具意義，可是，一旦點燃，立即會發光，照耀四周。也就是說，油是光的原料，是為更高的目的之光而預備的。[15]

這五項引文，當然不可能涵蓋《奧義書》，但至少是王白淵所掌握的泰戈爾認知的印度《奧義書》的要旨，是我們藉以理解泰戈爾以及王白淵詩作的基底，例如《荊棘之道》的〈序詩〉中說：精靈的蝴蝶飛向彼方的地平線，是為了咱們共同的理想──撤除界標，[16]不正呼應著「愛可以撤除彼此的城牆」。

以〈零〉這首詩來看王白淵的哲理思考：

> 曲線玲瓏無懈可擊
> 一身圓滿的你
> 原子之小不及你
> 萬乘以萬不成你
> 雖然如此你孕育無限的數字
> 是神還是魔法？
> 是佛還是惡魔？
> 無而非無
> 量而無量

---

15 王白淵：〈詩聖泰戈爾〉，《王白淵·荊棘的道路（上冊）》，頁142-166，此五段引文見於頁150-160。

16 王白淵：〈序詩〉，《王白淵·荊棘的道路（上冊）》。

數而非數──你的實體

無大之大

無深之深的深淵啊！

老子放踵追逐你

釋尊入山想見你

愛人同志想追你

啊！不可知的驚異

──永遠的謎

繼續笑煞人類的無知

永遠地[17]

這首詩受到《奧義書》的啟發。

這首詩從「零」的形象開始發想，且處處呼應著「靈」的諧音。試將以下這段話的主語，代入王白淵的「零」，或是《奧義書》的「梵」，是不是都很順當？（零）、（梵）「是涵括一切業，一切欲，一切香，一切味，涵括萬事萬物而無言，靜然以定者，是吾內心之性靈者，大梵是也。而吾身蛻之後，將歸於彼（零）、（梵）焉。」[18]

繼續參研《奧義書》對「梵」的思索：「斯則吾內心之性靈也。其小也，小於穀顆，小於麥粒，小於芥子，小於一黍，小於一黍中之實。是吾內心之性靈也，其大，則大於地，大於空，大於天，大於凡此一世界。」[19]王白淵寫出〈給春天〉這首詩：「禁不住陽光的誘惑／埋沒在草叢裏／花開在我的胸膛舒暢無比／／佇足在悠閑的林蔭／忘我於妙音中／小島卻消失在自然的胸脯／／看那大地飄浮的影子／正

---

17 王白淵：〈零〉，《王白淵‧荊棘的道路（上冊）》，頁10-11。

18 徐梵澄譯：《五十奧義書‧歌者奧義》，頁139。

19 徐梵澄譯：《五十奧義書‧歌者奧義》，頁139。

欲追尋捕捉／蝴蝶卻沒入地平線的彼方／／花落在微風中／無我──無汝／只有亙古自然起伏的聲音高亢」。[20]這首詩說的是相對而共存的真義，小於芥子的同時也可以大於空。如花，可能埋沒在草叢裡、也可以開在我心裡；我，可以忘我（在妙音中），也能忘記我以外的存在（讓小島消失在自然裡）；蝶，可以追尋（被動被追），卻也不易追尋（主動沒入地平線彼方）；花，可能無我、無汝、亦無色，卻也可能有聲、有氣而存有（亙古自然起伏的聲音高亢）。

這是王白淵「梵我合一」、「梵我一如」的深切體悟，《奧義書》神祕的悸動吧！

甚至於寤寐之間，生死之際，或者千年永劫的浩歎，花草鳥獸與我的轉化，都在王白淵的詩中婉轉不已：「雨絲靜靜地下──夜漆黑／冷風悄然入窗來／無光燈下兀坐闔眼返思／思入往昔數千年／抑或徘徊漫步至永劫未來之鄉／變作花草田野繚亂／化作小鳥枝上啼囀／今宵回歸魂的故鄉／無喜無悲無生無死／到達無表現的歸路／啊！──／我是甦醒還是將要入眠？／抑或──因為外面漆黑／雨依稀靜靜地下」。[21]首尾一呼一應，都在漆黑、雨夜中，添增神祕。

王白淵的神祕是在《奧義書》的奧義裡開出神祕的詩的小花。

三　泰戈爾：哲思入神的核心

與其他日治時代詩人最不相同的地方，王白淵的詩文學不直接碰撞日本殖民政權，不直接以臺灣現實激發臺灣人抗日意識，他轉了一個大彎，以兩篇紮實的論文〈甘地與印度的獨立運動〉、〈詩聖泰戈爾〉暗示臺灣人奮鬥的方向，他從印度文化去側擊日本帝國主義之

20　王白淵：〈零〉，《王白淵‧荊棘的道路（上冊）》，頁68-69。
21　王白淵：〈無表現的歸路〉，《王白淵‧荊棘的道路（上冊）》，頁106-107。

非，從中國國民革命運動去瓦解霸權思想之誤。王白淵在日治時代以心儀印度文明的文化高度，溫和批判日本軍閥的施政方向，確實是獨樹一幟的臺灣菁英。

印度聖雄甘地（Mohandas Karamchand Gandhi, 1869-1948）是王白淵內心欽服的人物，甘地出生於印度西部，出生時印度已淪為英國殖民地（始自 1858，終於 1947），甘地十九歲赴英國留學，在倫敦大學攻讀法律，畢業後被派遣至南非工作，一八九三年目睹在南非的印度族人權利受到侵奪，真實感受到被殖民者的不同待遇，開始他「反對種族歧視」，追求印度獨立的一生志業，正如《我對真理的實驗・甘地自傳》所述，甘地確信：「真理」有著難以形容的光彩，比我們每日所見到的太陽更耀眼百萬倍。「雖說我見到的只是這耀眼光彩中最微弱的一環，我依然可以充滿自信地說：我的人生體驗告訴我，如果想見到真理的全貌，唯有完全落實『非暴力』才可行。」[22]甘地從一八九三年開始的獨立革命運動，要到一九四七年才成功，這漫長的五十五年的抗爭，甘地全程以非暴力不合作運動（Satyagraha Movement）為其準則，「他節衣縮食，禁慾茹素，自立更生，以非暴力與消極抵抗推展反殖民運動，無非要避免衝突，減少傷亡，消弭仇恨，為印度的獨立與復興留下希望的生機。」[23] 這種信念、精神與毅力，為王白淵所景仰，所以在一九三〇年印度尚未獨立，甘地仍在絕望中掙扎時，他寫下他的頌讚：〈甘地與印度的獨立運動〉，全文長達兩萬四千字，他悲憫「支那四億民眾於列強帝國主義政策下遭受踐踏；印度三億人民在英吉利帝國主義的蹂躪下瘦如枯藁；散居南洋、

---

22 M. K. Gandhi著、王敏雯譯：*The Story of My Experiments with Truth: An Autobiography By M.K.Gandhi*《我對真理的實驗・甘地自傳》（臺北市：遠流出版事業公司，2014年），頁475。

23 李有成：《在甘地銅像前：我的倫敦札記》（臺北市：允晨文化實業公司，2008年），頁146。

南美、非洲的有色人種，在暴虐的白人壓制下過著悲慘的生活，這是
何等的悲劇啊！」他點明「被剝奪主權的印度，形同一隻被切除大腦
的青蛙，縱使想要跳躍任何的高度，到頭來也只是不協調的運動。」
他強調「再頑強的東西，遇到愛之火也會溶化。如果不溶化，那是火
勢不夠強之故。」[24]這種以愛去溶化階級、種族所造成的仇恨、不平
等，懸之高遠的理想，類近於無產階級的革命目的，卻又不同於無產
階級革命。

　　印度有「聖雄」甘地名聞世界之外，還有一九一三年以《吉檀迦
利》（Gitanjali）獲得諾貝爾文學獎的第一位亞洲人——「詩哲」泰戈
爾（Rabindranath Tagore, 1861-1941）也在同一個時候影響了中國、
日本與臺灣的詩學發展，影響了王白淵。

　　雖然在〈甘地與印度的獨立運動〉文中，王白淵說泰戈爾是一隻
幸福的小鳥，站在永劫的廢墟上歡欣歌唱，說他是從永恆的立場看待
事物，肯定一切。但現實的印度卻是一群無力的、連飛翔的欲望也沒
有的飛鳥，他不認為泰戈爾的詩歌能夠緩和飢餓者的痛苦。[25]但早在
一九二七年王白淵已寫下〈詩聖泰戈爾〉的專文，認為：印度政治運
動開始活躍，以甘地為代表，思想上呈現復興的曙光，則以泰戈爾為
代表，因為這兩位聖哲，印度有如一隻配有巨大雙翼的鯤鵬，振翅而
起，直上雲霄。[26]在這篇論文中，王白淵暢談泰戈爾的藝術與哲學，
說亞洲的聖賢總是帶有虐待生命的傾向，泰戈爾的藝術與哲學則是最
佳意義的生命讚嘆，他的藝術乃是開在哲學上端的花朵，他的哲學則
是他的藝術的根柢，他是一位站立在深邃直觀之上的詩人哲學家。[27]

24　王白淵：〈甘地與印度的獨立運動〉，《王白淵‧荊棘的道路（上冊）》，頁168-209。

25　王白淵：〈甘地與印度的獨立運動〉，《王白淵‧荊棘的道路（上冊）》，頁198-199。

26　王白淵：〈詩聖泰戈爾〉，《王白淵‧荊棘的道路（上冊）》，頁146。

27　王白淵：〈詩聖泰戈爾〉，《王白淵‧荊棘的道路（上冊）》，頁150。

　　論者認為王白淵在〈詩聖泰戈爾〉與〈甘地與印度的獨立運動〉兩篇論文中，企圖將西方的反現代批評與印度思想家的東方文明論結合，用來證明他的「亞細亞復興」論點。說他的批評方式是將「脫亞入歐」的日本，當作西歐文明的附驥者，把日本在「西歐文明／東方文明」論述中的位置加以修改，也就是把日本以符號化的方式從它原屬的東方文明空間中移除，藉此生產對日本帝國主義者的批判效應。[28] 確實，王白淵在這兩篇論文中故意漠視日本文化的存在，冷眼看待殖民霸權的威勢，反而高舉印度文明，推崇不合作主義棉裡藏針的勁道，但我們覺得更正確的解讀應該是王白淵心中對神祕詩學的嚮往。

　　泰戈爾一八六一年出生於印度加爾各答，出身書香家庭，名門望族，與甘地一樣曾赴英國攻讀法律，一九〇五年開始投身印度民族解放運動、反殖民主義的神聖戰鬥，一九一二年出國赴歐、美講學，在英國印度學會出版詩集《吉檀迦利》，第二年以此書獲得諾貝爾文學獎。一九二四年四月首次訪問中國，徐志摩（1897-1931）、冰心（1900-1999）的詩創作深受影響，尤其是冰心的小詩寫作應該直接受到《漂鳥集》（Stray Birds）本質性的啟發。一九二四年六月、一九二五年一月、一九二九年七月，泰戈爾三度訪問日本，留日的臺灣詩人王白淵在一九二七年以日文寫下〈詩聖泰戈爾〉，日人川端康成（Kawabatayasunali, 1899-1972）新感覺派小說寫作也受到啟發，他是繼泰戈爾之後於一九六八年獲得諾貝爾文學獎的得主。連遠在臺灣不曾出國的臺灣詩人楊華（1906-1936）小詩都受到激盪。[29]

28　柳書琴：《荊棘之道：臺灣旅日青年的文學活動與文化抗爭》，頁112。

29　楊華（楊顯達，1906-1936），屏東詩人，任教私塾，受五四文化運動啟迪，一生堅持用漢文寫作，對生活在底層的苦難同胞懷有同情之心，作品充滿控訴精神，一九二六年開始創作，發表〈一個勞動者的死〉和〈薄命〉兩篇小說，其詩短小精悍，富於情思，著有〈黑潮集〉、〈心弦〉、〈晨光集〉等二百餘首詩，可以看到泰戈爾、冰心、梁宗岱詩作的形式影響。楊華著作可參考以下書籍，楊華著：《黑潮集》（臺

　　英文版《吉檀迦利》，泰戈爾收入一○三首抒情小詩，與孟加拉語原著的一四七首不同，抽離歌頌愛國主義、抨擊種姓制度的詩作，突出宗教神祕性，因而獲得異文化者的欣賞。在臺灣，因為 Gitanjali 這個孟加拉詞語是由 Gita（歌）和 Anjali（獻）合成，所以一向翻譯為《頌歌集》。[30]臺灣最早翻譯泰戈爾詩集的糜文開教授（1908-1983）認為：「《頌歌集》裡充滿著許多微妙的神祕的詩篇，他讚美上帝的各種手法和姿態，尤為高超而奇特，讀之令人油然神往。」[31]也有學者指出：「《頌歌集》充分表現作者謙沖、寬大的胸懷，泰戈爾希望自己滌淨虛榮、傲慢、卑鄙之心，渴望達到神的境界。泰翁心中的神，是宇宙的原始存在，這個無限的精神無所不在、沒有行跡，它存在於有限的萬物之上。」[32]這裡所敘述的「宇宙的原始存在」、「無限的精神」、「無所不在、沒有行跡」，是宗教界的「上帝」、「神」，卻也可以是老子書中的「道」：「有物混成，先天地生。寂兮寥兮，獨立而不改，周行而不殆，可以為天下母。吾不知其名，強字之曰道，強為之名曰大。」（《老子》第二十五章）

　　關於《吉檀迦利》（《頌歌集》）的結構，研究者認為宛如一部交響樂，完整而精巧，四個具有分主題的樂章圍繞著神人合一（或曰梵我合一）的主旋律，表現出豐富多彩、變化無窮的思想和感情。[33]

北市：桂冠圖書公司，2001年）。羊子喬編：《楊華作品集》（高雄市：春暉出版社，2007年）。楊順明：〈黑潮輓歌楊華及其作品研究〉（臺北市：臺灣師範大學臺灣文化暨語言文學研究所碩士論文，2006年）。

30 泰戈爾著，糜文開主譯：《泰戈爾詩集・頌歌集》（臺北市：三民書局，2003年），頁219-287。泰戈爾著、梁祥美譯：《頌歌集（Gitanjali）》（臺北市：志文出版社，2009年）。

31 泰戈爾著、糜文開主譯：《泰戈爾詩集・頌歌集》，頁284。

32 泰戈爾著、梁祥美譯：《頌歌集（Gitanjali）》（臺北市：志文出版社，2009年），頁10。

33 尹錫南：《發現泰戈爾——影響世界的東方詩哲》（臺北市：圓神出版公司，2005年），頁54-55。

引《吉檀迦利》第二首為例：

> 當你命令我歌唱的時候，我的心似乎要因著驕傲而炸裂；我仰
> 望著你的臉，眼淚湧上我的眶裡。
> 我生命中一切的凝澀與矛盾融化成一片甜柔的諧音——我的讚
> 頌像一隻歡樂的鳥，振翼飛越海洋。
> 我知道你歡喜我的歌唱。我知道只因為我是個歌者，才能走到
> 你的面前。
> 我用我的歌曲的遠伸的翅梢，觸到了你的雙腳，那是我從來不
> 敢想望觸到的。
> 在歌唱中的陶醉，我忘了自己，你本是我的主人，我卻稱你為
> 朋友。（冰心譯）

這首詩表現了泰戈爾內心對「神」的虔敬（我的心似乎要因著驕傲而
炸裂／我用我的歌曲的遠伸的翅梢，觸到了你的雙腳），面對「神」
的歡欣（我生命中一切的凝澀與矛盾融化成一片甜柔的諧音）；在神
人觀上，泰戈爾繼承印度古老經典《奧義書》梵我合一的思想，這首
詩正體現了泰戈爾「愛是神的實質」的內涵，展現了《吉檀迦利》的
基本要義。[34]
　　一直到《吉檀迦利》最後第一○三首，詩人一直以合十膜拜的虔
敬態度面對神，全身全心匍匐在神的腳前：

> 在我向你合十膜拜之中，我的上帝，讓我一切的感知都舒展在
> 你的腳下，接觸這個世界。

34　尹錫南：《發現泰戈爾——影響世界的東方詩哲》，頁55-56。

> 像七月的濕雲，帶著未落的雨點沉沉下垂，在我向你合十膜拜
> 之中，讓我的全副心靈在你的門前俯伏。
> 讓我所有的詩歌，聚集起不同的調子，在我向你合十膜拜之
> 中，成為一股洪流，傾注入靜寂的大海。
> 像一群思鄉的鶴鳥，日夜飛向它們的山巢，在我向你合十膜拜
> 之中，讓我全部的生命，啟程回到它永久的家鄉。（冰心譯）

在這首詩中，泰戈爾以七月的濕雲，帶著未落雨點那種飽實的感覺，沉沉下垂的樣子，寫出內心滿滿的虔誠、信服。以自己所有的愛所凝結而成的詩篇，像水滴匯聚成河、眾河匯聚成洪流，終極歸趨，傾注入海，象徵著信、望、愛、神，完全、完整的匯聚。以思鄉的鶴鳥，歸巢的急切，帶出人類心靈渴望回歸永恆家園的濃烈，「梵我合　」的理想境界，至此完美達成。所謂「七月的濕雲」、「詩歌的調子」、「靜寂的大海」、「思鄉的鶴鳥」等等，竟是充滿神祕的意象，遠非現實主義詩人擷拾周遭事物所能企望。

王白淵的〈天性汪洋〉也有相類近的發揮，他將抽象的天性視為真實的海，汪洋可以波動的本質有似一張薄薄的皮，但汪洋水面下所含藏的則是神不可測的未知，有如神的妙品：「啊！永遠神祕的天性汪洋／一壓即破的薄皮／你包藏何等無數的神祕／不論光明造訪或是黑暗來臨／你都悠然自得彬彬有禮／呈現深不見底的碧綠／熱情的波濤送予風來襲／任昆蟲招引靜靜的漣漪／賦給生命力量和安謐／不可思議啊！天性的汪洋／噢！永遠神祕的天性汪洋／神最後的妙品」。[35]天性如海洋，而海洋是神的妙品，因為海洋神祕無比。天性神性，即心即理，王白淵如此書寫永遠神祕的天性、汪洋！

---

35 王白淵：〈天性汪洋〉，《王白淵・荊棘的道路（上冊）》，頁18-19。

　　或者，落實為〈島上的少女〉，現實性的書寫，也醞造著神祕的氣息：

　　　　霧裏躊躇的島上少女
　　　　宛若微風中搖曳的柳枝
　　　　輕盈的腳步
　　　　空氣中擺動的垂袂
　　　　裹藏青春的香氣
　　　　看不見悲傷的木屐聲
　　　　彷彿情感的悸動
　　　　消失在神祕的彼方
　　　　柳條也似纖弱的倩影
　　　　如同槿花般的溫柔
　　　　點綴海島櫻花的蓓蕾
　　　　苞含年少的衿持
　　　　像黑暗中耀眼的鑽石
　　　　萌芽自遠古的世界[36]

他將臺灣島上的少女，加上「躊躇」，放進「霧裏」，自然形成某種神祕感，所以可以「宛若微風中搖曳的柳枝」，再依此推進為「柳條也似纖弱的倩影／如同槿花般的溫柔」，若此又織進了神祕的花的溫柔。在此之前，寫輕盈的腳步、飄動的衣袂，王白淵以香氣拂過帶出心神的震動；寫悲傷，以木屐聲落實，彷彿可以聽到「奇巧奇巧」的悲傷感，卻又拉向遠方「彷彿情感的悸動／消失在神祕的彼方」，增

──────────

36 王白淵：〈島上的少女〉，《王白淵‧荊棘的道路（上冊）》，頁54-55。

加不少神祕的氛圍。最後的兩句，又拉向遠古，從遠古的世界寫其萌芽，在霧裡，時間之軸拉得相當廣長，島的空間感也就延伸到神祕之域了。日治時代其他島上詩人都不曾以這種情態觸及島上少女，專屬於王白淵的神祕詩學，或許有著泰戈爾的《吉檀迦利》對神、對道、對大自然至高無上的生存原則之崇敬。

四　基督徒：不避荊棘的腳步

　　甘地在《我對真理的實驗‧甘地自傳》的第二部第十五章「宗教熱情」中，說自己面對基督徒朋友的熱情鼓吹，依然找不到理由改變他的宗教信仰，但他承認「我選擇的道路不如基督徒朋友所願，但我終生感激他們喚醒我內心對宗教思想的追求，也將永遠珍惜和他們相處的回憶。」[37]儘管甘地未曾接納基督信仰，但說不定他對「真理的實驗」的這本自傳，喚醒了王白淵「內心對宗教思想的追求」。雖然我們沒有直接證據驗證這點推論，但他有一首詩〈真理的家鄉〉，以船夫與客人的問答，傳達神會守護我們的信息，「在此風暴中／不要在乎逆捲怒濤／客人啊！／才能到達真理的家鄉」。[38]認識耶穌，就是到達「真理」的家鄉，王白淵這一觀點或許也有回應甘地「真理的實驗」的潛在意涵。

　　《荊棘之道》書中，至少有〈生命之谷〉、〈生命之道〉、〈夜〉、〈真理的家鄉〉、〈仰慕基督〉五首詩，很清楚地應用《聖經》裡的基督教義演繹他的哲理，內化於詩中的無形基督教義，潛藏於詩中的聖經寶訓，或許還可專文開發更多的真理的力量。就日治時代臺灣詩人

37　M. K. Gandhi著、王敏雯譯：《我對真理的實驗‧甘地自傳》，頁135-138。
38　王白淵：〈真理的家鄉〉，《王白淵‧荊棘的道路（上冊）》，頁100-101。

而言，民間信仰、佛道思想是庶民生活的日常制約，王白淵突破這樣的禁忌，也可以視為「神祕詩學」的一股重要清流。

王白淵的唯一詩集以《荊棘之道》命名，集中有〈生命之谷〉、〈生命之道〉二詩，前者出現三次荊棘，後者出現生命的十字路口如何抉擇那通往永恆之鄉的道路，都值得我們以基督教義思考《荊棘之道》的命名涵義應該就是充滿荊棘的「生命之道」。

〈生命之谷〉詩之前段：「生命之谷黑深，深不可測／兩岸荊棘張刺嚴陣以待／屏息窺伺底部，微微可見的底部／驚異瓊漿般的靈泉在竊竊私語／沒有冒險體會不出生命的奧義」，詩之後段：「噢！奇異的生命之谷／你的荊棘固然可懼／但流貫黑暗的你的靈泉令人無限着迷」。[39]詩之意旨很顯豁：沒有冒險體會不出生命的奧義。但荊棘與靈泉的相對意象值得讀者思考。另一首〈生命之道〉的空間設計，依然是：如劍的愛之森林、廣袤的荒漠、漫漫無止盡的小路、如劍的冰山、永刧的銀色光芒。[40]這兩首詩都在敘說生命奧義的追求，荊棘或仿荊棘的意象（如劍的森林，如劍的冰山、永刧的光芒之射出）一直阻在道途上，「荊棘」是一個值得思考的意象。

《聖經》最早出現「荊棘」的是舊約的〈創世紀〉：「（耶和華神）又對亞當說：你既聽從妻子的話，吃了我所吩咐你不可吃的那樹上的果子，地必為你的緣故受咒詛；你必終生勞苦才能從地裏得吃的。地必給你長出荊棘和蒺藜來；你也要吃田間的菜蔬。你必流汗滿面才能餬口，直到你歸了土，因為你是從土而出的。你本是塵土，仍要歸於塵土。」（〈創世紀〉第三章 18-19 節），這「荊棘」是原罪的象徵，生命不可免的艱鉅、苦難、險惡，甚至於可能是詛咒。王白淵

---

39 王白淵：〈生命之谷〉，《王白淵‧荊棘的道路（上冊）》，頁6-7。
40 王白淵：〈生命之道〉，《王白淵‧荊棘的道路（上冊）》，頁14-15。

的詩集取名《荊棘之道》，其生命之旅的空間設計採用「荊棘」，最初
的寄託應該取義於此。在《聖經》中荊棘的象徵義，包括神的詛咒、
懲罰、社會中的暴民、假仙知、懶惰的人、受苦遭害等等，但耶穌仍
選擇住居荊棘之上，與子民同苦。

《新約全書》另有三處記載耶穌被釘十字架前遭士兵戲弄，戴上
「荊棘冠」，三處文字或詳或略，大同小異，依《聖經》編輯秩序，
最初出現的是〈馬太福音〉第二十七章二十七至三十一節，〈馬可福
音〉第十五章十六至二十節，最詳實的是〈約翰福音〉第十九章一至
六節：

> 當下彼拉多將耶穌鞭打了。兵丁用荊棘編做冠冕、戴在他頭
> 上、給他穿上紫袍．又挨近他說、「恭喜猶太人的王啊！」他
> 們就用手掌打他。彼拉多又出來對眾人說、「我帶他出來見你
> 們、叫你們知道我查不出他有什麼罪來。」耶穌出來、戴著荊
> 棘冠冕、穿著紫袍。彼拉多對他們說：「你們看，這個人。」
> 祭司長和差役看見他、就喊著說：「釘他十字架、釘他十字
> 架。」彼拉多說：「你們自己把他釘十字架罷、我查不出他有
> 什麼罪來。」　（《新約全書・約翰福音》十九章一至六節）

若是，王白淵的《荊棘之道》，就有著效法主耶穌為道犧牲的精
神，則此「道」之義未必只是「道路」的通俗觀，應該有著追尋基督
「真理」、「生命」充滿荊棘的高深意涵。

荊棘之義，基督徒喜歡引用的還有《舊約全書・出埃及記》：

> 摩西牧養他岳父米甸祭司葉忒羅的羊群、一日領羊群往野外
> 去、到了　神的山、就是何烈山。耶和華的使者從荊棘裡火焰

中向摩西顯現‧摩西觀看、不料、荊棘被火燒著、卻沒有燒
燬。摩西說、我要過去看這大異象、這荊棘為何沒有燒壞呢。
耶和華　神見他過去要看、就從荊棘裡呼叫說、摩西、摩西‧
他說、我在這裡。　神說、不要近前來、當把你腳上的鞋脫下
來、因為你所站之地是聖地‧又說、我是你父親的　神、是亞
伯拉罕的　神、以撒的　神、雅各的　神。摩西蒙上臉、因為
怕看　神。耶和華說、我的百姓在埃及所受的困苦、我實在看
見了‧他們因受督工的轄制所發的哀聲、我也聽見了‧我原知
道他們的痛苦。(《舊約全書‧出埃及記》第三章一至七節)

　　耶和華看見了百姓所受的困苦，聽見了他們所發的哀聲，他從荊
棘裡、火焰中向摩西顯現異象，「荊棘被火燒著、卻沒有燒燬」，此一
高階的象徵義，更該是王白淵詩集取義所在。今日臺灣基督長老教會
所屬「二水教會」(彰化縣二水鄉拜堂巷二號，成立於一八九七年)，
也是王白淵生前出入的教會，其正面壁上即以「荊棘」作為教會標誌。
　　「耶穌說、我就是道路、真理、生命‧若不藉著我、沒有人能到
父那裏去。」(《新約全書‧約翰福音》第十四章六節)《荊棘之道》
的「道」字顯然有著「道路、真理、生命」的信仰與決志，而「荊
棘」取義所在，可以從以上敘論獲得三個層次的深度內涵。是以，
《荊棘之道》的書名定義，隱含著極為深刻的基督精神與基督精義。
　　至於《荊棘之道》生命之旅的詩間設計，王白淵選擇〈夜〉，「當
萬物自夢的國度急急趕上歸途／黑夜裡盛開的天空之花枯萎／今世之
心星遂放出了光輝／噢！黑夜的復活呵！／世界與人生的復活呵！／
應該迎接赫赫的朝陽底黑夜在沈默中沈思」[41]從黑夜到天光，那是漫

---

41 王白淵：〈夜〉，《王白淵‧荊棘的道路（上冊）》，頁44-45。

長的等待，王白淵加入基督教「復活」的涵義在其中，那就無所畏懼
了！《聖經》上說：「你所種的，若不死就不能生。」（〈哥林多前
書〉第十五章三十六節），對於復活、新生，抱有極大的信心：「所種
的是必朽壞的，復活的是不朽壞的；所種的是羞辱的，復活的是榮耀
的；所種的是軟弱的，復活的是強壯的；所種的是血氣的身體，復活
的是靈性的身體。若有血氣的身體，也必有靈性的身體。」（〈哥林多
前書〉第十五章四十二至四十四節）踏入荊棘之道，走過死亡蔭谷，
是復活之路的必經災厄，復活就是要從血氣的身體轉而為有靈性的身
體，這是基督教義的生存鼓舞之力。

　　基督崇拜裡，一切交給主，是最大的仰望與信靠。在〈仰慕基
督〉詩中，可以看出作為基督徒的王白淵凡常日子裡的信望愛：「漫
步春的原野／口中低吟山上垂訓」。寶山聖訓記載於〈馬太福音〉第
五章到第七章，短短的一兩節就是一則銘言警句，詩中暗用的那一節
詩，原是〈馬太福音〉第六章二十八至二十九節：「何必為衣裳憂慮
呢？你想野地裏的百合花怎麼長起來；它也不勞苦，也不紡線。然而
我告訴你們，就是所羅門極榮華的時候，他所穿戴的，還不如這花一
朵呢！」但在〈仰慕基督〉詩中，王白淵將這則聖訓交託給「野外雜
草」去低語，甚至於在野草低語之後自己增添一段啼鳥的回話：

　　　　一切皆逝——唯藝術留存
　　　　藝術亦逝——唯愛留存
　　　　愛亦逝——唯生命留存
　　　　萬物皆逝——唯時光靜默無語啊！

這四句對話是自己的悟得，所以其後加上「汝等喧囂的池中之蛙」[42]

---

42 王白淵：〈仰慕基督〉，《王白淵・荊棘的道路（上冊）》，頁114-115。

用以自嘲，藉以降低化用《聖經》的嚴肅性。這時的王白淵不是謹飭的信徒，而是內化聖經，活化教義，虛實對談，似假若真，在聖訓與藝術之間游刃有餘的詩人。

五　二八水：濁水原鄉的奔向

　　詩人以《聖經》寶訓作為自己心靈的原鄉，生命的靈泉。但王白淵真正生活的家鄉卻是彰化八卦山南端，二水鄉惠民村山腳路西側，滾滾濁水溪日夜激盪在村子的南方，這是一個有著奇山異水的所在，足以培育神妙的藝術心靈。

　　地質學家認為臺灣島的形成就是從第三紀起直到現在仍在活動的造山運動見證。所謂第三紀（Tertiary Period）是指地質時代中生代（Mesozoic Era）到新生代（Cenozoic Era）之間那個漫長的時段，大約從六千五百萬年前開始，到二百五十萬年前。臺灣位於歐亞大陸板塊與菲律賓板塊交界處，菲律賓板塊每年以八點七公分的速度，由東南向西北擠向歐亞大陸板塊，經過四百萬年的擠撞作用，終於形成臺灣南北走向的山脈。最早形成的是脊椎骨的中央山脈，接著是玉山山脈、雪山山脈、阿里山山脈、海岸山脈，最晚形成的是大肚山脈、八卦山脈。[43]八卦山脈顯然是臺灣最年輕的山脈群，自然保有年輕變動的活力，雖然山丘不高、壑谷不深，卻有豐富的地形、地貌，族群繁多的林木，引人遐想。

　　造山運動中年輕的八卦山台地，地勢南高北低，可以下瞰從濁水溪到大肚溪形成的開闊沖積扇平原。二水地區東北面的丘陵就是八卦山最高的所在，可達四四三公尺，臨溪所向，處處懸崖，從此往北高

43　盧太福、黃愛：《八卦山脈的演化》（彰化縣：彰化縣立文化中心，1996年），頁9。

度逐漸遞減，全線平均高度約在二〇〇至四三〇公尺之間，抵彰化市時海拔只有一百公尺左右。台地南北總長度約為三十三公里，東西寬度約在四至十公里左右，南寬，北窄，以植物形象為喻，形如大瓠瓜，瓜蒂在芬園鄉，八卦山北緣，二水是臀腹豐美，可以坐正的部位。八卦山台地南北縱走，許多坑谷向東西延伸，形成瘦脊稜線，東側山麓（南投方向）台地坡度較為緩和，西側山麓（面向彰化平原）落差大，往往形成斷崖、縱谷形勢，從空中俯瞰，整座八卦山台地，以動物形象為喻，又像一隻多腳蜈蚣，腳長的地方是二水，蜈蚣的頭向著北方。[44]依據這樣的敘述，王白淵的故鄉二水，是八卦山台地最高、山林最寬，險峻懸崖分布最多的丘陵，王白淵老家惠民村所屬山腳路段，其東即是有名的「松柏坑」（豐柏廣場），攀爬陡度極大的山丘之後是南投縣名間鄉的「松柏嶺」，「松柏坑」、「松柏嶺」之別，不只是古地名、今地名之分，而是昂首與俯瞰所處位置的不同，嶺坑之間現在是臺灣野生獼猴保育區域，以山勢而言，二水是彰化縣最為神祕的丘陵地、山林區。

再看水勢，野性難馴的濁水溪整整環繞二水鄉東南側，為人所馴服的八堡圳引水灌溉水田，橫貫全鄉。此地原名「二八水」，根據《二水鄉志》記載，「二八水」庄，在「乾隆年間臺灣番界圖」（1760）已見註記，清乾隆二十九年（1764）《續修臺灣府志》，記錄濁水溪沿岸有「二八水渡」，其後《彰化縣誌》（道光版）第二卷〈規制志〉「東螺東西保各庄名」有「二八水」庄，[45]「津」項下有「二八

---

44 吳成偉：《八卦山台地傳統聚落與人文產業》（彰化縣：彰化縣文化局，2003年），頁23-24。

45 周璽撰：《彰化縣誌》（道光版，彰化縣文獻委員會編纂組校訂，彰化縣文獻委員會發行，1969年7月出版、1993年3月再版），頁148。

水渡」（註曰：一名香橼渡，二八水與沙連往來通津），[46]「陂圳」項下有「二八水圳」（註曰：在東螺保，橫亙施厝圳、十五庄圳中）。[47]可見清乾隆時代，二八水庄、二八水渡、二八水圳，已是當時的習稱，理論上，先有二八水庄的庄名，才有二八水渡、二八水圳的渡名、圳名。地方文史工作者有就地形、水勢而論，認為濁水溪是由濁水溪和清水溪二條水流會合而成，其下又分為東螺溪、西螺溪匯入臺灣海峽，一合、一分，都呈或正或反「八」字形，所以稱為「二八水」。[48]也有文史工作者就「八」字的發音去思考的，認為明鄭時期從林杞埔（今竹山）到二水，必須渡過清水、濁水兩條溪，所以會說過「二幅（Pak）水」，音訛誤而為「二八（Pat）水」；此地又是清水、濁水兩溪會合之處，稱作「二合（Kap）水」，同樣音訛誤為「二八（Pat）水」。[49]此說甚為有理，先是清、濁「二幅（Pak）水」，後是清、濁「二合（Kap）水」，訛讀為「二八（Pat）水」，最有可能，因為地名的確定原理，幾乎都是先呼其音，再尋其字。

其實單就清、濁二水的會合，有如涇渭分明的地理景觀，就頗有文學神祕想像的空間，何以先清後濁？何以清水、濁水可分可合？地質學家會有合理的解說，年少的心靈未嘗不可以海闊天空去馳騁。何況，從王白淵的溪到謝春木的海，這兩位青少年的交誼不就奠立在臺北城市裡師範學院的學術殿堂與溪海故鄉壯闊山水的沖激之間？

所以，二水山勢、水勢的神祕詭奇，陶冶王白淵的性靈，縱任王白淵的想像，聚合在王白淵的詩篇裡。

---

46 周璽撰：《彰化縣誌》（道光版），頁154。
47 周璽撰：《彰化縣誌》（道光版），頁157。
48 賴宗寶：《好山‧好水‧好二水》（彰化縣：財團法人彰化縣賴許柔文教基金會，2001年），頁19-24。周宗賢總編纂：《二水鄉志》（彰化縣：二水鄉公所，2002年），頁173-175。
49 陳國典：〈二水地名的由來〉，《彰化人》第23、24期（1993年）。

　　例如以〈四季〉為名的詩，很有秩序的分寫春夏秋冬、晨午昏夜，但在形象的應用上，炊煙、雜草、小樹蔭、龍眼林、蝴蝶、樹葉，都是二水農村習見的景物，但在王白淵互文式的意象對映下，虛實交錯，產生美妙的、神奇的心靈悸動，如：昇起的炊煙／飄逸的光芒，灑落的水銀／樹蔭的滴水，飛逝的蝴蝶／仰慕大地的樹葉，不可思議的月亮／農村的燈火，喻體與喻依，相互錯身、對位，再加上特殊的形容詞，如「飄逸的」光芒、「不可思議的」月亮，平實的夜景就增添了神祕的光影。

　　　　昇起的炊煙——
　　　　不——是飄逸的光芒
　　　　爭妍的田野雜草
　　　　噢！是春天的早晨

　　　　灑落的水銀——
　　　　不——是小樹蔭的滴水
　　　　茂盛的龍眼林
　　　　噢！是夏日的白天

　　　　飛逝的蝴蝶——
　　　　不——是仰慕大地的樹葉
　　　　掠空無言的飛鳥
　　　　噢！是秋天的黃昏

　　　　照耀地面不可思議的月亮——
　　　　不——是霧中農村的燈火

　　隨風搖曳堤岸的枯木

　　噢！是冬天的深夜[50]

　　相近的鋪排，隨手造就的神祕，也在〈無題〉詩中顯現，如將「飄零的落葉」與「陌生人的心聲」相繫，說「片羽不飛的蒼穹」是「神無表現的藝術」，「路旁綻放無名花」也是「生命的珍貴」。[51]這種似晨又似黃昏之際的故鄉村郊之景，王白淵也就近取譬，但當他以中央山脈、濁水溪為喻時，說的卻是「中央山脈比夢還淡／濁水溪流貫永遠」。[52]陳才崑曾將王白淵的詩題材分為四大類，藝術理念類、心思剖懷類、田園抒情類、政治意識類；[53]詩人編者莫渝（林良雅，1949-）也將《荊棘之道》的詩主題歸納為：吐納心懷、歌詠田野風光、人物禮讚、政治傾向四類。[54]本節所舉詩例應當屬於「田園抒情」、「歌詠田野風光」這一類，但經由以上的解析，了解二水空間的多方曲折，體會詩人對意象處理的妙手之後，我們當會認識王白淵「神祕詩學」的建構，其來有自。

　　或許以〈二彎流水〉作為本節的結束，既能呼應《奧義書》的梵我合一，也能感應二水家鄉對王白淵神祕詩學 DNA 的確認。

　　吾影消失於自然的胸脯

　　當一切合而為一

---

50 王白淵：〈四季〉，《王白淵‧荊棘的道路（上冊）》，頁86-87。

51 王白淵：〈無題〉，《王白淵‧荊棘的道路（上冊）》，頁96-97。

52 王白淵：〈晚春〉，《王白淵‧荊棘的道路（上冊）》，頁122-123。

53 陳才崑：〈《王白淵‧荊棘的道路》導讀〉，《王白淵‧荊棘的道路（上冊）》，卷前。

54 莫渝編：《王白淵‧荊棘之道》（臺中市：晨星出版公司，2008年）。

啊！這就是生命的歡喜
陌生人在叫喊

二水匯流為一
二顆心燃燒在一起
啊！這就是生命的進軍
房間突然大放光明

二元歸於一元
靈魂與肉體奉侍同一個神
啊！生命是永恒地
不捨晝夜[55]

六　結語

　　論者認為：詩從誕生之初便以神祕主義為基本內容和基本形式，
神祕主義與人類詩歌的歷史貫徹始終。[56]

　　臺灣新詩史上，日治時代詩人王白淵出生於彰化二水的八卦山丘
陵地山腳下，此地林木叢生，東方既有與庶民生活相接近的果樹果
林，又可快速遁入野生獼猴活躍的樹林，南側可以近距離俯瞰濁水溪
翻滾濁浪，又能見識到兇猛水勢馴服為八堡圳的灌溉用水，如此山曲
水折之處，荒野雅馴交錯的地方，王白淵開始他的生命旅程。成長期
經由基督教義、寶山聖訓的生活陶冶，更深入於印度詩哲泰戈爾《吉
檀迦利》的詩作中，體現愛是神的實質內涵，展現「詩與神與心」的

---

55 王白淵：〈二彎流水〉，《王白淵・荊棘的道路（上冊）》，頁110-111。
56 毛峰：《神秘詩學》（臺北市：揚智文化事業公司，1997年），頁6。

神祕悸動與感應，在《奧義書》的啟迪下，品賞梵我合一的生命芬芳，終於為臺灣的神祕詩學推開一方瞭望之窗，也為詩生命的獨立性做了最佳的見證，讓那些以詩作為鬥爭利器，嗜血好腥的人感到汗顏。

王白淵以自然觀察，蝴蝶從毛毛蟲蛻化、新生的意象，呼應基督教的復活觀，以印度《奧義書》的梵我一如、詩哲泰戈爾以詩服膺愛與神的真諦，結合自己出生地的神祕山水記憶，以基督徒不辭荊棘的實踐步履，為臺灣詩學推開新視窗，終於造就出臺灣新詩壇罕見的神祕詩學。

參考文獻

一　中文書目（依作者姓氏筆畫序）

尹錫南：《發現泰戈爾——影響世界的東方詩哲》，臺北市：圓神出版公司，2005年。

毛　峰：《神秘詩學》，臺北市：揚智文化事業公司，1997年。

王白淵著，莫渝編：《王白淵・荊棘之道》，臺中市：晨星出版公司，2008年。

王白淵著，陳才崑編譯：《王白淵・荊棘的道路》上下冊，彰化縣：彰化縣立文化中心，1995年。

羊子喬編：《楊華作品集》，高雄市：春暉出版社，2007年。

吳成偉：《八卦山台地傳統聚落與人文產業》，彰化縣：彰化縣文化局，2003年。

李有成：《在甘地銅像前：我的倫敦札記》，臺北市：允晨文化實業公司，2008年。

周宗賢總編纂：《二水鄉志》，彰化縣：二水鄉公所，2002年。

周璽撰：《彰化縣誌》（道光版），彰化縣文獻委員會編纂組校訂，彰化縣文獻委員會發行，1969年出版，1993年3月再版。

柳書琴：《荊棘之道：臺灣旅日青年的文學活動與文化抗爭》，臺北市：聯經出版事業公司，2009年。

孫　晶：《印度吠檀多哲學史》，北京市：中國社會科學出版社，2013年。

徐梵澄譯：《五十奧義書》，北京市：中國社會科學出版社，1984年。

楊華著：《黑潮集》，臺北市：桂冠圖書公司，2001年。

盧太福、黃愛：《八卦山脈的演化》，彰化縣：彰化縣立文化中心，1996年。

賴宗寶：《好山‧好水‧好二水》，彰化縣：財團法人彰化縣賴許柔文
　　　教基金會，2001年。

羅秀芝：《王白淵卷——臺灣美術評論全集》，臺北市：藝術家，1999
　　　年。

二　中文篇目（依作者姓氏筆畫序）

王文仁：〈詩畫互動下的個人生命與文化徵象：王白淵及其《荊棘之
　　　道》的跨藝術再現〉，《東華漢學》第12期，2010年。

李怡儒：《王白淵生平及其藝術活動》，嘉義縣：中正大學臺灣文學所
　　　碩士論文，2009年。

李桂媚：〈黑暗有光——論王白淵新詩的黑白美學〉，《王白淵逝世五
　　　十周年紀念學術研討會》論文集，彰化縣：明道大學，2015
　　　年。

卓美華：〈現實的破繭與蝶舞的耽溺：王白淵其詩其人的矛盾與調和
　　　之美〉，《文學前瞻》第6期，2005年。

高梅蘭：《王白淵作品及其譯本研究——以《蕀之道》為研究中心》，
　　　臺北市：臺北教育大學語文教育學系碩士論文，2006年。

莫　渝：〈嗜美的詩人——王白淵論〉，《螢光與花束》，臺北縣：臺北
　　　縣文化局，2004年。

郭誌光：〈「真誠的純真」與「原魔」：王白淵反殖意識探微〉，《中外
　　　文學》第389期，2004年。

陳芳明：〈日據時期台灣新詩遺產的重估〉，《左翼台灣：殖民地文學
　　　運動史論》，臺北市：麥田出版社，1998年。

陳國典：〈二水地名的由來〉，《彰化人》第23、24期，彰化縣：彰化
　　　縣政府，1993年。

楊雅惠：〈詩畫互動的異境——從王白淵、水蔭萍詩看日治時期臺灣

新詩美學與文化象徵的拓展〉，《臺灣詩學學刊》第1號，
2003年。

楊順明：〈黑潮輓歌楊華及其作品研究〉，臺北市：臺灣師範大學臺灣
文化暨語言文學研究所碩士論文，2006年。

趙天儀：〈台灣新詩的出發──試論張我軍與王白淵的詩及其風格〉，
封德屏主編：《台灣現代詩史論》，臺北市：文訊雜誌社，
1996年。

蕭　蕭：〈八卦山：蘊藏多元的新詩能量──以賴和、翁鬧、曹開、
王白淵透視新詩地理學〉，《土地哲學與彰化詩學》，臺中
市：晨星出版公司，2007年。

蕭　蕭：〈後現代視境下的「蝶道」與「詩路」〉，《我夢周公周公夢
蝶》，臺北市：萬卷樓圖書公司，2013年。

蘇雅楨：〈論王白淵《蕀の道》的美學探索〉，《臺灣文學評論》第10
卷第6期，2010年。

三　中譯書目（依作者姓名字母序）

泰戈爾著、梁祥美譯：《頌歌集》（*Gitanjali*），臺北市：志文出版社，
2009年。

泰戈爾著、糜文開主譯：《泰戈爾詩集‧頌歌集》，臺北市：三民書
局，2003年重印二版。

M .K. Gandhi著、王敏雯譯：*The Story of My Experiments with Truth:
An Autobiography By M. K. Gandhi* 《我對真理的實驗‧甘地
自傳》，臺北市：遠流出版事業公司，2014年。

融貫中外古今
——王白淵新詩的樂園想像

余境熹

摘要

　　王白淵在新詩集《蕀の道》裡開闢想像中的樂園，從日常生活的紛擾中超脫出來。其樂園的特徵包括：是靈魂的故鄉，近似柏拉圖的理式世界；能藉「世界中心」的通道接觸，可以感知；間有中國道家的素樸忘我、桃花源及大槐安國的縹緲感，或臻於佛教的空境；比較固定的形象為基督宗教的天堂，屬於孩子，由上帝掌管，充滿慈愛，大放光明。王白淵繁複多姿的樂園想像，除使得作品別具藝術魅力之外，也在融合中外典故方面起著先驅作用。

關鍵詞　王白淵、《蕀の道》、樂園、典故

一　引言

　　王白淵（1902-1965）為日據時期臺灣重要藝術家，著有臺灣文學史上首部日文詩集《蕀の道》[1]，在文字運用、修辭技術方面都較同代詩人突出[2]。厨川白村（KURIYAGAWA Hakuson, 1880-1923）在名作《苦悶の象徵》一書提出，文學創作源自於作家擺脫外界壓抑強制、打破奴役處境的渴望[3]，而《蕀の道》完成前數年，王白淵正飽受疾病、經濟、婚姻、家庭之困擾，其對民族命運的思考亦時時增加著心靈之負擔，故在詩集之中，王白淵每有「樂園」之思，藉構建書頁間的樂土樂國，稍釋現實裡的憂愁憂思。

二　樂園的追尋

　　王白淵在〈何の心ぞ〉中以鳥自喻，說小鳥雖被困處籠中，仍有思慕蒼穹的遐想，盼望解除束縛；這等心願，於是藉寫詩吐露，如小鳥之本不欲唱歌，仍因尚餘歌唱之力而高鳴不止──因現實的苦悶限制難以突破，乃轉而在新詩的想像裡尋求遼闊的樂境。但是，就如天上的景觀一樣，王白淵的樂園也有著變幻不定的特點，它有時近於哲人的玄思，有時又似乎是可感的神聖空間，千姿百態，令人陶醉於《蕀の道》豐富的想像之中。

1　王白淵：《蕀の道》（盛岡：久保庄書店，1931年）。

2　陳芳明：〈日據時期臺灣新詩遺產的重估〉，《左翼臺灣：殖民地文學運動史論》（臺北市：麥田出版社，1998年），頁159。

3　厨川白村（KURIYAGAWA Hakuson）：《厨川白村全集》（東京：改造社，1929年），第2卷，頁148。

（一）哲人的靈魂之鄉

首先，王白淵的樂園並不單是個死後的處所，更是個於今生以前就早已經歷過的故鄉，這一想像，實頗與希臘哲學家柏拉圖（Plato，約前 427 至約前 347）的見解吻合。

柏拉圖認為靈魂原是住在所謂的「理式世界」裡的，其後靈魂下墜，來到人間，走進軀體，就把過去的事情都忘掉，因而也無人能詳細描述理式世界的一切；但是，靈魂的中心有股以愛（eros）為本質的驅力，能帶靈魂歸返理式世界，而當人看到善或美的事物時，本性也會有所恢復，憶念起故鄉，希望重回當初靈魂美好的處所[4]。

《蕀の道》中，〈生命の家路〉便說靈魂渴慕到達希望的花園，而這希望的花園其實是生命的家鄉，故前往的路同時是回歸的路，進入樂園乃一趟回家的旅程；〈魂の故鄉〉與柏拉圖說法的對應更多，詩人仰見美麗的蒼空浮雲，靈魂的記憶甦醒，常會憧憬回到魂的故鄉──他雖已忘記那兒是何光景，是寸草不生的無人沙漠，還是清泉湧出的美麗園地，但仍決意追尋，看個究竟；〈時の永遠なる沈默〉則把重點放在死後歸家之上，說樂園令人懷念，因為那裡時光不流逝，悲哀和憂慮一掃而空──由於這個魂的世界需要在脫去肉身後方可重到，故〈時の永遠なる沈默〉對死亡並不抱強烈反感，反而稱頌它能洗去塵世之苦，呈現出一種特別的視死如「歸」的想像來，給讀者一定的新鮮感。

4　愛德華・策勒爾（Eduard Zeller）著，翁紹軍譯，賀仁麟校：《古希臘哲學史綱》（*Outlines of the History of Greek Philosophy*，濟南市：山東人民出版社，1996年），頁139-141；高橋亙（TAKAHASHI Wataru）：《西洋神祕主義思想の源流》，增補版（東京：創文社，1983年），頁26、30。

（二）可感的神聖空間

此外，據米爾恰・伊利亞德（Mircea Eliade, 1907-1986）的研究，「世界中心」是指人們想像中連接天國、塵世與鬼魂世界之處，而這三個宇宙層級可藉不同形式的通道接連，如山、樹、梯子、藤蔓等[5]。在《蕀の道》裡，除了期盼死後回歸靈魂故鄉之外，在今生，王白淵就嘗試藉到達「世界中心」而與樂園取得聯繫，視神聖世界為當下可感的空間。

在《蕀の道》裡最常充當「宇宙之軸」的，莫過於山。王白淵的想像經常飛馳於山的上下兩端：山巔與山谷，如〈未完成の畫像〉說自己奔上美的高嶺，又落入沉默的幽谷；用以自喻的鳥，在〈魂の故鄉〉和〈峯の雷鳥〉中，都出沒於山峰；〈私の歌〉寫奔入深淵，說那兒是條歸路，能使人重回赤誠的境地；〈吾が家は遠いやうで近し〉也提及「深淵の家路」，以淵底為回歸之通道；〈梟〉的寫法最為特別，同時貫穿了宇宙的三界──以幽谷深淵為據點的梟同時能在春天的原野上活動，並闊步於宇宙的大氣之中，因此為鳥界的英雄。可以說，王白淵放飛其想像於山之間，認為神聖的樂園可以藉由山這一中軸靠近。

亦可留意的是，除山以外，樹在王白淵的詩裡也偶爾擔當「宇宙之軸」的重責，與想像中的樂園發生勾連，例如〈アソリー・ルソー〉開篇即寫極樂的世界裡有樹木，〈生命の家路〉稱永恆的家鄉裡有自由樹。凡此種種，悉與伊利亞德關於「世界中心」的研論相合，說明王白淵的樂園為一今生可感的神聖空間。

5　Mircea Eliade, trans. Willard R. Trask, *The Sacred and the Profane: the Nature of Religion*（New York: Harpar, 1961），pp. 36-37；中譯見米爾恰・伊利亞德著，王建光譯：《神聖與世俗》（北京市：華夏出版社，2002年），頁12。

三　中印的樂園

　　但進一步言，相比於理式世界，中國的樂園神話具有更龐大的系統；對照於「世界中心」，中國的樂園傳說則具有更高的顯明性[6]——它與印度的佛教思想，同時構成王白淵樂園想像的一個部分。

（一）素樸自然與忘我

　　道家經典《莊子》的〈馬蹄〉一篇描述出了上古的美好世界，而該世界在王白淵的詩裡獲得重現，主要的例子為《蕀の道》的〈高更〉。〈高更〉對巴黎人的傳統與虛偽不以為然，負面地看待文明的爛熟，反而追求完全純樸的原初狀態，在其中人和動植物都在大自然中和平共處。關於人禽、植物的融洽，〈馬蹄〉載云：「萬物群生，連屬其鄉；禽獸成群，草木遂長。是故禽獸可係羈而遊，鳥鵲之巢可攀援而闚。」又謂：「夫至德之世，同與禽獸居，族與萬物並，惡乎知君子小人哉！」可與〈高更〉對應；此外，〈馬蹄〉說的「同乎無知，其德不離；同乎無欲，是謂素樸；素樸而民性得矣」，亦與〈高更〉強調的純樸如出一轍。由於對文明產生負面情感，王白淵在〈高更〉裡喊出「教育多くは無意味だ」（教育多是無意義的）的話來，而另篇〈時の放浪者〉則說要先拒絕教育的訓誨，跟自然深深握手，遠離物欲，才可上升而與位於高處的生命之神緊緊抱擁；《莊子》的〈馬蹄〉亦把素樸的失落歸咎於聖人的禮樂教化：「及至聖人，蹩躠為仁，踶跂為義，而天下始疑矣；澶漫為樂，摘僻為禮，而天下始分

6　下斗米晟（SHIMOTOMAI Akira）：〈中國における理想國思想〉，《富山大學文理學部紀要》1952年第2期，頁18-28；〈中國における樂土思想〉，《大東文化大學紀要》1969年第7期，頁55-76；鐵井慶紀（TETSUI Yoshinori）：〈道家思想と樂園說話〉，《東方宗教》第55期（1980年7月），頁70-84。

矣。」[7]可見《莊子》、《蕀の道》觀點全然相同，證明王白淵亦心怡道家的上古樂園。

由於享受道家素樸的境界，王白淵詩亦不時表現出「莊周夢蝶」的渾然忘我來。《蕀の道》中提及蝴蝶的詩很多，例如〈薔薇〉、〈無終の旅路〉、〈薄暮〉、〈春〉等，而〈胡蝶が私に呬く〉寫蝴蝶對自己細聲訴說，令「我」的影兒消融在自然的胸中，最近於《莊子·齊物論》的玄思：「昔者莊周夢為胡蝶，栩栩然胡蝶也，自喻適志與！不知周也。俄然覺，則蘧蘧然周也。不知周之夢為胡蝶與，胡蝶之夢為周與？周與胡蝶，則必有分矣。此之謂『物化』。」[8]同見「蝴蝶」的蹤影，〈春に與ふ〉寫蝴蝶沒入遠方的地平線，遂只留自然起伏的聲音高漲，也可理解為呼應〈齊物論〉中「喪我」——自我隱沒，然後能知賞「萬吹不同」之「天籟」的說法[9]；〈蝶よ！〉一篇中，詩人以在花間編織美夢的蝴蝶自喻，屬於愉悅於自然，並且蝶、夢並見的詩例。

（二）南柯一夢桃花源

陶潛（約 365-427）代表作〈桃花源記〉[10]、中唐李公佐所著〈南柯太守傳〉[11]，都是公認富含道家元素的敘事文本，在中國廣為流傳。就〈桃花源記〉言，王白淵的多篇作品都有與它相應的因子。例如，〈もぐら〉謂天堂在細小的地洞中，但在那黑暗的一隅裡，卻

---

7 陳鼓應注譯：《莊子今注今譯》修訂本（北京市：商務印書館，2007年），上冊，頁290。

8 陳鼓應注譯：《莊子今注今譯》修訂本，頁109。

9 陳鼓應注譯：《莊子今注今譯》修訂本，頁43-44。

10 逯欽立校注：《陶淵明集》（北京市：中華書局，1979年），頁165-166。

11 林驛、王淑艷編選：《唐傳奇新選》（武漢市：湖北教育出版社，2006年），頁91-100。

有個廣大的世間，接近〈桃花源記〉「山有小口，髣髴若有光」、「從口入。初極狹，纔通人。復行數十步，豁然開朗。土地平曠」的敘述；〈もぐら〉又以地洞為遠離世人、免受討厭和迫害的避難所，躲在其中可不用理睬甚至笑煞外人，也有類於桃花源的功能：「先世避秦時亂，率妻子邑人，來此絕境，不復出焉，遂與外人間隔」。

同樣地，王白淵〈違つた存在の獨立〉寫自己穿越門縫的光芒，到達驚異的村莊，顯然是受桃花源樂園想像的影響；〈桃花源記〉最後提到眾人無法訪出樂園，不但「處處誌之」的武陵人和太守部下迷失了路，連高士劉子驥「欣然規往」，亦「未果，尋病終」，此後「遂無問津者」，而〈違つた存在の獨立〉的結尾亦言詩人逆著水流棹舟，但其尋訪的詩終如泡沫，消逝得無影無蹤，應該也是對陶潛名篇的呼應。小川環樹（OGAWA Tamaki, 1910-1993）曾總結中國樂園故事的八項特點[12]，其中之二云：往仙鄉的途中經過洞穴；還鄉之後無法再次回歸，而這兩個特點都是同見於〈桃花源記〉和〈違つた存在の獨立〉之中的。

李公佐〈南柯太守傳〉寫淳于棼睡夢中入於槐樹，於「大槐安國」度過了二十載光陰，歷經幾番人生起伏，但夢覺之後，方知只過了甚短時間，而大槐安國也不過一個蟻穴，淳于棼最後醒悟人生有涯，皈依道教，開展了另一段不同走向的人生。《蕀の道》中，〈無終の旅路〉與〈南柯太守傳〉對應頗多：〈無終の旅路〉說靈魂出竅，飛向中空的樹梢，與蟬相會，近於淳于棼之進入槐樹和蟻洞；〈無終の旅路〉寫為了追逐飛出的蝴蝶而靈魂出走，按如上所述，「蝶」與「夢」在王白淵詩中有一定聯繫，此部分實指做夢，等同於淳于棼的南柯一夢；〈無終の旅路〉最後一節謂時間流逝，但無限的往事能留在

---

12 小川環樹（OGAWA Tamaki）：〈中國の樂園表象〉，《文学における彼岸表象の研究》（東京：中央公論社，1959年），頁201-340。

記憶之中，刺激靈魂再度出發，踏上新一段無盡旅程，即是淳于棼觀蟻穴而憶起大槐安國的所有經歷，隨而轉化生命的對照。如此推論，則王白淵超脫現世的樂園想像裡，就有著更多的道家經驗在內了。

（三）印度聖者的空境

比起道家，王白淵詩裡有關佛教的用例較少，但仍具一定的重要性。〈印度人に與ふ〉斥責替英國帝國主義者守門的印度警衛，稱他們是悲哀的「釋尊末裔」，雖提及佛祖釋迦牟尼（約前 566 至約前 486）名號，卻與樂園想像缺少關係。相對來說，〈蓮花〉一篇較能見出王白淵對佛家之敬仰，詩中他把「蓮花の海」上的花葉比喻為供人開赴彼岸「永遠の鄉」的青色獨木舟，每朵花都無排他利己的感覺，相當高潔，而借坐於花中的均是冥想著的「印度の聖者達」（「印度的聖者們」），通篇籠罩在祥和的佛教氛圍中。

但是，〈表現なき家路〉一作所顯示的佛理無疑更具深度。〈表現なき家路〉寫一次燈下打坐冥想、進入靈魂故鄉的經歷，思維入於往昔千年，又彷彿前邁永劫未來，二元對立的喜悲、生死全然消失，連「醒」與「眠」都沒了界線，到睜眼以後，外間環境不變，轉化的只是自心——大體上，這首詩表現的是入於「空」境的想像。借阿部正雄（ABE Masao, 1915-2006）的話來說，在「空」的境界中，二元性的兩個終點在雙重否定中相等地克服，但「這種對二元性終點的雙重否定並不能承擔最高的善，因為它既非善也非惡。這就是為什麼佛教的終極實在並不是絕對善的上帝，而是非善非惡的空的理由」[13]——在這裡，王白淵進入了一個並無上帝，也並無觀念對立的樂園。

然而不得不補充的是，王白淵在《蕀の道》裡似乎只把道、佛兩

---

13 阿部正雄（ABE Masao）著，張志強譯，林鎮國導讀：《佛教》（臺北市：麥田出版社，2003年），頁119-120。

家認定為哲學，而不以它們為確可引領自己前赴樂園的宗教。舉例來說，〈零〉一篇說老子（李耳，前 600 左右至前 470 左右）、釋尊都仍需放踵入山尋求「零」的奧秘，否定他們為全知者及萬事的源頭；〈揚子江に立ちて〉一篇中，王白淵不但將道家提倡的靜寂無為歸入「哲人」思想的層面，取消了「道」的宗教性，說老子和儒家的教誨一同成為「過去」，更追問「桃源の夢華胥の國今や何處？」（桃源之夢華胥之國今在何處？）按華胥國見於《列子》的〈黃帝〉篇：

> 晝寢而夢，遊於華胥氏之國。華胥氏之國在弇州之西，台州之北，不知斯齊國幾千萬里；蓋非舟車足力之所及，神遊而已。其國無帥長，自然而已。其民無嗜欲，自然而已。不知樂生，不知惡死，故無夭殤；不知親己，不知疏物，故無愛憎；不知背逆，不知向順，故無利害；都無所愛惜，都無所畏忌。[14]

王白淵的詰問，等同於否定了桃花源、華胥國一類道家樂園的存在。所以，佛、道哲學只是在《蕀の道》裡羽翼了作家的想像，豐富了某些作品的內涵，卻並非詩人固定相信的樂園世界。

四　天父的國度

相對於道家、佛教，《蕀の道》更穩定、數量更多地參照了基督宗教的言說，其樂園想像與《聖經》（*Holy Bible*）的天堂國度有頗多相合之處，而反過來《聖經》也規範了《蕀の道》的一些書寫。以下部分以《聖經》為主要參照，並引述與《聖經》有關的文學作品，試對王白淵新詩續作分析。

---

14 王強模譯注：《列子全譯》（貴陽市：貴州人民出版社，1993年），頁29。

（一）專屬小孩的天國

王白淵的想像中，樂園是孩童聚居的地方，這一觀念相信是來自《聖經》的影響。按〈馬太福音〉（"The Gospel of Matthew"）十八章嘗載門徒詢問耶穌（Jesus Christ）天國之中誰當為大，耶穌答以眾人若不回轉，天國裡最大的即是小孩子；同卷福音書第十九章更言，當門徒責備、阻撓小孩子向耶穌要求按手禱告時，耶穌吩咐門徒不能如此，因為在天國裡的，就是像小孩子的人。

在王白淵的新詩裡，把孩童與樂園聯繫到一起的用例頗多。舉例來說，幾番呼告「孩子啊！」的〈子供よ！〉一篇，就將嬰孩稱為天堂的金童，也切切盼望他們能在長大的過程中持守童心，避免從樂園中墜落；以著有《愛彌兒》（*Émile*）的尚—雅克・盧梭（Jean-Jacques Rousseau, 1712-1778）為題的〈アソリー・ルソー〉也曾寫及極樂的世界，指那兒是屬於嬰孩的、拒絕大人的國度，並謂若果偉大的孩童能像花般盛開於現世，樂園便能在地上建立。這些突出小孩子的形容，實足與《聖經》的天國描述緊密結合。

由於視天國樂園是特別供給孩童居住的處所，王白淵不時會有回歸嬰兒時期的想像，如〈私の歌〉在表示出對永恆的憧憬之際，亦說渴望重生為嬰兒，喚醒幼時的瞬間記憶，並與其他嬰孩一同在胸中的原野遊戲，連該篇提及回歸樂園的通道——深淵——也以小孩子的赤誠為特質。從心理學說，這種回溯可能源於不捨「天真者」的內在英雄階段[15]，但若以樂園想像發揮，則王白淵〈私の詩は面白くありません〉一作或許亦能有新的詮釋空間——該篇提及從砂漠到砂漠的流

---

15 卡蘿・皮爾森（Carol Pearson）著，朱侃如、徐慎恕、龔卓軍譯：《內在英雄：六種生活的原型》（*The Hero Within: Six Archetypes We Live By*）（臺北市：立緒文化事業公司，2000年）。

浪迴轉，頗予人沉重艱辛之感，但同詩又說可以回到凡事皆感驚異的嬰兒狀態，與天國產生連結，故跋涉荒漠之語當是出典於《聖經》所載以色列人離開埃及四十年方抵應許地一事，暗藏對樂園的積極盼望。

（二）上帝存在的證明

以基督宗教分析王白淵的樂園想像，似也有助於理解王氏詩中豐富的自然事物描寫。使徒保羅（Paul the Apostle，約 5 至約 67）於〈羅馬書〉（"Epistle to the Romans"）一章二十節曾言：「自從造天地以來，神的永能和神性是明明可知的，雖然眼不能見，但藉著所造之物就可以了解看見，叫人無可推諉。」認為由神創造的自然界，其實能反過來成為神存在及其超能的見證人。

王白淵的詩例與保羅之論，毫不誇張地說，能夠找到百分之百的對應。在《蕀の道》中，〈性の海〉表明大海為神的創造，稱它允許昆蟲撥起靜靜的漣漪，又賦給眾生力量與安寧，堪稱神不可思議、永遠神秘的妙品；〈南國の春〉則說通過自然之物，人們能夠了解神的心，如可從小鳥的歌聲聽聞永恆的真理，亦可從草花之中尋索無限之自我。這兩用例，便分別對應《聖經》中自然由神所造以及通過受造物可以認識神的說法。至於在〈春の野〉一作裡，詩人經行春的田野，仰觀蒼空之無窮，俯視大地之深厚，佇望飛蝶、白雲，細賞小溪、垂柳，在微風中，有感於萬物之美好，不禁對萬物背後的創造之主發出讚歎：「神啊！」並求神讓他知曉花的笑、小鳥的啼囀的秘密，配合詩中小孩遊戲於樹下的一景，則既合於《聖經》以物顯神的理解，亦呼應天國屬於小孩子的想像。

重要的是，既然確立了神的存在，王白淵的樂園想像便有了一位具體的、人格化並且滿有威能的主宰，而這無疑大異於前述遭王白淵否定的華胥國、桃花源等的設定，亦迥別於佛教之空境。

（三）草花飛鳥的恩惠

王白淵新詩時常出現「花」、「鳥」，其實亦往往與見證神能有關。〈馬太福音〉六章曾載耶穌基督教人無需為生活憂慮的話：「你們看一看那天上的飛鳥，也不種也不收，也不在倉裡存糧，你們的天父尚且養活牠們……你們想一想野地裡的百合花是怎麼長起來的：它也不勞動也不紡線。然而我告訴你們，就是所羅門極榮華的時候，他所穿戴的還不如這些花的一朵呢！」王白淵〈キリストを慕ふて〉便曾直接引用這一段話的後半：

　　ソロモソの榮華の極の時だにも其裝この花の一に及ばざり
　　き──

其他與之相應的詩例，「花」、「鳥」兼用的有〈無題〉，篇中寫啼囀於葉蔭間的小鳥、綻放於路旁的無名之花，謂兩者共同帶領人走上禮讚自然之路，見證神的藝術，完全對應〈馬太福音〉的記載；特寫「花」的，則有〈花と詩人〉及〈薔薇〉，前者稱讚花為神的奇妙造化，後者則把玫瑰喻為神的「使徒」，為創造主的獨生女，說它由神孕育，沐浴天上的愛、地上的恩，也近於〈馬太福音〉中花得到上帝特別照料的形容，而王白淵說薔薇於風中散落後仍將復歸於神，則更是實在地表明花乃神手所造。

值得留意的是，王白淵〈キリストを慕ふて〉引述〈馬太福音〉耶穌的話，乃是安排由野外的千草道出，他的詩也多有「草」、「花」獲神照護的組合，例如〈野邊の千草〉寫草與薔薇，說它們滿飲幸福的靈酒，其隱喻即為飽享神恩，故擁有無上的青春光耀以及萌芽中的生命的充實；〈私の歌〉同樣需據〈馬太福音〉的規範理解，該篇寫

田野間的花草雖則不為人知，但卻滿開著一張張自負的臉龐，背後原因，大概便是不勞動、不紡線，而仍獲得創造主的垂顧、裝飾吧。

前述在王白淵的樂園想像裡，基督宗教的上帝是位不容忽視的主宰者，加上王氏寫花、草、飛鳥的篇章時時與〈馬太福音〉相對應，則這位上帝應是慈悲且澤被蒼生的，其統管的國度有著不必為生活所需憂心的特點。按據〈胡蝶〉所示，蝶兒作為創造主於地上的天使，懷藏神的意旨，翼戴神的真理，其主要任務便是伸出愛的觸鬚，飛旋在被虐待者的四周，安慰施助，這也正合於上帝的憐憫形象。

（四）滅世神話的演繹

不過，若檢視《聖經》的滅世記錄，上帝的憐憫形象在讀者眼中是容易受到質疑的。王白淵的〈雨後〉一篇，則似乎有要重新演繹〈創世記〉（"Genesis"）洪水神話的意圖，對維護樂園的慈祥氛圍相當重要。

〈創世記〉七章十一及十二節謂「天上的窗戶也敞開了，四十晝夜降大雨在地上」，到〈雨後〉則變成具有誇張意味的「九天の黑沼より垂れる無數の銀の糸」（九天之黑沼垂下無數的銀絲），極言雨勢之滂沱。暴雨以後，王白淵不忘在詩中欣喜地加插「見よ──蒼空に懸る五色の橋」（看吧──蒼空懸掛五色橋），和中國「虹」與災禍妖邪相關不同[16]，這裡「看虹」的出典為〈創世記〉九章十三至十六節神說：「我把虹放在雲彩中，這就可作我與地立約的記號了。我使雲彩蓋地的時候，必有虹現在雲彩中，我便記念我與你們和各樣有血肉

---

16 王孝廉：〈靈蛇與長橋──關於虹的俗信與傳說〉，《花與花神》第二版（臺北市：洪範書店，2003年），頁55-56。並參考何寧：《淮南子集釋》（北京市：中華書局，1998年），頁9；程俊英譯注：《詩經譯注》（上海市：上海古籍出版社，1985年），頁90-91。

的活物所立的約，水就再不氾濫、毀壞一切有血肉的物了。虹必現在雲彩中，我看見，就要記念我與地上各樣有血肉的活物所立的永約。」神所掛懷的已不是人的罪愆，祂安慰生者、作出保證，期待人與自然的再次繁衍，故〈創世記〉八章十七節說「在你那裡凡有血肉的活物，就是飛鳥、牲畜，和一切爬在地上的昆蟲，都要帶出來，叫牠在地上多多滋生，大大興旺」；二十二節說「地還存在的時候，稼穡、寒暑、冬夏、晝夜就永不停息了」；九章一節吩咐人「要生養眾多，遍滿了地」；七節重複讓人「生養眾多，在地上昌盛繁茂」，而在王白淵〈雨後〉裡，這數項概括為一行「自然は再生の歡喜に足拍子する」（自然為再生的歡喜隨拍舞蹈），其新演避開了滅世的破壞成分，卻突顯了洪水過後神恩的持續，以此使樂園主宰的慈愛形象較顯一貫。

（五）所造皆好的觀點

略作補充，王白淵既認定基督宗教的上帝正在主掌大局，其筆下自然界事物盡都美好、與醜陋絕緣的情況亦可得到解釋。按〈創世記〉開篇曾多次記錄神視所造萬物皆好的觀點，如：

> 神說：「天下的水要聚在一處，使旱地露出來。」事就這樣成了。神稱旱地為「地」，稱水的聚處為「海」。神看著是好的。（一章九至十節）

> 於是地發出了青草和結種子的菜蔬，各從其類；並結果子的樹木，各從其類；果子都包著核。神看著是好的。（一章十二節）

> 於是神造了兩個大光，大的管晝，小的管夜，又造眾星，就把

這些光擺列在天空，普照在地上，管理晝夜，分別明暗。神看著是好的。（一章十六至十八節）

神就造出大魚和在水中所滋生各樣有生命的動物，各從其類；又造出各樣飛鳥，各從其類。神看著是好的。（一章二十一節）

於是神造出野獸，各從其類；牲畜，各從其類；地上一切昆蟲，各從其類。神看著是好的。（一章二十五節）

事物的美好本就有上帝的背書，故即使在〈失題〉這樣自然界一度流露悲情的詩作中，王白淵仍強調生命之花最終開滿曠野，結尾無限光明，深深切合〈創世記〉一章的主旋律。

（六）大放光明的樂園

〈創世記〉除說神看大地、海洋、光體和各種生物為好的以外，其一章三至四節亦言：「神說：『要有光』，就有了光。神看光是好的，於是神就把光和暗分開。」強調創造主對光的偏愛。作為參考，但丁・阿利吉耶里（Dante Alighieri, 1265-1321）《神曲》（*Divine Comedy*）中的天堂也以「光」為主要意象之一[17]。

細閱王白淵《蕀の道》，主宰者的特點之一即為發出光芒。舉例來說，〈太陽〉一篇其實並非真寫炎日，而是以基督宗教的神為描寫對象——該詩寫祂君臨於時間和空間之上，超越時光與維度，如〈出埃及記〉（"Exodus"）第三章十四節、〈詩篇〉（"Psalms"）第一三九篇七至十節、〈以賽亞書〉（"Book of Isaiah"）第五十七章十五節之所

---

17 Maud Bodkin, *Archetypal Patterns in Poetry: Psychological Studies of Imagination*, 2nd ed. (London: Oxford University Press, 1948), p. 137.

示；祂走著不變的軌道，此由〈雅各書〉（"Epistle of James"）一章十七節脫胎而出：「各樣美善的恩澤和各樣完美的賞賜都是從上頭來的，從眾光之父那裡降下來的；在祂並沒有改變，也沒有轉動的影兒。」祂亦不知倦怠，源自〈詩篇〉一二一篇所頌揚的：「保護你的必不打盹！保護以色列的必不打盹，也不睡覺。」最重要的，〈太陽〉寫祂是永遠的光明，如是者便能照亮樂園。另外，〈風〉稱真赤火紅的太陽為父之家，連結了天父與光燄；〈春の朝〉視普照之光、高懸之陽為神的祝福，也可證王白淵以神為光之本源。正因如此，〈もぐら〉的地鼠雖置身黑暗的洞穴之中，但牠堅信上主的國度、希望的花園，當牠抬頭仰觀，便得見無限的光明。凡此種種，都印證王白淵想像的樂園乃與《神曲》的天堂相似，均以光為一項主要的特徵。

　　據之引申，王白淵的詩確也不易見純粹寫「暗」之作。〈夜〉一首中，夜一來也有秋蟲、草木、流水可賞，並有星月維持一定的光度，應合於神視所造之物皆好的規範；二來，該作以「夜」為題，逾一半的篇幅卻用來寫等待黎明、迎接曙光、雄雞振聲、東天發白，以及放出光輝的今世之星，著意於消解黑暗；三來，詩裡形容破曉為世界與人生自黑夜中奪回氣息，復活過來，亦顯示出一種不喜歡停留於黑夜的傾向。此外，《蕀の道》的〈四季〉先寫春天的光芒、夏日的白晝、秋季的黃昏，繼寫冬天的晚上，但深夜裡突出的是照耀地面的月亮和農村中的燈火，剎住光亮逐漸減弱以至於無的腳步，抗拒著全然的枯暗；〈薄暮〉則在日已低垂時，聲明西天尚留一絲光明，其情況與〈四季〉相同；〈梟〉雖譽梟為「鳥界の英雄」，卻強調並不讚美其晝伏夜出的生活。不應略過的是，〈薄暮〉寫詩人獨自在微暗的林蔭漫步，以致迷路，便生起隨光回家的念頭，其實跟《聖經》中〈彌迦書〉（"Book of Micah"）七章的「我雖跌倒，卻要起來；我雖坐在黑暗裡，耶和華卻作我的光」配合，而所謂「回家」，實際上便是重返樂園的渴望。

（七）其他對應的詩例

　　《蕀の道》的詩還包含不少上述以外的基督宗教元素。以「山」來說，《聖經》中的山往往因神的臨在而莊嚴超然，如〈出埃及記〉神在何烈山顯現，摩西（Moses）便得立即脫掉腳上的鞋，以免玷污聖地；以色列人出埃及後，神又在火中降臨西奈山山頂，至於整座山冒煙，猛烈震動，人們都不得擅自入山；到〈申命記〉（"Deuteronomy"）三十三章，神又從巴蘭山射出耀眼的光輝；〈彌迦書〉四章則說神必在錫安山作王統治祂的人民，直到永遠；作為延續，耶穌在世時也曾發表重要的「登山寶訓」，並歷經「登山變像」而得榮耀，經文也不乏基督登山禱告的記載，如見於〈路加福音〉（"The Gospel of Luke"）六章十二節及九章二十八節，這或許可為前述王白淵詩以山為「宇宙中軸」接觸樂園的補充。談及在山上祈禱的，王氏詩裡則有〈空虛の絕頂に立つて〉，說自己在山巔向神求索心靈的食糧，彷彿公禱文裡「我們日用的飲食，今日賜給我們」（〈馬太福音〉六章十一節），其中除肉身所需外，亦包括餵養靈魂的真理；又，〈キリストを慕ふて〉一篇提及「山上の垂訓」（登山寶訓），直接運用《聖經》的典故——這些例子，都令聯結王白淵詩及基督宗教樂園的嘗試更具說服力[18]。

　　較次要但仍值得一提的是，王白淵詩除了在「光」方面與《神曲》相類外，《蕀の道》一集似乎亦暗藏但丁情人貝緹麗彩・坡提納里（Beatrice Portinari, 1266-1290）的身影。但丁九歲時在鄰居家的聚會中初次邂逅貝緹麗彩，為之一見傾心，直至長大後貝緹麗彩嫁給銀

---

18 事實上，《蕀の道》涉及的《聖經》典故還包括信徒興起發光、如鷹展翅（〈向日葵〉）、基督平息風浪（〈真理の里〉）、肉身服於靈魂（〈二つの流れ〉）等。有關用例，將於「誤讀」王白淵時詳細發揮，此處暫不表。

行家，但丁仍對她耿耿於懷、念念不忘，德米特里・梅列日科夫斯基（Dmitry Merezhkovsky, 1866-1941）即形容陷進這段情使得但丁初次步入「地獄」；更不幸的是，貝緹麗彩於二十五歲時與世長辭，但丁備感失落，第二次跌入「地獄」，爾後只能於作品中緬懷單相思的戀人[19]。在《神曲》中，古羅馬詩人維吉爾（Vergil）引領但丁神遊，先後通過地獄、煉獄，但由於維吉爾為異教徒，無法進入天堂，已超升至此的貝緹麗彩於是自為前導，領但丁遊覽世人未及知見的神國。在王白淵的〈乙女よ！〉中，少女與文學有著隱微的關係，她的笑是生的吟誦，愛情便是她的創作，可理解為貝緹麗彩與但丁之結緣；〈乙女よ！〉的少女正在邁向生，通往希望之花圃，這一歸入樂園的描寫自然亦與貝緹麗彩之天堂引路若合符契。如是者，王白淵想像的樂園就不僅有神，有孩子，更有戀人，當中充滿光明及慈愛。

五　結語

　　以樂園想像切入王白淵的新詩創作，有助於重新認識《蕀の道》異彩紛呈的書寫，並可發現王白淵此前罕為人言的影響源頭，如靈魂故鄉、世界中心、道家、佛教等，而視王白淵直接取資於《聖經》的推論，有異於此前柳書琴（1969-）[20]、板谷榮城（ITAYA Eiki, 1928-）[21]諸名家的卓見，或許亦透露些微的訊息：作家生平與文本呈

19　德米特里・梅列日科夫斯基（Dmitry Merezhkovsky）著，刁紹華譯：《但丁傳》（*The Life of Dante*，瀋陽市：遼寧教育出版社，2000年），頁65-88。

20　柳書琴指王白淵主要受羅賓德拉納特・泰戈爾（Rabindranath Tagore, 1861-1941）、聖雄甘地（Mahatma Gandhi, 1869-1948）啟示，而基督宗教雖有促使王氏反省人類文明之功，卻並未起一主要作用。有關高見，貫穿於柳書琴：《荊棘之道：旅日青年的文學活動與文化抗爭》（臺北市：聯經出版事業公司，2009年），頁49-226。

21　板谷榮城（ITAYA Eiki）謂《蕀の道》雖大量出現與基督宗教有關的字句，書皮內

示，有時確可能存著一定的差距。

更進一步說，何其芳（何永芳，1912-1977）的早期作品巧妙地融合中西文學傳統，筆下涉及《聖經》、《神曲》、《荒原》（*The Waste Land*）及眾多中國樂園神話的典故，藝術成就甚高[22]，但以時代先後序言，其發表實略遲於王白淵。如是者，《蕀の道》不僅是首部由臺灣作家所著的日文詩集，在揉合中外方面，更有著先驅意義，宜於史上大書特書。至於何其芳對《蕀の道》是否有過接觸的可能，目前似乎無法深論，但在靈魂的國度裡，熟諳掌故的何其芳應是王白淵的知音吧。

側甚至附有十字教的圖像，但詩作內容大體與信仰無關，亦沒證據顯示王白淵曾參加日本基督宗教的聚會。見毛燦英、板谷榮城著，黃毓婷譯：〈盛岡時代的王白淵（下）〉，《文學臺灣》第35期（2000年7月），頁253。

22 黎活仁：〈樂園的追尋──何其芳早期作品的一個重要的主題〉，《現代中國文學的時間觀與空間觀》（臺北市：業強出版社，1993年），頁119-155。

參考文獻

一　王白淵著作

王白淵：《蕀の道》，盛岡：久保庄書店，1931年。

二　日文論著

小川環樹（OGAWA Tamaki）：〈中國の樂園表象〉，收入上田義文
　　　　（UEDA Yoshifumi）等編：《文学における彼岸表象の研
　　　　究》，東京都：中央公論社，1959年。

下斗米晟（SHIMOTOMAI Akira）：〈中國における理想國思想〉，《富
　　　　山大學文理學部紀要》1952年第2期，頁18-28。

下斗米晟（SHIMOTOMAI Akira）：〈中國における樂土思想〉，《大東
　　　　文化大學紀要》1969年第7期，頁55-76。

阿部正雄（ABE Masao），張志強譯，林鎮國導讀：《佛教》，臺北
　　　　市：麥田出版社，2003年。

高橋亙（TAKAHASHI Wataru）：《西洋神祕主義思想の源流》增補
　　　　版，東京：創文社，1983年。

厨川白村（KURIYAGAWA Hakuson）：《厨川白村全集》，第二卷，東
　　　　京：改造社，1929年。

鐵井慶紀（TETSUI Yoshinori）：〈道家思想と樂園說話〉，《東方宗
　　　　教》第55期，1980年7月，頁70-84。

三　中文論著

王孝廉：《花與花神》（第二版），臺北市：洪範書店，2003年。

王強模譯注：《列子全譯》，貴陽市：貴州人民出版社，1993年。

何　寧：《淮南子集釋》，北京市：中華書局，1998年。

林　驤、王淑艷編選：《唐傳奇新選》，武漢市：湖北教育出版社，
　　　2006年。

柳書琴：《荊棘之道：旅日青年的文學活動與文化抗爭》，臺北市：聯
　　　經出版事業公司，2009年。

陳芳明：《左翼臺灣：殖民地文學運動史論》，臺北市：麥田出版社，
　　　1998年。

陳鼓應注譯：《莊子今注今譯》，修訂本，上冊，北京市：商務印書
　　　館，2007年。

程俊英譯注：《詩經譯注》，上海市：上海古籍出版社，1985年。

逯欽立校注：《陶淵明集》，北京市：中華書局，1979年。

黎活仁：〈樂園的追尋——何其芳早期作品的一個重要的主題〉，《現
　　　代中國文學的時間觀與空間觀》，臺北市：業強出版社，
　　　1993年。

四　翻譯著作

皮爾森，卡蘿（Pearson, Carol）著，朱侃如、徐慎恕、龔卓軍譯：《內
　　　在英雄：六種生活的原型》（*The Hero Within: Six Archetypes
　　　We Live By*），臺北市：立緒文化事業公司，2000年。

伊利亞德，米爾恰（Eliade, Mircea）著，王建光譯：《神聖與世俗》
　　　（*The Sacred and the Profane: the Nature of Religion*），北京
　　　市：華夏出版社，2002年。

梅列日科夫斯基，德米特里（Merezhkovsky, Dmitry）著，刁紹華譯：
　　　《但丁傳》（*The Life of Dante*），瀋陽市：遼寧教育出版社，
　　　2000年。

策勒爾，愛德華（Zeller, Eduard）著，翁紹軍譯，賀仁麟校：《古希

臘哲學史綱》（*Outlines of the History of Greek Philosophy*），
濟南市：山東人民出版社，1996年。

五　外文論著

Bodkin, Maud. *Archetypal Patterns in Poetry: Psychological Studies of Imagination*. 2nd ed. London: Oxford University Press, 1948.

Eliade, Mircea. Trans. Willard R. Trask. *The Sacred and the Profane: the Nature of Religion*. New York: Harpar, 1961.

王白淵的《荊棘之路》
談基督教信仰

李盈賢

摘要

　　荊棘之路提醒世人勿忘台灣歷史，作者王白淵藉著詩學文才透析著聖經文學與信仰素養，照耀出當時的艱困卻仍從大自然中體悟最寬闊的人生哲學。所羅門王雖榮耀極盡，仍無法比擬上帝創造的一切，忽略了命定的人生，即使富貴權重仍須煙雲消散。觀望《荊棘》一著，所鋪陳文辭中，亦可發覺平靜安穩，是作者在生命中最重要的靈性體悟。因此，生命內在的蛻變，才能真正面對不安穩的世代，如同〈約伯記〉所言：「曾經風聞有祢，如今親眼見祢」的心靈澈悟，或許正是作者在混沌時局中亦能仰慕基督之故。

關鍵詞　命定、《聖經》、〈福音書〉、所羅門王、靈修、以賽亞、呼召、聖靈、約伯、去奴化

一 前言

這是筆者第一次認識王白淵先生的作品。「仰慕基督」是最直接的印象，在二水從未聽過這位基督徒的事跡，翻開神學教育的目錄更從未聽聞過有荊棘之路的信仰靈修文品。

王白淵生於彰化縣二水鄉惠民村，正值台灣人民武裝抗日勢力逐漸減弱時期，對於這樣年代出生的任何台灣人來說「日治」已是歷史的事實，聽著林爽文故事的童年王白淵這樣回憶：「在殖民地長大的人，都一樣地帶著民族憂鬱病，這樣的病在日治之下是無要可醫。」[1]

從王白淵先生的六十六首詩中確實可以看見：藝術理念、心思剖懷、田園抒情、政治意識等約略四大範疇。[2]若是從基督信仰靈修角度來看，作者的詩詞中不難看到聖經詩篇的演繹、對於上帝的創造、探索獨一真理的心境以及將基督信仰處境化至當時的國家民族情勢。

作者所追求的除了去奴化的表達與事實之外，更深的期待是將上帝國的公義與愛落實在自己深處的環境之中，從「告外省人諸公」一文更可以看見台灣可以脫離日治轉而進入中華民國的一部分，作者所期待的霸權遠離、殖民時代過去的喜悅，但卻又陷入文化、文字、語言的衝擊讓作者更深思考，去奴化的時間是否一再延至，上帝國度何時可以降臨在地上的深情更是加深。[3]

作者經常藉由時勢的感受透過大自然之物來表達自我的感受，從詩詞中經常使用蝴蝶、小鳥、風、太陽、鷹、蟲、鼠等來表達出對自

---

1 羅秀芝：《台灣美術評論全集——王白淵》（臺北市：藝術家出版社，1999年5月），頁22。

2 王白淵著，陳才崑譯：《王白淵·荊棘的道路》，上冊（彰化縣：彰化縣立文化中心，1995年6月）。

3 王白淵著，陳才崑譯：《王白淵·荊棘的道路》，下冊，頁266-269。

由、靈性的自在、上天賦予天命、命定的使然，也藉著大自然、四季、風雨的加諸來表現出自我生命立於時不我與的時代與順服，也對於生命如落葉的心境做了將如何歸去的領受，這些皆出自於一位基督徒對於聖經的認識、聖靈的交往及對於基督如何為眾人獻上自己的獻身，作者都將這些融入詩詞之中。

二　基督信仰與處境化

從〈仰慕基督〉所提：雖然所羅門王的榮華極盡，但其服飾不及一枝花；更訴說萬物皆逝，唯時間靜默無語啊。[4]可看見作者是透過〈路加福音書〉十二章由基督耶穌所交付門徒說的，警戒門徒防備「假冒為善」的人之中提出美善的真實意義，藉著永存與短逝的對比、虛華與真實可以透過最微小、最容易忽略的受造物來提醒自我與世人，藉著注意最微小的百合花、麻雀（啼鳥）即時不種不收，無人餵養的微小對比盛舊約時期所羅門王時期最繁華時代的偉大，呼籲世人要安靜看見生命長存與世事易逝之別。[5]

這就是為何作者對於真實的執著，並投入生命在藝術之中，藉著靈修的層次將藝術更深層體悟至背後的愛與創造的源頭。但作者所處世代是吵雜的世代，根本不能看見真實的本質，因此在仰慕基督的最後說：「安靜——汝等喧囂的池中之蛙」[6]幾乎回應了一樣在紛亂時代的先知以賽亞時期（18：4-7）「耶和華對我這樣說，我要安靜，在我的居所觀看；如同日光中的清熱，又如露水的雲霧在收割的熱天。收割之先，花開已謝，花也成了將熟的葡萄；他必用鐮刀削去嫩枝，又

4　王白淵著，陳才崑譯：《王白淵·荊棘的道路》，上冊，頁114-115。

5　鮑維均：《天道聖經註釋》（香港：天道書樓，2009年2月），頁25-26。

6　王白淵著，陳才崑譯：《王白淵·荊棘的道路》，上冊，頁115。

砍掉蔓延的枝條，都要撇給山間的鷙鳥和地上的野獸。夏天，鷙鳥要宿在其上；冬天，野獸都臥在其中。到那時，這高大光滑的民，就是從開國以來極其可畏，分地界踐踏人的：他們的地有江河分開；他們必將禮物奉給萬軍之耶和華，就是奉到錫安山耶和華安置他名的地方。」[7]

藉此表達出，作者的靈修並非停止於個人的修養，而是看重上帝對於他的呼召與使命，讓作者相當熱切的回應當時候的各樣處境，而作者又不願意失去真實的生命，也不願意妥協於世俗之姿，藉著「仰慕基督」來尋求上帝的國度可以如何落實在自我深處的國境之中。又透過「地鼠」更可以看見作者使用地鼠世界的無虛偽、無倦怠的福氣[8]，及至以神的國度來堅信出上帝的國、真理存在於暗黑路上之中，作為人被指引或是處境轉化的契機。這樣的情境藉著「地鼠」幾乎準確的預言到作者自己一生的坎坷，更應驗台灣主體意識的命運，透過荊棘之道不僅訴說了詩人的險象環生[9]，更清楚隱喻出〈以賽亞書〉十八章的神掌權與眷顧悲苦者的大能，透過詩人的處境透過基督信仰的語言，幾乎記錄了作者王白淵將當時的處境與聖經的處境有了一定程度上靈性上的契合。

三　脫古換新求轉化

在作者數篇的著作中，幾乎都是個人信仰靈修紀錄。以獨一神論的眼光來說：「零」中的老子、釋尊藉以傳達出自我對於唯一真理的

7　Neil M. Alexander, *THE NEW INTERPRETER'S VOLUME BIBLE VI* (Abingdon Press , 2001), pp.172-173.

8　王白淵著，陳才崑譯：《王白淵‧荊棘的道路》，上冊，頁4-5。

9　王白淵著，陳才崑譯：《王白淵‧荊棘的道路》，下冊，頁414-415。

渴求及挑剔，似乎再提出給予作者最真實造物者的原理而非藉由人所
詮釋的道理一樣，這樣的心境甚至拓延到世上的神、魔、釋尊、魔法
等，都將造物者的原理加上了太多宗教圖騰以及不必要的追尋路徑，
雖然有神論、無神論、真理的亦真亦假這些混雜在世代之中，作者也
深切表達出自我無法停滯對於真實原理的認識。[10]

　　因此，不甘於文以載道的作者正在「佇立空虛的絕頂」中吶喊
說：給我心靈的糧食後深切表達出無人回應的想像。[11]這些畫面正表
現出真道不再於人的規劃，而是造物主的自主揭露，也表達出作者碰
觸真理卻不能進入真理的飢餓。進而將這樣的情境比擬跟風一樣輕的
「蝴蝶」試圖藉著《聖經》所提「聖靈如風」一般配上真理的雙翼與
真理共舞。[12]

　　這些都是作者試圖在不安穩的世代中、沒有平安的局勢中洞見出
世局的安穩已經不再於誰的掌握，而是人對真理的降服與認識。因
此，在「盧梭」：拒絕大人的嬰兒國度，若夢而真……緊接著又呈現
出：天堂移到地面，此處的主宰不是偶像。[13]幾乎說出了〈馬太福音
書〉六章基督所啟示的：「我們在天上的父，願人都尊你的名為聖。
願你的國降臨；願你的旨意行在地上，如同行在天上。我們日用的飲
食，今日賜給我們。免我們的債，如同我們免了人的債。不叫我們遇
見試探；救我們脫離兇惡（或譯：脫離惡者）。因為國度、權柄、榮
耀，全是你的，直到永遠」。[14]

10　王白淵著，陳才崑譯：《王白淵・荊棘的道路》，上冊，頁10。

11　王白淵著，陳才崑譯：《王白淵・荊棘的道路》，上冊，頁24。

12　Robert K. Feaster, *THE NEW INTERPRETER'S VOLUME BIBLE IX* (Abingdon Press, 1995), p.547.

13　王白淵著，陳才崑譯：《王白淵・荊棘的道路》，上冊，頁52-53。

14　Robert K. Feaster, *THE NEW INTERPRETER'S VOLUME BIBLE VIII* (Abingdon Press, 1995), p.199.

這些幾乎祈求蛻舊取新、脫古換新更甚者求轉化的意圖揭示了作者對於自我土地的熱愛與成熟，也同時表現出個人的孤寂除了真理的主宰之外似乎沒有人可以理解。作者在靈修作品中也常常表達出對於局勢的不安，引發自鳴對於命運察覺仍無法遠離造物主的定律，因此在「落葉」中所提到的風向、凋零、樹葉、狂風、枯木等引起作者的徬徨的語斷中看見了《聖經》在〈約伯記〉（十三章）的身影，一樣都是朋友環繞的主角，卻不能為主角心境言明，也無法為其闡述真理法則的規章。[15]因此在如同約伯受患難時與上帝問答形式也常常出現在作者的作品之中，所關切的不一定是信仰措辭，而是經歷如同義人在患難中的受苦之境，在立場上或許無法向局勢辯論，但在心境上甘於冒險不記後果的轉變。[16]

四　去奴化與靈魂覺醒

從「佇立揚子江」不難看見作者對於革命的認同與感情，在這背後更不難體悟到作者對於去奴化的意識的深度。[17]在「田野雜草」、「蝴蝶」、「風」「蝴蝶對我私語」、「打破沈默」、「給春天」、「薄暮」、「茶花」、「四季」、「蝴蝶啊」、「春」、「南國之春」、「生命的歸路」……等諸多作品中幾乎表達出對於生命的自由、人格靈魂的自由、以及深度覺醒的熱烈。

在「田野雜草」[18]中一方面表達出基督的新婦的純潔，也透過（靈酒）幾乎引用了〈新約使徒行傳〉二章中的五旬節，是一群舊以

---

15 唐佑之：《天道聖經註釋》（香港：天道書樓，1997年4月），頁259。
16 唐佑之：《天道聖經註釋》，頁260-267。
17 王白淵著，陳才崑譯：《王白淵‧荊棘的道路》，上冊，頁128-130。
18 王白淵著，陳才崑譯：《王白淵‧荊棘的道路》，上冊，頁20-21。

色列人、曾經被奴隸、奴化、國家衰弱時期人民流離之後，五旬節中藉著聖靈充滿狀態如酒醉般的以色列人，一場靈魂覺醒中成為新的猶太人也創建了新以色列，並四處奔相走告將上帝真理推至各地。作者以春也來造訪、浪擊胸懷、悸動等文辭自我傾訴出對於先知性的感受與吶喊。[19]藉著超越性的結合，進入另外一種屬靈的情境，甚至不受世俗侷限的更高遠眼光來看見真理的曙光。

因此，藉由「真理的家鄉」來刻畫出去奴化的基礎必須根植於對於真理的認識與堅持，[20]即使如詩中所說會遇到風暴、舟於風雨中必須執著真理而不是在乎風暴局勢，從詩的文本中幾乎看見基督耶穌與門徒在共觀福音（馬太八、馬可四、路加八）的舟船風浪處境，而在暴風中基督耶穌對於門徒的教導是：「不要小信、不要膽怯」這樣的呼籲呼呈現在文中所提：「客人啊！不要怕！」當作者看見基督為船上的門徒平息風浪而門徒繼續搭著真理的船，體悟到不要在乎怒濤而是在乎守護我們的上帝，不要小信才能達到真理的家鄉。

對於去奴化的肯定作者幾乎表達在靈魂的覺醒必要性，因此藉著大自然的創造物一方面表達出自我的尊嚴、人格之外，更言表出沒有人可以扭曲上帝的所創造的人與靈魂，這樣的獨立價值與作者所追尋的獨一真理是一致的，沒有偶像可以掌控獨一神的任何創造，這也就是為何作者深愛藝術，因為藝術背後的愛是沒有人可以偽造的，唯有認識真理、搭著那真理者掌舵的船，船上的人們可以大大方方的永存，他的人格與尊嚴也必在守護者的真理之中。

作者王白淵在文學上不僅具有靈性作用，也兼具類似《舊約聖經》先知耶利米為國為民之情懷。耶利米曾在類似殖民的國境之中呼

---

19 唐佑之：《天道聖經註釋》（香港：天道書樓，1999年12月），頁222-228。

20 王白淵著，陳才崑譯：《王白淵・荊棘的道路》，上冊，頁100-101。

籲：「成為貧弱無告的幫助、正視在時局中受傷害的人、不要用假平安來欺哄人民」，在社會進入急數的轉型期中，執政者不應成為奴化的兇手而是作為先知功能與靈魂覺醒的角色責任。[21]

五　小結：從仰慕基督看王白淵人生視野

從王白淵先生的作品中，幾乎大多數是個人靈修紀錄。從這些靈程筆觸可以感受到王白淵先生的時代背景中黑暗、混沌、不安的處境，若是對於當時歷史背景有更多極深的認識，或許更可以看見王白淵先生對於依靠基督的心志並非無故，而是在最沒有真理的世代之中也在人治與法治交雜的日子裡，真理確實像孤舟一樣難以前行，更令人難以自守。

王白淵先生的作品讓筆者感受到是一位值得敬重的基督徒，唯嘆筆者不才，不能更深看見每個文字背後的真實靈性與時代背景之深意，這麼豐富的作品如今可以得見同為基督徒的筆者深感慶幸，也同感遺憾。在台灣教育中很少看見這類的文學作品，以至於難以認識台灣本土之質，過去教導崇尚台灣以外的地理文化，卻缺乏認識以台灣主體的人事物，就好像王白淵先生身處的世代一樣，日治時期是為殖民、民國之後卻為奴化之輩而款待，若非基督信仰以及所啟示的真理要義神學，如春暖一樣將作者各樣心志、氣節融化於獨一真理的詩詞中，藉以靈修自守同時也看見混沌世代不等於無真理遍行的時代，以此作者的靈修文字相當深厚與貼近人的血氣日子也同時昇華於真理之子的身邊。

---

21 李盈賢：〈耶利米七的神學探討〉，《耶利米的亡國論：耶利米聖殿講道篇》（臺南市：臺南神學院，2009年5月），頁32。

參考文獻

王白淵著，陳才崑譯：《王白淵・荊棘的道路》上冊，彰化縣：彰化縣立文化中心，1995年6月。

王白淵著，陳才崑譯：《王白淵・荊棘的道路》下冊，彰化縣：彰化縣立文化中心，1995年6月。

李盈賢：《耶利米的亡國論：耶利米聖殿講道篇》，臺南市：台南神學院，2009年5月。

羅秀芝：《台灣美術評論全集：王白淵》，臺北市：藝術家出版社，1999年5月。

鮑維均：《天道聖經註釋》，香港：天道書樓，2009年2月。

唐佑之：《天道聖經註釋》，香港：天道書樓，1997年4月。

唐佑之：《天道聖經註釋》，香港：天道書樓，1999年12月。

Alexander, Neil M. *"THE NEW INTERPRETER'S VOLUME BIBLE VI."* Abingdon Press, 2001.

Feaster, Robert K. *"THE NEW INTERPRETER'S VOLUME BIBLE IX."* Abingdon Press, 1995.

詩藝美學

詩人王白淵的自然美學探討

蔡佩臻

摘要

　　從畫家走向詩人之途的王白淵，他以文字做畫筆，渲染出一張張美麗的詩篇，他的日文詩集《荊棘之道》，有理想的建構，也有現實的批判；有和平的氛圍，也有積極的革命。看似衝突對立卻又相互調和的詩藝美學，其內在的思想因素為何呢？王白淵又是如何以畫家的彩筆塑造出獨特的新詩話語與文學視域呢？兩者之間又是如何內外呼應，共同發展出他別樹一幟的寫作特色呢？本文即欲以此為出發，探討王白淵新詩作品中所富有的自然美學風格。

關鍵詞　王白淵、《荊棘之道》、新詩、日治時期、自然美學

一 前言

　　從美術走到文學，再由文學邁向革命的詩人王白淵（1902-1965），只有一本日文詩集《荊棘之道》（1931）傳世，但是詩人的地位卻屹立不搖。學者彭瑞金說他是：「詩人，美術理論家，台灣文化運動的鬥士[1]」；柳書琴也提到王氏過世之後，陸續有文化鬥士、詩人、美術評論家、作家、文化人等多種形象出土[2]。無論是哪一種說法、主張，都可以發現美術學院出身的王白淵，畫家、藝術家的身分是確確實實的缺席了。王氏文學的成就的確遠遠超過其美術方面，他的《荊棘之道》不僅是台灣人出版的第一本日文詩集，還曾受到日本左翼文壇的高度評價[3]，學者陳芳明便認為：

> 在評估台灣新詩草創期的作品時，王白淵的詩是不能輕易放過的。他在處理詩的主題時，並沒有像楊華或同時代的詩人那樣透明，他對文字的運用，也沒有像賴和那樣粗枝大葉。在短短的期間內，台灣就能塑造出如此傑出的詩人，足證在日本統治下的臺灣社會所蘊藏的文學創造力是非常旺盛的。[4]

對王白淵的詩有著高度的肯定。為了追求象牙塔的美夢而遠赴日本留學的王白淵，理應有著崇高的藝術理想要去追尋，但是為何到了日本之後，他對於文學與政治議題的興趣似乎更高於繪畫呢？

1　彭瑞金：《台灣文學步道》（高雄市：高雄縣立文化中心，1998年7月），頁68。
2　柳書琴：《荊棘之道：旅日青年的文學活動與文化抗爭》（臺北市：聯經出版事業公司，2009年5月），頁79。
3　謝里法：《台灣出土人物誌》（臺北市：前衛出版社，1988年9月），頁149。
4　陳芳明：《左翼台灣：殖民地文學運動史論》（臺北市：麥田出版社，1998年10月），頁156。

　　王白淵學生時期的美術作品，可惜現今無法一窺究竟，但是王白淵在六年的牢獄期間[5]，曾對於手工藝產生了興趣，有漆畫數件，其中一件漆畫屏風還曾在「囚人作品展示會」展出[6]；出獄後也曾在大同工學院教授圖案設計課程，自繪圖案、手稿講義[7]。綜觀王白淵的生平與著作，王氏的純文學創作在詩集《荊棘之道》出版之後就完全停滯了，接著，回到台灣，他彷彿又鑽進美術的殿堂，開始寫起藝術相關評論、整理編纂台灣美術運動史，看來對於美術的喜愛並不曾隨著歲月而減少。如此地輾轉，令人好奇，東京時期的王白淵，美術創作為何不能再使他感到滿足？又為什麼在詩集《荊棘之道》問世之後就不再寫詩了呢？

　　立志要當台灣密列（米勒）的王白淵，即使轉往詩壇發展，他的詩作裡仍留有繪畫般的筆觸，藝術的言語，詩的文字與畫的意境相互交織，構成一種流動的詩意美感。王氏的詩不是靜止的空間，使用大量隱喻，透過自然界生命的歌詠，塑造出一種幻境般的時空。在王白淵的作品裡，可以窺見畫家米勒的影子，也能感受到詩人哲學家泰戈爾的哲理詩思，一腳踏在美術的寫實基礎上，一腳卻跨在超越現實的象徵手法中，他巧妙地將兩種異質、衝突的藝術表現形式相互融合，意外造成一種調和之美。本文便企圖從王白淵由美術轉向文學發展的契機為出發，探討王白淵受美術影響下所呈現出來的自然美感經驗。

5　一九三七年，王白淵因上海「八一三事件」，被日軍逮捕送回台灣，關入台北監獄，直到一九四三年六月被釋放。以上資料參考莫渝編：〈王白淵年表〉，《王白淵・荊棘之道》（臺中市：星辰出版公司，2008年11月），頁181。

6　羅秀芝：《台灣美術評論全集──王白淵卷》（臺北市：藝術家出版社，1999年5月），頁194。

7　羅秀芝：《台灣美術評論全集──王白淵卷》，頁50-53。

二　藝術家的選擇──詩與畫的擺盪

　　王白淵從畫壇轉到文壇，無疑為他的詩產生跨藝術的美感，如此的跨界表現，塑造出他獨特的寫作風格。美術養分的添加，不僅是語言文字的使用，或是文學視域的表現，更深入詩人的內在精神本質。故此節要討論，是什麼原因使得王白淵不再能滿足於美術繪畫的研究，而以文學取而代之呢？又是什麼樣的緣由，令他對文學產生濃厚的興趣，最後竟成為台灣新詩發展史上的一個重要里程碑呢？

（一）殖民地青年的苦悶

　　當人有創作欲念想要抒發或傳達時，第一個考慮的便是表現的媒介與形式的選擇，藝術有音樂、美術、文學與戲劇、舞蹈等形式，其中美術又分繪畫、雕刻、手工藝創作等類型，而文學則有詩、散文、小說、劇本等文類。王白淵在〈府展雜感：藝術的母胎〉中對藝術有如此見解：

> 美術係藝術中最為原始最為感性的東西，故最容易早有發展。觀乎兒童或原始人的藝術，美術乃是我們人最早流露的一種表現形式。諸如需要深邃思想和社會體驗的文學、高超靈感的音樂，或是集一切藝術大成的戲劇等，則非任恁般容易發達。[8]

繪畫是人類自嬰兒時期最早也最直接的藝術創作，可以說是創作情感最直接的宣洩。出生殖民地的青年王白淵，感受到台灣民族所受到的壓迫、台日之間的文化差異，以及不平等的待遇，這使得他內心的苦

8　羅秀芝：《台灣美術評論全集──王白淵卷》，頁175。

悶一天深似一天，然而在偶然的機遇下閱讀了工藤直太郎的《人間文化的出發》，對美術產生了興趣，遂決定前往東京研究藝術[9]。一頭栽進藝術世界裡的王白淵，似乎是藉由美術的鑽研來抒發被殖民者壓抑的苦痛，到日本取經則是一種現實的逃避[10]。由此推測，王白淵會想成為「台灣的密列」，走向美術，乃是因為繪畫是藝術創作中最容易接觸與學習的，也較容易被群眾所理解和接受[11]。

法國畫家米勒（1814-1875），以寫實田園風格聞名於世，他的代表作如《拾穗》、《晚禱》、《播種者》，都是農村人物活動的真實描繪，打破法國當時流行的沙龍藝術主題。農夫出生的米勒，將眼光關注在勞動的人民身上，與上流社會所主導的藝術市場，形成一種對比與抗爭。如此的形象，深深吸引著同樣出身於農村的王白淵。出生於殖民地台灣，被視為次等公民，充滿著民族的屈辱，米勒的畫，使他的心靈獲得救贖，彷彿開闢一條新的出路，令他也想投入藝術的懷抱，在美的象牙塔裡創造一理想國度，遠離被殖民者的歷史悲劇。

因為日人工藤直太郎的著作，使王白淵對日本的藝術界產生嚮往，卻也產生了錯誤的認知，讓他誤以為日本的繪畫界也瀰漫著如米勒般的繪畫風格，但東京的沙龍藝術主流徹底使他失望了，當時的日本如同米勒所處的法國時代，藝術不是大眾的產物，乃是少數權貴、上流階層的玩物。當然無法普及米勒那種深入人心，表達大眾情感，透過寫實手法，灌注永恆意義的風格作品。

9　莫渝編：《王白淵·荊棘之道》，頁114-117。王白淵在其〈我的回憶錄〉裡，將工藤直太郎誤記為工藤好美，已經由學者柳書琴考證、勘誤，詳見柳書琴：《荊棘之道：臺灣旅日青年的文學活動與文化抗爭》（臺北市：聯經出版事業公司，2009年），頁52。

10　郭誌光：〈「真誠的純真」與「原魔」——王白淵反殖意識探微〉，《中外文學》第33卷5期（2004年10月），頁145。

11　羅秀芝：《台灣美術評論全集——王白淵卷》，頁175。

　　此外，到了世界五大都市之一的東京，高水準的文化使他開了眼界，世界的潮流、自由的生活、開明的研究氛圍[12]都影響且改變了他內在思維。經過世界文化的洗禮，他的民族意識高漲，渴望身為人的自由，而弱小民族被壓抑的靈魂，理想與現實的衝突，社會與政治改革的宏願，誠如王白淵所言，繪畫已經無法滿足他的精神需求，他內心複雜的情感、思想，以及外在現實的社會現象、經驗，需要透過可以涵括更廣、更深入的文學來表達，利用文字的延展性、曖昧性，賦予文本更多的詮釋跟想像空間。於是王氏放下他對美術理想的追求，選擇面對他所處的現實社會，以詩的體裁取代畫布，更加發揮他豐富的藝術想像、生命哲學和政治社會理念。

（二）藝術與革命──對立的調和

　　一九一三年榮獲諾貝爾文學獎的印度詩人泰戈爾，在日本掀起不小的旋風，他的詩集、思想著作被大量日譯出版，形成一股泰戈爾文學熱潮。他曾四度造訪日本，分別為一九一六、一九一七、一九二四、一九二九年，一九二三年到日本讀書的王白淵正好躬逢其盛，在其〈我的回憶錄〉裡曾提到，在泰戈爾一九二四年訪問日本之前，他「已經讀過他的詩和哲學，非常敬慕這個東方主義的詩人[13]。」此處的東方主義，據學者柳書琴的研究顯示，乃與西方「薩依德所指的東方論述下孕養的東方主義不同，它是以東方為觀點、為主體的一套東方文明論或文化論[14]。」

　　泰戈爾的作品是人與自然的和諧樂章，充滿著宗教哲理的情思，

---

12 莫渝：《王白淵‧荊棘之道》，頁118。
13 王白淵原文是寫民國十五年，本文依據編者莫渝考證，泰戈爾實為民國十三年，一九二四年四月由中國徐志摩的陪同前往日本。莫渝：《王白淵‧荊棘之道》，頁120。
14 柳書琴：《荊棘之道：旅日青年的文學活動與文化抗爭》，頁96。

帶著純真的情感訴說智慧的言語。他讚揚原於自然的印度古文明，認為發展於城市、成功於科學的西方文明，終究會落敗而被東方文明所取代，他的思想理論，成為一種「東西／西方」、「精神文明／物質文明」的二元對立。這與正經歷人生二元矛盾的王白淵激發了心靈的共鳴，王氏早先已透過杜斯妥也夫斯基的〈人間苦〉了解人生的二元世界的存在[15]。一心投奔藝術理想的他，依然不得不面對生存現實的壓迫，內心有兩種聲音在拉鋸──藝術，還是革命？他翻遍圖書館，企圖尋求解答，泰戈爾的出現使他有了啟發，原來，理想和現實，藝術與革命是不需相互對立或彼此衝突的，它們可以彼此和諧共處，甚至一同實現。他找到了答案，讓「理想於現實開花」，兩者可以共同進行，不用二擇一的煩惱。

泰戈爾以文學的力量，喚起印度的文藝復興運動，使沉睡中的印度社會覺醒，發現自己的民族優點，抵抗外來的殖民政權。他的諾貝爾文學獎得獎理由是：「富於高貴、深遠的靈感，以英語的形式發揮其詩才，並揉和了西歐文學的美麗與清新[16]」，以文學做包裝的改革精神，同樣可以撼動不同的國家、不同的民族。王白淵則在其中找到靈魂的寄託，生命的希望。或許受到泰戈爾的影響，他開始寫詩，將他內心所有的鬱悶、希望和理想都隱晦其中，並追隨泰戈爾的腳步，由文學的思想運動，投入到政治社會運動的路去了。印證了其好友謝春木在《荊棘之道》序中所言：

> 《棘の道》是他達到廿九歲的生活的反應，同時又示說著他要向哪裡去，不必說是他，說是他所屬的社會更妥當。在殖民地

---

15 莫渝：《王白淵‧荊棘之道》，頁115。

16 泰戈爾：《泰戈爾全集》（臺北市：三人行書局，出版年月不詳），頁首。

> 長大的我們，特別站在兩重的荊棘之道，但是要掃開它，只有
> 一條路而已。[17]

王白淵內心的矛盾、衝突與相互調和的影子，都在這本詩集裡了。詩
集的出版只是第一步，接下來有更艱難的路要走──「革命」。他在
〈吾們青年的覺悟〉中更直言社會的進化，必有兩樣的運動：一曰思
想運動，二曰政治運動[18]。王氏是先利用藝術創作的實踐來達到消極
的思想啟蒙，最後再積極的投入實際的政治改革運動中。他的詩（理
想）反應時代（現實），又以藝術（理想）的創作來實踐社會改革
（現實），這便是他所悟出的「理想於現實開花」，走的是同泰戈爾一
樣的路。泰戈爾所處的印度文化認為，人應該超越個性的侷限，與宇
宙的大靈同化一體，這是他們的理想，也是現實。他們所追求的真
理──「梵」，不是空泛抽象的概念，而是由生存實感中所孕育出來
的真實[19]。理想和現實是合而為一的，並非是彼此對立的存在，藝術
是站在現實的基礎上來綻放，所以理想本來就無法脫離現實而存在。
泰戈爾的作品不是只有自然的抒懷，他更關心依靠自然才能生存的人
類底生活。

　　學者陳芳明將王白淵的詩放在台灣文學史的角度來看：

> 他的詩，放在一個平常的社會可能不具特別的意義；然而，把
> 這樣精緻的作品置於殖民地社會裏，就不能不產生豐富的象徵
> 意義。[20]

---

17 莫渝：《王白淵‧荊棘之道》，頁23。
18 莫渝：《王白淵‧荊棘之道》，頁107。
19 陳才崑譯：《王白淵‧荊棘的道路》上冊（彰化縣：彰化縣立文化中心，1995年6
　月），頁144。
20 陳芳明：《左翼台灣：殖民地文學運動史論》，頁159。

王白淵受到泰戈爾的啟發，走向詩的文學與革命的道路，他秉持著藝術的理想和現實的關懷，以文學作品作為反帝國、反殖民的武器，代表了台灣新詩早期發展的重要特徵。而從泰戈爾身上領悟的精神及作品中的詩藝美學，形成王氏在台灣新詩史上獨樹一幟的風格特色，脫離台灣新詩草創期中常見的生澀、淺白和單一性。

由上述，可以理解喜愛美術的王白淵，是如何「不能滿足於美術，而從美術到文學，從文學到政治、社會科學去了[21]。」看似不相關的畫家米勒和詩聖泰戈爾，王白淵從他們身上找到他所喜愛、熱衷的共同點，即對自然的崇敬與真理的追尋。下節首先便要討論在美術與文學的交相影響下，王氏詩中所散發的自然書寫特色。

三　生之頌──源於自然的美學

王白淵的詩以自然禮讚的主題居多，即使是個人抒懷、或是人物歌詠，也都可見大自然中的景物穿梭其間，充滿生命的躍動。詩人趙天儀有如下的評論：

> 王白淵主要的詩作，卻是專注於詩、藝術以及自然世界的探索，不是純粹抒情，而是在抒情中有說理。[22]

王氏描寫自然、歌頌生命，帶有浪漫的抒情氣息，然而他不是純粹的寫實描寫，而是透過天地宇宙間的萬物，來詮釋他的觀點與意念。同米勒的畫一樣，米勒不滿於寫實主義畫派，只講求表象的寫實模仿，他認為繪畫要先有主題意識，再行創作，他的寫實，是表意的寫實，

---

21 莫渝：《王白淵‧荊棘之道》，頁116。
22 趙天儀：《台灣現代詩鑑賞》（臺中市：臺中市立文化中心，1998年5月），頁17。

透過現實生活的人事物描繪，傳達畫家的內在精神，由於他對勞動農
民的重視，也被稱為社會的寫實主義。

　　王白淵的詩，以自然為背景，通過花、草、流水、蝴蝶、小鳥等
的歌詠，表達內心的思想情感，也是一種表意的寫實。而其詩裡大自
然的一切都是平等的，所以大部分的花草都沒有名字，就只是田野邊
的小花小草，鳥類也多不分種類，就只是天上飛的小鳥而已。人類世
界也是平等而沒有分別心的，在他詩裡的景色風光是沒有國界的，是
大家所共有、共享或共同經驗的。如其〈序詩〉所寫：

> 日出之前蝴蝶的魂魄
> 飛往地平線那邊
> 你知道蝴蝶往何處
> 朋友啊
> 為了共同的作業
> 撤廢標界柱吧
> 那邊是可貴的戰地
>
> 你知，我也知
> 地平線那邊的光
> 是東天輝煌的黎明標誌
> 朋友啊
> 我們互為兄弟
> 撤廢國境的界標吧
> 為我們神聖的亞細亞[23]

---

23 莫渝：《王白淵‧荊棘之道》，頁25。

日出和「東天輝煌的黎明標誌」都令人聯想到日本，詩的最後也明確
點出詩人的期望。成為日本殖民地的台灣人，是二等國民，台日之間
存在著階級差異，受到此等待遇的詩人，仍希望著彼此能夠拋下國境
的分界，共同為東方文明的興盛團結起來。王白淵以單純的日出景
象，注入不同層次的意境，更添加了象徵的意味。王白淵的詩有米勒
表意寫實的因子，也有社會主義的影子，但受到更多泰戈爾的藝術美
學影響。

　　泰戈爾熱愛自然，認為自然是一切文化的起源，人要在自然中實
現自我。是以，常見王白淵的詩中，物我達到一種和諧的存在，小我
融入大我裡的美好意境。試舉一首王氏的〈我的歌〉：

> 我的歌是生的讚歌
>
> 是不能自己的必然要求
>
> 再生為嬰兒瞬間的記憶
>
> 是與自然握手的日底情愛的紀念
>
> 噢！歌啊
>
> 你不是現象而是大型的實在
>
> 充滿生氣的血與肉的明朗聲音
>
> 心靈深處的微動
>
> 永遠的憧憬即是你啊
>
> 田野的草花不知不覺
>
> 誇顏盛開
>
> 溪谷的水流獨獨一人
>
> 急往深淵的家路
>
> 噢！歌啊你盡可思量
>
> 在我曠茫的胸中開花吧

　　　　請急往赤心的深淵吧
　　　　我將從黑暗的思索之路躍出深淵
　　　　深深的呼吸為沉默戰慄
　　　　成為嬰兒群遊於胸中的草野
　　　　將你們所不顧的微微芬香
　　　　一一認真分開聞出[24]

開頭第一句就點名，我的歌即是生命的讚歌，歌頌自然的同時，同樣身為自然一部分的人，當然也在其中。「再生為嬰兒瞬間的記憶／是與自然握手的日底情愛的紀念」這與泰戈爾反對西方文明「征服自然」的觀點不謀而合，他認為人生追求的不應該是如何「獲得」，重要的是自我「實現」，一種形而上的價值觀。泰戈爾的詩是生命的頌歌，他從自然之美，看到一切生命的價值和生存的道理。泰戈爾也有一首〈我的歌〉，不過此處的歌是寫給孩童的搖籃曲，節錄如下：

　　　　我的歌將如你夢的雙翼，運送你的心到未知的邊緣去。
　　　　我的歌將如忠心的星照在你頭上，當黑夜隱沒了你的道路。
　　　　我的歌將坐在你眼睛的瞳仁裏帶你的視線看進東西的心裏去。
　　　　還有，我的聲音在死亡中靜止，我的歌會在你活著的心中言語。[25]

父母會老去死亡，但床邊的搖籃曲會永遠活在孩子的心中。王白淵的「心靈深處的微動／永遠的憧憬即是你啊」與其有相似之處；而黑夜的星，和從黑暗的思索之路躍出赤心的深淵，也有異曲同工之妙。

---

24 莫渝：《王白淵‧荊棘之道》，頁49。
25 泰戈爾：《泰戈爾全集》，頁114。

　　王白淵的〈我的歌〉，是將歌給擬人化了，並賦予象徵的意涵。詩的前半是自然、生命的讚揚，後半則由深入詩人的內心世界，「黑暗」、「深淵」、「沉默」這三個詞與前面美麗的田野風光形成強烈對比，隱含詩人內心的憂慮與陰影，詩的結尾又一個轉折，展現了詩人的樂觀態度。王白淵透過自然景物的描寫，表現生的歡喜；利用「嬰兒」的意象，象徵人類最純真的心靈；「黑暗」、「深淵」和「沉默」來表達永恆真理的探求，這些元素正是泰戈爾眾多詩集中常見的特色與慣用的語言。

　　泰戈爾的詩處處可見對於自然生命的歌詠，而人類他常使用嬰兒或孩童的意象，泰戈爾的詩集《新月集》，便全都以兒童為對象，歌頌孩童的純真爛漫。王白淵也寫了一首〈小孩啊〉：

　　　　小孩啊

　　　　小孩啊

　　　　我心中之華

　　　　那哭那笑

　　　　有時憎惡卻隨時又愛

　　　　通過悲傷與憎惡

　　　　你們只管浸在生的歡喜中

　　　　男兒枉受

　　　　女兒曲意思考時

　　　　你們都沒任何拘束

　　　　與我的靈魂擁抱大地

　　　　構成歡喜的世界

　　　　噢！健康的地上之花啊

　　　　天國的金童

　　　你們要保持原來的心情長大啊[26]

歌詠著新生命的歡喜與孩子自然純真的靈魂，詩的最後一句，彷彿是
詩人對自我的期許，不管生命遇到什麼樣的荊棘風雨，都不能丟失追
求理想的心，即使是「通過悲傷與憎惡」，也不輕言放棄，整首詩充
斥著希望與樂觀的氛圍。

　　同泰戈爾一樣，王白淵也禮頌著初生生命的美好，他用「嬰兒」
來象徵純淨的靈魂，理想的極樂世界，如在〈盧梭〉一詩：「像在極
樂世界的樹木／排巨大人的嬰兒之國／如夢卻真實／似幻然實在[27]」，
嬰兒成了最高境界「真理」的表徵，看似不存在又虛幻的真理，卻是
在真實的存在。泰戈爾有這麼一句詩「存在，是永恆的驚喜，這也就
是人生[28]。」泰氏不是只有生命的禮頌而已，透過自然與生命的美
好，發現的是存在於人類心靈深處和宇宙間的永恆真理。王白淵可說
徹底吸收了泰戈爾文學的精華，將之轉化為自己詩中的養分，形成他
獨具風格的寫作特色。

　　詩人趙天儀總結王白淵的詩集特色：

　　　王白淵的詩作是洋溢著藝術關懷的，而在詩的意識形態上，卻
　　　是走比較非現實主義的取向，也許這跟他的美術教育有關，有
　　　些頗有為藝術而藝術的情念。[29]

美術教育的吸收，使得王白淵的詩帶有美術家繪畫般的色彩，詩中的

---

26 莫渝：《王白淵‧荊棘之道》，頁37。
27 莫渝：《王白淵‧荊棘之道》，頁57。
28 泰戈爾著，卓加真譯：《漂鳥集——愛與美的生命詩篇》（臺北市：格林文化事業公
　　司，2000年10月），頁15。
29 趙天儀：《台灣現代詩鑑賞》，頁17。

自然抒情，浪漫唯美，讓人有為藝術而藝術的錯覺，他的自然寫實，是表意的寫實，利用自然的書寫，融入個人的意念，使得他的詩洋溢著抽象、迂迴、曖昧的情調，帶有象徵的意味。喊著「藝術即是美，美是今世的理想之花[30]」的詩人王白淵，對他而言「自然／美／藝術／真理／梵／永恆」，是一體的多面性，而這些都存在於人類真實生存的現實中。詩集的完成、出版，顯示著他已經走出象牙塔的美學，走向對人類和世界的關懷與思考，如同泰戈爾一樣，是為人生而藝術，讓理想於現實開花，藝術為現實的根柢，對未來懷抱希望與樂觀，也預示了他未來要走的路。

四　渴望自由的飛翔

　　以鄉村農夫為出身的米勒，他的畫是鄉村田園間勞動的農民。同樣受王白淵喜愛的畫家高更和梵谷，前者遠離冰冷的城市文明，逃到溫暖的大溪地，以溫暖強烈的色調畫出當地的原住民，高更有許多人物畫像，其中也有自畫像和基督的畫像，評論家認為基督乃是他苦難人生的象徵；後者梵谷更是以自畫像聞名於世，他的名作《向日葵》也被喻為自我的象徵。他們的藝術有共同的特徵，即是由自然到人類的關注，再到自我的凝視。這三位畫家，都勇於對抗藝術的主流，創造自己的繪畫風格與表現題材，爭取創作的自由。詩聖泰戈爾則是藉助詩的力量，為印度爭取民族的獨立和自由。

　　王白淵在〈向日葵〉中歌詠著梵谷的藝術靈魂，詩的末尾寫到：

　　噢！向日葵呦

---

30 陳才崑：《王白淵・荊棘的道路》（上），頁146。

以你的熱情燃燒我的肉體

變成真理的火焰吧

那瞬間我將從灰色的實體解放

如鷹飛翔於光明的世界。[31]

詩中提到了「解放」和「飛翔」兩個詞語，充滿了自由的渴望。向日葵是向陽的植物，面向日本帝國，殖民地青年青春正盛，充滿了追隨真理的熱情，企圖從被殖民的現實枷鎖中掙脫。

以詩作畫，又善於以大自然作為象徵的王白淵，詩中常見「蝴蝶」、「小鳥」、等有翅膀、可自由飛翔的生命。其中「蝴蝶」意象出現的比例相當高，以詩為題者有三首：〈蝴蝶〉、〈蝴蝶向我細訴〉、〈蝴蝶喲〉，另有十三首詩裡出現「蝴蝶[32]」。例舉一首〈蝴蝶〉：

從大氣飄於大氣

可愛的天上天使

確實抱著看不見的神底旨意

告訴我們自由與歡喜

搭上微風作飄泊之旅

為被殘踏的原野草花

你也駐足

噢！蝴蝶啊

地上的天使啊

我希望如你飛翔

帶著真理的羽翼

---

31 莫渝：《王白淵‧荊棘之道》，頁48。

32 莫渝：《王白淵‧荊棘之道》，頁15。

持著愛的觸角

飛迴於被虐待者之間

從花神取得甜蜜

分給那些人吧[33]

這裡的蝴蝶是神的使者，散播自由與歡喜。自由的獲得的確是令人歡喜和甜蜜的。王白淵特別用了「天上」和「地上」來區分，天上的蝴蝶，是永恆真理的天使，為殖民地台灣傳遞反帝、反殖民的民族福音；地上的蝴蝶則是詩人想像的自身，他也要鼓動著真理的翅膀，懷著對民族的愛，為處於弱勢的台灣人民而努力。這裡，蝴蝶象徵著詩人對於自由的渴望。

同蝴蝶一樣能在空中自在飛想的小鳥，王白淵的詩〈是何心呀〉如此寫道：

飼在籠內的小鳥

尚有仰慕蒼空之念

是何心呢

噢！小鳥啊

我知曉這是你的願望

雖不欲歌唱

尚有唱的命令

是以何心呀

生命啊

我知曉這是你高雅的意志[34]

---

33 莫渝：《王白淵‧荊棘之道》，頁53。

34 莫渝：《王白淵‧荊棘之道》，頁54。

曾經獲得過自由的小鳥，尚且懷念自由，那麼未曾享有自由的殖民地人們，該如何嚮往那「高貴的意志」，身在殖民的籠子裡，「雖不欲歌唱／尚有唱的命令」，連言論的自由都沒有。王白淵以小鳥的願望，訴說著他對民族自由的想望，此處的籠中鳥則象徵著失去的自由。

　　除了有形的蝴蝶、小鳥，還有無形的「風」，王白淵如此歌詠著：

> 從無出現而消失於無的物件
> 在宇宙大大方方闊步的無形旅人
> 有時如淑女優雅地輕步
> 或如醉漢狂暴
> 去時無蹤來時躡步
> 你真不可思議
> 昨夜我聽到你指揮的樹葉合唱
> 今日看到你夾夜風襲畫的特技
> 你行走水面就漂出銀色漣漪
> 群遊於田野與草花手牽手跳舞
> 自由之子！勇敢的孩童
> 風啊！我希望如你能飛
> 燃燒五尺的身軀使靈的微風
> 踢落痛苦與運命
> 飛迴於星際之間
> 通過月的殿堂
> 希望回歸於赤紅太陽的我們父親之家[35]

同〈向日葵〉一詩很像，詩人想要燃燒著自己的滿腔熱血，投入革命

---

35 莫渝：《王白淵・荊棘之道》，頁70。

的運動，來改變民族悲慘苦痛的命運。看到風的自由自在，可剛強、可柔弱、可化於無形，令他羨慕不已。他歌詠風，稱讚風的純真、勇敢，彷彿是詩人與自我的對話，而風得不受限制、自由飛翔，更是詩人內心的企盼，期望自由的風氣能夠吹散開來。

如他在小說〈偶像之家〉中，女主人翁所說，否定自由創造、自由思考的社會，令人不滿，打從心底感到厭惡，身而為人應該先要有自由的思想、自由的行動，才能盡一己之責任[36]。人沒有自由，就無法成為人，而只是兩足的動物而已啊！他形容失去自由的人是「被殘踏的原野草花」、是「飼在籠內的小鳥」，他迫切的希望，能夠「燃燒五尺的身軀使靈的微風，踢落痛苦與運命」，如此渴望飛翔、渴望自由的王白淵，卻在詩集出版之後身陷囹圄，不僅心靈、言語不得自由，連最後行動的自由都沒有了。

五　結語

王白淵將他對美術繪畫的熱愛，轉移到文學上，盡情地在文字的天地揮灑畫家的彩筆。如他在〈未完成的畫像〉中的自白：

　　我欲大聲唱歌時
　　文字不聽我的命令
　　創作的衝動驅使我作畫時
　　畫具使我失望
　　文字是一種概念的約束
　　畫具不過是表現不完全的一種形式

---

36 莫渝：《王白淵・荊棘之道》，頁137

　　我奔馳美的高原後

　　重回沉默的幽谷

　　而在心中畫著

　　永遠不會完成的畫像

　　一直屏息從旁觀望[37]

有才情的藝術家，總是尋找最合適的創作形式，是以許多偉大的藝術
家，不會只有單一類型的藝術創作。詩人王白淵曾經「奔馳美的高
原」，在探訪過真理之美後，想必對藝術的理想要求更高了，畫具已
經無法精確地呈現抽象的永恆，而文字又有其字義上的侷限，「在心
中畫著，永遠不會完成的畫像」，儘管詩人如此謙虛著說，無法為自
己的作品注入永恆的意義，只能在心中一直不斷地描繪再描繪，然後
從旁屏息檢視，然而從他詩中所散發的詩意自然，確實能感受到那如
「梵」的美麗境界。

　　讀王白淵的詩是一種享受，他的詩有浪漫的情懷、優美的意境，
與充滿宗教哲理的智慧言語。在藝術與文學的交互影響下，王氏強烈
的革命情感也變得柔和美麗，詩人的內心想必是沉重的，但是他努力
在歷史的悲劇中展現樂觀，滿懷希望能藉由藝術的創作，喚醒大眾，
改變現實環境。單純的自然景物，都是他靈魂的發聲，有著不同的意
涵、繽紛的意象；在寫實中有象徵，在抒情中有說理，這些都造成他
獨特的自然美學風格。即使在他的詩中，處處可見泰戈爾的文學蹤
跡，他卻成功地將其轉化為個人的創作特色，為台灣的新詩發展史開
創新的里程碑。

---

37 莫渝：《王白淵・荊棘之道》，頁61。

參考文獻

王文仁：〈詩畫互動下的個人生命與文化徵象──王白淵及其《荊棘之道》的跨藝術再現〉，《東華漢學》第12期，2010年12月，頁245-276。

卓美華：〈現實的破繭與蝶舞的耽溺──王白淵其詩其人的矛盾與調和之美〉，《文學前瞻》第6期，2005年7月，頁89-107。

林明理：〈從寫實的沉鬱走向浪漫的詩想──讀王白淵的詩〉，《笠詩刊》第297期，2013年10月，頁166-171。

河原功著，莫素微譯：《台灣新文學運動的展開──與日本文學的接點》，臺北市：全華科技圖書公司，2004年3月。

波諾馬廖娃著，張變革等譯：《陀斯妥耶夫斯基：我探索人生奧秘》，北京市：商務印書館，2011年10月。

柳書琴：《荊棘之道：旅日青年的文學活動與文化抗爭》，臺北市：聯經出版事業公司，2009年5月。

泰戈爾：《泰戈爾全集》，臺北市：三人行書局，出版年月不詳。

泰戈爾，卓加真譯：《漂鳥集──愛與美的生命詩篇》，臺北市：格林文化事業公司，2000年10月。

莫渝編：《王白淵‧荊棘之道》，臺中市：星辰出版公司，2008年11月。

郭誌光：〈「真誠的純真」與「原魔」──王白淵反殖意識探微〉，《中外文學》第33卷5期，2004年10月。頁129-158。

陳千武：《台灣新詩論集》，高雄市：春暉出版社，1997年4月。

陳才崑譯：《王白淵‧荊棘的道路》上、下冊，彰化縣：彰化縣立文化中心，1995年6月。

陳芳明：《左翼台灣：殖民地文學運動史論》　臺北市：麥田出版社1998年10月

彭瑞金：《台灣文學步道》，高雄市：高雄縣立文化中心，1998年7月。

趙天儀：《台灣現代詩鑑賞》，臺中市：臺中市立文化中心，1998年5月。

謝里法：《台灣出土人物誌》，臺北市：前衛出版社，1988年9月。

羅秀芝：《台灣美術評論全集──王白淵卷》，臺北市：藝術家出版社，1999年5月。

藤井省三著，張季琳譯：《台灣文學這一百年》，臺北市：一方出版公司，2004年8月。

論王白淵《蕀の道》的情境美學
——「物哀」情調的農村風景

謝瑞隆

摘要

　　本文以王白淵《蕀の道》的六十六首現代詩作去討論其詩作中的情調或意境，從而去闡釋王白淵《蕀の道》詩作的審美意識。透過文本的梳理以及語彙的分析，王白淵的詩作幾乎都以農村生活景物作為其鋪陳詩意的素材。同時，王白淵的二水農村生活以及旅居日本的生活經驗鎔鑄出一種獨特的審美情趣，王百淵《蕀の道》詩作大體建構出一種特殊的情境——物哀情調的農村風景，成為其詩藝詠情的特點。

關鍵詞　王白淵、《蕀の道》、物哀、美學、現代詩

一 前言

　　王白淵（1902-1965），出生在台中廳東螺東堡大坵園庄有水坑
仔（今彰化縣二水鄉惠民村），東京美術學校畢業，曾在日本學校教
授美術，也曾經在日本出版日文詩文集《蕀の道》，更曾直接或間接
參與政治社會運動，一生幾次下獄，從藝術家、文學家到政治理想
家，他的身份不斷地遞嬗，凸顯了他不斷地追尋自我。彭瑞金形容
他：「詩人，美術理論家，台灣文化運動的鬥士」[1]觀察王白淵的生
涯，的確充滿傳奇，是一個值得細細探究的人物。

　　王白淵的多重身分對於其文藝的表現應當有其互動性的影響，從
繪畫到作詩，畫家之筆過渡到詩人之筆應有其變化的軌跡，楊雅惠
〈詩畫互動的異境──從王白淵、水蔭萍詩看日治時期臺灣新詩美學
與文化象徵的拓展〉[2]、卓美華〈現實的破繭與蝶舞的耽溺──王白
淵其詩其人的矛盾與調和之美〉[3]、王文仁〈詩畫互動下的個人生命
與文化徵象──王白淵及其《荊棘之道》的跨藝術再現〉[4]等篇章都
注意到畫家身份對於其詩歌創作的影響，詩畫間的交融在王白淵《蕀
の道》呈現出來的面貌為何？這是個有趣的課題，究竟王白淵的畫家
身份透過何種質素展現在其詩作中，抑或王白淵的詩作如何反映出其
為美術繪畫創作者的本色。觀察王白淵的詩作，的確猶如一幅幅的風
景畫映入眼簾，如果我們進一步地去分析這一幅幅風景畫的組構質素

1　彭瑞金：《台灣文學步道》（高雄縣：高雄縣立文化中心，1998年7月），頁68。

2　楊雅惠：〈詩畫互動的異境──從王白淵、水蔭萍詩看日治時期臺灣新詩美學與文
　　化象徵的拓展〉，《臺灣詩學學刊》第1號（2003年5月），頁27-84。

3　卓美華：〈現實的破繭與蝶舞的耽溺──王白淵其詩其人的矛盾與調和之美〉，《文
　　學前瞻》第6期（2005年7月），頁89-107。

4　王文仁：〈詩畫互動下的個人生命與文化徵象─王白淵及其《荊棘之道》的跨藝術
　　再現〉，《東華漢學》第12期（2010年12月），頁245-276。

為何？將可以發現畫家詩人的生活經驗、成長環境對於其創作有著及為深刻的影響，以至於盤旋在創作者心中的心靈畫面如何化為文字的勾勒，這些討論在王白淵的詩藝美學上應當更有其意義。

　　既然王白淵的詩作有著詩畫間交融的現象，品賞其詩作所建構的情境畫面更顯意義，本文筆者擬以《蕀の道》的六十六首現代詩作為討論對象，從這些詩作去討論王白淵以何種素材、畫面去描繪他的詩興詩意，以至於其詩中的畫面呈現成何種情調或意境，從而去闡釋王白淵《蕀の道》詩作的審美意識。

二　《蕀の道》的詩畫互動：以農村風景詠詩情

　　王白淵是藝術家，也是詩人、政治理想家，從美術到文學，從文學到政治、社會科學，這些轉折看似越界跨域，實則存有層層相依的鏈結關係。在王白淵積極投入詩作書寫之前，他的身份主要是藝術工作者。

　　關於王白淵在美術方面的發展，我們從其回憶錄可以略窺一二。王白淵自言因拜讀工藤好美（按：應為工藤直太郎）的《人間文化的出發》一書，使其瞭解藝術的秘密，更叫醒他未發的藝術意欲，〈密列禮讚〉一篇文章促使其生命轉向，更有作為台灣密列的期待，〈我的回憶錄〉言：

> 密列禮讚一篇，竟使我人生重大底轉向，這當然是我母親遺傳給我的美術素質使其然。但是密列＿這一位偉大底法國近世畫家清高的一生，非常使我感激之故。……我常常嘆氣，嘆着環境不能使我做一個純粹美術家，現在還是如此。……在這樣底歷史的環境裡，我煩悶著抱恨著，結果想做一個台灣的密列站

在象牙塔裡，過著我的一生。由此我開始研究油繪。

一年後我亦感覺到有一點進步，社會人士亦認識我有相當的美術天資。因此我想到東京專門研究美術。……[5]

一九二三年，王白淵經由總督府文教當局的引荐，以台灣總督府的留學生到東京，進入東京美術學校圖畫師範科（今東京藝術大學的前身）研究藝術。一九二六年，東京美術學校師範科畢業，受恩師田邊至推薦，任教於岩手縣盛岡女子師範學校。王白淵在學校的教學相當活潑，教授美術工藝等課程，指導學生網球社團，並曾與同年級的廣降軍一、佐藤重義共同創辦蠟版雜誌《忐》（GON）。[6]然而日本的生活經驗，王白淵接觸、感受到中國革命、印度獨立等議題，一九二六年王白淵在東京美術學校師範科畢業後，曾兼《台灣民報》特約撰稿，開始創作一些現代詩，包含〈未完成の畫家〉、〈落葉〉都是這一時期發表的作品，並陸續在《盛岡女子師範校友會誌》發表〈魂の故鄉〉、〈蝶よ！〉、〈失題〉、〈貴方の中に失れたる私〉、〈乙女よ！〉、〈秋の夜〉、〈時は過ぎ行く〉、〈生命の家路〉、〈晚春の朝〉、〈薄暮〉、〈標介柱〉、〈花と詩人〉、〈落葉〉、〈もぐら〉、〈未完成の畫像〉、〈真理の里〉、〈キリストを慕ふて〉、〈椿よ！〉、〈表現なき家路〉、〈四季〉、〈時の永遠なる沉默〉、〈秋に與ふ〉、〈春に與ふ〉、〈印度人に與ふ〉、〈揚子江に立ちて〉等日文詩作，王白淵從美術的領域漸次往寫詩進展，謝春木：「在東京的時候，由此他決定幹美術。在美術學堂的他非常憂鬱，不多畫只研究詩文。我們兩常在公寓的樓

---

5 陳才崑譯：《王白淵·荊棘的道路》下冊（彰化縣：彰化縣立文化中心，1995年），頁259-260。

6 毛燦英、板谷榮城著，黃毓婷譯：〈盛岡時代的王白淵（上）〉，《文學臺灣》34期（2000年4月），頁272-285。

上，關於台灣人的命運，講到天亮。」[7]一九三一年六月，更於日本岩手縣盛岡市肴町六〇番地的久保庄書店出版詩文集《蕀の道》，堪稱現今可考台灣人在日本最早正式發行的日文詩文集之一。《蕀の道》包含序詩有六十六首日文詩外，尚包含及兩篇論述〈詩聖タゴール〉、〈ガンヂーと印度の獨立運動〉以及短篇小說〈偶像の家〉、翻譯左明的獨幕劇日文劇本〈到天明〉。《蕀の道》的發行，標示著王白淵從繪畫走向詩歌創作的趨勢，王白淵既是藝評家，也是詩人。

　　王白淵受美術思潮的影響，詩風不同於一般文學背景的詩人，在其詩人的形骸下有著畫家的靈魂，以「詩」來作「畫」。[8]陳千武認為：「1931 年出版詩集《荊棘之路》，詩的技巧如繪畫，追求藝術的活動相當嚴謹，……他重視內在的表現比形式的表現更重要。也因此他的詩不僅是寫實的，也有像〈鼯鼠〉那樣象徵弱小民族呼喊的詩。還有〈風〉的比喻、想像的表現，毫不遜色於現代作品。」[9]王白淵從美術家過渡為詩人的過程中，的確存在以「詩」作「畫」、以「畫」入「詩」的型態，究竟王白淵在美術成果的展現為何？其繪畫風格如何展現在其詩作？目前考知有其曾參展北京「第六屆全國美展」並獲「特別獎」，但並無畫作傳世，現今可見僅有教書筆記的少數圖樣以及〈梅池雙雁〉、〈雙鳥與果實〉等美術作品。從這些可見的極少數作品中，我們很難去定位王白淵在美術領域的特點與成就，同時也很難進一步地去分析其詩畫間的相應關係。雖然如此，王白淵從美術家走向文學創作者的軌跡，依舊反映其從繪畫到詩創作的歷程，王白淵的詩作大多存有以畫入詩的佈局；作為藝術家，王白淵對

7　陳才崑譯：《王白淵・荊棘的道路》，頁256。此為王白淵翻譯且引用謝春木的序。

8　高梅蘭：《王白淵作品及其譯本研究──以《蕀の道》為研究中心》（臺北市：國立台北教育大學課程與教學研究所語文教學碩士論文，1996年8月），頁68。

9　陳千武：《台灣新詩論集》（高雄市：春暉出版社，1997年4月初版），頁12。

自然現象的觀察力顯然敏銳，把自然現象的感觸經由文字的勾勒而為
詩作，頗似畫家之筆描繪其細膩的觀察，因此王白淵的許多詩作猶似
浮漾著一幅風景畫，這種風景畫或許就是其心靈畫面的一隅。

　　如果進一步地去探究王白淵創作詩的心靈風景，因著農村生活的
體驗，農村風情無疑在其心靈時常徘徊，因此他的詩作常用自然現象
或農村景物來藉景抒情。生活經驗對於創作者的影響總是深刻的，王
白淵的詩作以農村自然風貌成為其表徵與他的出身有關。王白淵的父
親王獅，母親楊甚，其故居位於二水鄉山腳路一段三三三巷十號，地
處八卦山腳下。王家坐落於距離二水火車站約一公里左右的惠民村村
落，二水當地人稱呼該地為「姓王仔」，聚落四周多是綠野平疇，朝
西邊望去有八堡圳，再遠一些是台灣的第一大河濁水溪，屋後有一條
由大坵園庄通往彰化市的山腳路，路的東面乃是八卦山的嶺頭地段，
四季花開，蝴蝶翩飛，流水潺潺。[10]王氏父親王獅在日治時期戶籍謄
本的職業欄登記為「鳳梨栽培」，王家世代務農，種植的作物尚有香
蕉、芒果、木瓜、竹筍、龍眼等。[11]在這樣的生長背景下，王白淵的
田園生活經驗成為其審美情趣的內涵，他的藝文表現都有著濃厚的農
村風情，他對法國巴比松派畫家米勒、日本詩人石川啄木等人的推崇
也多與農村的情緣有所相涉。因著這樣的發展，王白淵的詩作頗多是
以農村風景作為其詩作情境的，《蕀の道》一書所收錄的六十六首詩
作，處處可見王白淵對於農村景象的描寫，其中〈晚春〉一詩更是明
顯地以其家鄉作為描繪的場域。

---

10 參見陳才崑：〈「王白淵‧荊棘的道路」導讀〉〉，收錄自《王白淵‧荊棘的道路》序
　　文前。

11 參見陳才崑：〈「王白淵‧荊棘的道路」導讀〉〉，收錄自《王白淵‧荊棘的道路》序
　　文前。

〈晚春〉

時光逐流春逝

節句過後五月中

盛開之花亦漸凋零

高砂之島正濃綠

看那夕陽照耀下的山岡彼方

樹蔭下陌生客正吹著笛子

時光靜靜走在無窮的空間

晚春一日又入暮

牧童於牛後閒談

村女含笑上歸途

農家炊煙冉冉上昇

落日啼蟬聲吱吱

似晨又似黃昏之際

是故鄉村郊的夕景

中央山脈比夢還淡

濁水溪流貫永遠[12]

「似晨又似黃昏之際，是故鄉村郊的夕景，中央山脈比夢還淡，濁水溪流貫永遠」幾句基本上就是王白淵家居地理環境的寫照，王家背倚八卦山脈，面向濁水溪，在這處農村的生活環境，「夕陽照耀下的山岡」、「牧童」、「牛」、「村女」、「農家炊煙」、「蟬啼」等生活景象成為其描繪的素材，基本上這首詩是以其農村生活情境作為書寫場域。考諸《蕀の道》的六十六首詩作，大多數詩篇或多或少都有農村的相關景像寫入詩中，下表略而見之：

---

12 陳才崑編：《王白淵‧荊棘的道路》上冊，頁122-123。

表一：《蕀の道》各詩篇出現的相關農村景象

序號	發表時間	篇名	與農村景象相涉的語彙
1	1926.09.03	〈未完成の畫像〉	高嶺、幽谷等
2	1926.09.26	〈落葉〉	風、木の葉、木枯等
3	1927.12.05	〈乙女よ！〉	花園等
4	1927.12.05	〈失題〉	曠野、蒼空、星、月、雲間、小川、胡蝶、千草、雲雀、花等
5	1927.12.05	〈魂の故鄉〉	曠野、蒼空、草花、白雲、清水、夕蟬、木蔭、霞、峰、落花、靈鳥、雷鳥等
6	1927.12.05	〈蝶よ！〉	曠野、春、胡蝶、野山、河、秋風等
7	1927.12.05	〈秋の夜〉	野邊、夕空、秋の空、月、花、小池、千草、蟲、雲間、鳥、草木、微風、流水、草花、岸邊等
8	1927.12.05	〈時は過ぎ行く〉	花、幼苗、双葉、涼しい秋、寒風、蜉蝣等
9	1927.12.05	〈生命の家路〉	木蔭、千草、岡、花、胡蝶、花園、鳴く蟬、秋の蟲、雁の聲、小鳥、鼠、森、空の靜けさ、木枯等
10	1928.12.05	〈序詩〉	太陽、胡蝶、地平線等
11	1928.12.05	〈春の朝〉	森蔭、山巒、微風、太陽、雀、村乙女、川邊、春霞、農夫、遠方の山、小川、日、田園、牧歌等

序號	發表時間	篇名	與農村景象相涉的語彙
12	1928.12.05	〈薄暮〉	森蔭、日、蟲、木梢、月、花咲く、微風、胡蝶、西の空等
13	1928.12.05	〈花と詩人〉	薔薇、胡蝶、蜉蝣、花、自然等
14	1929	〈もぐら〉	もぐら（鼹鼠）、花園、花等
15	1929	〈真理の里〉	空、星、木の葉、嵐等
16	1929	〈キリストを慕ふて〉	野邊、春の野、空晴れ、木蔭、千草、森、小鳥、池、蛙、山上等
17	1930	〈春に與ふ〉	地平線、木蔭、陽炎、千草、花、小鳥、胡蝶、自然、吹く風等
18	1930	〈椿よ！〉	椿、星と月、微風、薫る春、花園、胡蝶、鳥、澤山等
19	1930	〈四季〉	野邊、大地、月、ぼる煙、千草、龍眼の森、蝴蝶、木の葉、鳥、農村の灯、風、堤、木枯、陽炎、春の朝、木蔭等
20	1930	〈時の永遠なる沉默〉	小鳥、木枝等
21	1930	〈秋に與ふ〉	赤き柿の實、野邊、野山、小川、風、木の葉、小鳥、蟲等
22	1930	〈表現なき家路〉	野邊、冷い風、草花、小鳥、枝等

序號	發表時間	篇名	與農村景象相涉的語彙
23	1930	〈印度人に與ふ〉	○
24	1930	〈揚子江に立ちて〉	柳等
25	1931	〈私の詩は面白くわりません〉	野、山、草花、木の實等
26	1931	〈生の谷〉	蘚、靈泉等
27	1931	〈水のほとり〉	相思樹、清水、菖蒲、吹く風、秋の波等
28	1931	〈零〉	○
29	1931	〈違つた存在の獨立〉	蘚、森、河、水の流、小鳥、草花等
30	1931	〈生の道〉	野、森、曠芒、雲、氷山、谷等
31	1931	〈供子よ!〉	花等
32	1931	〈性の海〉	碧色、風、蟲等
33	1931	〈野邊の千草〉	野邊、千草、青い、風、胡蝶、太陽、菫等
34	1931	〈藝術〉	○
35	1931	〈空虛の絕頂に立つて〉	木、蟬、花等
36	1931	〈蓮花〉	蓮花、池、微風、桃色等
37	1931	〈梟〉	春の野、山間の幽谷、梟、鳥等
38	1931	〈雨後〉	野邊、蒼空、草木、蛙、家鴨、蟬、吹く風、森、田野、草花、烈風、自然等
39	1931	〈愛戀の小舟〉	風、花等

序號	發表時間	篇名	與農村景象相涉的語彙
40	1931	〈向日葵〉	日蔭、向日葵、太陽、花辨、鷹等
41	1931	〈私の歌〉	野邊、草花、谷澗の流等
42	1931	〈御空の一つ星〉	太陽、柳、日出、月、河畔等
43	1931	〈太陽〉	太陽等
44	1931	〈夜〉	星、月、秋の蟲、草木、微風、流、雄雞の聲、花、朝日等
45	1931	〈胡蝶〉	野邊、胡蝶、微風、草花等
46	1931	〈風〉	野邊、旋風、木の葉、水の面、草花、星、月、太陽、微風等
47	1931	〈アンリー・ルソー〉	樹木、花、木の葉等
48	1931	〈島の乙女〉	柳枝、微風、槿花、花等
49	1931	〈胡蝶が私に唄く〉	日、月、星、胡蝶、蟲、小池、微風、木の葉、澤山、虫は歌ふ等
50	1931	〈沉默が破れて〉	葉蔭、胡蝶等
51	1931	〈ゴオギヤソ〉	鰻、草木、草花、枯木、大自然、素朴な故郷、動物と植物等
52	1931	〈死の樂園〉	木蔭、星、月、森、風、竹林、大地、小池等
53	1931	〈薔薇〉	薔薇、星、微風、胡蝶、自然等

序號	發表時間	篇名	與農村景象相涉的語彙
54	1931	〈春の野〉	春の野、森蔭、蝴蝶、小川の流れ、柳、微風、花、小鳥、白雲、蒼空、大地、岸邊等
55	1931	〈何の心ぞ？〉	蒼空、小鳥等
56	1931	〈無終の旅路〉	蟬、木梢、胡蝶等
57	1931	〈見よ！〉	野邊、小鳥、朝日、風、蟲鳴、黑い鳥、五色の橋、空、夕日等
58	1931	〈詩人〉	バラ（玫瑰）、蟬、月等
59	1931	〈峯の雷鳥〉	峯、太陽、小鳥、雷鳥等
60	1931	〈時の放浪者〉	風雨、自然等
61	1931	〈無題〉	蒼空、葉蔭、木の葉、小鳥、無名の花、風吹く、自然等
62	1931	〈吾が家は遠いやうで近し〉	葉蔭、谷間、落葉、岸邊の花、日等
63	1931	〈二つの流れ〉	流、自然等
64	1931	〈春〉	野邊、蒼空、草木、小鳥、小山、千草、陽炎、花、胡蝶等
65	1931	〈南國の春〉	田の面、早苗、胡蝶、木蔭、小川、山はみどり（綠）、花、草木、風、小鳥等
66	1931	〈晚春〉	木蔭、花、崗、牧童、村乙女、農家の炊煙、落日、蟬

序號	發表時間	篇名	與農村景象相涉的語彙
			の聲、故鄉の村、中央の連山、濁水の溪、水牛、濃きみどり（濃綠）

資料來源：筆者整理。

以《蕀の道》六十六首新詩作語彙分析，除了〈印度人に與ふ〉、〈零〉、〈藝術〉等三篇外，其他六十三首詩篇多有農村景物的描寫。如果進一步地分析這六十三首詩作涉及農村情境的描述，「野邊」、「曠野」、「春の野」等語彙的使用率是相當頻繁的，在《蕀の道》詩作中共有十九首述及「野」的畫面。王白淵對於「野」字的運用當源自農村田園多有一望無際的視野，田野的風貌給人開闊感顯然異於市街生活，因此農村可以望見無垠的天空與視野，與之相涉的蒼空、星空、地平線、千草、五色の橋（彩虹）等語彙也在王白淵詩中屢屢出現，如〈四季〉：

昇起的炊煙＿

不＿是飄逸的光芒

爭妍的田野雜草

噢！是春天的早晨

灑落的水銀＿

不＿是小樹蔭的滴水

茂盛的龍眼林

噢！是夏日的白天

飛逝的蝴蝶——

不——是仰慕大地的樹葉

掠空無言的飛鳥
噢！是秋天的黃昏
照耀地面不可思議的月亮——
不——是霧中農村的燈火
隨風搖曳堤岸的枯木
噢！是冬天的深夜[13]

田野、仰慕大地、月亮等語彙的使用都充分展現農村異於市街生活的
視覺感官。除了田野開闊視野的呈現外，農村生活的視覺、聽覺感受
也在王白淵詩中屢見不鮮，花草遍布、蝴蝶飛舞、蟬鳴、鳥啼、蛙叫
等語彙或景象描寫也是王白淵詩作的常見素材，這些在農村生活的感
官體驗也成為王白淵詩作的描繪特點，如：

〈雨後〉
九天黑沼垂下無數的銀絲
迎風飄曳編織美妙的綾布
或細粗或窄寬
多麼不可思議的真珠寶衣
草木復甦
青蛙呱叫獲得自由天地
家鴉嬉戲水窪慶生
蟬獨自半空蟬鳴
看吧！蒼穹高懸五色橋
天女之家霧中消逝

微風交語森林的微笑
田野含笑花草的喜悅
自然踏出再生的舞步[14]

〈看吧！〉
夜幕敞開之際
小鳥啼囀時分
看吧！
朝日昇入中天
雨停止之際
風靜止時分
看吧！
東天掛著五色橋
夕陽西下之際
田野蟲鳴時分
看吧！
西天出現一隻黑鳥[15]

〈春晨〉
輕盈的陽光靜悄悄地走近窗邊
外面麻雀吱吱囃囃
遠方的山巒抬起惺忪的臉
五月涼風恣意吹來

---

14 陳才崑編：《王白淵・荊棘的道路》上冊，頁32-33。
15 陳才崑編：《王白淵・荊棘的道路》上冊，頁76-77。

光輝普照──靜謐的春晨

看那流過林蔭的小溪

佇立岸邊嗽口的兒童

穿著睡袍提著水桶

鄉村少女裸足走下河邊

白日高照──閒靜的春晨

春霞迤邐田園彼方

純樸農夫的蹤影如真似幻

莫非歡欣神的賜福？

悠閑的牧歌隨風而至

太陽高照＿和平的春晨[16]

上述三詩描繪青蛙呱叫、家鴉嬉戲水窪、蟬鳴、小鳥啼囀、田野蟲
鳴、麻雀吱吱囉囉、少女裸足涉水、春霞迤邐田園等景象都是農村風
情的顯現，王白淵的詩作處處是這一類題材的描寫，諸如〈春の
朝〉、〈春に與ふ〉、〈春の野〉、〈見よ！〉、〈南國の春〉等詩篇都將農
村生活景象透過文字勾勒寫入詩中，從而《蕀の道》詩作以一種具有
繪畫式的描寫來吐露作者的情思，這種詩畫互動的特點反映出王白淵
從美術家步入詩人的軌跡，從而建構王白淵詩作的特點－以農村風景
詠詩情。

---

16 陳才崑編：《王白淵·荊棘的道路》上冊，頁78-79。

三　《蕀の道》的審美意識：從農村情境體現「物哀」之美

　　王白淵以畫入詩，在他的詩作中略顯農村生活情態，然而王白淵所建構的農村情境確非活潑、溫馨而生氣勃勃的；相反的，王白淵《蕀の道》的農村雖有農村的風光，卻包覆著一種獨特的詩情。趙天儀：王白淵的詩，是抽象傾向的抒情詩，這種詩，作者好像是走索者一樣，一不小心，就容易流於概念化的表現。如果意象豐富，而又富於多義性，也可能成為一種哲理詩，即意在言外，而頗有弦外之音的意思。[17]陳才崑指出：當其留學日本後，學會掌握彼時日本名詩人石川啄木等的現代詩表現技巧，再經由對朵斯多耶夫斯基、雪萊、柯修尼卡、泰戈爾等西洋詩人，以及西洋美術史的研究，吸納西方的辨證哲學、印度「優婆泥沙土」的形上學之後，以往在其故鄉的田園生活經驗，遂一一躍為其「演繹」思想觀念的對象（現象）。[18]王白淵的詩作雖然有許多農村景象的具體描繪，然而這些描寫多半是演繹其抽象的思想之橋樑，從而其農村風景的外相中饒富著獨特的思考與哲理，趙天儀指出：王白淵主要的詩作，卻是專注於詩、藝術以及自然世界的探索，不是純粹抒情，而是抒情中有說理，……比較是造境的。[19]亦即王白淵透過造境來表達其情思，其造境基本上又以農村風情為情境，從農村情境來抒發作者的詩意。

　　在《蕀の道》所收入的六十六首詩中，王白淵的農村情境雖然有著極為豐富的農村景物的描寫，然而這些景物迥異於活潑、熱情、溫

17　趙天儀：〈台灣新詩的出發──試論張我軍與王白淵的詩及其風格〉，《台灣現代詩史論》（臺北市：文訊雜誌社，1996年3月），頁75。

18　陳才崑譯：《王白淵・荊棘的道路》，頁256。此為王白淵翻譯且引用謝春木的序。

19　趙天儀：〈台灣新詩的出發──試論張我軍與王白淵的詩及其風格〉，頁75。

暖的農村情態，頗多以一種靜默索然的姿態呈現於面前。也就是說，
《蕀の道》的情調多是透過花草、林木、星月、鳥蟲等自然風物來詠
物抒情，情感大多是靜謐的幽情，不時還吐露著一種淡淡的哀愁和感
傷，如〈天空的一顆星〉：「闇夜聽到你毫無聽眾淒涼的獨吟，是何等
歡喜消失在霧裏的悲調」[20]；〈落葉〉：「微風吹自何處有誰知！飛來樹
葉，其中也有凋零。噢！樹葉啊！好麼？和你一同靜靜飄下命運的流
水」[21]王白淵對於農村景象的造境，基本上便是以「靜」、「默」等描
寫來促使農村景物呈現出一種虛無的感觸，因此《蕀の道》大量使用
靜靜的、孤寂、默默、沉默等表示靜謐之感的語彙，在〈未完成の畫
像〉、〈落葉〉、〈生命の家路〉、〈春の朝〉、〈キリストを慕ふて〉、〈表
現なき家路〉、〈生の道〉、〈性の海〉、〈野邊の千草〉、〈空虛の絕頂に
立つて〉、〈梟〉、〈向日葵〉、〈夜〉、〈沉默が破れて〉、〈死の樂園〉、
〈詩人〉、〈吾が家は遠いやうで近し〉、〈晚春〉等十八詩中都可以
發現作者直接以靜、默、孤獨等語彙來塑造農村的靜謐感。我們見
下面詩作：

〈梟〉

山間幽谷信守沈默的灰色存在

夜陰出巢的白畫叛道

你是無語無歌的沈默之鳥

春野無法安慰你

嚴冬不能陷害你

無友無家當然也無社會

---

20 陳才崑編：《王白淵‧荊棘的道路》上冊，頁40-41。

21 陳才崑編：《王白淵‧荊棘的道路》上冊，頁120-121。

於沈默的深淵

永遠找尋孤獨

我不是讚美你的生活

祇因你的存在的確是世界的一奇

溶化一切的命運於沈默的熔爐

昂然闊步宇宙的大氣

你非鳥界的英雄會是什麼？[22]

〈秋夜〉

日落西山默默

霧籠秋的晚霞

月亮若隱若現

當盛開的麗空之花

掉進胸中的小池

聽吧！

田野雜草的昆蟲

亦自呢喃

鈴鈴絲絲

淅淅……

啊！——

好藝術的片斷

彼方天空的雲端

鳥無語飛逝

草木微風中入眠

---

22 陳才崑編：《王白淵・荊棘的道路》上冊，頁28-29。

流水耳語岸邊的花草
秋高月孤涼
夜靜靜地入深去[23]

〈無表現的歸路〉
雨絲靜靜地下＿夜漆黑
冷風悄然入窗來
無光燈下兀坐闔眼遐思
思入往昔數千年
抑或徘徊漫步至永刧未來之鄉
變作花草曰野繚亂
化作小鳥枝上啼囀
今宵回歸魂的故鄉
無喜無悲無生無死
到達無表現的歸路
啊！──
我是甦醒還是將要入眠？
抑或──因為外面漆黑
雨依稀靜靜地下[24]

〈仰慕基督〉
樹蔭啼鳥彷彿歌曰：
「一切皆逝──唯藝術留存
藝術亦逝──唯愛留存

---

23 陳才崑編：《王白淵‧荊棘的道路》上冊，頁104-105。
24 陳才崑編：《王白淵‧荊棘的道路》上冊，頁106-107。

愛亦逝＿唯生命留存
萬物皆逝——唯時光靜默無語啊！」[25]

〈梟〉一詩用「沈默的灰色」、「沈默的深淵」、「沈默之鳥」、「沈默的熔爐」以及「找尋孤獨」等語句來塑造靜默的氣氛；〈秋夜〉最後用「夜靜靜地入深去」作結營造出一種靜謐感；〈無表現的歸路〉一詩用「雨絲靜靜地下」、「冷風悄然入窗」等句，並以「雨依稀靜靜地下」作結來呈現出一種時間由動趨於靜態的凝結之感；〈仰慕基督〉最後同樣以「唯時光靜默無語啊！」來營造出一種靜謐的悵然情思。除了直接使用「靜」、「默」等具有靜謐感的語彙外，王白淵也喜以具有靜謐感的景物之描述來營造寂靜的氛圍，其中「木蔭」、「日蔭」、「葉蔭」等景象描繪在〈生命の家路〉等十二篇章皆可發現。如〈死亡樂園〉：

驟然星沈
落入胸中的小池
月默默偷瞧
——從森林的樹蔭
雨靜靜飄落
落入大地的懷抱
風瀟瀟呼號
——從竹林中間
有限紛紛溶解
落入無限的潮水

---

25 陳才崑編：《王白淵・荊棘的道路》上冊，頁114-115。

生命悠然上路
__從死亡樂園[26]

除了透過「木蔭」、「日蔭」、「葉蔭」等景象來造境外，王白淵也有透
過「樹葉聲」、「蟲鳴」來反襯情境的寂靜。如〈薄暮〉：

日已低垂蟲也唱起了歌
西天還有一絲光明
一顆心被樹梢躊躇的月所吸引
獨自一個人漫步微暗的林蔭
也許途中迷了路
對岸陌生人正吹著笛子
花開的春天惹人心裡煩悶
我心歸去浪打微風的蝴蝶
正是忘暑靜謐的黃昏
東邊涼風吹來
何時我可以到達歸路
母親在家惦念著孩子[27]

〈給秋天〉
看那紅柿結實纍纍
風也停止了吹拂
樹葉竟匆匆飄零

---

26 陳才崑編：《王白淵‧荊棘的道路》上冊，頁64-65。
27 陳才崑編：《王白淵‧荊棘的道路》上冊，頁82-83。

訪那泛黃的山野
小鳥之歌不知何時已經停止
唯有掠空的風侵襲孤人
到那漸進昏黃的野外
伴隨小溪的低語
蟲也兀自鳴秋
屋簷霜降秋來到
我心常離人
任沈思引領行[28]

「垂蟲也唱起了歌」、「小溪低語」、「蟲兀自鳴秋」等詩句雖是動態而具有聽覺感官的描寫，實際上作者是透過蟲鳴、溪水聲等描寫來營造情境的靜謐感。整體而言，王白淵詩作下的農村顯得特別的安靜，潛藏著一種寂靜之美，引發人蘊生深沉的幽思，盡顯日本人的審美情趣——「物哀」情調。葉渭渠、唐月梅《物哀與幽玄》：「物哀作為日本美的先驅，在其發展過程中，自然地形成『哀』中所蘊含的靜寂美的特殊性格，成為『空寂』和『閑寂』的美的底流。」[29]《蕀の道》的詩作便多以描寫農村景象的靜寂美來營造其詩意情境，透過林蔭、花草、微風、月、星辰、鳥蟲等農村景象來詠物抒情，內蘊的情感大多是幽深的哀情，從而體現了日本傳統審美情趣——「物哀」情調。關於「物哀」，方愛萍〈論日本民族的「物哀」審美意識〉：

　　「物哀」，就是二者調和為一、達到物心合一時所產生的和諧

---

28 陳才崑編：《王白淵·荊棘的道路》上冊，頁94-95。
29 葉渭渠、唐月梅：《物哀與幽玄》（桂林市：廣西師範大學出版社，2002年7月），頁87。

美感——即以對客體抱有一種樸素而深厚感情的態度作為基
礎，在含蓄優美、細膩淡雅、淳樸靜寂以及哀婉感傷的格調
中，渲染內心的悲哀、憐憫、同情、共鳴、愛憐、讚賞、感動
等情緒。[30]

葉渭渠、唐月梅《物哀與幽玄》：

「物哀」所含有的悲哀感情，絕不是對外界的自然壓抑毫無抵
抗力而表現出的哀感，它經過藝術的錘煉，昇華為一種獨特的
美感。因而「物哀」便成為一種純粹的美意識，一種規定日本
藝術的主體性和自律性的美形態。[31]

物哀的意蘊所指是感物、知物而衍生的一種細膩幽微的情思，物之
「哀」雖然與「悲哀」的語意不盡相同，然而日本人的物哀之情多以
淳樸靜寂以及哀婉感傷的哀感呈現而感人肺腑，因此物哀之情多半是
一種深沈、細微的感情或無名的感傷。方愛萍認為：整個日本社會及
日本人的生活中都充滿了「物哀」的情感成分與深奧、神秘、清淡、
靜謐的審美情緒。[32]王白淵在政治社會的層面上猶似一個精神抗日的
份子，然而其文藝創作卻體現著日本的傳統審美意識，似乎存在著一
種矛盾感。高梅蘭《王白淵作品及其譯本研究——以《蕀の道》為研
究中心》指出王白淵在中日兩國間游走，因本身的國籍與身分定位的
不確定性，導致王白淵心中的掙扎與不安，對於日治時期的台灣人而

---

30 方愛萍：〈論日本民族的「物哀」審美意識〉，《河南理工大學學報（社會科學版）》
　　2009年第10卷，頁118。
31 葉渭渠、唐月梅：《物哀與幽玄》，頁85。
32 方愛萍：〈論日本民族的「物哀」審美意識〉，頁119。

言，國家認同的問題存在於內心深處的隱蔽角落。[33]觀察王白淵《蕀の道》出版前的生涯，故鄉二水的農村生活經驗對其影響自不待言，再者其旅居日本的生活經驗也在其心靈產生不小的潛移默化。

日本殖民的生活經驗對於王白淵來說是負面的，謝春木在一篇序文言：

> 但是經過兩年中間，他亦受著種種社會的苦難。因為血的不同，事事受差別的痛苦，沒道理的壓迫等，使他明鏡一般清澄的心理，密集了一朵黑雲。他亦充分地當過了，在殖民地長大的人不能不嘗的東西。由此他決定幹美術。在美術學堂的他非常憂鬱，不多畫只研究詩文，我們倆常在公寓的樓上，關於臺灣人的命運，講到天亮。……這本詩集是廿九歲以前的現實，特別是由日本教育忠實的反射鏡所照出的現實。他將這反射鏡送到社會，將把它打碎，然後以臺灣人所住地現實社會的正射鏡來代替。他現在好像當著苦藥的味般地心思，將這詩集做清算藥吞下去。他的真面目，就在這清算之後。《荊次的路》是他達到廿九歲的生活的反映，同時又示唆着他要向那裡去，不必說是他，說是他所屬的社會更妥當。[34]

日本的殖民與不平等的待遇是促發王白淵《蕀の道》創作的催化劑之一，不過日本的生活情境以至於文藝頗受王白淵喜愛，王白淵〈我的回憶錄〉：

> 民國十四年四月初旬，我和家族相辭，離別故鄉抵東京。那正

---

33 高梅蘭：《王白淵作品及其譯本研究──以《蕀の道》為研究中心》，頁49。
34 陳才崑編：《王白淵──荊棘的道路》下冊，頁256-258。

櫻花將落的時候。美術學校在上野公園裡，和東京音樂學校相
隔壁。這兩個藝術殿堂，均在東京高臺上，草木幽翠的公園
裡。這非常使我滿意。我天天踏著春雪似的花片進學校，上野
公園不僅是日本有數的櫻花地，又是文化藝術的中心點，國立
圖書館、府美術館、帝室博物館等均在此。這一帶谷中區的胡
同裡，充滿著許多的藝術學生和藝術家，好像法國巴黎的羅甸
區（拉丁區）一樣，形成著一種特別的風氣。[35]

王白淵發出喟嘆：東京竟是一個好地方，…但是使我特別滿意者，就
是生活的自由和研究的自由。……我感著到日人可親可愛，更感著到
日本的文化，有媚人的地方。我天天很規矩的上課，只研究美術。[36]
王白淵對於日本生活文化頗感愜意，因著日本生活文化的受容，王白
淵從內到外均受到日本文化深淺不一的影響，據當年上海美專的同事
黃葆芳先生說：「王君身材五短，留有日式短髭，外貌與日人無異。
且一口流利的日語，與日本人幾乎難以分別。行路形狀也是八字腳，
這可能因長期居住日本，穿慣木屐所致。」[37]從上述可知王白淵自身
體現的文化趨於日本化，其內心思維與審美意識也潛藏著一種令人憐
惜的哀愁情緒，那種無常的哀感、美感正是日本人的「物哀美」。《蕀
の道》處處瀰漫著令人憐惜的哀愁情緒，如〈佇立空虛的絕頂〉：

> 佇立空虛的絕頂我吶喊：
> 「給我心靈的食糧」

---

35 陳才崑編：《王白淵‧荊棘的道路》下冊，頁262。
36 陳才崑編：《王白淵‧荊棘的道路》下冊，頁262-263。
37 黃武忠：〈「荊棘之道」日文詩集作者——王白淵〉，《日據時代台灣新文學作家小
  傳》（臺北市：時報文化，1980年），頁52。

絲毫沒有回應
我睜大眼睛環顧四方
樹木沈默花在笑
蟬鳴架響
我耐不住飢餓再次吶喊：
「給我一丁點心靈的食糧」
還是鴉雀無聲
並且蟬鳴停止
花在落淚
我闔眼陷入沈思＿＿[38]

「花在落淚，我闔眼陷入沈思」所建構的情境便是一種令人憐惜的哀愁感，這種物哀之情側重心與物、物我一體，從物心合一時呈現一種共振的美感，《蕀の道》有許多詩篇呈現物我一體的聯想，如〈向日葵〉：「可是他的靈魂溶入了太陽，將會永遠繼續和你共同呼吸情感吧？」[39]、〈茶花〉：「山茶花啊！現在我和你在一起。不，是和你溶合一體」[40]〈二彎流水〉：「吾影消失於自然的胸脯，當一切合而為一。啊！這就是生命的歡喜。陌生人在叫喊」[41]王白淵從物起興，從知物繫己情，將自己的幽微哀愁與觀物之情鏈結為一體，從物散發靜默的幽思與哀愁之情，從物哀來映照自己幽然的情思，我們從王白淵兩首述及詩人的詩篇，便可以清楚看見這一現象。

---

38 陳才崑編：《王白淵·荊棘的道路》上冊，頁24-25。
39 陳才崑編：《王白淵·荊棘的道路》上冊，頁36-37。
40 陳才崑編：《王白淵·荊棘的道路》上冊，頁84-85。
41 陳才崑編：《王白淵·荊棘的道路》上冊，頁110-111。

〈花與詩人〉

詩人回答說：

「被稱為花生為詩人者

同屬自然的一個現象

花因詩人益顯其美

詩人自花解讀自然之心＿＿」[42]

〈詩人〉

薔薇花開默默

無語凋零

詩人生而沒沒無聞

啃噬自己的美而死

秋蟬空中歌詠

無顧後果飛逝

詩人心中寫詩

寫了又復消除

明月獨行

照耀夜的漆黑

詩人孤吟

訴說萬人的塊壘[43]

「詩人自花解讀自然之心」，詩人從知花來感知詩心，便是一種體現物哀情意的精髓。〈詩人〉一詩則盡顯王白淵的生命情意，「薔薇花開

---

42 陳才崑編：《王白淵‧荊棘的道路》上冊，頁116-117

43 陳才崑編：《王白淵‧荊棘的道路》上冊，頁80-81。

默默，無語凋零」顯露物哀之情，從而引領出「詩人生而沒沒無聞，啃噬自己的美而死」，莫渝以「嗜美的詩人」來評論王白淵。綜合觀之，王白淵《蕀の道》詩作大體以其農村生活經驗的景物作為詩意迸發的源頭，從而流動出一種靜默、悵然的「物哀」之情，從而建構出其詩作的審美特點－物哀情調的農村風景。

四　結語

　　本文經由王白淵《蕀の道》的六十六首現代詩作去討論其詩作中的情調或意境，從而去闡釋王白淵《蕀の道》詩作的審美意識。

　　考諸《蕀の道》的六十六首詩作，除了〈印度人に與ふ〉、〈零〉、〈藝術〉等三篇外，其他六十三首詩篇多有農村景物的描寫，其詩作頻繁使用「野邊」、「曠野」、「春の野」等語彙以及與之相涉的蒼空、星空、地平線、千草、五色の橋（彩虹）等語彙給予人開闊的農村生活面貌。此外，花草遍布、蝴蝶飛舞、蟬鳴、鳥啼、蛙叫等語彙或景象描寫也是王白淵詩作的常見素材，農村生活的視覺、聽覺感受也在王白淵詩中屢見不鮮。透過文本的梳理以及語彙的分析，王白淵的詩作幾乎都以農村生活景物作為其鋪陳詩意的素材。

　　再者，王白淵的二水農村生活以及旅居日本的生活經驗鎔鑄出一種獨特的審美情趣，王百淵《蕀の道》詩作多是透過花草、林木、星月、鳥蟲等自然風物來詠物抒情，情感大多是靜謐的幽情，不時還吐露著一種淡淡的哀愁和感傷，建構出一種特殊的情境－物哀情調的農村風景，成為其詩藝詠情調的審美特點。

參考文獻

一　專書

王白淵：《蕀の道》，收錄於河原功編：《台灣詩集》，日本：綠蔭書
　　　房，2003年。

陳千武：《台灣新詩論集》，高雄市：春暉出版社，1997年4月初版。

陳才崑譯：《王白淵・荊棘的道路》下冊，彰化縣：彰化縣立文化中
　　　心，1995年。

彭瑞金：《台灣文學步道》，高雄：高雄縣立文化中心，1998年7月。

葉渭渠、唐月梅：《物哀與幽玄》，桂林市：廣西師範大學出版社，
　　　2002年7月。

二　單篇論文

方愛萍：〈論日本民族的「物哀」審美意識〉，《河南理工大學學報
　　　（社會科學版）》，2009年第10卷。

毛燦英、板谷榮城著，黃毓婷譯：〈盛岡時代的王白淵（上）〉，《文學
　　　臺灣》34期，2000年4月。

黃武忠：〈「荊棘之道」日文詩集作者──王白淵〉，收入《日據時代
　　　台灣新文學作家小傳》（臺北市：時報文化，1980年）。

趙天儀：〈台灣新詩的出發──試論張我軍與王白淵的詩及其風格〉，
　　　收入《台灣現代詩史論》（臺北市：文訊雜誌社，1996年3
　　　月）。

三　學位論文

高梅蘭：《王白淵作品及其譯本研究──以《蕀の道》為研究中心》

（臺北市：國立台北教育大學課程與教學研究所語文教學碩士論文，1996年8月）。

黑暗有光
——論王白淵新詩的黑白美學

王文仁、李桂媚

摘要

　　本文以王白淵七十八首新詩作為研究對象，從色彩學的角度切入，透過黑白意象運用的觀察，爬梳從美術轉向文學的王白淵，如何藉由色彩的塗佈與表述，在詩中追尋光明與黑暗，展現其藝術觀與哲學觀。從黑白色彩的運用中，我們可以看到王白淵有意創造出「黑夜→黑暗有光→白晝之夢」的寫作邏輯與詩美學。在「荊棘之道」的考驗中，他透過「黑」的塗佈描摹生命、藝術所遭遇的困頓與黑暗夜。在此同時，他也深刻地理解到，真正的創作之路必然是堅持地在黑暗中尋光。是以，在他的不少作品中，也都以白晝、白日夢的景象點出文藝理想國與衝出黑暗的必要性。在日治時期的特殊歷史背景下，王白淵此一文藝道路的摸索，無法被單純以反殖抗爭意識，或耽溺、唯美的藝術觀所籠罩，而是顯明地浮映出那個時代，臺人知識份子們共同艱困的時代課題與生命遭遇。

關鍵詞　王白淵、荊棘之道、色彩學、黑白美學

一　前言：黑夜中的前行者

　　前輩作家巫永福在《福爾摩沙》雜誌中，曾以「黑暗之夜，哭過夜晚，譏笑夜晚」[1]，來形容日治時期堅持於文學與社會改革之路的王白淵（1902-1965）。在帝國殖民苦悶的時代，在遭受不平等待遇的社會環境裡，王白淵並未屈於現實，這位黑夜中的前行者，積極投入文化活動，將人道主義與社會主義的精神推展得更遠。向陽在〈詩的想像·台灣的想像〉一文裡，曾經感嘆：「追風、張我軍、賴和、王白淵、楊華，乃至早在一九三〇年代就引進超現實主義的水蔭萍（楊熾昌），以及當時的鹽分地帶詩人群等，都不為台灣現代詩壇正視」[2]。相對於五、六〇年代以降的現代派運動，日治時期的新詩長久以來儼然是一個邊緣的存在，隨著近年來的史料整理與出土，不少日治作家的作品重見天日，為日治時期臺灣文學做了重要的補白。以王白淵為例，過去多半認為這位臺灣美術史上重要的先行者，其詩作最早發表於一九二七年的《岩手縣女子師範學校校友誌》[3]上，然而查詢《臺灣日日新報》線上資料庫可以發現，早在一九二六年九月三日，他就在《臺灣日日新報》發表第一首詩作〈未完成的畫家〉（未完成の畫家）[4]，開啟了其重要的文學之路。此外，王白淵也在一九二六年九

1　巫永福：〈王白淵を描く〉，《福爾摩沙》第2號（1933年12月），頁57；吳坤煌：〈臺灣藝術研究會的成立及創刊《福爾摩沙》前後回憶一二〉，收錄於吳燕和、陳淑容主編：《吳坤煌詩文集》（臺北市：臺灣大學出版中心，2013年），頁216。

2　向陽：〈詩的想像·台灣的想像〉，《台灣現代文選：新詩卷》（臺北市：三民書局，2006年），頁1-2。

3　既有研究多半稱此刊為《盛岡女子師範校友會誌》，根據明治大學博士生劉怡臻的考證，應為《岩手縣女子師範學校校友誌》。

4　該詩收錄於《荊棘之道》（蕀の道）時，詩名改為〈未完成的畫像〉（未完成の畫像）。王白淵：〈未完成的畫家〉，《臺灣日日新報》朝刊第6版，1926年9月3日；王白淵：《蕀の道》，全書收錄於河原功編：《台灣詩集》（日本：綠蔭書房，2003年）。

月二十六日、一九二六年十二月三日的《臺灣日日新報》，兩度發表日文新詩〈落葉〉[5]。

　　一九三一年，任教於盛岡女子師範學院的王白淵，幾經周折下出版了其代表作《荊棘之道》（蕀の道），這本臺灣人在日本出版的第一本日文詩文集，收錄有六十六首新詩。在這之後，他向過去自我訣別地走上文化、社會運動的道路，和東京的知識青年們共同創設了「東京臺灣藝術研究會」，宣揚重新創造「臺灣人的文藝」之重要，並因多次涉入社會運動而鋃鐺入獄，創作量銳減，只有散見在《福爾摩沙》、《臺灣文學》、《臺灣新報》等刊物上的少數詩作，或以本名發表，或用「托微」、「王博遠」、「洗耳洞主人」等筆名發表[6]，計有十首[7]。若再加上曾刊登於《岩手縣女子師範學校校友誌》，未收錄於

5　一九二六年十二月三日刊登的〈落葉〉，和一九二六年九月二十六日為同一首詩，僅有標點符號之更動，二處增加破折號、一處刪去問號。詩文集《蕀の道》收錄的是一九二六年九月二十六日發表的版本。王白淵：〈落葉〉，《臺灣日日新報》朝刊第5版，1926年9月26日；王白淵：〈落葉〉，《臺灣日日新報》朝刊第5版，1926年12月3日；王白淵：《蕀の道》，全書收錄於河原功編，《台灣詩集》（日本：綠蔭書房，2003年）。

6　根據研究者柳書琴的考證，「王博遠」、「洗耳洞主人」等皆為王白淵筆名，「托微」可能也是王白淵。柳書琴：《荊棘之道：旅日青年的文學活動與文化抗爭》（臺北市：聯經出版事業公司，2009年）。

7　王白淵：〈行路難〉，《福爾摩沙》第1號（1933年7月），頁32-33；王白淵：〈上海を詠める〉，《福爾摩沙》第2號（1933年12月），頁1-4；王白淵：〈愛しきK子に〉，《福爾摩沙》第3號（1934年6月），頁20-21；托微：〈紫金山下〉，《福爾摩沙》第3號（1934年6月），頁31；托微：〈看『フオルモサ』有感〉，《福爾摩沙》第3號（1934年6月），頁32；王博遠：〈太平洋の嵐〉，《臺灣文學》第3卷第3號（1943年7月），頁36-37；王博遠：〈シンガポールは斯くてセびぬ〉，《臺灣文學》第3卷第3號（1943年7月），頁37-38；王白淵：〈恨みは深しアツツの島守〉，《臺灣文學》第4卷第1號（1943年12月），頁4-5；洗耳洞主人：〈濠洲と印度〉，《臺灣文學》第4卷第1號（1943年12月），頁6-9；王白淵：〈光復〉，原發表於《臺灣新報》，1945年10月11日，後收錄於曾健民編著：《一九四五·光復新聲——臺灣光復詩文集》（臺北縣：INK印刻出版有限公司，2005年），頁49。

《荊棘之道》的〈消失在你裡的我〉（貴方の中に失れたる私）與〈悼詩（致中川教諭）〉（故中川教諭哀悼の詩歌）二首作品[8]，目前可尋獲的王白淵詩作共有七十八首（詳參附錄一）。

縱觀目前對於王白淵詩作的評論，主要有以下幾種路向：一是如莫渝以象牙塔裡「嗜美的詩人」來評價王白淵詩作，認為其儘管具有左傾的思想意念，但始終缺乏行動上的付諸實踐，反倒是唯美的探索與藝術的美夢，成為其生命中最重要的主調[9]。相似者如趙天儀指出，王白淵的詩作是抽象的抒情詩，他專注於詩創作、藝術與自然世界的探索，因而在意識型態上走向「非現實主義」的取向，與傾向於現實關懷的張我軍，是臺灣新詩出發時的兩種基本風貌[10]。第二種路向，是陳芳明從左翼文學的角度出發，指出王白淵的詩深受日本左翼文壇的高度評價，而他也是臺灣左翼文學的重要開創者，儘管其詩是暗喻的、高度迂迴的，依舊無損於其左翼詩人的樣貌[11]。延續此一看法者，有柳書琴[12]與郭誌光[13]等人，從抵殖民、反抗的角度切入，評價王白淵的詩作立足於殖民地現實，具有正面抵抗的意義。

第三種路向是卓美華、蘇雅楨等人，嘗試從詩美學的角度切入，了解王白淵被評價於唯美與左翼兩極間的關鍵之因，以及在詩作中所

---

8 此二首作品可參見毛燦英、板谷榮城著，黃毓婷譯：〈盛岡時代的王白淵（下）〉，《文學台灣》第35期（2000年7月），頁236-239。

9 莫渝：〈嗜美的詩人──王白淵論〉，《螢光與花束》（臺北縣：臺北縣文化局，2004年），頁10-25。

10 趙天儀：〈台灣新詩的出發──試論張我軍與王白淵的詩及其風格〉，收錄於封德屏主編：《台灣現代詩史論》（臺北市：文訊雜誌社，1996年），頁67-77。

11 陳芳明：〈日據時期台灣新詩遺產的重估〉，《左翼台灣：殖民地文學運動史論》（臺北市：麥田出版社，1998年），頁141-170。

12 柳書琴：《荊棘之道：旅日青年的文學活動與文化抗爭》，頁35-226。

13 郭誌光：〈「真誠的純真」與「原魔」──王白淵反殖意識探微〉，《中外文學》第389期（2004年10月），頁129-158。

呈現的奮力、琢磨於文學的文人樣貌[14]。第四種路向是嘗試離脫單純的文學文本，從跨藝術視野來看待王白淵所開創的新詩美學與文化象徵。具代表性者如楊雅惠從詩畫互動的角度，評價王白淵以「東方詩學」和「基督精神」象徵系統隱喻形上境界，拉開空間距離，以藝術的變形肯定理想永恆之境[15]。王文仁則從《荊棘之道》中的跨藝術再現，探討王白淵在其中所呈顯的個人生命與文化徵象。肯定其詩作顯現了那個時代的知識份子，對文藝之路與現實情景、小我與大我、幸福與苦難的辯證思考，顯現其對生命與現實的真正洞見[16]。

　　本文的出發點，主要是奠基於第四種路向的前人研究，嘗試以王白淵七十八首新詩作為研究的對象，從色彩學的角度切入，透過黑白意象運用的觀察，爬梳從美術轉向文學的王白淵，如何藉由色彩的塗佈與表述，在詩中追尋光明與黑暗，展現其藝術觀與哲學觀，開展出有別於社會寫實與現代性兩條路線的荊棘之道。此一文藝道路的摸索，無法被單純的以反殖抗爭意識與耽溺、唯美的藝術觀所籠罩，實際上也牽引著在臺與留日的知識份子，走上一條結合各領域文藝人士，以擴大其啟蒙影響力的文藝合盟之路[17]。

---

14 卓美華：〈現實的破繭與蝶舞的耽溺——王白淵其詩其人的矛盾與調和之美〉，《文學前瞻》第6期（2005年7月），頁89-107。蘇雅楨：〈論王白淵《蕀の道》的美學探索〉，《臺灣文學評論》第10卷第6期（2010年10月），頁40-66。

15 楊雅惠：〈詩畫互動的異境——從王白淵、水蔭萍詩看日治時期臺灣新詩美學與文化象徵的拓展〉，《臺灣詩學學刊》第1號（2003年5月），頁27-84。

16 王文仁：〈詩畫互動下的個人生命與文化徵象——王白淵及其《荊棘之道》的跨藝術再現〉，《東華漢學》第12期（2010年12月），頁245-276。

17 王文仁：《日治時期臺人畫家與作家的文藝合盟》（臺北市：博揚文化，2012年），頁101-163。

二 「荊棘」的文學之路與《荊棘之道》的出版

　　一九二三年四月，臺人王白淵經由臺灣總督府的推薦，赴日就讀
東京美術師範科，這是他生命中一次重要且關鍵的轉折。一九二二
年，從臺北師範學校畢業的他，回到故鄉二水公學校任教。這段短暫
的在公學校教學的歲月，有歡樂卻也有悲痛。歡樂的是繼承了母親美
術氣質的王白淵，總是能夠以漫畫的表現手法，活潑課堂上的教學並
深受學生的喜愛；悲痛是身為臺籍教師，不管如何總會受到日人的排
擠與差別待遇[18]。在一次偶然的機遇下，他讀到了工藤直太郎（1898-
1992）所寫《人間文化的出發》一書[19]。這本著作，是有關文藝復興
時期浪漫主義詩人華特・佩特（Walter Pater, 1839-1894）的研究，其
對彼時王白淵所造成的影響，無疑是相當震撼且深遠的。其中的幾篇
文章，讓他強烈地感受到精神與物質、永生與死滅，基督教思想和希
臘思想的對立，與人生二元的相剋；尤其是〈密列禮讚〉一篇，更促
成了他生命中的重大轉向[20]，使他毅然決然地放棄公學校的工作，前
往東京追尋美術之路。

　　上述的「密列」，指的是十九世紀法國寫實主義田園畫大師米勒
（Jean-François Millet, 1814-1875）。富宗教與人道關懷的米勒，在其
所生活的時代，大量透過鄉村的題材表達對生活的觀察，其繪畫不但
具有深刻的思想性，也強調在畫中真誠地表達人生的苦悶，以及超越
時代的不朽精神。這一點對當時以及後來王白淵的人生和文學藝術的

---

18 陳才崑編：〈王白淵生平・著作簡表〉，《王白淵・荊棘的道路》，下冊（彰化縣：彰
　　化縣立文化中心，1995年），頁419。
19 王白淵在〈我的回憶錄〉中，將《人間文化的出發》的作者，誤植為工藤好美，實
　　際上該書的作者應為工藤直太郎。此一考訂參見柳書琴：《荊棘之道：旅日青年的
　　文學活動與文化抗爭》，頁52。
20 王白淵：〈我的回憶錄〉，《王白淵・荊棘的道路》，下冊，頁259-260。

看法，帶來了深刻的影響，讓他企盼能夠成為「臺灣的密列」，在藝術的象牙塔中過著一生[21]。但是，王白淵這樣的美夢，卻在到達東京後很快就被澆熄。原因是他發覺當時以東京美術學校為中心的日本藝術，過度偏向上層階級而與民眾生活相隔離，這與他的藝術理念顯然有不小的落差。事實上，當時的日本畫壇是以保守的「外光派」為主導，儘管許多前衛藝術潮流已開始出現，但王白淵依舊難以找到米勒風格的知音，因此憤而擲下畫筆、放棄企盼許久的畫家之路[22]。就在這時，印度詩人泰戈爾（Rabindranath Tagore, 1861-1941）的詩作與生命哲學，成了催化王白淵走上詩人之路的關鍵因素。

在泰戈爾訪日的一九二四年間，醉心於泰戈爾詩學的王白淵開始「研究詩多於作畫，於寄宿寮的二樓徹夜談論臺灣人的命運」[23]，並和同班同學廣降軍一與佐藤重義合作發行同人雜誌《恚》（GON）[24]。從米勒到泰戈爾，從繪畫走向詩歌，促成王白淵重要轉變的因素，是他在泰戈爾身上看見了立居於「東方主義」的詩人，如何消解西方二元對立、矛盾的世界觀，藉由深邃的直觀以及與自然的調和，發展出東方式無常與永恆合一的詮釋方式，並且透過詩歌來傳遞這樣的普羅情感與藝術真理。由此，王白淵所形塑出的美學觀，自然也就相當重視對真理與藝術崇高價值的追尋，宇宙自然與個人的和諧與心靈寄託，以及透過詩作營造一美妙新境地的企盼[25]。此外，文學的創作與發展，在當時顯然比美術更為接近普羅大眾，且更易於傳播；而詩作

---

21 王白淵：〈我的回憶錄〉，《王白淵‧荊棘的道路》，下冊，頁260。

22 王白淵：〈我的回憶錄〉，《王白淵‧荊棘的道路》，下冊，頁263；羅秀芝：《王白淵卷──臺灣美術評論全集》（臺北市：藝術家出版社，1999年），頁35-36。

23 謝春木：〈序〉，王白淵著、陳才崑譯：《王白淵‧荊棘的道路》，上冊，無頁碼。

24 毛燦英、板谷榮城著，黃毓婷譯：〈盛岡時代的王白淵（下）〉，頁277。

25 王文仁：〈詩畫互動下的個人生命與文化徵象──王白淵及其《荊棘之道》的跨藝術再現〉，頁258-259。

為文學之一環，又是最具先鋒性，也是最能追求藝術層次者。此等，都讓王白淵堅毅地選擇走上這一條荊棘之路。

王白淵《荊棘之道》中的詩作，幾乎都完成於任教岩手師範女子學校的盛岡時期（1926-1932），在《岩手縣女子師範學校校友誌》第五至九號裡，他便登載了其中的二十六首詩作[26]。這本詩集，一九三一年由盛岡肴町久保庄書局出版，發行人掛的是王白淵本人，相當有可能是由作者自費出版[27]。這本集子何以取名為「荊棘之道」？由於詩人本人未有相關的證言，因此只能用旁敲側擊的方式加以推論。根據王建國的研究，《荊棘之道》中的「荊棘」，約有以下幾種闡釋的進路：一、以本身詩作及《聖經》脈絡來理解，指的是追索形上生命之道的艱辛；二、謝春木為這本詩集所寫的〈序〉，則導引往殖民地現實性的指涉，以荊棘之路來形容殖民地的壓迫；三、從日治時期新詩脈絡來看，「荊棘」可以指向「故鄉」或「現實人生」；四、在戰前小說家張文環、鍾肇政、葉石濤等人的眼中，則指涉為「文學之路」[28]。上述這些進路的歸結，既有哲學層次上的論定，文學藝術之路的追尋之意，當然也指向臺灣及這塊土地在當時的命運。這樣多元的闡釋，也說明了此本詩集的豐富度及其在彼時出版的標竿性。

---

26 〈魂の故鄉〉、〈蝶よ！〉、〈失題〉、〈貴方の中に失れたる私〉、〈乙女よ！〉、〈秋の夜〉、〈時は過ぎ行く〉、〈生命の家路〉刊登於《岩手縣女子師範學校校友誌》第5號，〈晚春の朝〉、〈薄暮〉、〈標介柱〉、〈花と詩人〉、〈落葉〉刊登於《岩手縣女子師範學校校友誌》第6號，〈もぐら〉、〈未完成の畫像〉、〈真理の里〉、〈キリストを慕ふて〉刊登於《岩手縣女子師範學校校友誌》第7號，〈椿よ！〉、〈表現なき家路〉、〈四季〉、〈時の永遠なる沉默〉、〈秋に與ふ〉、〈春に與ふ〉、〈印度人に與ふ〉、〈揚子江に立ちて〉刊登於《岩手縣女子師範學校校友誌》第8號，〈故中川教諭哀悼の詩歌〉刊登於《岩手縣女子師範學校校友誌》第9號。毛燦英、板谷榮城著，黃毓婷譯：〈盛岡時代的王白淵（下）〉〉，頁245-247。

27 陳才崑：〈『王白淵‧荊棘的道路』導讀〉，《王白淵‧荊棘的道路》，上冊，無頁數。

28 王建國：〈王白淵的荊棘之道及其《荊棘的道路》〉，收錄於鄭南三編：《第八屆府城文學獎作品專集》（臺南市：臺南市立圖書館，2002年），頁454-455。

　　《荊棘之道》中的詩作，在日治時期曾有吳坤煌轉介〈行路難〉、〈上海雜詠〉兩首，一九三四年發表在日本刊物《詩精神》一卷五號上[29]。戰後，王白淵曾在一九四五至一九四六年間，中譯（或改寫）了〈地鼠〉、〈我的詩〉、〈蝶啊！〉、〈佇立在楊子江邊〉四首作品，登載在《政經報》與《臺灣文化》上[30]。此後，一直要到一九八二年，羊子喬、陳千武主編日治新詩選集《亂都之戀》時，方才收錄九首由陳千武或是月中泉翻譯的王白淵詩作[31]。大規模王白淵新詩的譯筆，則有待於一九八八年，前輩作家巫永福所進行整本書的新詩翻譯，並發表在《文學界》雜誌第二十七期上[32]。目前，《荊棘之道》全書有兩個完整的譯本，其一為一九九五年彰化縣立文化中心出版的《王白淵‧荊棘的道路》，由陳才崑編譯；其二是莫渝整理編輯、二〇〇八年晨星出版的《王白淵　荊棘之道》，此書除了收錄巫永福的譯本，也納入陳千武、月中泉譯作，以及部分王白淵自譯詩作。透過《王白淵‧荊棘的道路》、《王白淵　荊棘之道》這二本集子，也有助於我們對王白淵詩作有更全面的認識[33]。

　　當前，有關於王白淵的相關研究，已累積了相當豐碩的成果。不過論者們在觀看王白淵的系列詩作時，經常忽略其中所具有，獨到的

---

29 柳書琴：〈臺灣文學的邊緣戰鬥：跨域左翼文學運動中的旅日作家〉，《臺灣文學研究集刊》第3期（2007年5月），頁67。

30 王白淵：〈地鼠〉，《政經報》第1卷第5期（1945年12月），頁19；王白淵：〈我的詩〉、〈蝶啊！〉，《臺灣文化》第1卷第1期（1946年9月），頁22；王白淵：〈佇立在楊子江邊〉，《臺灣文化》第1卷第2期（1946年11月），頁22。

31 楊雲萍等著：〈王白淵作品〉，《亂都之戀》（臺北市：遠景出版事業公司，1997年三版），頁195-213。

32 巫永福：〈王白淵詩集《荊棘之道》〉，《文學界》第27期（1988年12月），頁39-74。

33 關於王白淵詩作的譯筆比較，可參見高梅蘭：《王白淵作品及其譯本研究——以《荊棘之道》為研究中心》（臺北市：國立臺北教育大學語文教育學系碩士論文，2006年）。

色彩呈顯及其相應的詩美學。前輩詩人羊子喬曾經提醒我們，王白淵詩作「文字充滿鮮麗的色彩，頗有畫家寫生的景致」[34]；陳千武也以「詩表現的技巧如繪畫」[35]形容王白淵；前輩學者呂興昌亦認為，「繪畫美術的訓練，更使王白淵對自然觀察入微」[36]。事實上，因為同時兼具畫家與詩人的雙重身分，在王白淵的六十六首詩作中，可以明顯地看到大量色彩字詞的使用（詳參表一）[37]，這既是美術對其所造成的影響，也是王白淵詩作的獨到之處。在分析詩作中所有色彩字的使用後，我們可以發現，王白淵的詩中以「黑」與「白」兩種色彩出現的頻率最高（詳參表二）。就《荊棘之道》一書來看，在陳才崑的譯本裡，六十六首詩有十九首詩使用「黑」，計三十次；巫永福的譯作裡，也有十四首詩出現「黑」，共十九次。再者，陳才崑和巫永福的譯筆分別有十三首詩與十四首詩提到「白」，皆為十七次。

表一　王白淵《荊棘之道》色彩字使用情況

序號	詩名	陳才崑譯版	巫永福譯版
1	〈序詩〉		
2	〈私の詩は面白くわりません〉	白、黑	白、黑
3	〈もぐら〉	烏黑、黑	黑、黑黑、黑、黑

---

34 羊子喬：〈以畫筆寫詩的詩人——王白淵〉，《蓬萊文章台灣詩》（臺北市：遠景出版事業公司，1983年），頁118。

35 陳千武：〈臺灣新詩的演變〉，《臺灣新詩論集》（高雄市：春暉出版社，1997年），頁12。

36 呂興昌：〈走出荊棘之路：王白淵新詩論〉，《種子落地·台灣文學評論集》（臺中市：晨星出版公司，1996年），頁247。

37 考量現代詩的歧義性，本研究統計色彩字時，詩題不列入計算，凡是詩作內文出現色彩字，皆列入計算。

序號	詩名	陳才崑譯版	巫永福譯版
4	〈生の谷〉	黑、黑	
5	〈水のほとり〉	青翠	綠
6	〈零〉		
7	〈違つた存在の獨立〉	白、黑	白、紅、黑
8	〈生の道〉	銀	白
9	〈供子よ！〉	金	金
10	〈性の海〉	黑、碧綠	黑、碧
11	〈野邊の千草〉	青、青	青、青
12	〈藝術〉	黑、黑、白	黑、黑黑、白
13	〈空虛の絕頂に立つて〉		
14	〈蓮花〉	黃、青、白	黃、青、桃、白
15	〈梟〉	灰、白	灰、白
16	〈乙女よ！〉		
17	〈雨後〉	黑、銀、青	黑、銀
18	〈愛戀の小舟〉	灰	灰
19	〈向日葵〉	灰	白、灰
20	〈私の歌〉	赤	赤、黑
21	〈御空の一つ星〉	蒼白、黑	蒼、青白
22	〈太陽〉	白、黑、黑、黑、白、紅、黑、白	白、黑、白、紅、白
23	〈夜〉	白、黑、灰、銀白、白、黑、黑、黑	白、黑、灰、銀、白、黑
24	〈胡蝶〉		
25	〈風〉	紅	銀、赤紅
26	〈失題〉	青	青

序號	詩名	陳才崑譯版	巫永福譯版
27	〈アンリー・ルソー〉		
28	〈島の乙女〉	青、黑	
29	〈胡蝶が私に唄く〉		
30	〈未完成の畫像〉		
31	〈沉默が破れて〉	黑	
32	〈ゴオギヤソ〉		
33	〈死の樂園〉		
34	〈薔薇〉	青	青
35	〈春に與ふ〉		
36	〈春の野〉	綠、白	綠、白
37	〈何の心ぞ？〉		
38	〈無終の旅路〉		
39	〈見よ！〉	黑	黑
40	〈春の朝〉	白	
41	〈詩人〉	黑	黑
42	〈薄暮〉	黃	黃
43	〈椿よ！〉		紅、紅
44	〈魂の故鄉〉		
45	〈四季〉	銀、白、黃	銀、白、黃
46	〈峯の雷鳥〉	黑、黑	
47	〈時の永遠なる沉默〉	黑、白	白、黑
48	〈時の放浪者〉	黃金	黃金
49	〈秋に與ふ〉	紅、黃、黃	紅、黃、黃
50	〈無題〉		
51	〈蝶よ！〉	綠、黃	綠、黃

序號	詩名	陳才崑譯版	巫永福譯版
52	〈真理の里〉	烏黑	黑
53	〈吾が家は遠いやうで近し〉		
54	〈秋の夜〉		
55	〈表現なき家路〉	黑、黑	
56	〈時は過ぎ行く〉		
57	〈二つの流れ〉		
58	〈春〉	綠	綠綠
59	〈キリストを慕ふて〉	蒼翠	
60	〈花と詩人〉		
61	〈南國の春〉	碧綠、紅	綠、綠綠、紫
62	〈落葉〉		
63	〈晩春〉	綠、黃	綠、黃
64	〈生命の家路〉		
65	〈印度人に與ふ〉	白、黑	黑、白
66	〈揚子江に立ちて〉	黃、黃、青、黃	黃、黃、黃

表二　王白淵《荊棘之道》使用色彩比例

色彩字	陳才崑譯版	巫永福譯版
黑	28.8%	21.2%
白	19.7%	21.2%

　　在未收入集子的十二首詩作中，則有三首提及「黑」共三次，有四首提及「白」共八次（詳參表三）。以整體比例來看，七十八首詩

作的黑白意象不可謂之不多，黑與白為何如此頻繁地出現在王白淵的
詩作中？這與其為本書定下的「荊棘之道」主題有著怎樣的聯繫？詩
人又是如何透過這兩種色彩的塗佈，展現其生命哲學與詩美學？此等
議題都值得我們進一步去探索。由於王白淵的詩作在中譯上，呈現了
多種版本的樣態，本文在進行色彩學的相關分析時，將採取最大範圍
取樣法，也就是只要其中一位譯者翻譯的版本有出現相關的色彩字，
便予以採樣分析。若有多種翻譯版本都有這樣的色彩字時，也將適度
的進行取樣、比較和討論。

表三　王白淵未收錄《荊棘之道》詩作色彩字使用情況

序號	詩名	譯者	色彩字
1	〈晝方の中に失れたる私〉	黃毓婷譯	白、黑
2	〈故中川教諭哀悼の詩歌〉	黃毓婷譯	紅
3	〈行路難〉		青
4	〈上海を詠める〉	李怡儒譯	黑、藍
5	〈愛しきＫ子に〉		青、青
6	〈紫金山下〉	中文詩	紫、金、朱紅、灰、白
7	〈看『フォルモサ』有感〉	中文詩	黑
8	〈太平洋の嵐〉	張良澤、高坂嘉玲譯	紅
9	〈シンガポールは斯くて亡びぬ〉		白
10	〈恨みは深しアツツの島守〉	柳書琴譯；李怡儒譯	
11	〈濠洲と印度〉	柳書琴譯	白、白、白、金、白、白
12	〈光復〉	中文詩	

三 以詩作畫：黑白美學的開展

　　「黑」、「白」是天地間最初的色彩，根據日本知名設計師原研哉的研究，在日本上古詩歌集《萬葉集》的時代，日語形容顏色的詞彙僅有「紅的／黑的／白的／青的」，用以象徵「明亮有勁／暗淡無光／光輝璀璨／茫然冷漠」[38]；美國學者柏林和凱伊也指出，黑色和白色是世界上最早出現的顏色名[39]。「黑就是黑暗無光」[40]，因此提到黑色，通常會先想到陰暗、恐怖、死亡等負面象徵；至於白色，「是最明亮的顏色」[41]，代表著光明、純潔與生命。黑與白常以「黑夜／白晝」、「黑暗／光明」、「陰／陽」等二元對立形象出現，誠如李銘龍所言：「黑色和白色正是兩種相反的顏色，意象非常複雜」[42]。

　　整體來看，黑與白這兩種顏色之所以成為王白淵詩作中最常出現的顏色，一方面導因於顏色字本身廣泛的意涵，另一方面，日治時期的美術教育重視寫生概念及形體描繪[43]，黑白美學其實正是王白淵由素描基礎開展出的個人風格。我們可以看到他在這些詩作中，所刻意塑造「黑夜→黑暗有光→白晝之夢」的創作邏輯與詩美學。在《荊棘之道》中，「荊棘」是從書名就開始呈顯的重要意象，在這一本集子裡，〈生命之谷〉、〈不同存在的獨立〉這兩首使用「荊棘」意象的詩作，不約而同都出現了「黑暗」。

---

38 原研哉：《白》（新北市：木馬文化事業公司，2012年），頁12。

39 貝蒂·愛德華著，朱民譯：《像藝術家一樣彩色思考》（臺北市：時報文化出版企業公司，2006年），頁156。

40 呂月玉譯：《色彩意象世界》（臺北市：漢藝色研文化事業公司，1987年），頁134。

41 賴瓊琦：《設計的色彩心理：色彩的意象與色彩文化》（臺北縣：視傳文化事業公司，1997年），頁226。

42 李銘龍編著：《應用色彩學》（臺北市：藝風堂出版社，1994年），頁34。

43 羅秀芝：《王白淵卷——臺灣美術評論全集》，頁25。

在〈生命之谷〉[44]一詩中，一開始便以「黑深，深不可測」來描繪「生命之谷」的樣貌。緊接著，詩人描述道：「兩岸荊棘張刺嚴陣以待／摒息窺伺底部，微微可見的底部／驚異瓊漿般的靈泉在竊竊私語／沒有冒險體會不出生命的奧義」。在這幾行詩行中，最重要的關鍵是最後一句裡面的「冒險」與「生命的奧義」。此處「荊棘」顯然有困頓與挑戰之意，換言之，穿越荊棘、突破艱辛的關卡，才得以明瞭生命靈泉的竊竊私語，同時知悉生命所賦予的終極意義。於是，詩人乃邀約朋友、同志們，一起大膽地踏入這幽深的生命之谷。然而，這並不意味著他已在這深谷中找到最終的道路，詩行繼續告訴我們：「我已掉落生命之谷迷了路／仰望上端的荊棘在注視仍在滴血的我身／噢！奇異的生命之谷／你的荊棘固然可懼／但流貫黑暗的你的靈泉令人無限著迷」。在這首詩中，「荊棘」陸續出現了三次，「滴血的我身」代表真實、苦痛的考驗，儘管此刻的詩人仍舊迷惘於眼前黑暗幽深的山谷，卻又不願從這血淚中跳脫出來。

在〈不同存在的獨立〉[45]中，荊棘之路的意象再次出現。這首詩一開頭，以岩石和波濤，來形容思維的碰撞與激烈。接著用「渾然忘我於穿越門縫的光芒／生命的白紙滴落鮮血的剎那我的詩興湧現了」，點出生命若不能以鮮血付諸真實的考驗與實踐，那麼詩將無所觸發、無以觸發。於是，徘徊在荊棘之路上的詩人，奮力「穿過愛的森林／越過生的砂漠／游過生命的大川／到達驚異的村莊」，可是他的詩卻「不可思議地呈現一片黑暗」。在這裡，詩人專研於詩創作的藝術，以「黑暗」告訴我們，寫作者不能單純以客觀之眼觀看外在的事物，而妄想以不具說服力的文字來捕捉它們，若無法投注自己的生

---

44 王白淵：〈生命之谷〉，《王白淵·荊棘的道路》，上冊，頁6-7。

45 王白淵：〈不同存在的獨立〉，《王白淵·荊棘的道路》，上冊，頁12-13。

命，又何來深刻的交會與凝視。因此，在這首詩的末段，我們可以清
楚看到如此的闡述：

> 棹舟不可逆流的水流
> 悲喜同化於沈默的熔爐
> 失望與勝利讓給啾啾的小鳥
> 生死托賦予大地的花草
> 不期然我莞爾微笑
> 詩卻化做泡沫無影無踪消失了

　　詩人的生命哲學頗有中國傳統道家以及泰戈爾自然哲學的意味，
也就是萬物靜觀皆自得，好的創作者必須將自我融入外在情景，融入
事物內在之生命，所謂「一沙一世界」，縱使是一粒沙也蘊藏著大千
世界，「莞爾微笑」即是透曉此一真理。至於詩化作泡沫無影無蹤消
失，描繪的並非詩從生命中消失，而是詩真真正正融入了生命，成為
生命中緊密相連的一個部分。

　　由荊棘與黑所開展的，是詩人藉由「黑」的塗佈，來描摹在生命
與藝術中所遭遇的困頓，及其難以克服的黑暗與黑夜。在〈無表現的
歸途〉[46]中，開頭也是以一個暗夜，搭配雨不斷落下、冷風持續吹拂
的場景，帶出詩人對生命的哲思：「坐在無光的燈下閉眼思維／思維
溯及數千年的古昔／或徬徨步入永劫未來之鄉」。值得注意的是，此
詩首句陳才崑譯作「雨絲靜靜地下——夜漆黑」，巫永福譯為「雨瀟
瀟夜暗暗」，前者有「黑」，後者無「黑」，雖然巫永福譯筆未直接點

---

46 王白淵：〈無表現的歸途〉，收錄於莫渝：《王白淵　荊棘之道》（臺中市：晨星出版
　　公司，2008年），頁89；王白淵：〈無表現的歸路〉，《王白淵・荊棘的道路》，上冊，
　　頁106-107。

出「黑」，但「夜」本身也是黑色意象，詩中之夜不僅是「黑」，而且
「無光」。接著，詩行又帶至曠野，以花草樹鳥點出一自然的理境，
那是「無喜無悲無生無死／走在無表現的歸途」。末尾，詩人以
「啊！／我是清醒還是在睡眠／或者又……外邊陰暗／雨還在瀟瀟
落」，塑造出莊周夢蝶式的生命場景，在昏暗之中，依舊渴望是否有
光的存在。

　　類似的描繪也見於〈真理的家鄉〉[47]一詩，這時考驗詩人的，不
再是滿佈於深谷的荊棘，而是闃黑、怒浪的航道：「船一入真理的家
鄉／船夫叫——／天空看不見星星／狂風夜四面烏黑／船夫啊！／這
木葉扁舟於風浪中／會沈沒吧？」面對狂風夜的黑暗，船夫告訴詩
人，總會有神守護我們到達真理的家鄉，彷彿「四面烏黑」是重生前
必須通過的黑暗。到了〈打破沉默〉[48]一詩，詩人藉由蝴蝶「摺疊羽
翼休憩／於黑暗的樹蔭」，象徵時代巨輪下的前行者，「打破沉默／鐘
聲響起／我的靈魂甦醒／——從象牙之塔」則揭示了不再沉默、要為
大眾奮起的決心。

　　詩人擅於描寫在黑夜／黑暗中前行，探討的不僅是現實的困頓、
生命的哲理，同時也是藝術與寫作的真理。在〈藝術〉[49]這首詩中，
詩人直指藝術在其生命中，所扮演的重要性。儘管，每日努力塗佈
的，「層層疊疊交互塗滿不同的色彩／乍看下／可能是黑鴉鴉的一片
畫面」，但是他卻渴望「朋友們隨興而來／各自帶著自己有色的眼鏡
／從我漆黑的畫面上／找到近似自己眼鏡的顏色／於是陶醉在我的白
日夢裏」。顏料混色屬於減法混合，加入越多色料，顏色就越趨於黑暗

---

47 王白淵：〈真理的家鄉〉，《王白淵·荊棘的道路》，上冊，頁100-101。

48 王白淵：〈打破沉默〉，《王白淵·荊棘的道路》，上冊，頁60。

49 王白淵：〈藝術〉，《王白淵·荊棘的道路》，上冊，頁22-23。

色調[50]，因此畫布上重疊的色彩才會一片漆黑。這幅生命畫布，之所以呈現出黑鴉鴉的畫面，不只是顏料層層疊疊的結果，更是作家內心的顯像。詩人是否期待生命由黑白轉為五彩，我們不得而知，但從詩中朋友陶醉於他的白日夢這點來看，可以知道，醉心於純粹藝術的王白淵，渴望作品能有觀看者參與其中，共同來完成精采的生命之畫。

另外，在他的經典代表作品〈詩人〉中，我們則可看到，他不畏懼於黑而堅持獨行的勇氣與生命：

　　薔薇花開默默
　　無語凋零
　　詩人生而沒沒無聞
　　啃噬自己的美而死

　　秋蟬空中歌詠
　　無顧後果飛逝
　　詩人心中寫詩
　　寫了又復消除

　　明月獨行
　　照耀夜的漆黑
　　詩人孤吟
　　訴說萬人的塊壘[51]

---

50 林昆範：《色彩原論》（臺北縣：全華圖書公司，2008年），頁68；林磐聳、鄭國裕編著：《色彩計劃》（臺北市：藝風堂出版社，1999年），頁42-43。
51 王白淵：〈詩人〉，《王白淵‧荊棘的道路》，上冊，頁80-81。

　　或許就是因為這首詩中的部分詩句，王白淵才被加上「嗜美的詩人」[52]的稱號。事實上，這首詩理應值得關注的，是其中對於詩人形象的三階段描繪，誠如向陽所言：「這首詩以薔薇、蟬和明月三種意象，寫出詩人的寂寞、堅持和孤獨之志」[53]。在第一段中，我們可以看到，詩人所被形塑的形象是「生而沒沒無聞／啃嚙自己的美而死」，這樣的詩人形象無疑是自戀的、耽美的。到了第二段，詩行說：「詩人心中寫詩／寫了又復消除」。詩人為何會在心中寫詩？又或者說為何祇能在心中寫詩？而在心中寫下的詩，又必須加以「消除」？最終的答案，直到第三段才知曉：一如明月總是獨行，卻能照亮夜的漆黑；詩人也企盼藉由他的獨吟，訴說萬人的塊壘，闡述普世的價值與眾人的心聲。明月與漆黑在詩作中形成亮與暗的鮮明對比，此一照亮黑暗之心，不只是個人的耽美，更「為萬人吐出胸中沉埋的鬱卒」[54]。

　　施懿琳、楊翠在《彰化縣文學發展史》中曾經評價：「王白淵在許多詩中呈露出自己在生命道途上，所歷經的選擇、挫痛、振起與鷹揚之過程」[55]，此一特徵也展現在黑色意象詩作中，除了前述作品〈詩人〉寫道：「明月獨行／照耀夜的漆黑」，在〈我的歌〉[56]裡，詩人同樣堅信：「我將從黑暗的思索之路躍出深淵」。這首詩的開頭，詩人即強調，「我的歌是生的讚歌」、「是與自然握手的日底情愛的紀念」，如此正面光明的意象，持續照亮著整首詩作。在這裡，黑暗的

---

52 莫渝：〈嗜美的詩人——王白淵論〉，頁10-25。

53 向陽：〈蟬聲中的期待〉，《台灣文學館通訊》第27期（2010年6月），頁6。

54 向陽：〈詩的想像．台灣的想像〉，《台灣現代文選：新詩卷》（臺北市：三民書局，2006年），頁7。

55 施懿琳、楊翠：〈走過荊棘的道路——王白淵〉，《彰化縣文學發展史（上）》（彰化縣：彰化縣文化局，1997年），頁202。

56 王白淵：〈我的歌〉，《王白淵　荊棘之道》，頁49。

深淵不再是無法逃脫的困局，而是黑暗中仍有光明希望的生命思考之路。由此我們也可以觀察到，雖然黑色負載的色彩意涵負面多於正面[57]，但王白淵詩作運用黑色、黑暗等意象時，除了強化黑夜、黑暗的不可抗力性外，也逐漸發展出「黑中有光」的書寫型態。

　　就像陳才崑所指出的，王白淵「堅信黑洞、黑暗的彼方是大光明」[58]，在他的筆下，黑暗常常伴隨著光明一起出現。其中，最具代表性的無疑是〈地鼠〉一詩：

> 癡癡地撥土的地鼠
> 你的路黑暗而彎曲
> 但是築成在地下的
> 你的天堂使人懷念，
> 地鼠呀！你多麼福氣呀！
> 沒有地上的虛偽
> 亦沒有生的疲倦，
> 為看著無上的光明
> 你的眼睛才這樣細巧
> 為想倒[59]希望的花園
> 你的路才這樣地暗，
> 你，那怪樣的手够足勞働
> 墨黑的衣裳够足取暖

---

57 李蕭錕：《台灣色》（臺北市：藝術家出版社，2003年），頁93。
58 陳才崑：〈「王白淵・荊棘的道路」導讀〉，《王白淵・荊棘的道路》，上冊，無頁數。
59 「倒」應為「到」的誤植。林瑞明選編：〈王白淵作品〉，《國民文選・現代詩卷I》（臺北市：玉山社出版事業公司，2005年），頁45。

亦有小孩，亦有愛人

在黑暗的地角裡

愛的花依樣地開著，

地上的兩足動物

都討厭你！迫害你！

地鼠呀！笑煞他罷！

在這樣廣大的世界裡

不能沒有一個人

來讚美你的罷！

沒有懷疑著上帝的國土

從早到晚只默默地

抱著無上的光明

在黑暗裡模[60]索著，

你是多麼可愛，多麼可敬

地鼠呀！

你的小孩吱吱哭起來了

趕快給他一點奶吃罷！[61]

　　地鼠雖然生活在黑暗的地底下，前方道路不見天日，但地鼠的眼睛依舊注視著「無上的光明」，走過漫長的漆黑之路，只為了抵達希望的花園。詩人透過地鼠來自喻，即便身處幽暗的環境，心中仍懷抱有「無上的光明」，這其實也是多數藝術創作者的寫照，正如王建國所言：「為了能夠建立如神國般的天堂，必須忍耐在彎曲而暗無天日

---

60 「模」應為「摸」的誤植。林瑞明選編：〈王白淵作品〉，《國民文選‧現代詩卷 I》，頁47。

61 王白淵：〈地鼠〉，《政經報》第1卷第5期（1945年12月），頁19。

的地底孜孜撥土——這條路無疑是地鼠／創作者的荊棘之路」[62]。

　　另一方面，在〈夜〉[63]這首詩中，我們可以看到詩人歌詠於夜在深淵中緩緩爬昇，「在自然的黑幕塗寫星星和玉蟾／秋蟲於灰暗的舞台上歌唱／草木悠游在微風中／流水蕩漾出銀白的漣漪」。「黑」與「白」在這首詩中多次交錯，詩人說：「人醉在無言夢裏／夜實在神秘無比／深化到迎接曙光新郎的來臨／雄雞聲裏東方白／當萬物自夢的國度急急趕上歸途／黑夜裡盛開的天空之花枯萎／今世之星遂放出了光輝」。黑夜之中，仍有星子放出光輝，楊雅惠曾評述此詩「將夜作為出黑暗入光明的轉機」[64]。在此一作品裡，黑暗不再是一面昏茫，詩人高呼：「應該迎接赫赫的朝陽底黑夜在沈默中沈思」。對比於朝陽之下的喧嘩，黑夜更近似於一種靜默的沈思，黑的存在，是為了迎接即將的白與白晝的到來，而「白」正是光明、希望與生命的象徵[65]。這樣的思路在〈太陽〉一詩中亦清晰可見：

> 白晝，光的腳步徘徊在靈魂的個個角落
>
> 夜間的空虛於黑暗中徬徨
>
> 黑暗光明，光明黑暗，永續的旅程
>
> 你高高地君臨於時間與空間之上
>
> 從東到西走著不變的一條道路
>
> 不知倦怠的你

---

62 王建國：〈王白淵的荊棘之道及其《荊棘的道路》〉，收錄於《第八屆府城文學獎作品專集》，頁474。

63 王白淵：〈夜〉，《王白淵‧荊棘的道路》，上冊，頁44-45。

64 楊雅惠：〈詩畫互動的異境——從王白淵、水蔭萍詩看日治時期臺灣新詩美學與文化象徵的拓展〉，頁50。

65 曾啟雄：《色彩的科學與文化》（臺北縣：耶魯國際文化事業公司，2002年），頁270。

不是萬物之王會是什麼？

你是一名不知痛苦的生活者

生命的白熱化

無限充實的表徵

你就是──永遠的光明

噢！太陽啊！

我要你那通紅的光輝

點燃生命的火炬

燒毀悲傷，化作歡喜的火焰

照亮黑夜，使它成為白日之夢[66]

詩中，以「一名不知痛苦的生活者」來形容「太陽」。換言之，永遠的光明恐怕只是表象，也可能只是忽略某些陰暗存在的一種表現，是以詩人渴望在夜間徘徊的黑暗的空虛，能夠真正的被照亮，使其真正的成為「白日之夢」。在〈時光永遠沉默〉[67]中，我們也可以看到黑與白的對峙和糾纏，及其突破的渴望。詩人在詩行中所顯露而出的「黑暗有光」，一方面可以意指對生命真理與藝術真理的追求與蹈踐，另一方面也可以解釋成現實的種種困境希望能有突破的契機。藝術家謝里法論及王白淵詩作時，曾言：「表面看來他那『荊棘之道』給人的感覺是孤寂的，事實上，詩人的心思無時不索掛於外界廣闊的天地；無時不觸及生活週遭的現實」[68]。正因詩人心繫社會，面對環境的黑暗，始終保有走向光明的期待，〈看『フォルモサ』有感〉一詩即透露出這樣的心情：

66 王白淵：〈太陽〉，《王白淵‧荊棘的道路》，上冊，頁42-43。

67 王白淵：〈時光永遠沉默〉，《王白淵‧荊棘的道路》，上冊，頁90-91。

68 謝里法：〈王白淵（1902年-1965年）──民主主義的文化鬥士〉，《臺灣出土人物誌》（臺北市：前衛出版社，1988年），頁150。

美麗的月兒、
　　　不要傷心吧！
終有一天爾能以正義的光輝來排除牠。

在爾向著漂泊道上狂跑的當兒
　　　受盡了啞口弄藝、
當洪水般的黑雲襲擊的時候、
　　　盡管嘗著人生的痛苦。
但、惟要爾的心兒無點畏縮、
　　　那勝利終歸於爾的！

嬌美的月兒、
　　　不要畏縮！
氷雪的屬風在叫喊、
　　　正是時候了。
快叫醒無數的星兒、
　　　同來推進時代的巨輪、
勝利就在前面!!![69]

　　用正義的光輝對抗黑雲，讓無數照亮黑夜的星子去推動時代的巨輪。王白淵的這首詩寫給《福爾摩沙》同仁，勉勵其能為臺灣文學開創新的時代，也是在勉勵所有臺灣智識青年能夠一同奮起，打造屬於臺灣的新未來。在黑暗中尋找光明的過程中，王白淵有不少詩作透過「白」、「白晝」、「白日夢」，一面針砭於甘願臣服於墮落與黑暗中的

---

69 托微：〈看『フオルモサ』有感〉，《福爾摩沙》第3號，頁32。

存在，一面則孵育其內心的烏托邦與文藝的理想國。在詩作〈梟〉[70]
裡，我們可以看到「梟」被描繪成是「夜陰出巢的白晝叛逆」，在詩
人的眼中：「你是無語無歌的沉默之鳥／春野無法安慰你／嚴冬不能
陷害你／無友無家當然也無社會／於沉默的深淵／永遠找尋孤獨」。
這樣一種鳥的存在，確實是世界上的一奇，詩人在詩句中雖以「英
雄」稱之，實際上卻是直指黑暗中仍須有白晝的存在，完全的離脫於
世並非是真正的美善。

在〈消失在你裡的我〉[71]一詩中，我們則是看到詩人用「你」來
代表宗教以及心靈的真理與寄託。詩中所言讓「我」消失在「你」
裡，實際上就是沈浸於心靈之鄉的渴切想望。這首詩的最後，詩人直
陳：「一旦失去你的憑依／這顆燒灼的心和蒼白的魂靈／就要如黑暗
裡失去重力的飛禽／只算是殘片一件／沈向無底的無底的幽冥」。同
樣的，在〈生之路〉[72]中，詩人以「永劫的白光」代表一種真實的照
亮以及生命十字路口必經的考驗，他說：「我今在十字路口的當中／
向右歡喜之谷／向左悲哀之野／向前即走進永遠之鄉／人生巡禮的自
我影像／我一直望著」。象形字「白」是「日光放射之形」[73]，由白光
所帶領、照耀的永遠之鄉，既是詩人渴求之處，也是藝術所創造之真
實。從這裡我們可以看到，詩人是如何「藉由書寫，期待喚出內心光
明的來臨」[74]。此外，在〈春晨〉[75]、〈四季〉[76]中，我們都可以看到

---

70 王白淵：〈梟〉，《王白淵・荊棘的道路》，上冊，頁28-29。

71 原發表於《岩手縣女子師範學校校友誌》第5號（1927年12月），轉引自毛燦英、板
　谷榮城著，黃毓婷譯：〈盛岡時代的王白淵（下）〉，頁236-237。

72 王白淵：〈生之路〉，《王白淵　荊棘之道》，頁36。

73 黃仁達編撰：《中國顏色》（臺北市：聯經出版事業公司，2011年），頁210。

74 李怡儒：《王白淵生平及其藝術活動》（嘉義縣：中正大學臺灣文學所碩士論文，
　2009年），頁56。

75 王白淵：〈春晨〉，《王白淵・荊棘的道路》，上冊，頁78-79。

76 王白淵：〈四季〉，《王白淵・荊棘的道路》，上冊，頁86-87。

詩人以「白晝」，描寫一美好的自然景象，這些景象與米勒所刻劃的
田園風光，都有其相近的靜謐、甜美之處。蕭蕭曾經評價，王白淵的
詩作中「靜謐的鄉村，生機盎然的春意，不完全來自於現實的家鄉實
景，而是來自於生命寧靜的體會」[77]。這樣的體會可說是走過「荊棘
之路」的考驗後，詩人內心所形塑而成圓融的自在與寬厚。

四　小結：在黑白的道路上尋光

　　整體來看，王白淵的詩創作歷程顯得集中又短暫，但是《荊棘之
道》在當時的出版，不但廣泛地影響了同時代的文化人[78]，也因為其
創作的特殊性而保留了多元解讀的可能。謝春木認為，《荊棘之道》
是王白淵「廿九歲以前的倒影」，更是他「將往何處去的暗示」[79]。這
樣的理解，事實上也最接近王白淵詩創作的原始風貌。《荊棘之道》
出版後，王白淵的文學人身分事實上也走向結束，他既踏上革命啟蒙
的抗爭之路，爾後留下的也是一個左翼青年悲愴的身影。詩人如此的
選擇，顯現的是一九二〇、三〇年代臺灣知識份子所面對殘缺、挫折
與無以發展的時代困境[80]，而民族的熱血終究要取代文藝裡頭的烏托
邦，帶領詩人前往現實裡頭光明之路的追求。

---

77 蕭蕭：〈八卦山：蘊藏多元的新詩能量——以賴和、翁鬧、曹開、王白淵透視新詩
　　地理學〉，《土地哲學與彰化詩學》（臺中市：晨星出版公司，2007年），頁112。

78 根據柳書琴的研究，王白淵的此書對當時的臺灣青年們帶來不小的影響，林兌、吳
　　坤煌、張文環等人都是其精神的重要支持者。柳書琴：《荊棘之道：旅日青年的文
　　學活動與文化抗爭》，頁137-226。

79 謝春木：〈序〉，收錄於王白淵著，陳才崑譯：《王白淵・荊棘的道路》，上冊，無頁
　　數。

80 王文仁：〈詩畫互動下的個人生命與文化徵象——王白淵及其《荊棘之道》的跨藝
　　術再現〉，頁275。

在這樣的理解中，本文廣泛收羅了王白淵共七十八首的詩作。從色彩學的角度切入，透過黑白意象運用的觀察，試圖觀察王白淵在詩作中，如何藉由色彩的塗佈與表述，在詩中突破黑暗而追尋光明。在他所有的詩作中，我們可以看到大量色彩字詞的使用，這除了是美術的訓練對其所造成的影響外，也在於王白淵相當善於利用色彩的加入，強化詩中的氛圍與意象的表現。從黑白色彩的運用中，我們可以看到，王白淵有意地在其詩中，創造出「黑夜→黑暗有光→白晝之夢」的寫作邏輯與詩美學。在「荊棘之道」的考驗中，他透過「黑」的塗佈描摹生命、藝術所遭遇的困頓，及其難以克服的黑暗與漫漫長夜。

醉心於純粹藝術與文學的王白淵，不僅渴望作品能有觀看者參與其中，共同來完成精采的生命之畫；同時他也深刻理解到，在殖民地的景況下，真正的詩人之路或許得像地鼠一般默默前行，並在黑暗中尋找光明的契機。是以，在他的不少作品中，我們可以看到詩人以白晝、白日夢，點出文藝理想國與衝出黑暗之必要。詩中的「白日夢」一詞，事實上並不能單純的指向藝術中的象牙塔，儘管那是詩人曾經在繪畫中，所意欲追求純粹的園地。在《荊棘之道》這個階段的詩人，事實上已明瞭文學所具有的改革力量，他在黑暗的道路上尋光，除了自我的完成也兼具大我的凝視意義。可惜的是，臺灣當時所面臨的殖民處境，並不容許詩人緩慢地前行。最終他仍舊追尋著謝春木的步伐，前進一條更為荊棘的道路，且走入一段更為黑暗的歲月，而幾乎為歷史所淹沒。

參考文獻

一　專書

王文仁：《日治時期臺人畫家與作家的文藝合盟》，臺北市：博陽文化，2012年。

王白淵：〈光復〉，原發表於《臺灣新報》，1945年10月11日，後收錄於曾健民編著：《一九四五‧光復新聲——臺灣光復詩文集》，臺北縣：INK印刻出版有限公司，2005年。

王白淵：《蕀の道》，全書收錄於河原功編，《台灣詩集》，日本：綠蔭書房，2003年。

王白淵著，陳才崑譯：《王白淵‧荊棘的道路》上、下冊，彰化縣：彰化縣立文化中心，1995年。

王建國：〈王白淵的荊棘之道及其《荊棘的道路》〉，收錄於鄭南三編：《第八屆府城文學獎作品專集》，臺南市：臺南市立圖書館，2002年。

王博遠：〈太平洋暴風〉，收錄於張良澤、高坂嘉玲主編：《日治時期（1895-1945）繪葉書：臺灣風景明信片‧全島卷（下）》，新北市：國立臺灣圖書館，2013年。

向　陽：〈詩的想像‧台灣的想像〉，《台灣現代文選：新詩卷》，臺北市：三民書局，2006年。

羊子喬：〈以畫筆寫詩的詩人——王白淵〉，《蓬萊文章台灣詩》，臺北市：遠景出版事業公司，1983年。

吳坤煌：〈臺灣藝術研究會的成立及創刊《福爾摩沙》前後回憶一二〉，收錄於吳燕和、陳淑容主編：《吳坤煌詩文集》，臺北市：臺灣大學出版中心，2013年。

呂月玉譯：《色彩意象世界》，臺北市：漢藝色研文化事業公司，1987
　　年。

呂興昌：〈走出荊棘之路：王白淵新詩論〉，收錄於康原編：《種子落
　　地‧台灣文學評論集》，臺中市：晨星出版公司，1996年。

李銘龍編著：《應用色彩學》，臺北市：藝風堂出版社，1994年。

李蕭錕：《台灣色》，臺北市：藝術家出版社，2003年。

貝蒂‧愛德華著，朱民譯：《像藝術家一樣彩色思考》，臺北市：時報
　　文化出版事業公司，2006年。

林昆範：《色彩原論》，臺北縣：全華圖書公司，2008年。

林瑞明選編：〈王白淵作品〉，《國民文選‧現代詩卷I》，臺北市：玉
　　山社出版事業公司，2005年。

林磐聳：鄭國裕編著：《色彩計劃》，臺北市：藝風堂出版社，1999
　　年。

施懿琳、楊翠：〈走過荊棘的道路──王白淵〉，《彰化縣文學發展史
　　（上）》，彰化縣：彰化縣文化局，1997年。

柳書琴：《荊棘之道：旅日青年的文學活動與文化抗爭》，臺北市：聯
　　經出版事業公司，2009年。

原研哉：《白》，新北市：木馬文化事業公司，2012年。

莫　渝：〈嗜美的詩人──王白淵論〉，《螢光與花束》，臺北縣：臺北
　　縣文化局，2004年。

莫　渝：《王白淵　荊棘之道》，臺中市：晨星出版公司，2008年。

陳千武：〈臺灣新詩的演變〉，《臺灣新詩論集》，高雄市：春暉出版
　　社，1997年

陳芳明：〈日據時期台灣新詩遺產的重估〉，《左翼台灣：殖民地文學
　　運動史論》，臺北市：麥田出版社，1998年。

曾啟雄：《色彩的科學與文化》，臺北縣：耶魯國際文化事業公司，
　　2002年。

黃仁達編撰：《中國顏色》，臺北市：聯經出版事業公司，2011年。

楊雲萍等著：〈王白淵作品〉，《亂都之戀》，臺北市：遠景出版事業公司，1997年三版。

葉　笛：〈王白淵的荊棘之路〉，《台灣早期現代詩人論》，高雄市：春暉出版社，2003年。

趙天儀：〈台灣新詩的出發——試論張我軍與王白淵的詩及其風格〉，收錄於封德屏主編：《台灣現代詩史論》，臺北市：文訊雜誌社，1996年。

蕭　蕭：〈八卦山：蘊藏多元的新詩能量——以賴和、翁鬧、曹開、王白淵透視新詩地理學〉，《土地哲學與彰化詩學》，臺中市：晨星出版公司，2007年。

賴瓊琦：《設計的色彩心理：色彩的意象與色彩文化》，臺北縣：視傳文化事業公司，1997年。

謝里法：〈王白淵（1902年-1965年）——民主主義的文化鬥士〉，《臺灣出土人物誌》，臺北市：前衛出版社，1988年。

羅秀芝：《王白淵卷——臺灣美術評論全集》，臺北市：藝術家出版社，1999年。

二　學位論文

李怡儒：《王白淵生平及其藝術活動》，嘉義縣：中正大學臺灣文學所碩士論文，2009年。

高梅蘭：《王白淵作品及其譯本研究——以《蕀之道》為研究中心》，臺北市：國立臺北教育大學語文教育學系碩士論文，2006年。

三　期刊報紙

毛燦英、板谷榮城著，黃毓婷譯：〈盛岡時代的王白淵（下）〉，《文學台灣》第35期，2000年7月，頁235-262。

王文仁：〈詩畫互動下的個人生命與文化徵象──王白淵及其《荊棘之道》的跨藝術再現〉，《東華漢學》第12期，2010年12月，頁245-276。

王白淵：〈上海を詠める〉，《福爾摩沙》第2號，1933年12月，頁1-4。

王白淵：〈未完成の畫家〉，《臺灣日日新報》朝刊第6版，1926年9月3日。

王白淵：〈地鼠〉，《政經報》第1卷第5期，1945年12月，頁19。

王白淵：〈行路難〉，《福爾摩沙》第1號，1933年7月，頁32-33。

王白淵：〈佇立在楊子江邊〉，《臺灣文化》第1卷第2期，1946年11月，頁22。

王白淵：〈我的詩〉，《臺灣文化》第1卷第1期，1946年9月，頁22。

王白淵：〈恨みは深しアツツの島守〉，《臺灣文學》第4卷第1號，1943年12月，頁4-5。

王白淵：〈愛しきK子に〉，《福爾摩沙》第3號，1934年6月，頁20-21。

王白淵：〈落葉〉，《臺灣日日新報》朝刊第5版，1926年12月3日。

王白淵：〈落葉〉，《臺灣日日新報》朝刊第5版，1926年9月26日。

王白淵：〈蝶啊！〉，《臺灣文化》第1卷第1期，1946年9月，頁22。

王博遠：〈シンガポールは斯くて亡びぬ〉，《臺灣文學》第3卷第3號，1943年7月，頁37-38。

王博遠：〈太平洋の嵐〉，《臺灣文學》第3卷第3號，1943年7月，頁36-37。

向　陽：〈蟬聲中的期待〉，《台灣文學館通訊》第27期，2010年6月，頁6-7。

托　微：〈看『フオルモサ』有感〉，《福爾摩沙》第3號，1934年6月，頁32。

托　微：〈紫金山下〉，《福爾摩沙》第3號，1934年6月，頁31。

巫永福：〈王白淵を描く〉,《福爾摩沙》第2號,1933年12月,頁57。

巫永福：〈王白淵詩集《荊棘之道》〉,《文學界》第27期,1988年12月,頁39-74。

卓美華：〈現實的破繭與蝶舞的耽溺──王白淵其詩其人的矛盾與調和之美〉,《文學前瞻》第6期,2005年7月,頁89-107。

柳書琴：〈臺灣文學的邊緣戰鬥：跨域左翼文學運動中的旅日作家〉,《臺灣文學研究集刊》第3期,2007年5月,頁51-84。

洗耳洞主人：〈濠洲と印度〉,《臺灣文學》第4卷第1號,1943年12月,頁6-9。

郭誌光：〈「真誠的純真」與「原魔」──王白淵反殖意識探微〉,《中外文學》第389期,2004年10月,頁129-158。

楊雅惠：〈詩畫互動的異境──從王白淵、水蔭萍詩看日治時期臺灣新詩美學與文化象徵的拓展〉,《臺灣詩學學刊》第1號,2003年5月,頁27-84。

蘇雅楨：〈論王白淵《蕀の道》的美學探索〉,《臺灣文學評論》第10卷第6期,2010年10月,頁40-66。

附錄

附錄一　王白淵詩作列表及翻譯概況

序號	首次發表時間	篇名	語言	翻譯版本
1	1926.09.03	〈未完成の畫像〉（首次發表題名〈未完成の畫家〉）	日文	1.陳千武譯　2.陳才崑譯　3.巫永福譯
2	1926.09.26	〈落葉〉	日文	1.陳才崑譯　2.巫永福譯
3	1927.12.05	〈乙女よ！〉	日文	1.陳才崑譯　2.巫永福譯
4	1927.12.05	〈失題〉	日文	1.陳才崑譯　2.巫永福譯
5	1927.12.05	〈魂の故鄉〉	日文	1.陳才崑譯　2.巫永福譯
6	1927.12.05	〈蝶よ！〉	日文	1.王白淵自譯　2.陳才崑譯　3.巫永福譯
7	1927.12.05	〈秋の夜〉	日文	1.陳才崑譯　2.巫永福譯
8	1927.12.05	〈時は過ぎ行く〉	日文	1.陳才崑譯　2.巫永福譯
9	1927.12.05	〈生命の家路〉	日文	1.陳才崑譯　2.巫永福譯
10	1927.12.05	〈貴方の中に失れたる私〉	日文	1.黃毓婷譯
11	1928.12.05	〈序詩〉（首次發表題名〈標介柱〉）	日文	1.陳才崑譯　2.巫永福譯　3.葉笛譯　4.柳書琴譯
12	1928.12.05	〈春の朝〉（首次發表題名〈晚春の朝〉）	日文	1.陳才崑譯　2.巫永福譯　3.黃毓婷譯
13	1928.12.05	〈薄暮〉	日文	1.陳才崑譯　2.巫永福譯
14	1928.12.05	〈花と詩人〉	日文	1.陳才崑譯　2.巫永福譯
15	1929	〈もぐら〉	日文	1.王白淵自譯　2.陳千武

序號	首次發表時間	篇名	語言	翻譯版本
				譯 3.陳才崑譯 4.巫永福譯
16	1929	〈真理の里〉	日文	1.陳才崑譯 2.巫永福譯
17	1929	〈キリストを慕ふて〉	日文	1.陳才崑譯 2.巫永福譯
18	1930	〈春に與ふ〉	日文	1.月中泉譯 2.陳才崑譯 3.巫永福譯
19	1930	〈椿よ！〉	日文	1.陳才崑譯 2.巫永福譯
20	1930	〈四季〉	日文	1.陳才崑譯 2.巫永福譯
21	1930	〈時の永遠なる沉默〉	日文	1.陳才崑譯 2.巫永福譯
22	1930	〈秋に與ふ〉	日文	1.陳才崑譯 2.巫永福譯
23	1930	〈表現なき家路〉	日文	1.陳才崑譯 2.巫永福譯
24	1930	〈印度人に與ふ〉	日文	1.陳才崑譯 2.巫永福譯
25	1930	〈揚子江に立ちて〉	日文	1.王白淵自譯 2.陳才崑譯 3.巫永福譯 4.柳書琴譯
26	1931	〈私の詩は面白くわりません〉	日文	1.王白淵自譯 2.陳才崑譯 3.巫永福譯
27	1931	〈生の谷〉	日文	1.陳才崑譯 2.巫永福譯
28	1931	〈水のほとリ〉	日文	1.月中泉譯 2.陳才崑譯 3.巫永福譯
29	1931	〈零〉	日文	1.月中泉譯 2.陳才崑譯 3.巫永福譯
30	1931	〈違つた存在の獨立〉	日文	1.陳才崑譯 2.巫永福譯

序號	首次發表時間	篇名	語言	翻譯版本
31	1931	〈生の道〉	日文	1.陳才崑譯 2.巫永福譯
32	1931	〈供子よ！〉	日文	1.陳才崑譯 2.巫永福譯
33	1931	〈性の海〉	日文	1.陳才崑譯 2.巫永福譯
34	1931	〈野邊の千草〉	日文	1.陳才崑譯 2.巫永福譯
35	1931	〈藝術〉	日文	1.陳才崑譯 2.巫永福譯
36	1931	〈空虛の絕頂に立つて〉	日文	1.陳才崑譯 2.巫永福譯
37	1931	〈蓮花〉	日文	1.月中泉譯 2.陳才崑譯 3.巫永福譯
38	1931	〈梟〉	日文	1.陳才崑譯 2.巫永福譯 3.柳書琴譯
39	1931	〈雨後〉	日文	1.陳才崑譯 2.巫永福譯
40	1931	〈愛戀の小舟〉	日文	1.陳才崑譯 2.巫永福譯
41	1931	〈向日葵〉	日文	1.陳才崑譯 2.巫永福譯
42	1931	〈私の歌〉	日文	1.陳才崑譯 2.巫永福譯
43	1931	〈御空の一つ星〉	日文	1.陳才崑譯 2.巫永福譯
44	1931	〈太陽〉	日文	1.陳才崑譯 2.巫永福譯
45	1931	〈夜〉	日文	1.陳才崑譯 2.巫永福譯
46	1931	〈胡蝶〉	日文	1.陳才崑譯 2.巫永福譯
47	1931	〈風〉	日文	1.月中泉譯 2.陳才崑譯 3.巫永福譯
48	1931	〈アンリー・ルソー〉	日文	1.陳才崑譯 2.巫永福譯
49	1931	〈島の乙女〉	日文	1.月中泉譯 2.陳才崑譯 3.巫永福譯
50	1931	〈胡蝶が私に唄く〉	日文	1.陳才崑譯 2.巫永福譯

序號	首次發表時間	篇名	語言	翻譯版本
51	1931	〈沉默が破れて〉	日文	1.陳才崑譯 2.巫永福譯 3.柳書琴譯
52	1931	〈ゴオギヤソ〉	日文	1.陳才崑譯 2.巫永福譯
53	1931	〈死の樂園〉	日文	1.陳才崑譯 2.巫永福譯
54	1931	〈薔薇〉	日文	1.陳才崑譯 2.巫永福譯
55	1931	〈春の野〉	日文	1.陳才崑譯 2.巫永福譯
56	1931	〈何の心ぞ？〉	日文	1.陳才崑譯 2.巫永福譯 3.柳書琴譯
57	1931	〈無終の旅路〉	日文	1.陳才崑譯 2.巫永福譯
58	1931	〈見よ！〉	日文	1.陳才崑譯 2.巫永福譯
59	1931	〈詩人〉	日文	1.月中泉譯 2.陳才崑譯 3.巫永福譯 4.葉笛譯
60	1931	〈峯の雷鳥〉	日文	1.陳才崑譯 2.巫永福譯 3.柳書琴譯
61	1931	〈時の放浪者〉	日文	1.陳才崑譯 2.巫永福譯
62	1931	〈無題〉	日文	1.陳才崑譯 2.巫永福譯
63	1931	〈吾が家は遠いやうで近し〉	日文	1.陳才崑譯 2.巫永福譯
64	1931	〈二つの流れ〉	日文	1.陳才崑譯 2.巫永福譯
65	1931	〈春〉	日文	1.陳才崑譯 2.巫永福譯
66	1931	〈南國の春〉	日文	1.陳才崑譯 2.巫永福譯
67	1931	〈晚春〉	日文	1.陳才崑譯 2.巫永福譯
68	1932.01.30	〈故中川教諭哀悼の詩歌〉	日文	1.黃毓婷譯
69	1933.07.15	〈行路難〉	日文	
70	1933.12.30	〈上海を詠める〉	日文	1.李怡儒譯

序號	首次發表時間	篇名	語言	翻譯版本
71	1934.06.15	〈愛しき K 子に〉	日文	
72	1934.06.15	〈紫金山下〉	中文	
73	1934.06.15	〈看『フォルモサ』有感〉	中文	
74	1943.07.31	〈太平洋の嵐〉	日文	1.張良澤、高坂嘉玲譯（部分）
75	1943.07.31	〈シンガポールは斯くて亡びぬ〉	日文	1.柳書琴譯（部分）
76	1943.12.25	〈恨みは深しアツツの島守〉	日文	1.柳書琴譯 2.李怡儒譯
77	1943.12.25	〈濠洲と印度〉	日文	1.柳書琴譯
78	1945.10.11	〈光復〉	中文	

附錄二　王白淵詩作使用「黑」之詩例

序號	日文詩名	中文詩名	詩句	譯者
1	〈貴方の中に失れたる私〉	〈消失在你裡的我〉	就要如黑暗裡失去重力的飛禽	黃毓婷
2	〈もぐら〉	〈地鼠〉	烏黑的衣裳也夠取暖	陳才崑
			黑暗的一隅愛的花依樣地開	陳才崑
		〈地鼠〉	為到達希望的花園路途黑暗	巫永福
			黑黑的衣裳可十分保暖	巫永福
			在黑暗的一隅能使充分的愛開花	巫永福
			向光明你通過黑暗的路	巫永福

序號	日文詩名	中文詩名	詩句	譯者
		〈鼴鼠〉	漆黑的衣服十分暖和	陳千武
			在黑暗的角落盡情讓愛的花盛開	陳千武
			向著光亮而走的黑暗通路的你	陳千武
		〈地鼠〉	你的路黑暗而彎曲	王白淵
			墨黑的衣裳夠足取暖	王白淵
			在黑暗的地角裡	王白淵
			在黑暗裡模索著，	王白淵
3	〈真理の里〉	〈真理之鄉〉	狂風夜四面烏黑	陳才崑
		〈真理的家鄉〉	颱風夜黑暗」	巫永福
4	〈時の永遠なる沉默〉	〈時光永遠沉默〉	神用黑白兩線	陳才崑
		〈時光永遠沉默〉	神以白與黑的絲線	巫永福
5	〈表現なき家路〉	〈無表現的歸路〉	雨絲靜靜地下──夜漆黑	陳才崑
			抑或──因為外面漆黑	陳才崑
6	〈印度人に與ふ〉	〈給印度人〉	白巾盤繞著黑臉	陳才崑
		〈贈印度人〉	黑面上戴白頭巾	巫永福
7	〈私の詩は面白くわりません〉	〈我的詩沒有意思〉	為黑暗中綻放的花草驚異	陳才崑
		〈我的詩興味不好〉	驚訝於不知名的野草在黑暗中開花	巫永福
8	〈生の谷〉	〈生命之谷〉	生命之谷黑深，深不可測	陳才崑
			但流貫黑暗的你的靈魂令人無限著迷	陳才崑

序號	日文詩名	中文詩名	詩句	譯者
9	〈違つた存在の獨立〉	〈不同存在的獨立〉	我的詩不可思議地呈現一片黑暗	陳才崑
		〈不同存在的獨立〉	我的詩不可思議地呈現黑色	巫永福
10	〈性の海〉	〈天性汪洋〉	不論光明造訪或是黑暗來臨	陳才崑
		〈本性之海〉	光明或黑暗來臨	巫永福
11	〈藝術〉	〈藝術〉	可能是黑鴉鴉的一片畫面	陳才崑
			從我漆黑的畫面上	陳才崑
		〈藝術〉	看上去猶如一片疊塗抹繪的黑色畫面	巫永福
			從我黑黑的畫面上	巫永福
12	〈雨後〉	〈雨後〉	九天黑沼垂下無數的銀絲	陳才崑
		〈雨後〉	從九重天的黑沼垂下來的無數銀系	巫永福
13	〈私の歌〉	〈我的歌〉	我將從黑暗的思索之路躍出深淵	巫永福
14	〈御空の一つ星〉	〈天空的一顆星〉	酷似蒼白的黑夜永遠搖曳的柳枝	陳才崑
15	〈太陽〉	〈太陽〉	夜間的空虛於黑暗中徬徨	陳才崑
			黑暗光明	陳才崑
			光明黑暗	陳才崑
			照亮黑夜，使它成為白日之夢	陳才崑

序號	日文詩名	中文詩名	詩句	譯者
		〈太陽〉	夜陰的空虛在黑暗中徬徨	巫永福
16	〈夜〉	〈夜〉	在自然的黑幕塗寫星星和玉蟾	陳才崑
			黑夜裡盛開的天空之花枯萎	陳才崑
			噢!黑夜的復活呵!	陳才崑
			應該迎接赫赫的朝陽底黑夜在沉默中沉思	陳才崑
		〈夜〉	在自然的黑幕上抽出星與月	巫永福
			在黑暗盛開的空中之花將萎謝時	巫永福
17	〈島の乙女〉	〈島上的少女〉	像黑暗中耀眼的鑽石	陳才崑
		〈島上小姐〉	如在黑暗中	月中泉
18	〈沉默が破れて〉	〈打破沉默〉	於黑暗的樹蔭	陳才崑
19	〈見よ!〉	〈看吧!〉	西天出現一隻黑鳥	陳才崑
		〈看〉	一隻黑色鳥在西空	巫永福
20	〈詩人〉	〈詩人〉	照耀夜的漆黑	陳才崑
		〈詩人〉	照光夜的黑暗	巫永福
		〈詩人〉	照亮夜之黑暗	月中泉
		〈詩人〉	照著夜晚的黑暗	葉笛
21	〈峯の雷鳥〉	〈峰頂的雷鳥〉	於黑暗中耳聞你在展翅?	陳才崑
			還是咒詛黑夜的聲音?	陳才崑

序號	日文詩名	中文詩名	詩句	譯者
		〈峰頂的雷鳥〉	黑暗中聽見你在展翅？	柳書琴
			還是詛咒黑夜的聲音	柳書琴
22	〈上海を詠める〉	〈歌詠上海〉	黑格爾是這樣放言（大放厥詞）	李怡儒
23	〈看『フォルモサ』有感〉	〈看『フォルモサ』有感〉	當洪水般的黑雲襲擊的時候、	柳書琴

附錄三　王白淵詩作使用「白」之詩例

序號	日文詩名	中文詩名	詩句	譯者
1	〈貴方の中に失れたる私〉	〈消失在你裡的我〉	這顆燒灼的心和蒼白的魂靈	黃毓婷
2	〈序詩〉	〈序詩〉	我也知道——你也明白	葉笛
3	〈春の朝〉	〈春晨〉	白日高照——閑靜的春晨	陳才崑
		〈暮春之晨〉	白日升起——是個閑適的早晨	黃毓婷
4	〈四季〉	〈四季〉	噢！是夏日的白天	陳才崑
		〈四季〉	噢！夏天的白晝	巫永福
5	〈時の永遠なる沉默〉	〈時光永遠沉默〉	神用黑白兩線	陳才崑
		〈時光永遠沉默〉	神以白與黑的絲線	巫永福
6	〈印度人に與ふ〉	〈給印度人〉	白巾盤繞著黑臉	陳才崑
		〈贈印度人〉	黑面上戴白頭巾	巫永福
7	〈私の詩は面白くわりません〉	〈我的詩沒有意思〉	塗寫在生命的白紙	陳才崑
		〈我的詩興味不好〉	以塗抹生命底白紙	巫永福

序號	日文詩名	中文詩名	詩句	譯者
		〈我的詩〉	——而塗在生命的白紙上的痕跡！	王白淵
8	〈違つた存在の獨立〉	〈不同存在的獨立〉	生命的白紙滴落鮮血的剎那我的詩興湧現了	陳才崑
		〈不同存在的獨立〉	在人生的白紙上滴一滴紅血潮時	巫永福
9	〈生の道〉	〈生之路〉	射出連接永劫的白光	巫永福
10	〈藝術〉	〈藝術〉	於是陶醉在我的白日夢裏	陳才崑
		〈藝術〉	於是陶醉在我的白晝之夢	巫永福
11	〈蓮花〉	〈蓮花〉	白晰仙女於船上笑容滿面	陳才崑
		〈蓮花〉	在舟上的桃色或白色的仙女們笑容滿面	巫永福
		〈蓮花〉	桃色　白面仙女在舟上	月中泉
12	〈梟〉	〈梟〉	夜陰出巢的白晝叛逆	陳才崑
		〈梟〉	趁夜陰出動的白晝反逆者	巫永福
		〈梟〉	夜陰出巢的白晝叛逆者	柳書琴
13	〈向日葵〉	〈向日葵〉	永遠與你持續愛戀的白色呼吸吧	巫永福
14	〈御空の一つ星〉	〈天空的一顆星〉	酷似蒼白的黑夜永遠搖曳的柳枝	陳才崑
		〈天空一顆星〉	猶如妍姿永遠在青白的闇視漂游	巫永福

序號	日文詩名	中文詩名	詩句	譯者
15	〈太陽〉	〈太陽〉	白晝，光的腳步徘徊在靈魂的個個角落	陳才崑
			生活的白熱化	陳才崑
			照亮黑夜，使它成為白日之夢	陳才崑
		〈太陽〉	白晝的光芒使靈魂遊走各處	巫永福
			以生命的白熱化	巫永福
			照明夜間使之有白晝之夢	巫永福
16	〈夜〉	〈夜〉	當白晝疏濬完宇宙的波濤	陳才崑
			流水蕩漾出銀白的漣漪	陳才崑
			雄雞聲裏東天白	陳才崑
		〈夜〉	白晝被宇宙的波浪浸浚時	巫永福
			雞聲起兮東天白	巫永福
17	〈風〉	〈風〉	今天又參觀襲擊白天旋風特技表演	月中泉
18	〈春の野〉	〈春野〉	白雲紛飛	陳才崑
		〈春之野〉	白雲飛散去	巫永福
19	〈紫金山下〉	〈紫金山下〉	灰白的士敏土路、崇高的殿宇、	柳書琴
20	〈濠洲と印度〉	〈澳洲與印度〉	製造出的白澳主義喲！	柳書琴
			以白宮和白金漢宮為目標	柳書琴

序號	日文詩名	中文詩名	詩句	譯者
			白澳喲！狐喲！狼喲！	柳書琴
			彼是誇示特權的白澳主義！	柳書琴

作者簡介

周益忠

　　臺灣彰化縣人，生於二水鄉之鼻子頭，幼年曾優游於臺灣大禹林先生廟旁。為二水國中第一屆之學生，彰化高中、臺灣師大國文系畢業、臺灣師大文學博士，曾任臺北市立復興高中教師、淡江大學中文系副教授，一九九三年返鄉任教於彰化師大，也至員林社區大學服務，並於臺灣日報副刊《非台北觀點》撰寫專欄，現任國立彰化師範大學國文系暨臺灣文學研究所教授。著有《論詩絕句》、《西崑研究論集》、〈元好問論詩三十首的文學解讀〉、〈論賴和的論詩詩〉、〈默不一言──試說陳虛谷的兩組田園詩〉、〈陶村詩稿中的風土組曲研究〉、〈試說夢機先生的紀遊詩〉等等，合編有《歷代散文選注》、《中國文學史參考作品選》、《彰化文學大論述》等。研究專長：唐宋詩學、臺灣詩學、及國文教學等。

林良雅

　　筆名莫渝，臺灣苗栗縣人，現居北臺灣大漢溪畔。淡江大學畢業。長期與詩文學為伍，曾擔任出版社文學主編及《笠》詩刊主編，《王白淵‧荊棘之道》編者。

唐顥芸

臺灣臺北市人，日本國立神戶大學文化學研究科博士，現為日本同志社大學國際交流學院（Faculty of Global Communications）助教。

專長為日本統治時期臺灣文學，主要論文有〈日本統治期台湾における楊雲萍の詩—白話 詩と日本語詩集『山河』を中心に—〉《日本台湾学会報》九號，二〇〇七年。〈日本統治期台湾作家頼和—白話詩とその言語諸問題—〉《季刊中国》九十二號，二〇〇八年。〈日本統治期台湾の詩にお けるモダニズムの受容—林修二を例に—〉《一九三〇年代と接触空間—ディアスポラの思 想と文学》，二〇〇八年。〈楊華の台湾話文詩創作〉《未名》二十六號，二〇〇八年。〈王白淵の東京留学について〉《日本台湾学会報》十號，二〇〇八年。〈現代詩の可能性を求めて—夏宇／李格弟『この シマウマ』『あのシマウマ』——〉《未名》二十九號，二〇一一年。

劉怡臻

臺灣臺中市人，國立臺灣大學日文所碩士，現為明治大學教養設計學科博士課程在學中。曾任三菱商事通霄工程事務所行政秘書、中華經濟研究院助理。研究領域為日本近現代文學、日治時期臺灣文學、戰後臺灣詩歌等。目前研究題目為日本作家石川啄木與臺灣作家的關連研究。

撰有《石川啄木詩歌研究への射程》專書第三章〈王白淵における啄木文学の受容についての一考察—『蕀の道』の詩歌を中心に—〉、〈日本中小企業推動「製造融合服務」的動向〉等專文。

碩士論文〈王白淵における啄木文学の受容〉曾獲臺日文化經濟協會二〇一三年「獎勵大專院校日本研究論文比賽」第二名；學會論

文發表曾獲國際啄木學會若手研究獎勵「啄木詩歌と李商隱」（2012年台北大会研究発表）以及「王白淵における啄木文学受容についての一考察—『蕀の道』の詩歌を中心に—」（2014年南台大會）。

林水福

臺灣雲林縣人。日本國立東北大學文學博士。曾任輔仁大學外語學院院長、日本國立東北大學客座研究員、日本梅光女學院大學副教授、中國青年寫作協會理事長、中華民國日語教育學會理事長、臺灣文學協會理事長、國立高雄第一科技大學副校長、外語學院院長、文建會（現文化部）派駐東京臺北文化中心首任主任；現任南台科技大學應用日語系教授、國際芥川龍之介學會理事、臺灣芥川龍之介學會理事長、國際石川啄木學會理事、臺灣啄木學會理事長、日本文藝研究會理事。

著有《讚岐典侍日記之研究》（日文）、《他山之石》、《日本現代文學掃描》、《日本文學導讀》、《源氏物語的女性》、《中外文學交流》（合著、中山學術文化基金會）、《源氏物語是什麼》（合著）。譯有遠藤周作《武士》、《沉默》、《對我而言神是什麼》、《深河》、《深河創作日記》、《母親》、《我拋棄了的女人》、《海與毒藥》、《醜聞》、《遠藤周作怪奇小說》。新渡戶稻造《武士道》。谷崎潤一郎《細雪》（上下）、《瘋癲老人日記》、《春琴抄》、《痴人之愛》、《卍》、《鍵》、《夢浮橋》、《少將滋幹之母》；大江健三郎《飼育》（合譯）。《一握之砂　石川啄木短歌全集》。《芥川龍之介短篇選粹》（木馬文化）共五輯企劃總召集人，並負責《輯三小說　評論》之翻譯。與是永駿教授編《台灣現代詩集》（收錄二十六位詩人作品）《シリーヅ台湾現代詩Ⅰ Ⅱ Ⅲ》（國書刊行會出版，收錄十位詩人作品）；與三木直大教授編1.暗

幕の形象　陳千武詩集　2.深淵　瘂弦詩集　3.越えられない歷史 林亨泰詩集　4.遙望の歌　張錯詩集　5.完全強壯レシビ　焦桐詩集 6.鹿の哀しみ　許悔之詩集　7.契丹のバラ　席慕蓉詩集　8.乱　向陽詩 集。蔡素芬《鹽田兒女》《橄欖樹》日文版監修。

蕭水順

　　筆名蕭蕭，臺灣彰化縣人，輔仁大學中國文學系畢業、國立臺灣 師範大學國文研究所碩士。長期擔任中學教職，現為明道大學中文 系、國學所講座教授兼人文學院院長，臺灣詩學季刊社長，為臺灣知 名作家。

　　十六歲開始接觸現代詩即投稿發表，步上詩壇。先後參加過水晶 詩社、龍族詩社、後浪詩社（詩人李刊）。蕭蕭著作編輯之書已達一 三五本，集中在新詩創作、散文創作、詩學評論上。早期戮力於新詩 推廣教育，近十年努力建構臺灣新詩美學理論體系，寫作茶禪詩作， 著有新詩美學三部曲《臺灣新詩美學》、《現代新詩美學》、《後現代新 詩美學》；詩集《松下聽濤——蕭蕭禪詩集》、《月白風清》、《雲水依 依——蕭蕭茶詩集》、《情無限・思無邪》，散文集《快樂工程》等。

　　曾獲第一屆青年文學獎、創世紀詩社創立二十周年詩評論獎，中 國青年寫作協會30周年優秀文學青年獎、新聞局金鼎獎。

余境熹

　　一九八五年生於香港，香港大學中文學院哲學碩士，現為美國夏 威夷華文作家協會香港代表、東亞細亞文化研究中心副研究員、國際 文藝研究中心代總裁、國際金庸研究會副會長，曾召集「第一屆池莉 小說研討會」、「國際黃河浪文學創作研討會」、「蕭蕭文學創作國際學

術研討會」。研究領域為漢語新詩、小說、文藝理論、基督宗教文學等，近年專務「誤讀詩學」、「諧樂詩學」、「延緩詩學」之建構。

著有專書《漢語新文學五論》並論文七十餘篇，主編《島嶼因風而無邊界：黃河浪、蕭蕭研究專輯》、《追溯繆斯神秘星圖：楊寒研究專輯》及《詩學體系與文本分析》，並以筆名書山敬、牧夢、秦量扉發表詩文，於《創世紀》、《文匯報》撰寫專欄。

曾獲文史哲及宗教研究獎三十餘項，包括：文化建設金鼎獎、國際學術獎、中國文化研究成就獎、金學研究促進獎、金學研究成就獎、俄國形式主義傑出研究成就獎、臺灣十大詩人研究成就獎、比較文學優秀論文一等獎、全港青年學藝大賽新詩獎、中文文學創作獎新詩獎等。

李盈賢

臺灣臺南市人，臺南神學院道學碩士，現為臺灣基督長老教會彰化中會二水教會小會議長（牧師），曾任臺灣基督長老教會總會教社常務委員、高雄市岡山身心障礙福利服務中心委員、臺灣基督長老教會彰化中會教社部書記。

撰有：耶利米的亡國論：耶利米聖殿講道篇（耶利米書七章）的神學探討、新眼光讀經（2014年）、神學與教會「傷痕與救贖」（二二八事件60週年紀念專刊）第三十二卷第一期，〈我們所認識的二二八〉。

蔡佩臻

臺灣彰化縣人，國立中山大學中國文學系博士生，曾任修平科技大學兼任國文講師、兒童文學雜誌《滿天星》助理編輯。

研究領域為臺灣文學、現代詩和兒童文學，有〈《光復新編台灣三字經》評介〉、〈兒童詩的最佳代言人——蔡榮勇〉、〈花意繽紛——試論杜潘芳格詩中「花」的象徵〉、〈談西方人眼中的鄭成功形象〉等評論發表。

謝瑞隆

臺灣彰化縣人，國立中正大學中文博士，現為明道大學中文系助理教授兼人文學院祕書，曾任《彰化文獻》、《嘉義縣文獻》、《中台灣生活美學》等雜誌刊物主編。

研究領域為臺灣文學與文化研究、民俗學、故事學、通俗小說、日本漢文小說、文化資產、文化創意產業等。撰有《媽祖信仰故事研究——以中國沿海地區、台灣為主要考察範圍》、《日本近世漢文笑話集研究》、《台灣歷史文化場域的新體驗》、《踏尋花東縱谷的原住民族部落》、《尋找貓裏寶藏》、《北斗鄉土誌》、《中壢市發展史》、《溪湖鎮志》、《田中鎮志》、《走讀彰化》、《戀戀半線情，彰化古城文史漫步：彰化縣古市街大觀》、《東螺風土記》等專書方志。

擅於人文報導寫作，相關作品散見《文學台灣》等刊物，曾獲北市青年金筆獎、第六屆礦溪文學獎等文學類獎項，榮獲臺灣省政府表揚為「100年度臺灣鄉土文史教育及藝術社教有功人員」、國立雲林科技大學表揚為「100年度國立雲林科技大學傑出校友（學術類）」。

王文仁

筆名王厚森，臺灣臺南市人，國立東華大學中國語文學系博士，曾任國立臺東專科通識中心專案助理教授、國立東華大學中文系博士後研究員，現為國立虎尾科技大學通識中心副教授。

創世紀詩社同仁，研究興趣兼及臺灣文學、近現代中國文學、文學史理論等。著有詩集《搭訕主義》、《隔夜有雨》，傳記散文《那一刻，我們改變了世界》（與須文蔚等合著），論著《現代與後現代的游移者——林燿德詩論》、《啟蒙與迷魅——近現代視野下的中國文學進化史觀》、《日治時期臺人畫家與作家的文藝合盟——以《臺灣文藝》（1934-36）為中心的考察》等。

李桂媚

臺灣彰化縣人，中國文化大學印刷傳播學系工學士，國立臺北教育大學臺灣文化研究所文學碩士。

曾發表學術論文〈瘂弦詩作的色彩美學〉、〈錦連詩作的白色美學〉、〈康原台語詩的青色美學〉、〈詹冰圖象詩的文本性訊息〉、〈日治時期台灣新詩標點符號運用——以賴和、楊守愚、翁鬧、王白淵為例〉、〈蕭蕭新詩標點符號運用〉等；並曾為《逗陣來唱囡仔歌 I、IV》、《親近作家・土地與人民》、《番薯園的日頭光》、《搭訕主義》、《隔夜有雨》等書繪畫插圖。

文學研究叢書·現代詩學叢刊　0807011

踏破荊棘，締造桂冠——王白淵文學研究論集

主　　編　謝瑞隆、羅文玲、蕭蕭
責任編輯　邱詩倫
特約校稿　林秋芬

發 行 人　陳滿銘
總 經 理　梁錦興
總 編 輯　陳滿銘
副總編輯　張晏瑞
編 輯 所　萬卷樓圖書股份有限公司
排　　版　林曉敏
印　　刷　品牌印刷設計
封面設計　斐類設計工作室

發　　行　萬卷樓圖書股份有限公司
　　　　　臺北市羅斯福路二段 41 號 6 樓之 3
　　　　　電話 (02)23216565
　　　　　傳真 (02)23218698
　　　　　電郵 SERVICE@WANJUAN.COM.TW
大陸經銷　廈門外圖臺灣書店有限公司
　　　　　電郵 JKB188@188.COM
香港經銷　香港聯合書刊物流有限公司
　　　　　電話 (852)21502100
　　　　　傳真 (852)23560735

ISBN 978-986-478-005-1
2016 年 6 月初版
定價：新臺幣 520 元

如何購買本書：
1. 劃撥購書，請透過以下郵政劃撥帳號：
　　帳號：15624015
　　戶名：萬卷樓圖書股份有限公司
2. 轉帳購書，請透過以下帳戶
　　合作金庫銀行　古亭分行
　　戶名：萬卷樓圖書股份有限公司
　　帳號：0877717092596
3. 網路購書，請透過萬卷樓網站
　　網址 WWW.WANJUAN.COM.TW
大量購書，請直接聯繫我們，將有專人為
您服務。客服：(02)23216565 分機 10

如有缺頁、破損或裝訂錯誤，請寄回更換
版權所有·翻印必究
Copyright©2016 by WanJuanLou Books CO., Ltd.
All Right Reserved　　　　Printed in Taiwan

國家圖書館出版品預行編目資料

踏破荊棘，締造桂冠——王白淵文學研究論集
/ 謝瑞隆,羅文玲,蕭蕭主編.
 -- 初版. -- 臺北市 ：萬卷樓, 2016.06
　面 ；　公分.
ISBN 978-986-478-005-1(平裝)
1.王白淵　2.中國文學　3.文學評論
848.6　　　　　　　　　　　105008778